봉신연의

1판 1쇄 발행	2016년 8월 19일
1판 2쇄 발행	2023년 7월 31일
지은이	허중림
옮긴이	홍상훈
펴낸이	임양묵
펴낸곳	솔출판사
기획편집	임정림
편집	윤정빈 임윤영
경영관리	박현주
주소	서울시 마포구 와우산로29가길 80(서교동)
전화	02-332-1526
팩스	02-332-1529
홈페이지	www.solbook.co.kr
이메일	solbook@solbook.co.kr
출판등록	1990년 9월 15일 제10-420호

ISBN   979-11-86634-95-0 04820
          979-11-86634-94-3 (세트)

• 이 도서의 국립중앙도서관 출판예정도서목록(CIP)은 서지정보유통지원시스템
  홈페이지(http://seoji.nl.go.kr)와 국가자료공동목록시스템(http://www.nl.go.kr/kolisnet)에서
  이용하실 수 있습니다. (CIP제어번호:CIP2016014798)
• 잘못된 책은 구입한 곳에서 바꿔드립니다.
• 책값은 뒤표지에 표시되어 있습니다.

봉신연의

1

허중림 지음 ● 홍상훈 풀어 옮김

솔

강상

원시천존의 제자로 곤륜산에서
수행했으며 곤륜산 선인계의 지시에
따라 봉신 계획과 은주 역성혁명을
수행한다.

나타

강상 부대의 선봉장으로 본래
영주라는 구슬에 담겨 있는
혼이었으나 사람과 같은 모습이
되었다가 후일 연꽃의 화신이 된다.

원시천존

천교闡教를 총괄하며 상나라의 천수가
다하는 시기를 이용해 강상에게 봉신
계획을 수행하도록 한다.

이정

곤륜산 도액진인에게서 도술을
배우고 하산해서 상나라 진당관의
사령관으로 지내다가 강상의 군대에
합류한다.

달기

상나라의 황후로 주왕에게 아첨하여
채분과 포락 같은 잔인한 형벌로
충신의 목숨을 빼앗는다.

운중자

곤륜산 12대선 중 한 명으로 종남산
옥주동에 동부를 열고 희창의 백 번째
아들 뇌진자를 제자로 삼아
훈련시킨다.

주왕

상나라의 제31대 왕이자 마지막
군주로 달기에게 빠져서 정사를
돌보지 않고 간언하는 신하를
잔혹하게 살해한다.

희창

주나라의 문왕으로 주왕에 의해
7년간 유리羑里에 구금되었다가
사면받고 강상을 발탁하여 국력을
키운다.

| 선계 3교의 계보 |

천교 闡教

태상노군
↓
원시천존　　연등도인, 강상
↓
남극선옹　　등화, 소진

곤륜산 12대선

구선산 도원동 광성자 ————————————— 은교

태화산 운소동 적정자 ————————————— 은홍

건원산 금광동 태을진인 ———————————— 나타

오룡산 운소동 문수광법천존 ——————————— 금타

구궁산 백학동 보현진인 ———————————— 목타

옥천산 금하동 옥정진인 ———————————— 양전

청봉산 자양동 청허도덕진군 ——————————— 황천화, 양임

금정산 옥옥동 도행천존 ———————————— 위호, 한독룡, 설악호

이선산 마고동 황룡진인

협룡산 비운동 구류손 ————————————— 토행손

공동산 원양동 영보대법사

보타산 낙가동 자항도인

✿ 종남산 옥주동 운중자 ———————————— 뇌진자

✿ 구정철차산 팔보영광동 도액진인 ——————— 이정, 정륜

✿ 오이산 백운동 교곤, 소승, 조보

✿ 서곤륜 육압도인

✿ 용길공주

✿ 신공표

통천교주

벽유궁

금령성모 ―― 문중, 마씨 사형제	→ 일성구군	금광성모
귀령성모		진천군
다보도인		조천군
무당성모		동천군
규수선		원천군
오운선		손천군
금광선		백천군
영아선		왕천군
		장천군
		요천군

✿ 구룡도 사성 ―――――――――――― 왕마, 양삼, 고우건, 이홍패
✿ 금오도 함지선
✿ 구룡도 성명산 여악 ――――――――― 주신, 이기, 주천린, 양문휘
✿ 봉래도 우익선
　　일기선 여원 ――――――――――― 여화
　　법계 ――――――――――――――― 팽준, 한승, 한변
✿ 분화도 나선, 유환
✿ 구명산 화령성모
✿ 아미산 나부동 조공명 ――――――― 진구공, 요소사
✿ 삼선도 세 선녀 ――――――――――― 운소낭랑, 벽소낭랑, 경소낭랑
✿ 고루산 백골동 석기낭랑, 마원
✿ 장이정광선
✿ 비로선

준제도인　접인도인

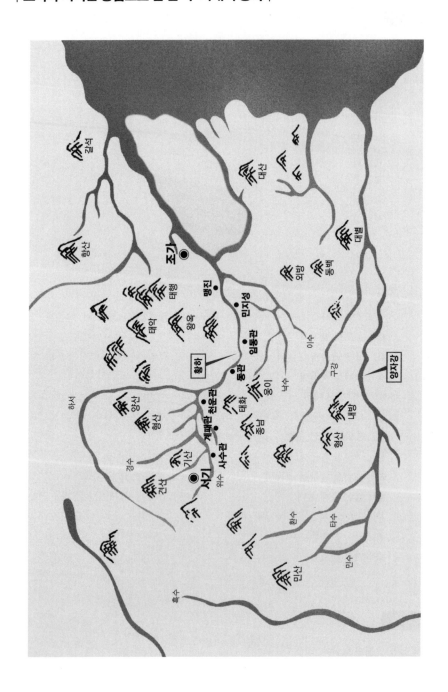

차 례

일러두기

- 이 책은 (明) 許仲琳 編著, 『封神演義』(上海 : 上海古籍出版社, 2000)를 저본으로 하고 (明) 許仲琳 著, 『封神演義』(北京 : 中華書局, 2009)와 (淸) 許仲琳 著, 『封神演義』(北京 : 中國長安出版社, 2003)를 참조하여 원문을 교감한 후 번역한 것이다.

- 이 책에 각 회마다 실려 있는 본문 삽화는 『中國古代小說版畵集成』(北京 : 漢語大詞典出版社, 2002)에서 발췌한 명나라 때 목판화를 그대로 수록한 것이다.

- 이 책은 기본적으로 전체 완역이지만 가독성을 높이기 위해 "詩曰", "以詩爲證"과 같은 장회소설의 상투적인 표현 가운데 일부는 번역을 생략하기도 하고 본문 가운데 극히 일부의 중복된 서술은 간략히 요약하는 방식을 취했다.

- 이 책에서 주인공의 이름은 본명 표기를 원칙으로 하였기 때문에 원문에서 '자아子牙'와 같이 자호字號를 써서 표기한 것은 '강상姜尙'으로 바꾸었고 '희백姬伯'과 같이 성姓과 작위爵位를 합친 호칭도 '희창姬昌'으로 바꾸는 방식을 일괄적으로 적용했다.

- 이 책에 인용 또는 제시된 원문 가운데 시사詩詞와 부賦를 제외한 산문은 원문을 함께 수록하지 않고 번역문만 제시했다.

- 이 책의 주석은 온전히 역자 개인의 지식을 바탕으로 각종 자료를 검색하여 작성한 것이기 때문에 혹시 있을 수도 있는 오류 또한 역자의 책임이다.

- 이 책에서 저서는 『 』로, 단편 작품의 제목과 편명篇名과 시 및 노래의 제목은 「 」로 표기했다.

제1회

주왕, 여와궁에서 향을 올리다
紂王女媧宮進香

혼돈이 처음 나뉘기 전에 반고°가 있었고

태극과 양의와 사상이 걸렸지.°

자회에 하늘 열리고 축회에 땅 굳어져 인회에 사람 나왔는데°

짐승들의 재난 피하고 없애기 위해 현명한 유소씨°가 나타났지.

수인씨는 불 가져와 날것 먹는 데에서 벗어나게 해주었고

복희씨는 팔괘八卦 그려서 음양의 앞에 두었지.

신농씨가 세상을 다스릴 때에는 온갖 약초 맛보았고

헌원씨°는 예악 정하고 혼인하는 법도 가르쳤지.

소호와 오제° 때에는 백성의 물산物産 풍부했고

우 임금이 강물 다스려 홍수의 물결 제거되었지.

평화롭고 복된 나라 사백 년을 이어지다가

무도한 걸왕° 나오면서 천지가 뒤집어졌지.

날마다 말희°와 주색에 빠져 황음무도하게 지내니

성탕이 박亳 땅으로 가서 추한 비린내 씻어버렸지.

걸왕을 남쪽으로 추방하여 난폭한 학대에서 백성을 구하니

무지개 수놓은 깃발 뜻대로 승리한 후 모든 것이 다시 소생했지.

31대를 거쳐서 상나라 주왕에게 왕위 전해지니

상나라의 맥락 끊어진 시위처럼 변해버렸구나.

조정의 기강 문란해져 인륜의 법도 끊어져서

처자식마저 죽이고 참언을 믿었지.

왕비의 거처 더럽히며 달기°를 총애하여

채분과 포락형으로 올곧은 충신 억울하게 죽였지.

녹대에서 재물 긁어모아 만백성을 고난에 빠뜨리니

시름겨운 원망의 기운 하늘을 가렸으리라.

직간하는 신하 심장을 갈라 모조리 불에 굽고

임신부 배 가르고 정강이뼈 쪼개 씨를 말리려 했지.

간악한 자 떠받들어 신임하며 조정의 정치 팽개치고

제왕 보필하는 관리 모조리 내쫓으니 그 성격 얼마나 편벽한가!

교묘郊廟의 제사도 지내지 않아 종묘는 황폐해지고

기괴하고 음란한 기교만 온 마음 기울여 연구했지.

이 못된 자들 가까이 지내다가 하늘의 위엄도 두려워하지 않게 되어

사나운 솔개처럼 제멋대로 잔인한 짓에 빠져들었지.

서백°은 상나라 왕실을 찾아갔다가 유리에 구금되고

미자°는 그릇 안고 바람처럼 떠나버렸고

하늘이 진노하여 지독한 재앙 내리시니

커다란 바다 끝없는 연못 건너듯 홍수가 생겨

천하는 황폐해지고 만백성이 원망했지.

강상은 세상을 떠나 인간 속의 신선으로 지내며

종일토록 낚시 드리우고 어진 군주 만날 때 기다리다가

기산 들판에서 사냥하던 서백의 꿈속에 날아가는 곰으로 들어갔지.

함께 수레를 타고 돌아가 정치 보좌하게 하니

천하의 삼분의 이를 차지하여 그 세력 나날이 이어졌으나

천하통일의 대업 이루지 못한 채 문왕은 죽고 말았고

무왕이 그 뜻을 잘 계승하여 나라가 나날이 강성해졌지.

맹진˚에서 팔백 나라 제후들의 동맹 주재하고

저 흉악하고 잔인한 자 붙잡아 죄를 처벌하기 위해

갑자일˚ 새벽에 목야의 들판에서 모이니

상나라 선봉 부대는 창을 거꾸로 돌려 돌아갔지.

짐승의 뿔 꺾이듯 일제히 머리 조아리니

흐르는 핏물에 창대 떠다니고 살 기름은 샘처럼 솟았는데

전포 입자마자 천하가 안정되어

성탕의 업적보다 더욱 빛나는 아름다움 더했지.

화산에 말을 풀어 전쟁이 끝났음을 보여주고

우리 주나라 팔백 년 왕조가 여셨도다.

태백기˚ 걸리자 주왕이 죽고

전사한 장수와 병사의 혼령도 저승에 잠겼지.

탁월한 재능 타고나 어질어서 상보˚라고 불리며

봉신단 위에 고운 종이 늘어놓으니

크고 작은 영령의 이름 서열대로 적혀

상나라 주나라의 역사 연의가 고금으로 전해지지.

混沌初分盤古先　太極兩儀四象懸

子天丑地人寅出　避除歡患有巢賢

燧人取火免鮮食　伏羲畫卦陰陽前

神農治世嘗百草　軒轅禮樂婚姻聯

少昊五帝民物阜　禹王治水洪波蠲

承平享國至四百　桀王無道乾坤顛

日縱妹喜荒酒色　成湯造亳洗腥羶

放桀南巢拯暴虐　雲霓如願後蘇全

三十一世絕殷紂　商家脈絡如斷弦

紊亂朝綱絕倫紀　殺妻誅子信讒言

穢污宮闈寵妲己　蠆盆炮烙忠貞冤

鹿臺聚斂萬姓苦　愁聲怨氣應障天

直諫剖心盡焚炙　孕婦刳剔朝涉殘

崇信奸回棄朝政　屏逐師保性何偏

郊社不修宗廟廢　奇技淫巧盡心研

昵此匪人乃罔畏　沉酗肆虐如鸇鳶

西伯朝商囚羑里　微子抱器走風烟

皇天震怒降災毒　若涉大海無邊淵

天下荒荒萬民怨　子牙出世人中仙

終日垂絲釣人主　飛熊入夢獵岐田

共車載歸輔朝政　三分有二日相沿

文考未集大勳殁　武王善述日乾乾
孟津大會八百國　取彼兇殘伐罪愆
甲子昧爽會牧野　前徒倒戈反回旋
若崩厥角齊稽首　血流漂杵脂如泉
戎衣甫著天下定　更於成湯增光姸
牧馬華山示偃武　開我周家八百年
太白旗懸獨夫死　戰亡將士幽魂潛
天挺人賢號尚父　封神壇上列花箋
大小英靈尊位次　商周演義古今傳

　성탕成湯은 바로 황제黄帝의 후예로 성姓은 자씨子氏이다. 처음에
제곡帝嚳°의 둘째 왕비인 간적簡狄이 고매高禖°에게 기도하여 상서
로운 징조로 검은 제비[玄鳥]를 보았고 이에 설契을 낳았다.° 설은 요
堯·순舜의 사도로 백성을 교화하는 데 공을 세워서 상商 땅에 봉해
졌다. 그로부터 열세 세대가 이어져 태을太乙이 태어났으니 그가 바
로 성탕이다. 그는 유신有莘°의 들판에서 농사를 짓는 이윤伊尹°이
요·순의 도리를 좋아하는 위대한 현인이라는 소문을 듣고 즉시 예
물을 준비해서 세 차례나 사람을 보내 초빙했지만 감히 자신이 부
리지 못하고 천자에게 천거했다. 그런데 걸왕桀王이 무도하여 참소
를 믿고 현자들을 내쫓는 바람에 결국 이윤도 등용되지 못하고 성
탕에게 돌아왔다. 나중에 걸왕이 날마다 황음한 짓을 일삼다가 직
언하는 신하 관용봉關龍逢°을 죽이자 모든 이들이 감히 직언을 하지
못했다. 그런데 성탕이 사람을 시켜서 관용봉을 위해 곡을 하게 하

니 걸왕이 진노하여 성탕을 하대夏臺°에 가둬버렸다. 이후 성탕은 석방되어 고향으로 돌아갔는데 어느 날 교외에 나갔다가 누군가 사방에 그물을 쳐놓고 이렇게 기도하는 모습을 보았다.

"하늘에서 떨어진 것과 땅에서 나온 것, 사방에서 온 것들도 모두 내 그물에 걸리게 해주소서."

그러자 성탕은 그물의 세 면을 치우고 한쪽만 남겨두고 다시 이렇게 기원했다.

"왼쪽으로 가려는 이는 왼쪽으로 가고 오른쪽으로 가려는 이는 오른쪽으로 가고 위로 오르려는 이는 위로 오르고 아래로 내려오려는 이는 아래로 내려오되 천명을 따르지 않는 것들만 내 그물로 들어오게 해주소서."°

한수漢水 이남의 제후들이 그 소문을 듣고 "탕의 덕이 지극하구나!" 하고 감탄하며 마흔 개가 넘는 나라들이 그에게 귀의했다. 그러는 와중에 걸왕의 패악이 나날이 심해져서 백성이 살아가기 힘들게 되자 이윤이 성탕을 보좌하여 걸왕을 쳐서 그를 남소南巢로 내쫓았다. 이후 제후들이 대대적으로 회합할 때 성탕이 물러나 제후의 자리로 가자 다른 제후들이 그를 천자로 추대했다. 이리하여 천자의 자리에 오른 그는 박훋에 도읍을 세웠다.

성탕이 천자가 된 첫해인 을미년乙未年에 걸왕의 잔혹한 정치를 없애고 백성이 기꺼워하는 바를 따르니 원근의 백성이 모두 그에게 귀의했다. 당시는 걸왕의 무도함으로 인해 칠 년 동안 큰 가뭄이 들었는데 성탕이 상림桑林에서 기도를 올리자 하늘에서 큰비가 내렸다. 그는 또 장산莊山의 황금으로 화폐를 주조하여 백성의 목숨을 구제해주었다. 그리고「대호大濩」라는 음악을 지었는데 '호濩'라는 것은 '보호[護]'한다는 뜻이니 성탕이 너그럽고 어질며 큰 덕이 있어서 백성의 목숨을 구제하여 지켜줄 수 있었다는 것을 말해준다. 그는 십삼 년 동안 천자의 자리에 있다가 백 세의 천수를 누리고 죽었다. 그 나라는 640년 동안 대대로 이어져서 은수殷受°, 즉 주왕에 이르러 끝났으니 그 제왕의 계보는 다음과 같다.

성탕成湯 — 태갑太甲 — 옥정沃丁 — 태경太庚 — 소갑小甲 — 옹기雍己 — 태무太戊 — 중정仲丁 — 외임外壬 — 하단갑河亶甲 — 조을祖乙 — 조신祖辛 — 옥갑沃甲 — 조정祖丁 — 남경南庚 — 양갑陽甲 — 반경盤庚 — 소신小辛 — 소을小乙 — 무정武丁 — 조경祖庚 — 조갑祖甲 — 늠신廩辛 — 경정庚丁 — 무을武乙 — 태정太丁 — 제을帝乙 — 주왕紂王°

주왕은 제을의 셋째 아들이다. 제을에게는 세 명의 아들이 있었으니 첫째는 미자계微子啓이고 둘째는 미자연微子衍, 셋째는 수왕壽王이다.° 제을이 천자의 정원에 나들이를 가서 문무백관들과 함께 모란을 감상하다가 비운각飛雲閣에 들었을 때 대들보 하나가 떨어졌다. 이때 수왕이 대들보를 받치고 서서 기둥을 갈게 했으니 그 힘이 비할 데 없이 셌음을 알 수 있다. 당시 수상首相이었던 상용商容과 상대부上大夫 매백梅伯, 조계趙啓 등이 상소를 올려서 결국 막내아들인 수왕을 태자로 삼게 되었다.

훗날 제을이 삼십 년 동안 천자의 자리에 있다가 죽게 되자 태사

太師인 문중聞仲에게 아들을 부탁했고 드디어 수왕이 천자가 되어 훗날 주왕紂王°으로 불렸으며 조가朝歌에 도읍을 두었다. 당시 문관으로는 태사 문중이 있었고 무관으로는 진국무성왕鎭國武成王 황비호黃飛虎가 있었으니 문관은 나라를 평안히 다스리기에 충분했고 무관은 나라를 안정시키기에 충분했다. 또 중궁中宮 황후 강씨姜氏와 서궁西宮의 비妃 황씨黃氏, 형경궁馨慶宮의 비 양씨楊氏가 모두 덕성 있고 행실과 마음가짐이 바르며 온화하고 현숙했다. 이에 주왕은 앉아서 태평성대를 즐겼고 백성도 즐겁게 생업에 종사하여 온 나라가 평안하니 사방팔방의 오랑캐가 사신을 보내 귀의하고자 했다. 팔백 지역[鎭]을 다스리는 제후들은 모두 상나라 조정에 찾아와 알현했다. 당시에는 사방에 각기 제후의 수장을 두어 세력이 약한 팔백 명의 제후들을 통솔하게 했으니 동로東魯 땅을 다스리는 동백후東伯侯 강환초姜桓楚와 남백후南伯侯 악숭우鄂崇禹, 서백후西伯侯 희창姬昌, 북백후北伯侯 숭후호崇侯虎가 그들이다. 이 네 수장은 각기 세력이 약한 이백 명의 제후들을 통솔했으니 모두 팔백 명의 제후들이 상나라에 귀속되어 있었던 것이다.

그런데 주왕이 천자가 되고 칠 년이 되던 해의 2월 봄에 갑자기 북해北海의 일흔두 번째 제후인 원복통袁福通 등이 반란을 일으켰다는 소식이 조가에 전해졌다. 이에 태사인 문중이 칙명을 받고 반란을 정벌하러 나섰으니 이에 대해서는 자세히 쓰지 않겠다.

하루는 주왕이 아침에 대전에 올라 문무백관들을 불러 모았다.

상서로운 기운 가득 서려 있을 때

금란전 위에 군왕이 앉아 있으니

상서로운 빛에 둘러싸인

백옥 계단 앞에 문무대신 늘어서 있구나.

황금 향로에서는 팔백 개의 침향과 단향 피어나고

높이 말아 올린 주렴 보이는구나.

시녀들이 들고 있는 화려한 부채에서는 난향과 사향 풍기는데

치미관雉尾冠°쓴 귀족들 아래쪽에 모여 있구나.

瑞靄紛紜　金鑾殿上坐君王

祥光繚繞　白玉階前列文武

沈檀八百噴金爐　則見那珠簾高捲

蘭麝氤氳籠寶扇　且看他雉尾低同

천자가 담당 관리에게 말했다.

"상소를 올릴 사람은 반열에서 나오고 별일 없으면 조회를 마치겠노라."

그 말이 끝나기도 전에 오른쪽 반열에서 한 사람이 나와 계단 앞에 엎드려 상아로 만든 홀笏을 높이 치켜들며 만세 삼창을 하고 말했다.

"저 상용이 처벌을 기다리옵니다. 저는 재상으로 조정의 기강을 담당하고 있는데 일이 생겨서 감히 아뢰지 않을 수 없사옵니다. 내일이 바로 3월 15일이니 여와낭랑女媧娘娘의 탄신일이옵니다. 그러니 폐하께서 몸소 여와궁女媧宮으로 납시어 향을 사르시옵소서!"

"여와가 무슨 공덕을 쌓았다고 만승萬乘의 천자인 짐이 직접 가서

향을 살라야 한다는 것이오?"

"여와낭랑은 상고上古시대의 여신으로 성덕聖德을 타고나셨사옵니다. 당시 공공씨共工氏가 부주산不周山을 머리로 들이받아 하늘의 서북쪽이 기울어지고 땅의 동남쪽이 함몰되자 그분께서는 오색의 돌을 채취하여 단련해서 하늘을 보수하셨사옵니다. 그러니 백성이 그 공덕을 기리기 위해 사당을 세우고 제사를 올리고 있사옵니다. 이제 조가에서 이 복된 신에게 제사를 올리면 사계절 내내 평안할 것이고 나라의 복이 길이 이어지며 비바람이 순조롭게 내려서 재해가 사라질 것이옵니다. 나라에 복을 주고 백성을 지켜주는 이런 훌륭한 신이기에 폐하께서 몸소 행차하셔서 향을 사르셔야 하는 것이옵니다."

"그대의 뜻에 따르겠소!"

주왕은 궁으로 돌아와서 어명을 내렸다. 그리고 이튿날 천자는 수레에 올라 문무백관들을 거느리고 여와궁으로 가서 향을 살랐다. 하지만 주왕은 차라리 그 행차를 하지 않는 것이 좋았다. 그는 그저 향을 살랐을 뿐이지만 결국 그로 인해 천하를 황폐하게 만들고 백성이 생업을 잃게 만들었기 때문이다. 그야말로 이런 격이었다.

온 강에 낚시와 그물 뿌리니
이로부터 시시비비가 낚여 올라왔구나!

漫江撒下鉤和線　從此釣出是非來

그것을 어떻게 아느냐고? 이를 증명하는 시가 있다.

주왕이 여와궁을 행차하다.

천자의 수레 황궁을 나오니

깃발의 상서로운 색채 고관대작을 비춘다.

번쩍이는 보검은 바람과 구름의 빛 토하고

붉은 깃털 장식한 깃발은 해와 달처럼 흔들리는구나.

제방의 버들 새벽에 피어나고 선인장에는 이슬 맺혔는데

골짝의 꽃이 반짝일 때 푸른 갖옷 깔끔하구나.

황제가 행차하여 하늘 밖을 보려 하는 줄 알고

만국의 백성은 성스러운 황제 배알하지.

天子鑾輿出鳳城　　旌旄瑞色映簪纓

龍光劍吐風雲色　　赤羽幢搖日月精

堤柳曉分仙掌露　　溪花光耀翠裘清

欲知巡幸瞻天表　　萬國衣冠拜聖明

　행차가 조가의 남쪽 성문을 나가니 백성들은 집집마다 향을 피우고 불을 지피며 대문에 화려한 비단을 걸어 장식하고 융단을 깔았다. 삼천 명의 용감한 기마병과 팔백 명의 어림군御林軍을 이끌고 무성왕 황비호가 수레를 호위하는 가운데 조정의 모든 문무백관들이 그 뒤를 따랐다. 여와궁에 이르자 천자는 수레에서 내려 대전으로 올라가 향로에 향을 살랐고 문무백관들도 반열에 따라 절을 올렸다. 주왕은 의례가 끝나자 대전 안의 화려한 모습을 둘러보았는데 그 모습은 이러했다.

　대전 앞은 화려하여

오색단청과 금물로 치장했다.

금동은 나란히 깃발 들고 있고

옥녀는 쌍쌍이 여의 받들고 있다.

옥고리는 비스듬히 걸려 있고

막 떠오른 반달 하늘에 걸려 있다.

화려한 휘장 찰랑이고

만 쌍의 화려한 난새 북두성을 향한다.

하늘의 침상 옆에는

온통 학과 난새가 춤추며 날고

침향 그윽한 보좌에는

용과 봉황이 찾아가 배알한다.

하늘하늘 나부끼는 기이한 색채 예사롭지 않고

황금 향로에 상서로운 기운 서려 있다.

한들한들 상서로운 징조처럼 자줏빛 안개 피어나고

은촛대의 촛불 눈부시게 타오른다.

군왕이 사당의 정경 살펴볼 때

한 줄기 거센 바람 섬뜩 가슴을 파고든다.

殿前華麗　五彩金粧

金童對對執幡幢　玉女雙雙捧如意

玉鉤斜掛　半輪新月懸空

寶帳婆娑　萬對彩鸞朝斗

碧落床邊　俱是舞鶴翔鸞

沉香寶座　造就走龍飛鳳

飄飄奇彩異尋常　金爐瑞靄

裊裊禎祥騰紫霧　銀燭輝煌

君王正看行宮景　一陣狂風透膽寒

　주왕이 가지런한 건물과 웅장하고 화려한 누각을 구경하고 있을
때 갑자기 한 줄기 거센 바람이 휘장을 말아 올려 여와의 신상이 모
습을 드러냈다. 단정하고 아름다운 얼굴에서는 상서로운 기운이 피
어났고 세상에 비할 데 없이 아름다운 자태는 예주궁蕊珠宮°의 선녀
仙女가 하강한 듯 달나라 항아姮娥°가 내려온 듯 했다. 옛말에 나라가
흥성하려면 반드시 상서로운 징조가 있고 나라가 망하려면 요사한
것이 나타난다고 하지 않았던가? 여와의 모습을 본 주왕은 단번에
넋이 나가서 금방 음란한 생각이 들었다.

　'짐은 천자의 몸으로 천하의 부를 다 가지고 있는데 육궁의 후궁
과 삼궁의 비빈이 있다 한들 이처럼 아름다운 여인은 없구나.'

　주왕은 곧 문방사우를 가져오라고 분부했고 시종이 황급히 가져
와 바치니 붓에 먹물을 듬뿍 적셔서 여와궁의 새하얀 벽에 시를 한
수 적었다.

봉황과 난새 수놓은 화려한 휘장 예사롭지 않고
모두 금물 발라 모양도 정교하구나.
구불구불 먼 산에는 푸른 산색이 날고
하늘하늘 날리는 소매 노을빛 치마와 어울리는구나.
빗방울 머금은 배꽃이야 어찌 아름답다 할 수 있으랴?

안개에 싸인 작약이 아름다운 자태 뽐내는구나.
요염하고 움직일 수 있는 미녀 얻을 수만 있다면
궁궐로 데리고 돌아가 길이 군왕을 모시게 할 것을!

鳳鸞寶帳景非常　　盡是泥金巧樣妝

曲曲遠山飛翠色　　翩翩舞袖映霞裳

梨花帶雨爭嬌艷　　芍藥籠煙騁媚妝

但得妖嬈能擧動　　取回長樂侍君王

주왕이 그렇게 쓰고 나자 수상 상용이 간언했다.

"여와는 상고시대의 정의로운 신이자 조가에 복을 내리는 분이옵니다. 제가 폐하께 향을 사르시라고 청한 것은 만백성이 즐거이 생업에 임하고 비바람이 순조롭고 전쟁이 없는 평화로운 날이 지속되도록 복을 기원하시라는 뜻이었사옵니다. 그런데 지금 폐하께서 시를 지으셔서 신을 모독하시며 전혀 경건한 정성을 보이지 않으시니 이는 신에게 죄를 짓는 것일 뿐만 아니라 천자가 행차하여 기도를 올리는 예법에도 맞지 않사옵니다. 부디 그 시를 물로 씻어버리시옵소서. 천하의 백성이 그것을 보게 되면 폐하께서 덕으로 다스릴 줄 모르신다는 소문이 퍼질까 염려스럽사옵니다!"

"짐은 절세의 자태를 지닌 여와의 용모를 보고 시를 지어 찬미했을 뿐이지 다른 뜻은 없거늘 그대는 쓸데없는 소리 그만하시오! 게다가 짐은 존엄한 천자의 몸이니 이것을 남겨두어 백성이 보게 한다면 여와의 미모가 천하제일이라는 것을 알게 될 것이고 또한 짐의 필적도 볼 수 있지 않겠소이까?"

그렇게 말하고 주왕이 궁으로 돌아가자고 하니 문무백관들은 그저 묵묵히 고개만 끄덕일 뿐 감히 아무 말도 하지 못하고 돌아갈 수밖에 없었다. 이를 묘사한 시가 있다.

명마가 끄는 천자의 수레 황궁을 나와
여신 중에 빼어난 이에게 향 사르고 기원했는데
복을 기원하여 백성을 즐거워하게 할 줄로만 알았지
시를 읊어 만백성을 놀라게 할 줄 누가 알았으랴?
이제 곧 여우와 살쾡이가 태후가 되고
승냥이와 호랑이가 모두 고관대작이 되겠구나.
하늘이 징조를 드리운 것이 모두 이와 같나니
부질없이 영웅들로 하여금 탄식하며 불평하게 하는구나.

鳳輦龍車出帝京　拈香瀣祝女中英
只知祈福黎民樂　孰料吟詩萬姓驚
目下狐狸爲太后　眼前豺虎盡簪纓
上天垂象皆如此　徒令英雄歎不平

궁으로 돌아온 주왕은 용덕전龍德殿에 올랐고 문무백관들은 절을 올리고 해산했다. 보름날이라 삼궁의 황후와 비빈이 천자에게 인사를 올리게 되어 있어서 중궁의 강후와 서궁의 황비, 형경궁의 양비가 차례로 인사하고 돌아갔으니 이에 대해서는 더 이상 설명하지 않겠다.

한편 여와는 3월 15일 탄신일을 기념하여 화운궁火雲宮으로 가서 복희와 염제, 헌원 세 분 신에게 인사를 하고 돌아왔다. 그녀가 푸른 난새에서 내려 대전으로 들어가 자리에 앉자 옥녀와 금동이 모두 절을 올렸다. 그때 그녀는 고개를 들어 하얀 벽에 적힌 시를 발견하고 버럭 화를 내며 욕을 퍼부었다.

"은수는 무도하고 어리석은 군주로다! 행실을 닦고 덕을 세워서 천하를 보전할 생각은 하지 않고 이제 감히 하늘도 두려워하지 않으며 나를 모독하는 시를 쓰다니 정말 고약하구나! 생각해보니 성탕이 걸왕을 정벌하여 천하의 왕 노릇을 함으로써 육백 년 남짓 나라를 유지했지만 그 운수가 이미 다했구나. 이런 마당에 그자에게 응보를 내려주지 않는다면 내 영험함을 알지 못할 테지."

그녀는 즉시 벽하동자碧霞童子를 불러 푸른 구름을 타고 조가 일대를 한 바퀴 둘러보았다.

그 무렵 주왕의 두 왕자인 은교殷郊와 은홍殷洪은 부왕에게 인사를 하러 갔다. 은교는 훗날 봉신방封神榜의 유명한 신장神將인 치년태세值年太歲가 되고 은홍은 오곡신五穀神이 된다. 그런 그들이기에 주왕에게 절을 올리는 순간 두 사람의 정수리에서 두 줄기 붉은 기운이 하늘로 치솟았고 하필 여와가 구름을 몰고 가다가 이 기운에 의해 구름 길이 막히고 말았다. 이에 그녀가 아래를 내려다보니 주왕에게는 아직 28년의 운수가 남아 있는지라 함부로 손을 쓰지 못하고 일단 여와궁으로 돌아왔다. 하지만 기분이 나빴던 그녀는 채운동자彩雲童子를 불러 후궁後宮에 있는 황금 호로를 가져와 섬돌 아래에 놓아두라고 했다. 그녀가 호로의 마개를 열고 손가락으로 가리키자 호로 안에서 한 줄기 하얀 빛이 솟구쳤는데 굵기는 서까래와 비슷하고 높이는 네다섯 길이나 되었다. 그 하얀 빛의 위쪽에는 오색찬란한 깃발 하나가 수천 가닥의 상서로운 기운을 내비치고 있었으니 그것이 바로 요괴를 부르는 깃발인 '초요번招妖幡'이었다.

잠시 후 스산한 바람이 불며 으스스한 안개가 자욱하게 피어나고 사방이 먹구름에 덮이면서 몇 줄기 바람이 스치더니 천하의 요괴들이 모두 여와궁으로 달려와 명령을 기다렸다. 이에 여와는 채운동자에게 분부했다.

"각처에서 온 요괴들을 잠시 물러가 있게 하고 헌원 무덤에 있던 세 요괴만 남아서 지시를 기다리라고 해라."

이에 세 요괴가 여와궁으로 들어와 절을 올렸다.

"여와님, 탄신을 축하드리옵니다!"

세 요괴는 각기 천 년 묵은 여우 정령과 머리가 아홉 개 달린 꿩 정령 그리고 옥비파 정령이었다. 그들이 계단 아래에 엎드리자 여와가 말했다.

"너희에게 은밀한 명령을 내리겠다. 이제 성탕의 기운이 어두워져서 천하를 잃어야 마땅하고 기산岐山에서 봉황이 울어 주나라에 이미 훌륭한 군주가 태어나 있다. 하늘의 뜻이 정해졌으니 운수가 그렇게 한 것이다. 너희는 모습을 숨기고 궁중으로 들어가서 주왕의 마음을 미혹하여 어지럽히도록 해라. 그러다가 나중에 무왕이 주왕을 토벌할 때 성공하도록 도와주되 백성에게 피해를 주어서는 안 된다. 일이 끝나면 너희들 또한 정과正果를 이루도록 해주겠다."

여와의 분부를 받은 세 요괴는 절을 올려 은혜에 감사하고 나서 바람으로 변해 여와궁을 떠났으니 그야말로 이런 격이었다.

여우가 명령받고 요술 펼치니

성탕의 육백 년이 끝장나게 되었구나!

> 狐狸聽旨施妖術　斷送成湯六百年

이를 묘사한 시가 있다.

삼월 중순에 황제가 향 사르고

시 한 수 읊는 바람에 갑작스러운 재앙 일어났지.

그저 붓 쥐고 글솜씨 자랑할 줄만 알았지

이번에는 사직이 망하게 될 줄 몰랐구나.

> 三月中旬駕進香　吟詩一首起飛殃
>
> 只知把筆施才學　不曉今番社稷亡

　한편 주왕은 분향하면서 여와의 아름다운 모습을 보고 나자 밤낮으로 생각이 떠나지 않아 침식조차 잊을 지경이었다. 육궁의 궁녀와 삼궁의 비빈을 볼 때마다 지저분하고 추하다는 생각이 들어 쳐다보지도 않았고 늘 그 생각을 가슴에 품은 채 울적하게 지냈다.

　하루는 그가 현경전顯慶殿에 올랐는데 마침 늘 따르던 시종이 곁에 있었다. 그때 주왕은 갑자기 생각이 나서 자신이 총애하는 신하인 봉어선중간대부奉御宣中諫大夫 비중費仲°에게 어명을 내렸다. 근래에 태사 문중이 칙명을 받아 대군을 이끌고 북해의 반란을 평정하러 나갔을 때 변방에서 공을 세웠기 때문에 주왕은 비중과 우혼尤渾을 총애하고 있었던 것이다. 그런데 이 둘은 늘 주왕의 총명을 미혹하며 참소를 올리고 아부했는데 주왕은 그들의 말이라면 무엇이든 들어주었다. 천하가 위태로워지려면 간신이 요직을 차지하는 법이 아니던가?

잠시 후 비중이 들어와 알현하자 주왕이 물었다.

"짐이 여와궁에서 분향하다가 우연히 그 절세무쌍의 아름다운 용모를 보고 난 뒤로 후궁의 궁녀와 비빈이 도무지 눈에 들어오지 않으니 이를 어찌하면 좋겠소? 짐의 마음을 달래줄 좋은 계책이 없소?"

"폐하께서는 존엄하신 천자로서 천하의 부를 모두 차지하시고 덕성이 요·순과 비견할 만하옵니다. 천하의 모든 것이 폐하의 것이온데 얻지 못할 것이 어디 있겠사옵니까? 이것은 어려운 일도 아니옵니다. 내일 사방의 제후 수령에게 어명을 내리셔서 각 지역에서 미녀 백 명을 선발하여 궁녀로 들이라고 하시옵소서. 그러면 천하 절색의 미녀가 뽑혀 들어오지 않겠사옵니까?"

"옳거니! 그거 아주 좋은 생각이구려. 내일 아침에 그렇게 어명을 내리기로 하고 그대는 잠시 돌아가 계시구려."

그리고 주왕은 즉시 후궁으로 돌아갔으니 이후에 어찌 되는지는 다음 회를 보시라.

제*2*회

기주의 제후 소호, 반란을 일으키다
冀州侯蘇護反商

승상이 궁중에서 군주에게 직간하는데

충성스럽고 의로운 마음 누가 함께할 수 있으랴?

제후들이 조정에 알현하러 올 줄 진즉 알았더라면

값비싼 종이에 공문 쓰는 수고 덜었을 것을!

丞相金鑾直諫君　忠肝義膽孰能群

早知侯伯來朝覲　空費傾葵紙上文

　그러니까 주왕은 비중의 간언을 듣고 무척 기뻐하며 즉시 후궁으로 돌아갔다. 하룻밤이 지나고 이튿날 아침, 문무백관들이 조정에 모여 인사를 마치자 주왕이 담당 관리에게 말했다.

　"당장 사방의 제후에게 어명을 내려라. 각 지역에서 양가의 미녀를 백 명씩 뽑되 신분과 살림 형편을 막론하고 그저 용모가 단정하고 성품이 온화하며 예절이 반듯하고 행동거지가 바른 이를 뽑아 후궁의 궁녀로 들이도록 하라."

그 말이 끝나기도 전에 왼쪽 반열에서 한 사람이 나와 엎드려 간언했다.

"늙은 신하인 저 상용이 삼가 아뢰옵나이다! 군주가 도리에 맞게 다스리면 만백성이 즐거이 생업에 임하고 명령을 내리지 않아도 따르는 법이옵니다. 하물며 폐하의 후궁에는 미녀가 천 명이 넘고 빈어嬪御°들 위로도 후비들이 계시옵니다. 그런데 이제 갑자기 미녀를 선발하려 하시면 백성의 신망을 잃을까 염려스럽사옵니다. 듣자 하니 '군주가 백성의 즐거움을 즐거워하면 백성 또한 군주의 즐거움을 즐거워하고 백성의 근심을 걱정하면 백성 또한 군주의 근심을 걱정한다'라고 했사옵니다. 지금은 물난리와 가뭄이 자주 일어나는데 폐하께서 여색에만 집착하시는 것은 아니 될 일이옵니다. 그렇기 때문에 요·순은 백성과 즐거움을 함께하고 어진 덕으로 천하를 교화하시며 전쟁을 일삼지 않고 살육을 하지 않았사옵니다. 이에 하늘에는 밝은 별[景星]°이 빛나고 감로甘露가 내리고 봉황이 황궁 뜰에 내려오고 들판에 지초芝草가 자라면서 백성이 풍요롭고 물산이 풍부하여 길 가는 나그네는 서로 길을 양보하고 개 짖는 소리도 들리지 않으며 밤에는 비가 내리고 낮이면 날이 개어서 벼에 두 개의 이삭이 패었다고 하옵니다. 이것이 바로 군주가 도리에 맞는 정치를 하여 나라가 흥성하는 것을 보여주는 현상이옵니다. 그런데 지금 폐하께서 눈앞의 쾌락만 추구하시면 눈은 여러 가지 색에 현혹되고 귀는 음란한 소리만 듣게 되어 주색에 빠진 채 정원에 나들이를 다니고 산과 들에 사냥을 나가시게 될 터이니 이는 바로 군주가 무도하여 나라가 패망에 이르게 되는 현상이옵니다. 저는 조정의 기강을 맡고 있는 수상으로서 세 분 천자를 모셨사오니 부득이하게 폐하를 일깨워드리지 않을 수 없사옵니다. 부디 현량한 인재를 등용하시고 못난 자를 내치시며 어질고 의로운 행실을 닦아 도덕에 통달하시옵소서. 그러면 온화한 기운이 천하에 두루 퍼져 백성도 자연히 풍요를 누릴 것이요 천하가 태평하고 화목하게 될 것이니 백성과 더불어 무궁한 복을 누리실 수 있사옵니다. 게다가 지금은 북해의 전란이 아직 평정되지 않은 상황이니 마땅히 덕을 닦고 백성을 어여삐 여기시고 그들의 재물이 낭비되지 않게 하시며 부리실 때 신중하셔야 하옵니다. 요·순 같은 성군도 그저 이렇게만 했을 뿐이옵니다. 그런데 어찌하여 굳이 후궁을 뽑아 쾌락을 즐기시려 하시나이까? 어리석은 제가 기탄없이 아뢰었사오니 부디 통촉하여 받아주시옵소서!"

그러자 주왕이 한참 생각하고 나서 이렇게 말했다.

"아주 훌륭한 말씀이시오. 당장 그 어명을 철회하겠소이다!"

잠시 후 신하들이 물러나고 주왕이 후궁으로 돌아간 것은 더 이상 말할 필요가 없겠다.

그런데 뜻밖에 주왕이 천자가 되고 8년이 되던 해의 4월 여름에 사방 제후의 수령—동백후 강환초와 남백후 악숭우, 서백후 희창, 북백후 숭후호—이 팔백 명의 제후를 이끌고 조정에 들어와 알현했으니 천하의 제후가 모두 조가에 들어온 것이었다. 당시 태사 문중은 도성에 없었고 주왕은 비중과 우혼을 총애하고 있었다. 제후들은 비중과 우혼이 조정의 실권을 쥐고 멋대로 좌우한다는 것을 알고 어쩔 수 없이 먼저 그들에게 예물을 보내서 환심을 사두어야 했다. 그야말로 "천자를 뵈러 가기도 전에 먼저 재상에게 인사하는[未去朝天子 先來謁相公]" 격이었다. 제후들 가운데 기주후冀州侯 소호蘇護라는 이가 있었는데 성격이 불같고 강직한 그가 어찌 다투어 아부하며 이권을 추구하는 짓을 할 줄 알았겠는가? 그는 평소에 조금이라도 불공평한 일이 있으면 가차 없이 법대로 처리했기 때문에 두 사람에게 예물을 보내지 않았다. 어쩌면 그 또한 당연히 일어나야 할 일이었겠지만 두 사람이 조사해보니 다른 제후들은 모두 예물을 보냈는데 유독 소호만 보내지 않았는지라 속으로 원한을 품게 되었다.

그날은 설날이라서 천자가 조회를 여니 문무백관들이 모두 축하 인사를 올렸다. 그때 황문관黃門官°이 아뢰었다.

"폐하, 올해는 제후가 알현하러 오는 해여서 천하의 제후들이 모두 오문° 밖에 와서 대기하고 있사옵니다."

이에 주왕이 상용에게 묻자 그가 이렇게 아뢰었다.

"사방 제후의 수령들만 알현하도록 해서 민간의 풍속이 순후한지 명리名利를 다투는 일은 없는지 물어 나라를 다스릴 방책을 논의하시고 나머지 제후는 모두 오문 밖에서 하례賀禮를 올리게 하시옵소서."

주왕은 그 말을 듣고 무척 기뻐했다.

"아주 지당하신 말씀이오!"

그리고 황문관에게 분부했다.

"사방 제후의 수령들만 알현하도록 하고 나머지는 오문 밖에서 하례를 올리라고 하라!"

잠시 후 사방 제후의 수령들이 조회복을 단정히 차려입고 옥패를 가볍게 흔들면서 오문을 들어와 구룡교九龍橋를 지나 대전의 섬돌 아래로 와서 만세 삼창을 한 후 엎드렸다. 이에 주왕이 그들의 노고를 치하했다.

"경들이 짐을 대신해 백성을 교화하고 잘 보살피며 오랑캐를 굴복시켜 멀리까지 위세를 떨치고 있으니 참으로 노고가 많소이다. 이 모두 그대들의 공인지라 짐은 정말 기쁘구려!"

그러자 동백후가 아뢰었다.

"저희가 성은을 입어 지방을 다스리는 관직에 있사오니 밤낮으로 맡은 바 업무에 열중하면서 폐하의 기대를 저버리지 않기 위해 노력하고 있사옵니다. 미흡하나마 몸과 마음을 다해 노력하고 있사오나 그것은 그저 신하로서 마땅히 해야 할 본분을 지키는 것에 지나지 않는지라 성은에 보답하는 것이 만분의 일도 되지 않사온데 이렇게 염려해주시니 너무나 감격스러울 따름이옵니다!"

주왕은 무척 기쁜 표정으로 수상 상용과 아상亞相 비간比干에게 명하여 그들을 현경전으로 데려가 잔치를 베풀라고 했다. 이에 네 수령이 머리를 조아려 은혜에 감사하고 현경전으로 가서 연회를 즐긴 것은 말할 필요도 없겠다.

주왕은 조회를 파하고 편전으로 가서 비중과 우혼을 불러 물었다.

"저번에 경들이 짐에게 사방의 제후 수령으로 하여금 짐에게 미녀를 진상하게 하라고 이야기했는데 짐이 어명을 내리려 하다가 상용이 간언하는 바람에 그만둔 적이 있지 않소? 이제 그들이 모두 여기에 와 있으니 내일 아침에 불러들여 면전에서 명을 내리면 그들이 돌아가서 미녀를 선발해 바치기도 편하고 번거롭게 사신이 오갈 필요도 없지 않겠소? 경들은 어찌 생각하시오?"

그러자 비중이 엎드려 아뢰었다.

"수상께서 간언하신 바를 폐하께서 그날로 받아들이셔서 즉시 중지하셨으니 이는 훌륭한 미덕이었사옵니다. 신하들도 다들 알고 백성들도 그 소문을 들어서 천하가 폐하를 우러르고 있사옵니다. 그런데 오늘 다시 시행하시면 신하와 백성들에게 신망을 잃게 될 것이오니 그러지 않으시는 것이 좋을 듯하옵니다! 최근에 제가 알아본 바에 따르면 기주冀州의 제후 소호에게 대단히 아름답고 정숙한 딸이 하나 있다고 하옵니다. 그러니 그 딸을 궁으로 들이셔서 폐하를 모시게 하면 좋지 않을까 하옵니다. 게다가 한 사람의 딸만 데려오면 천하 백성을 동요하게 하지 않아도 되니 당연히 나쁜 소문도 나지 않을 것이옵니다."

그 말을 들은 주왕은 자기도 모르게 무척 기분이 좋아졌다.

"그거 아주 좋은 생각이구려!"

그리고 그는 즉시 시종에게 명을 내려 소호를 불러들이라고 했다. 이에 사자가 역관으로 달려가 어명을 전했다.

"폐하께서 나라 정치를 의논하시기 위해 기주의 제후 소호를 불러오라 하셨습니다."

소호는 즉시 사자를 따라 용덕전으로 가서 절을 올리고 엎드려 하명을 기다렸다. 이에 주왕이 말했다.

"듣자 하니 경에게 참하고 예절 바른 딸이 있다고 하던데 짐이 후궁으로 들이고 싶소. 그러면 경도 황실의 인척이 되어 영예로운 지위에 올라 녹을 받고 기주를 다스리며 편안히 즐기면서 천하에 명성을 알릴 수 있을 테니 모두들 부러워하지 않겠소? 어떻게 생각하시오?"

그러자 소호가 정색하며 아뢰었다.

"폐하의 궁중에는 위로 후비가 계시고 아래로 빈어가 있으며 아리따운 궁녀가 수천 명이나 되는데도 폐하를 즐겁게 해드리기에 부족하다는 말씀이시옵니까? 폐하를 불의에 빠뜨리려는 측근의 아부만 들으시면 아니 되옵니다. 게다가 제 딸은 몸이 허약하고 자질도 비루하여 예의를 잘 모르니 덕이며 용모가 모두 궁에 들이기에는 부족하옵니다. 바라옵건대 나라를 다스리는 데에 전념하시고 이런 참람스러운 간언을 하는 소인배를 처단하시어 천하 후손들로 하여금 폐하께서 올바른 마음으로 수양하여 충심 어린 간언을 잘 받아들이는 훌륭한 군주이지 여색을 탐하는 그런 군주가 아님을 알게 하시옵소서!"

"하하! 그것은 너무 요령을 모르시는 말씀이오. 예로부터 지금까지 딸을 이용해 가문을 빛내려 하지 않은 이가 어디 있었소? 게다가 딸이 후비가 된다면 천하에 비할 데 없이 높은 몸이 되고 경도 황실의 인척으로 크나큰 영예를 누리게 될 텐데 이보다 좋은 것이 또 어디 있겠소? 쓸데없는 생각에 미혹되지 말고 잘 생각해서 결정해주시구려!"

그러자 소호가 자기도 모르게 목소리를 높였다.

"듣자 하니 군주가 덕을 닦고 성실히 정치를 해야 만백성이 기꺼이 복종하고 천하가 우러르며 따라서 하늘의 복이 영원히 이어진다고 하였사옵니다. 옛날 하夏나라가 정치를 망치고 황음무도하게 주색에 빠져 있었지만 우리 조상들께서는 향락과 여색을 가까이하지 않고 재물과 이익을 탐하지 않으며 공덕에 따라 벼슬과 상을 내리고 관대하고 어진 정치로 천하의 잘못을 바로잡아 백성에게 신뢰를 얻음으로써 비로소 나라가 흥성하고 하늘의 명을 길이 보전할 수 있었사옵니다. 지금 폐하께서는 조상을 본받지 않으시고 저 하나라 걸왕을 따르시니 이는 패망의 길을 택한 것이옵니다! 게다가 군주가 여색을 좋아하면 반드시 사직이 무너지고 경대부卿大夫가 여색을 좋아하면 반드시 종묘의 제사가 끊어지고 선비와 일반 백성이 여색을 좋아하면 반드시 자기 몸을 망쳐 목숨을 잃게 되는 법이옵니다. 또한 군주는 신하에게 모범을 보여야 하는데 군주가 법도를 지키지 않으면 신하도 장차 그 영향을 받아서 붕당朋黨을 결성하여 간악한 짓을 하게 될 테니 천하가 어찌 되겠사옵니까? 저는 상나라 육백 년의 기업基業이 폐하에게서 어지러워지지 않을까 걱정스럽사옵니다!"

그러자 주왕이 버럭 진노했다.

"군주가 부르면 지체 없이 달려와야 하고 군주가 죽으라고 해도 감히 그 명령을 어기지 못하는 법이다. 하물며 네 딸 하나를 후비로 삼겠다는데 감히 고집스럽게 짐의 심기를 거스르고 면전에서 비판하며 나라를 망치는 군주에 비하는 것인가? 세상에 이보다 더 큰 불경이 어디 있는가? 여봐라, 당장 이자를 오문 밖으로 끌고 나가 사법부에 넘겨 문책하게 하라!"

좌우에서 소호를 끌어내자 비중과 우혼이 대전으로 올라와서 엎드려 아뢰었다.

"소호가 폐하의 심기를 거스른 일은 마땅히 문책해야 할 일이지만 폐하께서 그 딸을 궁으로 들이려 하시다가 이렇게 되지 않았사옵니까? 그러니 만약 이 일이 알려지면 모두들 폐하께서 현명한 신하를 경시하고 여색만 중시하여 간언을 막아버렸다고 할 것이옵니다. 차라리 사면해서 제 나라로 돌려보내시면 그자가 목숨을 살려주신 은혜에 감격하여 스스로 딸을 바칠 것이옵니다. 그리고 백성도 모두 폐하께서 하해와 같은 아량과 대범한 성품으로 신하의 간언을 선선히 받아들이시며 공신功臣을 아끼신다고 칭송할 테니 이야말로 일거양득이 아니겠사옵니까? 그러니 저희의 간언대로 시행하시옵소서."

주왕은 그 말을 듣고 표정이 조금 누그러졌다.

"경들의 말대로 당장 그자를 사면해서 제 나라로 돌려보내라고 어명을 내리겠소."

어명은 득달같이 시행되어 소호는 즉시 조가의 성문 밖으로 내쫓겼다. 그가 역관에 도착하자 휘하의 장수들이 나와 맞이하며 위문했다.

"폐하께서 무슨 일로 장군을 부르셨습니까?"

"일은 무슨 일! 무도하고 어리석은 군주가 조상의 덕과 업적을 헤아리지 못하고 참언과 아첨만 듣고 내 딸을 후궁으로 들이겠다고 하지 않겠소? 이는 분명 비중과 우혼이 술과 여색으로 군주의 마음을 미혹하고 조정의 정치를 저희들 멋대로 농단하려 하기 때문일 테지요. 어명을 듣고 나도 모르게 직간했더니 어리석은 군주가 오히려 내가 심기를 거슬렀다고 사법부로 송치했소이다. 그런데 두 간적이 또 간언해서 나를 사면하여 나라로 돌려보내라고 했답니다. 목숨을 살려준 은혜에 감격해서 딸을 조가에 바칠 것이라고 잔꾀를 쓴 모양이지요. 생각해보니 태사께서 원정에 나가 계시는 틈에 두 간적이 권력을 함부로 휘두르고 있으니 지금 어리석은 군주는 틀림없이 황음무도하게 주색에 빠져서 조정의 정치를 어지럽힐 것이고 천하는 황폐해져서 백성이 고난에 빠지게 될 것이오. 그리 되면 결국 가련하게도 성탕께서 세우신 우리 왕조는 흔적도 없이 사라지고 말 테지요! 내 생각에는 딸을 후궁으로 바치지 않으면 어리석은 군주가 틀림없이 죄를 다스린답시고 군대를 파견할 테고 그렇다고 딸을 후궁으로 들인다 하더라도 나중에 어리석은 군주가 덕을 잃으면 결국 온 천하가 내 어리석음을 비웃을 것 같소이다. 상황이 이러한데 여러분께 무슨 묘안이 없소이까?"

그러자 장수들이 일제히 말했다.

"듣자 하니 '군주가 올바르지 않으면 신하는 다른 나라로 투신할 수밖에 없다'라고 했습니다. 지금 주상이 현량한 신하를 경시하고 여색만 중시하여 조만간 혼란이 일어날 테니 차라리 조가를 등지고 스스로 자기 나라를 지키는 것이 위로 종묘를 보전하고 아래로 자신과 가문을 지키는 길이 아니겠습니까?"

이때 소호는 분기탱천한 상황이었기 때문에 그 말을 듣자마자 자기도 모르게 화가 치밀어 이것저것 따지지 않고 이렇게 말했다.

"대장부는 똑 부러지는 일이 아니면 하지 않는 법이지요! 여봐라, 문방사우를 가져와라. 오문의 담벼락에 시를 적어 나는 영원히 상나라의 신하가 되지 않겠다는 뜻을 밝히겠다!"

그리고 그는 다음과 같은 시를 적었다.

군주가 신하와 지켜야 할 도리 무너뜨리고
오륜五倫 망쳤으니
기주후 소호는
영원히 상나라를 섬기지 않으리라!

> 君壞臣綱　有敗五常
> 冀州蘇護　永不朝商

그는 그렇게 시를 써놓고는 곧 수하를 이끌고 조가를 떠나 자기 나라로 돌아가버렸다.

한편 주왕은 소호에게 면박당하고 자신의 바람을 이루지 못하자 조바심이 났다.

'비록 비중과 우혼의 간언에 따르기는 했지만 소호가 정말 자기 딸을 후궁으로 바쳐 짐의 즐거움을 누리게 해줄지 모르겠구나.'

그가 그렇게 머뭇거리고 있을 때 오문을 지키는 내관이 엎드려 아뢰었다.

"제가 오문을 지키다가 담벼락에 적힌 시를 보았사온데 기주의 소호가 모반을 하겠다는 뜻을 적은 것이었사옵니다. 이에 감히 숨기지 못하고 사실대로 아뢰옵나니 어찌할지 처분을 내려주시옵소서!"

기주후 소호, 반란을 일으키다.

그리고 베껴 온 시를 바치자 시종이 받아서 주왕의 앞에 있는 탁자에 펼쳐놓았다. 주왕은 그것을 슬쩍 보더니 버럭 소리를 질렀다.

"그 못된 놈이 감히 이렇게 무례하다니! 짐이 생명을 아끼는 하늘의 덕을 실천하기 위해 쥐새끼 같은 도적놈을 죽이지 않고 사면하여 제 나라로 돌려보냈거늘 오히려 이따위 시를 써서 조정을 능멸하다니 이것은 도저히 용서할 수 없는 죄로다! 즉시 은파패殷破敗와 조전晁田, 노웅魯雄 등을 불러들여라, 짐이 친히 대군을 통솔하여 정벌에 나서서 그 나라를 멸하고 말리라!"

시종은 노웅 등을 부르러 떠났고 잠시 후 그들이 모두 조정에 모여서 절을 올렸다. 주왕이 말했다.

"소호가 반역을 저질러 오문에 시를 써서 조정의 기강을 능멸했으니 이는 고약하기 그지없는 처사이고 법으로도 용납될 수 없다! 경들은 이십 만 병력을 이끌고 선봉에 서라, 짐이 친히 대군을 이끌고 그 죄를 응징하리라!"

노웅은 그 소리를 듣고 고개를 숙인 채 생각했다.

'소호는 충성스럽고 훌륭한 사람인데 어쩌다가 천자의 심기를 거슬러서 저렇게 친히 정벌에 나서겠다고 하시는 걸까? 아아, 기주는 이제 끝이로구나!'

이에 그가 엎드려 아뢰었다.

"소호가 폐하께 죄를 지었다 한들 어찌 굳이 몸소 정벌하려 하시옵니까? 게다가 사방 제후의 수령이 모두 도성에 있어서 아직 돌아가지 않은 상황이 아니옵니까? 그러니 한두 부대의 병력을 보내 소호를 사로잡아 그 죄를 분명히 다스리시면 자연히 토벌의 위세를 보여줄 수 있을 것이옵니다. 폐하께서 굳이 그리 먼 곳까지 몸소 정벌에 나서실 필요가 있겠사옵니까?"

"그렇다면 네 명의 수령 가운데 누구를 보내면 좋겠는가?"

그러자 비중이 반열에서 나와 아뢰었다.

"기주는 북방 숭후호가 관할하는 곳이니 그에게 정벌하라고 하시옵소서."

주왕이 즉시 그대로 어명을 내리려 하자 노웅이 다시 생각했다.

'숭후호는 탐욕스럽고 횡포한 자라서 그자가 군대를 이끌고 출정하면 지나는 지역이 피해를 입어 백성이 편히 살 수 없겠지. 서백 희창은 어질고 덕망 높기로 사방에 명성이 자자하고 신의가 있는 인물이니 그 사람을 천거하는 것이 두 가지 문제를 다 해결하는 최선의 방법이 아니겠는가?'

이에 그는 주왕이 어명을 내리기 전에 얼른 다시 아뢰었다.

"숭후호가 북방을 다스리고 있기는 하나 백성에게 신망을 얻지 못하고 있으니 이번 정벌에 나서더라도 조정의 위엄과 덕을 펼쳐 보이기 어려울 것 같사옵니다. 차라리 평소 어질고 의롭기로 명망 높은 서백 희창에게 정벌의 권한을 내리심이 어떠하옵니까? 그러면 폐하께서도 수고를 하지 않고도 소호를 붙잡아 죄를 다스리실 수 있을 것이옵니다."

주왕은 한참 동안 생각하다가 아예 두 사람의 의견을 모두 받아들여 숭후호와 서백에게 정벌의 권한을 내리기로 했다. 이에 사자를 현경전으로 보내 어명을 전달하게 한 것은 따로 서술할 필요가 없겠다.

한편 네 명의 제후 수령들은 두 승상과 함께 한창 잔치를 즐기고 있었다. 그때 갑자기 "어명이오!" 하는 소리가 들려왔다. 그들이 무슨 영문인가 의아해할 때 사자가 말했다.

"서백후와 북백후는 어명을 받으시오!"

두 제후가 자리에서 나와 무릎을 꿇자 사자가 어명을 낭독했다.

짐이 듣자 하니 신분의 위아래는 엄격하지만 군주를 섬기고 신하를 부리는 도리는 다름이 없다고 했노라. 그러므로 군주가 부르면 지체 없이 달려와야 하고 군주가 죽으라고 해도 감히 그 명령을 어기지 못하는 법이니 이것이 위계질서를 분명히 하고 맡은 일을 경건히 수행해야 하는 까닭이로다. 이제 무도한 소호가 함부로 짐의 뜻을 어기고 무례하게 굴면서 짐의 면전에서 심기를 거슬러 기강을 무너뜨렸도다. 그럼에도 짐은 그를 사면하여 기주로 돌아가게 해주었거늘 그자는 스스로 회개할 생각은 하지 않고 감히 오문에 시를 적어 군주에 대한 역심을 태연하게 드러냈으니 이는 용서할 수 없는 죄가 아니겠는가! 이에 그대들 희창 등에게 정벌의 권한을 내려 일을 처리하기 편하게 해줄 테니 그 발칙한 자를 징계하되 관용을 베풀지 말고 스스로 지은 죄에 대해 책임을 지게 하라. 어명을 내려 그대들을 파견하고자 하니 짐의 기대를 저버리지 말지어다!

사자가 어명을 다 읽고 나자 두 제후는 성은에 감사하며 몸을 일으켰다. 이어서 희창이 두 승상과 세 제후에게 말했다.

"소호는 조가에 왔어도 조정에 들어가 폐하를 알현하지 못했는데 지금 어명에 '짐의 면전에서 심기를 거슬렀다'라고 하니 이것이 무슨 말인지 모르겠소이다. 게다가 이 사람은 평소 충성스럽고 정의로운 데다가 여러 차례 군공軍功을 세운 바 있는데 오문에 그런 시를 썼다고 하니 필시 날조된 사건이 아닐까 싶소이다. 폐하께서 대체 누구의 간언을 믿으시고 공신을 토벌하려 하시는 걸까요? 이 일은 아마 천하의 제후들이 승복하지 않을 것입니다. 그러니 두 분 승상께서 내일 아침 조회에서 폐하를 알현하고 자세한 상황을 알아봐주십시오. 소호가 정말 그런 죄를 지었다면 당연히 정벌해야겠지만 그것이 아니라면 마땅히 이 일을 막아야 하지 않겠습니까?"

그러자 비간이 말했다.

"지당하신 말씀입니다!"

그때 숭후호가 끼어들었다.

"'천자의 말씀은 실처럼 가늘어도 일단 나오면 도장 끈처럼 굵어진다'라고 하지 않았소이까? 이제 어명이 이미 나왔거늘 누가 감히 거역하겠소이까? 게다가 소호가 오문에 시를 적었다면 분명 무슨 근거가 있을 터 천자께서 어찌 아무 이유도 없이 이런 사달을 일으키셨겠소이까? 팔백 명의 제후가 모두 천자의 어명을 따르지 않고 제멋대로 군다면 천자의 어명이 제후에게 먹히지 않게 되어 나라가 어지러워지지 않겠소이까?"

이에 희창이 말했다.

"옳은 말씀이기는 하나 그것은 하나만 알고 둘은 모르는 말씀이외다! 소호는 충성스럽고 현량한 군자라서 평소 나라를 위한 일편단심으로 백성을 올바로 교화하고 군대를 다스릴 때에도 법도에 맞아서 몇 년 동안 아무 잘못도 저지르지 않았다는 말씀입니다. 그런데 지금 폐하께서 누구에게 미혹되셨는지 군대를 일으켜 선량한 사람을 문책하려 하시니 이것은 나라를 위해서도 상서로운 일이 아닌 것 같다 이겁니다. 지금은 전쟁이나 살육을 벌이지 않고 모두 함께 요 임금 때와 같은 태평을 누려야 할 때가 아닙니까? 게다가 전쟁이라는 것은 흉한 징조여서 군대가 지나는 곳마다 틀림없이 백성을 놀라게 하고 민생을 어지럽힐 염려가 있습니다. 백성을 노역에 동원하고 재물을 손상하게 되며 병사들을 곤란하게 만들고 무력을 욕되게 하는 것입니다. 그러니 명분도 없이 군대를 일으키는 것은 태평성대에 있어서는 안 될 일이 아닙니까?"

"그 말씀도 일리가 있습니다만 그렇다고 군주의 명령이 떨어졌는데 자기 생각대로 판단하고 행동해서도 안 될 일이 아닙니까? 누가 감히 지고하신 천자의 말씀을 어기고 군주를 기만했다는 죄명을 자초하겠습니까?"

"그렇다면 그대는 먼저 군대를 이끌고 가시구려. 나도 뒤따라가겠소이다."

그렇게 자리가 파하자 서백이 두 승상에게 말했다.

"숭후호가 먼저 떠나면 저는 잠시 서기西岐로 돌아갔다가 군대를 이끌고 따라가겠습니다."

그런 다음 그들은 각자 거처로 돌아갔다.

이튿날 숭후호는 훈련장으로 가서 병력을 점검한 후 천자에게 작별 인사를 하고 출병했다.

한편 조가를 떠난 소호는 병사들과 함께 하루도 지나지 않아서 기주에 도착했다. 그의 큰아들 소전충蘇全忠이 장수들을 이끌고 마중을 나와 함께 성 안으로 들어가 사령부 막사에 도착하니 여러 장수들이 인사를 올렸다. 이에 소호가 말했다.

"지금 천자는 정치를 잘못 하고 있소이다. 천하의 제후들이 알현하러 갔는데 어떤 간신 놈이 내 딸의 미색이 빼어나다고 은밀히 아뢰는 바람에 어리석은 군주가 나를 대전으로 불러 딸을 후궁으로 들이라고 했소이다. 내가 그 자리에서 직간했더니 뜻밖에 그 어리석은 군주가 버럭 화를 내며 군주를 거슬렀다는 죄목으로 나를 잡아들였소이다. 그러자 비중과 우혼이 도와주는 것처럼 간언하기를, 나를 사면하여 돌려보내면 내가 감격해서 딸을 바칠 것이라고 했고 당시 나는 너무나 불쾌해서 오문에 시를 적어 상나라를 등지겠다는 뜻을 밝혔소이다. 지금쯤 그 어리석은 군주는 분명히 제후를 파견하여 내 죄를 물으려고 할 것이니 여러 장수들은 병력을 훈련시키고 성벽에 통나무와 돌 대포를 설치하여 방어에 만전을 기해주기 바라오."

이에 장수들은 밤낮으로 방어를 준비하며 조금도 게으름을 피우지 않고 결전에 대비했다.

한편 숭후호는 오만 명의 병력을 거느리고 그날로 출병하여 조가를 떠나 기주를 향해 진격했으니 그 모습이 이러했다.

하늘 울리는 대포 소리

땅을 뒤흔드는 징 소리

대포 소리 하늘을 울리니

드넓은 대해에 봄날 우레가 치는 듯하고

징 소리 땅을 뒤흔드니

만 길 산 앞에 벼락이 떨어지는 듯하다.

깃발 세워 펼치니

삼춘의 버들가지 바람에 엇갈리는 듯하고

호령 소리 울려 퍼지니

칠석의 오색구름이 달을 가렸지.

창칼이 번쩍이니

삼동의 상서로운 눈이 겹겹이 펼쳐진 듯하고

삼엄하게 세워진 창칼은

구월 무서리가 대지를 뒤덮은 듯했지.

치솟는 살기는 천태산을 가릴 듯하고

은은한 붉은 구름은 푸른 벼랑을 가렸구나.

십 리의 일렁이는 바다에 파도가 일어나고

커다란 무기의 산이 땅을 뚫고 솟아났지.

轟天砲響　震地鑼鳴

轟天砲響　汪洋大海起春雷

震地鑼鳴　萬仞山前丟霹靂

幡幢招展　三春楊柳交加

號帶飄揚　七夕彩雲蔽月

刀槍閃灼　三冬瑞雪重鋪

劍戟森嚴　九月秋霜蓋地

騰騰殺氣鎖天台　隱隱紅雲遮碧岸

十里汪洋波浪滾　一座兵山出土來

　　이렇게 대군이 여러 고을을 거쳐 행군한 지 하루도 되지 않아 전초부대의 병사가 말을 몰고 달려와 보고했다.

　　"부대가 기주에 도착했사옵니다. 전하, 군령을 내려주시옵소서!"

　　이에 숭후호는 영채營寨를 차리라고 명령을 내리니 그 모습이 이러했다.

동쪽에는 갈대 잎 같은 날이 달린 쇠창 세우고

남쪽에는 달 모양의 선화부宣花斧 도끼 놓고

서쪽에는 마갑馬閘° 위에 안령도雁翎刀 얹어놓고

북쪽에는 노란 꽃무늬 강력한 쇠뇌 설치하고

중앙에는 음양으로 나누어 갈고리 설치했다.

살기는 영채에서 사십오 리 떨어진 곳까지 미치고

원문轅門은 구궁九宮의 별자리 따라 세웠고

커다란 영채에는 팔괘의 원리 숨겨져 있구나.

東擺蘆葉點鋼槍　南擺月樣宣花斧

西擺馬閘雁翎刀　北擺黃花硬弓弩

中央戊己按勾陳　殺氣離營四十五

轅門下按九宮星　大寨暗藏八卦譜

숭후호가 영채를 세우자 정찰병에 의해 그 사실이 일찌감치 기주의 사령부에 보고되었다. 소호가 정찰병에게 물었다.

"어느 제후가 사령관으로 왔더냐?"

"북백후 숭후호이옵니다."

"뭐라고! 다른 제후라면 여지가 있겠지만 이자는 평소 행실이 무도하니 절대 예법에 맞춰서 해결할 수 없을 게요. 차라리 이 기회에 저들을 대파하여 우리 군대의 위용을 떨치고 백성의 재난을 제거하는 것이 낫겠소이다. 여봐라, 성 밖으로 나가 일전을 벌일 것이니 병력을 점검하라!"

이에 장수들은 각자 병사와 무기를 점검하고 성을 나가기 위해 대포를 울리며 하늘을 찌를 듯한 살기를 피워냈다. 이윽고 성문이 열리자 병력이 일자로 늘어서 진세를 구축했고 소호가 큰 소리로 외쳤다.

"전령은 앞으로 나가 적의 사령관에게 대화를 나누자고 전하라!"

한편 숭후호도 정찰병의 보고를 받자마자 병력을 점검하라고 지시했다. 이윽고 원문 앞에 걸친 깃발이 열리면서 숭후호가 소요마逍遙馬를 타고 장수들을 거느린 채 영채에서 나왔는데 각기 용과 봉황이 수놓인 두 개의 깃발이 펼쳐지고 그 뒤에는 그의 큰아들 숭응표崇應彪가 엄호했다. 소호가 보니 숭후호는 봉황이 날개를 펼친 문양이 장식된 투구를 쓰고 황금 갑옷을 입은 채 그 위에 붉은 전포를 걸치고 옥으로 만든 허리띠를 맸으며 천리마 자화류紫驊騮 같은 말에 올라 커다란 참장도斬將刀를 안장 위에 얹고 있었다. 소호는 그 모습을 보고 말에 탄 채 허리를 숙여 예를 표하며 말했다.

"안녕하십니까? 무장을 한 상태라서 온전히 격식을 차려 인사를 올리지 못하는 것을 양해해주십시오. 지금 천자는 무도하여 현량한 신하를 경시하고 여색을 중시하며 나랏일에 신경을 쓰지 않고 간사한 자들의 말만 듣고 신하의 딸을 억지로 후궁으로 삼아 방탕하게 주색을 즐기려 하니 머지않아 천하가 어지러워질 게 분명합니다. 이에 저는 변방에서 제 자리만 지키기로 결심했습니다. 그런데 제후께서는 어찌하여 이렇듯 명분도 없는 군대를 일으키셨습니까?"

"뭐라? 네놈은 천자의 어명을 거역하고 반역의 뜻이 담긴 시를 오문에 적었으니 이는 죽어 마땅한 죄가 아니더냐? 이제 어명을 받들어 네 죄를 문책하러 왔으니 일찌감치 원문 앞에 무릎을 꿇고 빌어야 하거늘 아직도 궤변을 늘어놓으며 무장을 하고 힘자랑을 하는 게냐?"

그러면서 숭후호는 좌우를 돌아보며 말했다.

"누가 저 역적 놈을 잡아 오겠느냐?"

그 말이 끝나기도 전에 왼쪽 선봉 부대에서 장수 하나가 나섰다. 그는 봉황의 날개가 장식된 투구를 쓰고 황금 갑옷 위에 붉은 전포를 걸친 채 사자 머리와 난새가 장식된 허리띠를 차고 청총마靑驄馬 위에서 사나운 목소리로 대답했다.

"제게 맡겨주십시오!"

그러면서 그가 그대로 군진의 앞으로 나서자 그 모습을 본 소호의 아들 소전충이 측면에서 말을 달려 나와 창을 흔들며 말했다.

"멈춰라!"

소전충은 상대가 편장偏將 매무梅武임을 알아보았다. 그때 매무가 말했다.

"소전충! 너희 부자가 반역하여 천자께 죄를 짓고도 감히 천자의 군대에 대항하려 하다니 그건 멸족의 재앙을 자초하는 짓이 아니더냐!"

이에 소전충이 말의 배를 박차고 돌진하며 창을 휘둘러 가슴을 찌르려 하자 매무도 들고 있던 도끼를 휘두르며 맞섰다.

두 장수가 진영 앞에서 격전 펼치는데
징 소리 북소리에 듣는 이들 놀라는구나.
세상에 전쟁이 일어날 운명인지라
영웅들이 서로를 향해 치달리게 되었지.
이쪽이 위아래를 가리지 않으니
저쪽은 두 눈조차 제대로 뜨기 어렵구나.
네가 나를 잡아
능연각°에 이름 남길 공신이 되고자 하지만
나는 너를 잡아
단봉루° 앞에 초상화 남기리라!
도끼 휘두르면 창으로 막으니
한 마리 봉황이 몸을 감싼 채 머리 흔들고
창 휘두르면 도끼로 맞서니
볼 주위를 벗어나지 않고 목을 스치는구나.

二將陣前交戰　鑼鳴鼓響人驚

該因世上動刀兵　致使英雄相馳騁
這個那分上下　那個兩眼難睜
你拿我　凌煙閣上標名
我捉你　丹鳳樓前畫影
斧來戟架　繞身一點鳳搖頭
戟去斧迎　不離腮邊過項顋

　양편의 말이 뒤얽혀 스무 판쯤 맞붙었을 때 소전충의 창이 매무
를 찔러 말에서 떨어뜨렸다. 그 모습을 본 소호가 북을 울리라고 지
시하자 기주의 진영에서 부장副將°조병趙丙과 진계정陳季貞이 칼을
휘두르며 말을 몰고 돌진했다. 이어서 한바탕 함성이 일더니 시름
겨운 구름이 자욱하게 피어나면서 격전이 벌어져 눈부시게 빛나는
태양 아래 시체들이 들판에 가득하고 핏물이 도랑을 이루어 흘렀
다. 숭후호 휘하의 김채金蔡와 황원제黃元濟, 숭응표는 싸우다 후퇴
하기를 거듭하여 결국 십 리 밖까지 밀려났다. 이에 소호는 징을 울
려 병사를 물리게 하고 성 안의 사령부로 돌아가 공을 세운 장수들
에게 상을 내리면서 이렇게 말했다.

　"오늘은 비록 대승을 거두었지만 저들은 분명 전열을 정비해서
복수하러 올 걸세. 그렇지 않으면 틀림없이 지원군을 청할 테니 우
리 기주는 위험에 처하게 될 걸세. 이를 어쩌면 좋겠는가?"

　그 말이 끝나기도 전에 부장 조병이 나서서 말했다.

　"오늘 승리를 거두었지만 저들은 정벌을 그만두지 않을 것입니
다. 저번에는 반역의 시를 적어놓으셨고 오늘은 적군의 장수와 병

사들을 죽여 천자의 명을 거역했으니 이 모두 용서받을 수 없는 죄입니다. 하물며 천하의 제후들이 숭후호 하나만 있는 것이 아닌지라 천자가 진노하면 또 다른 군대를 파견할 것입니다. 그렇게 되면 여기 기주는 작은 지역이라 그야말로 계란으로 바위를 치는 격으로 위험에 처할 것이니 기왕 시작한 일은 끝장을 봐야 할 것입니다. 숭후호가 패퇴했다 하더라도 겨우 십 리 남짓 떨어져 있으니 저들이 미처 방비하지 못할 때 은밀히 접근해 기습 공격을 감행하여 한 명도 남김없이 전멸시켜서 우리의 무서움을 알려야 합니다. 그런 다음 현명하고 어진 제후를 찾아가 의탁하여 향후를 도모하는 것이 종사宗社를 보전하는 길이 아닐까 생각합니다. 주군께서는 어떻게 생각하시는지요?"

그러자 소호가 무척 기뻐하며 말했다.

"아주 좋은 생각일세, 내 생각과 딱 들어맞는구먼."

그는 즉시 소전충에게 삼천 명의 병력을 거느리고 서쪽 성문에서 십 리 떨어진 오강진五崗鎭에 매복해 있으라고 지시했다. 소전충이 떠나자 진계정이 왼쪽 진영을, 조병이 오른쪽 진영을, 소호는 중앙 진영을 이끌고 출전했다. 때는 황혼 무렵으로 전군은 깃발을 거두고 북도 울리지 않은 채 병사들의 입에 나뭇가지를 물리고 말의 고삐를 벗겨냈다. 그리고 포성을 신호로 일제히 공격하기로 약속했으니 이에 대해서는 더 설명할 필요가 없겠다.

한편 숭후호는 제 힘을 믿고 함부로 출병했다가 뜻밖의 패배를 당하자 속으로 무척 부끄러웠다. 그는 어쩔 수 없이 패잔병을 수습하고 영채를 차려 울적한 마음으로 장수들에게 말했다.

"내가 여러 해 동안 정벌을 하면서 한 번도 패배한 일이 없는데 오늘은 매무와 많은 병사를 잃었으니 이를 어쩌면 좋겠는가?"

그러자 곁에 있던 대장 황원제가 아뢰었다.

"주군, 승패는 병가지상사兵家之常事가 아닙니까? 조만간 서백후가 대군을 이끌고 도착하실 테니 기주를 격파하는 것은 손바닥을 뒤집듯이 쉬운 일입니다. 너무 상심하지 마시고 옥체를 보중하십시오."

이에 숭후호는 술상을 마련하여 장수들과 마음껏 마셨으니 이에 대해서는 자세히 설명하지 않겠다. 다만 이를 묘사한 시가 있다.

숭후호가 군대 이끌고 원정에 나섰다가
기주성 밖에 주둔했지.
삼천 명의 기병이 패전한 뒤에
비로소 예전의 명성이 헛된 것임을 알게 되었지.

侯虎提兵事遠征　冀州城外駐行旌
三千鐵騎摧殘後　始信當年浪得名

한편 소호는 암암리에 군대를 이끌고 성 밖으로 나가 초경(初更, 저녁 7시~9시) 무렵이 되자 벌써 십 리를 행군하여 기습을 준비했다. 그는 정찰병의 보고를 받고 즉시 대포를 쏘아 공격 신호를 하라고 지시했다. 그러자 곧 하늘이 무너지고 땅이 꺼질듯이 '꽝!' 하는 소리와 함께 삼천 명의 날랜 기마병이 일제히 함성을 내지르며 숭후호의 진영으로 돌진했으니 그 기세는 도저히 감당할 수 없을 만큼 무시무시했다.

> 황혼에 군대가 도착하여
> 칠흑 같은 밤중에 공격했지.
> 황혼에 군대가 도착했으니
> 돌격하는 부대 어찌 막으랴?
> 칠흑 같은 밤중에 공격했으니
> 영채의 문을 쳐서 무너뜨리는 것을 어찌 버틸 수 있으랴?
> 돌격의 북소리 들은 사람은
> 그저 겁에 질려 도망치기에 급급했고
> 하늘을 울리는 포성에 놀란 말은
> 방향도 분간하지 못하고 내달렸지.
> 창칼이 어지러이 찔러대니
> 위아래 어디를 막아야 할까?
> 장수와 병사 맞닥뜨리니
> 자기편인지 남의 편인지 어찌 구별하랴?
> 단잠에 빠져 있던 병사들 이리저리 도망치고
> 잠이 덜 깬 장수들 투구 쓸 겨를조차 없었지.
> 선봉장은 말안장 얹을 틈도 없고
> 중군 사령관은 신도 없이 맨발로 내달렸지.
> 포위한 병사들 동서에서 마구 찔러대니
> 좌우를 호위하던 기병들 남북으로 도주했지.

공격하는 장수는 사나운 호랑이처럼 민첩하고

영채를 덮치는 병사는 꿈틀대는 용처럼 용맹스러웠지.

칼에 베인 이는 어깨부터 등까지 갈라지고

창에 찔린 이는 두 팔에 피가 철철 흘렀지.

검에 맞은 이는 갑옷 갈라지고

도끼에 맞은 이는 두개골 쪼개졌지.

사람끼리 부딪혀

서로 밟고 넘어지고

말끼리 부딪혀

온 들에 시체가 가득 널렸지.

부상당한 병사는 애절하게 비명 지르고

화살 맞은 장수는 목이 메어 구슬픈 신음 토했지.

버려진 징이며 북, 깃발 땅바닥에 가득하고

군량과 마초에 불붙어 온 들판이 시뻘겋게 변했지.

어명 받들어 정벌할 줄만 알았지

병사 한 명도 남지 못하게 될 줄 누가 알았으랴?

시름겨운 구름은 아홉 겹 하늘로 올라가고

일단의 패잔병 도처로 몰려 달아났지.

> 黃昏兵到　黑夜軍臨
>
> 黃昏兵到　衝開隊伍怎支持
>
> 黑夜軍臨　撞倒寨門焉可立
>
> 人聞戰鼓之聲　惟知愴惶奔走
>
> 馬聽轟天之砲　難分東南西北

刀槍亂刺　那明上下交鋒

將士相迎　豈知自家別個

濃睡軍東衝西走　未醒將怎帶頭盔

先行官不及鞍馬　中軍帥赤足無鞋

圍子手東三西四　拐子馬南北奔逃

劫營將驍如猛虎　衝寨軍矯似遊龍

著刀的連肩拽背　着刀的兩臂流血

逢劍的砍開甲冑　遇斧的劈破天靈

人撞人　自相踐踏

馬撞馬　遍地尸橫

着傷軍哀哀叫苦　中箭將咽咽悲聲

棄金鼓幡幢滿地　燒糧草四野通紅

只知道奉命征討　誰指望片甲無存

愁雲直上九重天　一派敗兵隨地擁

　　세 곳에서 돌격하는 병사들은 모두 용맹하고 날래서 서로 공을 먼저 차지하려고 일제히 함성을 질러대며 일곱 겹의 보루를 격파하고 사방팔방에서 호랑이와 늑대처럼 달려들었다. 말에 탄 소호도 창을 들고 그대로 영채로 쇄도하여 숭후호를 사로잡으려고 했는데 영채의 좌우 입구에서 함성이 땅을 뒤흔들자 단잠에 빠져 있던 숭후호는 허둥지둥 일어나 옷을 걸치고 말에 올라 칼을 뽑아 들고 막사 밖으로 달려 나갔다. 그리고 그는 등불 속에서 소호의 모습을 발견했다. 소호는 황금 투구와 황금 갑옷 위로 붉은 전포를 걸치고 옥으로 만든 허리띠를 찬 채 청총마에 앉아 화룡창火龍槍을 들고 고함을 질렀다.

"숭후호, 어딜 도망치려 하느냐! 당장 말에서 내려 오랏줄을 받아라!"

그러면서 창으로 가슴을 찔러오자 숭후호도 다급히 칼을 들어 맞섰다. 둘이 한창 격전을 벌이고 있을 때 숭후호의 큰아들 숭응표가 김채와 황원제를 이끌고 구원하려고 달려왔다. 그때 숭후호 진영의 왼쪽 군량 창고 쪽으로 조병이 치고 들어갔고 오른쪽 군량 창고 쪽에서는 진계정이 쳐들어가 양측은 심야의 혼전을 벌였다.

> 전운은 땅의 문°덮고
> 살기는 하늘 문 막는다.
> 암흑 천지에 군대가 배치되어
> 달빛 아래 바람 맞으며 진세 펼친다.
> 사방에 일제히 횃불 들고
> 팔방에 등불 덩어리 어지럽게 굴러다닌다.
> 저쪽 진영에서는 몇 명의 장수가 달려들고
> 이쪽 진영에서는 천 필의 전마가 용처럼 내달린다.
> 등불은 전마 비추고
> 불빛은 병사 비춘다.
> 등불이 전마 비추니
> 천 가닥 불꽃이 비휴를 비추는 듯하고
> 불빛이 병사 비추니

만 갈래 붉은 노을이 해치를 감싸는 듯하다.

활을 당겨 화살 쏘니

별빛 앞 달빛 아래 차가운 빛 토하고

뒤로 돌아가 칼 휘두르니

등잔 불길 속 찬란한 빛 피어난다.

징을 울리는 장교는

몽롱한 두 눈 도무지 크게 뜨기 어렵고

북 치는 젊은 병사는

점점 두 손 들지 못하게 되지.

칼 휘두르면 창으로 막는데

말발굽 아래 사람의 머리 어지러이 굴러다니고

검 내지르면 창으로 막으니

투구 위에 피가 흥건하다.

철추와 채찍° 함께 휘두르니

등잔 앞의 장교 모두 목숨이 위태롭다.

도끼와 쇠몽둥이° 사람 해치니

눈앞의 젊은 병사 우수수 목숨 잃고

천지를 뒤흔드는 함성 속에서 서로 해치니

통곡 소리에 하늘조차 괴로워 비명 지른다.

영채 가득 대포 소리 하늘까지 치솟으니

별도 달도 빛 잃어 북두칠성도 흐릿하다.

征雲籠地戶　殺氣鎖天關

天昏地暗排兵　月下風前布陣

四下裏齊擧火把　八方處亂滾燈球

那營裏數員戰將廝殺　這營中千匹戰馬如龍

燈影戰馬　火映征夫

燈影戰馬　千條烈焰照貔貅

火映征夫　萬道紅霞籠獬豸

開弓射箭　星前月下吐寒光

轉背掄刀　燈裏火中生燦爛

鳴金小校　慘慘二目竟難睜

擂鼓兒郎　漸漸雙手不能擧

刀來槍架　馬蹄下人頭亂滾

劍去戟迎　頭盔上血水淋漓

錘鞭竝擧　燈前小校盡傾生

斧鐧傷人　目下兒郎多喪命

喊天振地自相殘　哭泣蒼天連叫苦

只殺得滿營砲響衝霄漢　星月無光斗府迷

　　그러니까 양측의 결전에서 소호가 마음먹고 기습하자 숭후호는
미처 방비를 하지 못했는데 기주의 병력은 일당백이어서 김채는 일
찌감치 조병의 칼에 베여 말에서 떨어지고 말았다. 숭후호는 상황
이 여의치 않게 돌아가자 격전을 치르며 슬슬 후퇴하기 시작했고
부친을 호위하며 탈출로를 여는 큰아들 숭응표는 마치 초상집의
개, 혹은 뚫린 그물 구멍으로 도망치는 물고기 같았다. 기주의 병력
은 호랑이처럼 흉맹하고 승냥이처럼 지독해서 벌판에 시체가 가득

하고 피가 도랑을 이루며 흐르도록 살육을 그치지 않았으니 도망치기 급급한 숭후호의 군대는 길도 알아보기 어려운 한밤중에 필사적으로 내달려야만 했다. 소호는 숭후호의 패잔병을 이십 리 가까이 쫓아가며 살육을 벌이다가 징을 울려 군대를 거둬들였다.

소호가 그렇게 완전한 승리를 거두고 기주로 돌아간 반면 숭후호는 아들과 함께 패잔병을 이끌고 하염없이 앞으로 내달렸다. 그러다가 황원제와 손자우孫子羽가 뒤처진 병사들을 재촉하여 따라와 함께 말을 달렸다. 숭후호는 말에 탄 채 장수들을 향해 울부짖듯 소리쳤다.

"내가 군대를 일으킨 이래로 이런 참패를 당해본 적이 없는데 오늘 역적의 야밤 기습을 대비하지 못해 이 지경이 되었으니 이 원한을 어찌 갚을꼬? 서백 희창은 느긋하게 지내면서 천자의 어명을 무시한 채 병사를 움직이지 않고 구경만 하고 있으니 너무도 원망스럽구나!"

그러자 숭응표가 말했다.

"우리 군대는 패전해서 이미 사기를 잃었으니 병사를 주둔하고 움직이지 않는 것이 좋겠습니다. 그 대신 서백에게 전령을 보내 속히 군사를 이끌고 오라고 재촉한 다음 다시 대책을 마련해야 합니다."

"좋은 생각이구나, 내일 병력을 수습하고 상의해보자꾸나."

그 말이 끝나기도 전에 한 발의 포성이 울리는가 싶더니 하늘을 찌를 듯한 함성과 고함 소리가 들려왔다.

"숭후호, 당장 말에서 내려 목을 내밀어라!"

숭후호 부자와 여러 장수들이 다급히 앞을 바라보니 보름달 같은 얼굴에 머리를 질끈 동여매고 황금 모자를 쓴 채 이마에 황금 띠를 두른 젊은 장수가 황금 갑옷 위에 붉은 전포를 입고 은합마銀合馬에 올라앉아 자루를 화려하게 장식한 창을 들고 주사朱砂를 바른 듯 붉은 입술로 매섭게 소리치고 있었다.

"숭후호, 내 부친의 명을 받들어 여기서 너를 기다린 지 오래다. 당장 무기를 버리고 목을 내밀어라. 아직도 말에서 내리지 않고 무얼 기다리고 있느냐?"

"역적의 자식 놈아! 너희 부자는 모반하여 천자를 거역하고 조정의 관리를 죽였으며 천자의 병력을 해쳤다. 그 죄는 태산처럼 커서 네놈의 시체를 갈기갈기 찢어도 속죄하기가 부족한데 내 우연히 한밤중에 역적의 간계에 걸려들었다고 해서 네놈이 이렇게 위세를 부리며 부끄러운 줄도 모르고 그런 허풍을 쳐대느냐? 며칠 후에 천자의 군대가 도착하면 너희 부자는 죽어도 묻힐 땅이 없을 것이다. 여봐라, 누가 나가서 저 역적을 잡아 오겠느냐?"

그러자 황원제가 칼을 휘두르며 말을 달려 나갔고 소전충도 들고 있던 창으로 맞서니 둘 사이에 격전이 벌어졌다.

찬바람 땅을 휩쓸며 쌩쌩 불어대고
자욱한 전장의 먼지 자줏빛 구름처럼 피어오른다.
따각따각 말발굽 울어대고
짤랑짤랑 갑옷 비늘 얽혀 흔들린다.
마음 가다듬고 칼 휘둘러 상대의 비단 전포 쪼개려 하고
정신 집중하여 창 내질러 상대의 갑옷 뚫으려 하지.

거센 격전에 깃발 든 장교는 연달아 손이 꺾이고
북 치는 젊은 병사는 북채 어지럽게 휘두르지.

括地寒風聲似颭　滾滾征塵飛紫雲
駞駞撥撥馬蹄鳴　叮叮當當袍甲結
齊心刀砍錦征袍　擧意槍刺連環甲
只殺得搖旗小校手連顚　擂鼓兒郞錘亂市

　두 장수의 격전이 무르익어 승부를 가리지 못하자 손자우가 쌍날이 달린 창[叉]을 들고 달려 나가 황원제와 함께 소전충을 공격했다. 하지만 소전충이 벼락처럼 고함을 지르며 창을 내지르니 손자우는 그대로 말에서 떨어져버렸다. 이에 더욱 기세가 오른 소전충은 숭후호에게 달려들었고 숭후호 부자는 일제히 맞섰는데 소전충은 바람을 타는 사나운 호랑이처럼 바다를 휘젓는 교룡처럼 세 사람을 상대로 더욱 신위를 떨쳤다. 그렇게 일 대 삼의 전투가 무르익어갈 때 상대의 빈틈을 발견한 소전충이 창을 내질러 숭후호의 허벅지를 감싼 갑옷을 반쯤 잘라버리자 깜짝 놀란 숭후호는 황급히 고삐를 당겨 사정권 밖으로 달아났다. 부친이 도망치는 것을 본 숭응표는 다급한 마음에 손발이 어지러워졌고 그 순간 소전충의 창이 가슴을 찔러오자 다급히 피했지만 어느새 왼팔이 베여 전포에 피가 흥건해 하마터면 낙마할 뻔했다. 다행히 여러 장수들이 재빨리 달려와서 도와준 덕분에 그는 간신히 목숨을 건져 도주했다. 소전충은 그들을 추격하려 했으나 날이 어두워져 곤란했기 때문에 어쩔 수 없이 병력을 거둬들여 성으로 돌아갔다.

마침내 날이 밝아오자 양쪽 진영으로 보고가 올라왔다. 소호는 큰아들을 대전으로 불러 물었다.

"그 도적을 잡았느냐?"

"분부대로 오강진에 매복해 있었더니 한밤중에 패잔병들이 그곳에 도착했습니다. 저는 손자우를 죽이고 숭후호의 허벅지를 감싼 갑옷을 자르고 숭응표의 왼팔을 베어 거의 낙마시킬 뻔했으나 적군의 장수들이 달려와 그들을 구해 달아났습니다. 밤중인지라 함부로 추격할 수 없어서 그대로 철군했습니다."

"그놈 꼴좋게 되었구나! 얘야, 가서 좀 쉬도록 해라."

자, 이제 숭후호는 어디서 지원병을 구할까? 이에 대해서는 다음 회를 보시라.

희창, 포위를 풀어주고 달기를 주왕에게 바치다
姬昌解圍進妲己

숭후호가 칙명 받들어 제후 정벌하려 했으나

지혜도 전략도 모자라 부질없는 원망만 생겼구나.

한낮에 군대 움직여 전략에서도 졌고

저녁에 기습당해 계책에서도 실패했지.

이제껏 여색이 나라 망치는 일 많았고

예로부터 간신은 끝이 좋지 않았지.

이 어찌 주왕이 달기를 원했기 때문이랴?

하늘의 뜻이 주나라에게 가 있음을 알았어야지.

崇侯奉敕伐諸侯　智淺謀庸枉怨尤

白晝調兵輸戰策　黃昏劫寨失前籌

從來女色多亡國　自古權奸不到頭

豈是紂王求妲己　應知天意屬東周

그러니까 승후호 부자는 부상을 입고 밤새 도주하느라 너무나 지쳐 있었다. 그들이 황급히 패잔병을 수습해놓고 보니 열에 하나밖에 남지 않았는데 그나마 다들 중상을 입은 상태였다. 승후호는 병사들의 모습을 보고 너무나 상심했다. 그때 황원제가 다가와서 말했다.

"주군, 왜 이리 상심하십니까? 승패는 병가지상사이고 어젯밤은 미처 방비하지 못한 사이에 간악한 계책에 걸렸을 뿐입니다. 일단 남은 병사를 여기에 주둔시키고 속히 서기로 전령을 보내서 서백에게 출병하라고 재촉하시면 이 전쟁을 끝낼 수 있을 것입니다. 그러면 지원도 얻고 오늘의 패배를 설욕할 수도 있지 않겠습니까? 주군, 어찌 생각하십니까?"

승후호는 잠시 생각에 잠겼다.

'서백이 병사를 움직이지 않고 앉아서 구경만 하고 있는데 내가 또 재촉하면 오히려 그쪽에 천자의 어명을 거역했다는 죄명만 씌우게 되지 않겠는가?'

그가 이렇게 머뭇거리고 있을 때 앞쪽에서 갑자기 대규모 병력이 움직이는 소리가 들려왔다. 그는 어디서 온 병력인지 몰라서 혼비백산 놀라 황급히 말에 올라 앞으로 달려가 살펴보았다. 자세히 보니 두 개의 깃발이 내걸려 있는데 그 사이로 한 장수의 모습이 보였다. 그는 솥바닥처럼 시커먼 얼굴에 시뻘건 수염을 기르고 새하얀 눈썹 아래 통방울 같은 눈을 가졌으며 불꽃 모양으로 피어오르는 구름과 짐승 문양이 장식된 모자를 쓰고 쇠사슬을 엮어 만든 갑옷 위에 붉은 전포를 두르고 백옥 허리띠를 찬 채 화안금정수火眼金睛獸에 앉아 금물을 입힌 두 자루 도끼를 들고 있었다. 그는 바로 승후호의 동생 조주후曹州侯 숭흑호崇黑虎였다. 숭후호가 그를 알아보고 안심하자 숭흑호가 말했다.

"형님이 패전했다는 소식을 듣고 구원하러 왔습니다. 뜻밖에 여기서 만나게 되었으니 천만다행이로군요!"

숭응표도 말에 탄 채 허리를 숙여 인사했다.

"숙부님, 먼 길 오시느라 고생하셨습니다."

"이제 제 병사와 합쳐서 다시 기주로 가십시다. 나름대로 방책을 마련해두었습니다."

이렇게 해서 두 부대가 합치게 되었다. 숭흑호는 삼천 명의 날랜 비호병飛虎兵을 선두에 세우고 이만여 명의 병력이 그 뒤를 따르게 하여 다시 기주성 아래로 가서 영채를 차렸다. 마침내 선봉에 나선 조주의 병사들이 함성을 지르며 싸움을 걸자 기주의 전령이 달려가 소호에게 보고했다.

"조주의 숭흑호 휘하 군대가 성 아래에 도착했사옵니다. 전하, 분부를 내려주시옵소서!"

소호는 고개를 숙이고 한참 동안 말없이 있다가 이렇게 말했다.

"숭흑호는 무예가 뛰어나고 현묘한 이치를 통달한 사람이라 우리 성의 장수들 가운데 그의 적수가 될 만한 이가 아무도 없으니 이를 어찌할꼬?"

좌우의 장수들이 영문을 몰라 할 때 소전충이 앞으로 나와서 말했다.

"'병사가 오면 장수가 맞서고 물이 닥치면 흙으로 막는다'라고 하지 않습니까? 그까짓 숭흑호 하나가 무서울 게 어디 있겠습니까?"

"너는 아직 어려서 물정을 잘 모르고 스스로 영웅이라 자부하는구나. 숭흑호는 예전에 신인神人을 만나서 도술을 전수받았기에 백만 명의 군대에 둘러싸인 장수의 수급도 주머니 속 물건을 꺼내듯 쉽게 해치우는 사람이다. 그러니 가볍게 보면 안 된다."

그러자 소전충이 버럭 고함을 질렀다.

"적군의 사기만 올려주고 우리 편의 위세를 꺾으시다니요! 제가 나가서 숭흑호를 잡아 오겠습니다. 성공하기 전에는 절대 돌아오지 않겠습니다!"

"스스로 패전을 자초하여 후회하지 않도록 해라."

소전충이 어찌 그대로 물러서려 했겠는가? 그는 즉시 말에 뛰어올라 성문을 열고 나가 선봉에 서서 사납게 고함을 질렀다.

"정찰병, 너희 중군에 보고해라. 숭흑호에게 당장 나오라고 말이다!"

이에 전령이 황급히 달려가 두 사령관에게 보고했다.

"밖에서 소전충이 싸움을 걸고 있사옵니다."

숭흑호는 속으로 기뻐했다.

'내가 이번에 온 것은 형님을 패전시키기 위해서이기도 하고 소호를 포위에서 풀어주어 우의와 친분을 다지기 위해서이기도 하지.'

그는 부하에게 탈것을 준비하게 해서 즉시 뛰어올라 달려갔다. 그리고 앞에서 위세를 떨치고 있는 소전충을 보고 이렇게 말했다.

"여보게, 조카! 돌아가서 아버님을 모시고 나오게. 내가 할 말이 있네."

하지만 나이 어린 소전충은 세상 물정을 잘 몰랐고 또 부친으로

부터 숭흑호가 용맹하다는 이야기를 들었기 때문에 선뜻 돌아가려
하지 않았다.

"숭흑호, 우리는 피차 적인데 우리 아버님이 당신과 무슨 친분을
나누겠소? 당장 무기를 내려놓고 철수하면 목숨은 살려주겠지만
그렇지 않으면 후회해도 늦을 것이오!"

"뭐라고? 어린놈이 어찌 이리 무례하게 구느냐!"

그러면서 숭흑호는 금물을 입힌 도끼를 휘두르며 달려들었고 소
전충도 황급히 창을 들어 맞섰다. 이리하여 화안금정수와 말이 서
로 교차하며 격렬한 전투가 벌어졌다.

두 장수가 진영 앞에서 승부 결하는데

양쪽이 무기 엇섞으니 누가 감히 막으랴?

이쪽은 머리 흔들며 산을 내려오는 사자 같고

저쪽은 꼬리 흔드는 산예°가 호랑이에게 덤비는 것 같구나.

이쪽은 진심으로 아름다운 천지 안정시키려 하고

저쪽은 진정으로 나라에 힘이 되려 하는구나.

이제껏 수천 번의 격전이 있었지만

이들만큼 무예 뛰어난 장수는 없었지.

二將陣前尋鬥賭 　兩下交鋒誰敢阻

這個似搖頭獅子下山崗 　那個如擺尾狻猊尋猛虎

這一個眞心要定錦乾坤 　那一個實意欲把江山補

從來惡戰幾千番 　不似將軍多英武

두 장수는 기주성 아래에서 격전을 벌였다. 그런데 소전충은 숭흑호가 절교截敎°의 진인眞人을 모시고 배워서 스승이 은밀히 전수해준 호리병을 등 뒤에 숨기고 다니며 무한한 신통력을 부린다는 사실을 몰랐다. 자신의 용맹을 과신한 소전충은 숭흑호가 자루가 짧은 도끼를 무기로 쓰는 것을 보고 자신의 능력을 자랑하며 그를 사로잡으려고 평소 익힌 무예를 모조리 발휘했다. 창[戟]에는 날이 선 부분과 그 양쪽으로 가지처럼 생긴 날이 또 있어서 여든한 가지 진보법進步法과 일흔두 가지 개문법開門法 그리고 뛰어오르고[騰], 문지르고[挪], 재빨리 비키고[閃], 눈속임하고[賺], 늦추고[遲], 빨리 하고[速], 거둬들이고[收], 내지르는[放] 등의 형식을 구사할 수 있었다. 그러니 이 얼마나 훌륭한 창인가?

솜씨 좋은 장인 정성 기울여
태상노군의 화로에서 무기로 단련했지.
은빛 날 달린 창 만들어내어
나라를 안정시키고 천지의 법도 바로잡으니
노란 깃발 펼치면 대군도 겁을 먹고
자루 끝의 술 움직이면 장군도 놀라지.
거대한 구렁이처럼 적진 치고 들어가
호랑이가 양떼 덮치듯 큰 영채도 짓밟아버리지.
귀신이 곡하고 비명 지른다는 말 하지 마라
목숨 가벼이 잃은 젊은 병사 얼마나 많은가!
오로지 이 보물에 의지해 천하를 안정시키나니

희창, 포위를 풀어주고 달기를 주왕에 바치게 하다.

화려한 창과 긴 깃발로 태평성대 이루리라.

能工巧匠費經營　老君爐裏煉成兵
造出一根銀尖戟　安邦定國正乾坤
黃幡展三軍害怕　豹尾動戰將心驚
衝行營猶如大蟒　踏大寨虎蕩羊群
休言鬼哭與神嚎　多少兒郎輕喪命
全憑此實安天下　盡戟長幡定太平

소전충이 온 힘을 다해 공격하자 숭흑호는 온몸에 식은땀이 흘렀다.

'소호에게 이런 장한 아들이 있다니! 진정 장군 가문의 후예답구나.'

숭흑호는 도끼를 슬쩍 허공으로 휘두르고는 말머리를 돌려 퇴각했다. 그러자 소전충이 말 위에서 허리를 잡고 웃었다.

"아버님 말씀을 들었더라면 실수할 뻔했군. 내 기필코 저자를 사로잡아 아버님께서 하실 말씀이 없게 만들어드리고 말겠어!"

이에 그는 말을 몰아 숭흑호를 뒤쫓았다. 그는 기필코 성공하고자 했기 때문에 한참 동안 추격했다. 숭흑호가 뒤쪽에서 들려오는 방울 소리에 고개를 돌려보니 소전충이 끈질기게 따라오고 있었다. 그는 얼른 등 뒤에서 호리병을 꺼내 들고 중얼중얼 주문을 외었다. 그 순간 호리병 안에서 한 줄기 검은 연기가 솟아나 그물처럼 퍼지더니 '까악!' 소리와 함께 쇠처럼 단단한 부리를 가진 신령한 매인 철취신응鐵嘴神鷹이 하늘을 가리며 날아올라 소전충의 얼굴을 쪼려고 했다. 소전충은 그저 말을 타고 무예나 겨룰 줄 알았지 숭흑호의 기이한 술법을 어찌 알았겠는가? 그는 황급히 창을 휘둘러 자기 몸을 보호했지만 그가 탄 말은 어느새 매에게 눈이 쪼여버렸고 그 바람에 말이 펄쩍 뛰어올라 소전충은 모자가 벗겨져 갑옷을 입은 채 땅바닥으로 고꾸라지고 말았다. 이에 숭흑호가 "잡아 와라!" 하고 명령하자 병사들이 우르르 달려들어 소전충을 밧줄로 단단히 묶어버렸다. 곧이어 숭흑호는 개선가를 부르며 영채로 돌아갔고 정찰병은 숭후호에게 보고했다.

"둘째 전하께서 반역자 소전충을 사로잡아 원문 앞으로 끌고 왔사옵니다."

"모셔라!"

잠시 후 숭흑호가 들어와 이렇게 말했다.

"형님, 제가 소전충을 사로잡아 원문 앞에다 끌어다 두었습니다."

숭후호는 기뻐하며 수하에게 명령했다.

"이리 끌고 와라!"

잠시 후 소전충이 막사 앞으로 끌려왔는데 그는 한사코 무릎을 꿇지 않았다. 이에 숭후호가 호통쳤다.

"역적의 아들 놈, 이제 포로가 되었으니 무슨 할 말이 있느냐? 감히 아직도 뻣뻣하게 버티겠다는 것이냐? 지난밤 오강진에서는 기세등등하더니 오늘은 죄악이 너무 많아 결국 끝장이 나게 되었구나. 당장 저놈을 끌고 나가 목을 쳐서 효수하라!"

그러자 소전충이 매섭게 맞받았다.

"죽일 테면 죽일 것이지 무슨 위세를 그리 부리느냐? 나 소전충은 죽음을 기러기 깃털보다 가볍게 여긴다. 하지만 애석하게도 너희 같은 간악한 것들이 천자의 이목을 흐리고 백성을 수렁에 빠뜨리는 바람에 성탕의 왕업이 끝장나게 생겼으니 가슴 아프구나! 네놈들의 살을 씹어 먹지 못한 것이 원통할 뿐이다!"

"젖비린내도 가시지 않은 어린놈이 포로가 되어서도 여전히 주둥이를 함부로 놀리는구나. 여봐라, 당장 끌고 나가 목을 쳐라!"

이에 병사들이 소전충을 끌고 나가려 하자 숭흑호가 나서서 말했다.

"형님, 잠시 고정하시지요. 소전충은 포로가 되었으니 참수형에 처해야 마땅하지만 저들 부자는 천자께 죄를 지은 관리이니 어명에 따라 조가로 압송하여 국법으로 다스려야 하지 않겠습니까? 게다가 소호에게는 달기라는 절색의 딸이 있습니다. 천자께서 긍휼히 여기는 마음이 생기셔서 하루아침에 그 반역죄를 사면할 수도 있지 않겠습니까? 그렇게 되면 저자를 죽인 죄가 우리에게 돌아오게 되니 오히려 공을 세우고도 헛일이 되고 말 것입니다. 또한 서백이 아직 도착하지 않았는데 어떻게 우리 형제가 저자를 마음대로 처리할 수 있겠습니까? 일단 뒤쪽 영채에 감금해두었다가 기주를 격파하고 나서 소호 일가를 모조리 조가로 압송하여 천자의 처분에 맡기는 게 가장 좋은 방법인 것 같습니다."

"아우님 말씀이 지극히 타당하구먼. 그나저나 이 반역자 놈 꼴좋구나!"

그리고 숭후호는 수하에게 지시했다.

"잔치를 준비하라, 아우님의 공을 축하해야겠다!"

이후의 일은 자세히 설명할 필요가 없겠다.

한편 기주 진영에서는 정찰병으로부터 소전충이 사로잡힌 사실을 보고받은 소호가 짜증스럽게 호통쳤다.

"됐다! 그놈은 아비 말을 듣지 않고 제 재간만 믿었으니 포로가 된 게 당연하다. 다만 나도 명색이 호걸인데 이제 아들은 사로잡히고 강적이 나라를 핍박하여 머지않아 기주도 남의 땅이 되게 생겼구나. 대체 이게 무엇 때문이더냐? 단지 달기를 낳았을 뿐이거늘 어리석은 군주가 참언을 믿고 우리 가문 전체에 재앙을 입히고 백성이 수난을 당하게 하는구나. 이게 다 내가 이 못난 딸을 낳았기 때문이지! 나중에 이 성이 함락되어 아내와 딸이 조가로 붙들려 가서 얼굴이 세상에 알려지고 몹쓸 꼴을 당하면 천하의 제후들이 나더러 아무 생각도 없는 놈이라고 비웃겠지. 차라리 먼저 아내와 딸을 죽이고 나서 내 스스로 목을 그어버리면 그나마 사내 노릇을 하는 셈이렷다!"

소호는 괴로운 마음으로 칼을 들고 뒤채로 갔다. 그때 달기가 만면에 함박웃음을 지으며 빨간 입술을 살짝 열고 말했다.

"아빠, 칼은 왜 들고 들어오셔요?"

소호는 원수도 아니고 자신의 친딸인 달기를 보자 차마 칼을 들 수 없어서 자기도 모르게 눈물을 머금고 고개를 끄덕이며 말했다.

"어이구, 이 원수 덩어리! 너 때문에 오빠가 사로잡히고 성이 곤란해졌다. 부모가 남의 손에 죽게 생겼고 종묘도 남의 손에 넘어가게 됐구나. 너를 낳는 바람에 우리 소씨 가문이 끝장나게 생겼어!"

소호가 그렇게 탄식하고 있을 때 수하가 운판雲版°을 울리며 보고했다.

"전하, 대전에 나가보셔야겠사옵니다. 숭흑호가 싸움을 걸고 있사옵니다."

"모든 성문에 공격에 대비해 방어 준비를 단단히 하라고 일러라. 숭흑호는 기이한 술법을 잘 쓰는데 누가 감히 대적할 수 있을꼬? 장수들은 속히 성에 올라가 활과 쇠뇌, 신호용 대포, 회병灰瓶°과 통나무를 준비하라!"

이에 장수들은 즉시 방어 준비를 했다.

한편 성 아래에 있던 숭흑호는 속으로 답답한 생각이 들었다.

'소형, 그냥 나와서 나와 상의하면 병사를 물릴 수 있는데 어째서 오히려 겁을 먹고 나오지 않는 것이오? 이게 대체 어찌 된 일이오?'

그는 어쩔 수 없이 잠시 병사를 물려 돌아갔다. 정찰병의 보고를 받은 숭후호는 즉시 그를 막사로 청했고 숭흑호는 소호가 성문을 닫아걸고 나오지 않더라고 이야기했다. 그러자 숭후호가 말했다.

"사다리를 설치해서 공격하는 게 어떤가?"

"그럴 필요 없습니다, 괜히 힘만 낭비할 뿐이지요. 지금은 그저 양곡을 들여올 길을 막아 성 안의 백성을 먹여 살릴 수 없는 상황으로 만들기만 하면 이 성은 저절로 함락될 겁니다. 형님은 그냥 편안하게 서백의 군대를 기다리시다가 그들이 도착하면 다시 방도를 마련하도록 하십시오."

이에 숭후호도 그러려니 생각했다.

한편 성 안의 소호는 도무지 방도가 없어서 그야말로 속수무책으로 죽음을 기다리는 수밖에 없었다. 그가 시름에 잠겨 있을 때 수하가 보고했다.

"주군, 독량관督糧官 정륜鄭倫이 분부를 기다리고 있사옵니다."

소호가 탄식하며 말했다.

"양곡이 온들 사실상 아무 도움도 되지 않거늘! 어쨌든 어서 들라 하라!"

정륜은 처마 밑에서 허리를 숙여 절을 올리고 말했다.

"오는 길에 듣자 하니 주군께서 반역을 해서 숭후호가 어명을 받들어 토벌하러 나섰다고 하기에 걱정스러운 마음에 밤낮을 가리지 않고 급히 돌아왔습니다. 그런데 승부는 어찌 되었습니까?"

"어리석은 군주가 참언을 믿고 내 딸을 후궁으로 삼으려 하기에 바른말로 간언했는데 그게 심기를 상하게 했는지 내게 죄를 물으려 했네. 그런데 뜻밖에 비중과 우혼이 상황을 역이용해서 나를 사면해 돌아가게 해주면 내가 딸을 바칠 거라고 했지. 그래서 홧김에 상나라를 등져버리겠다는 시를 써놓았다네. 이제 천자가 숭후호에게 어명을 내려 나를 토벌하라고 했는데 그자와 두어 번 전투를 벌여서 모두 대승을 거두었네. 그런데 뜻밖에 조주의 숭흑호가 내 아들을 생포해버렸네. 숭흑호는 기이한 술법을 부릴 줄 알고 누구도 당해내지 못할 정도로 용맹하니 그의 적수가 되지 못할 것 같네. 그러니 지금 천하의 팔백 제후들 가운데 내가 누구에게 의탁해야 할지 모르겠구먼. 가족이라고는 겨우 넷밖에 되지 않는데 아들은 이미 사로잡혀버렸으니 차라리 먼저 아내와 딸을 죽이고 나도 따라 죽으면 그나마 훗날 웃음거리는 되지 않을 걸세. 그러니 자네들도 짐을 싸서 다른 곳에 몸을 맡겨 각자 자리를 잡도록 하게."

그렇게 말하고 나서 소호가 비통하게 눈물을 흘리자 정륜이 버럭 고함을 질렀다.

"주군, 오늘 취하셨습니까? 정신이 혼미해지셨습니까? 바보가 되어버렸군요! 어찌 그런 말도 안 되는 말씀을 하십니까? 천하의 제후들 가운데 명망 높은 분으로는 서백 희창과 동백 강환초, 남백 악숭우가 있고 다른 제후들까지 합치면 모두 팔백 명이나 됩니다. 하지만 그들이 모두 이곳 기주로 온다 한들 저 정륜의 눈에는 차지 않습니다. 어찌 그리 스스로 비하하십니까? 저는 어려서부터 주군을 모시면서 관리로 발탁되는 은혜를 입었으니 모자란 힘이나마 모두 바쳐 충성을 다하겠습니다!"

그러자 소호가 여러 장수들을 돌아보며 말했다.

"이 사람이 급히 양곡을 마련해 오느라 도중에 사악한 기운에 걸려서 하는 말마다 헛소리만 늘어놓는구먼. 천하의 팔백 제후들뿐만이 아니라네. 숭흑호만 하더라도 예전에 도인을 스승으로 모시고 도술을 전수받아서 귀신이 놀랄 지경이고 병법에도 통달해서 만 명의 장부도 당해낼 수 없네. 그런데 자네는 어찌 그 사람을 우습게 여기는가?"

그러자 정륜이 칼자루를 누르며 소리쳤다.

"주군, 제가 숭흑호를 생포해 오겠습니다. 만약 그러지 못한다면 제 수급을 여기 장수들께 바치겠습니다!"

그는 말을 마치자마자 군령도 기다리지 않고 화안금정수에 펄쩍 뛰어오르더니 두 개의 항마저降魔杵를 들고 포성을 울리며 성문을 나가 삼천 명의 오아병烏雅兵들로 하여금 진세를 펼치게 했다. 그리고 먹구름이 대지를 휘감듯이 상대 진영 앞으로 가서 사납게 소리쳤다.

"숭흑호에게 나오라고 해라!"

이에 그쪽 진영의 정찰병이 중군에 보고했다.

"두 분 전하께 아뢰옵니다, 기주성에서 장수 하나가 와서 둘째 전하를 찾고 있사옵니다."

그러자 숭흑호가 자리에서 일어나 허리를 숙여 예를 표하며 말했다.

"다녀오겠습니다."

그는 곧 삼천 명의 비호병을 인솔하여 한 쌍의 깃발을 앞세운 채 맨 앞으로 나섰다. 기주성 아래에는 일단의 군마가 북방의 임계 수壬癸水°방위에 맞추어 진세를 갖추고 있었는데 그 모습이 마치 먹구름 같았다. 그들을 이끄는 장수는 자줏빛 대추 같은 얼굴에 쇠바늘 같은 수염을 기르고 구름무늬가 불꽃처럼 피어나는 문양을 장식한 모자를 쓴 채 쇠사슬을 엮은 갑옷 위에 붉은 전포를 걸치고 옥 허리띠를 찼으며 두 개의 항마저를 들고 화안금정수에 앉아 있었다. 정륜이 보기에 숭흑호의 차림새도 예사롭지 않았다. 그는 구름무늬 위에 네 마리 짐승 문양이 장식된 모자를 쓰고 고리를 엮어 만든 갑옷인 연환개連環鎧 위에 붉은 전포를 걸치고 옥 허리띠를 찬 채 역시 금정수를 타고 두 개의 금물을 입힌 도끼를 들고 있었다. 숭흑호는 정륜을 알아보지 못하고 물었다.

"그대는 누구인가?"

"나는 기주의 독량상장督糧上將 정륜이다. 그대가 조주의 숭흑호인가? 우리 주군의 아드님을 생포하고 으스대는 모양인데 당장 그분을 풀어주고 말에서 내려 포박을 받아라. 조금이라도 거역할 기미가 보이면 즉시 가루로 만들어주겠다!"

"뭣이? 가소로운 것! 소호는 국법을 어겨서 분신쇄골粉身碎骨의 재앙을 당해 마땅하고 네놈들은 모두 반역의 무리이다. 그런데도 감히 이렇게 간이 부어서 함부로 헛소리를 해대는구나!"

숭흑호는 즉시 화안금정수를 박차며 나는 듯이 달려들어 도끼를 휘둘렀다. 정륜도 황급히 항마저를 들어 맞서니 드디어 두 마리 기이한 짐승이 서로 달려들며 일대 격전이 벌어졌다.

양쪽 진영에서 둥둥 북소리 울리고
오색 깃발 허공에 펄럭인다.
삼군이 함성 질러 신위를 돕고
전투에 익숙한 젊은 병사 활과 쇠뇌를 든다.
두 장수 모두 화안금정수 마음대로 부리며
네 개의 팔 일제히 도끼와 항마저 휘두른다.
이쪽은 우레에 번쩍이는 불길처럼 분노하고
저쪽은 어려서부터 성품 우직했지.
이쪽은 솥바닥처럼 검은 얼굴에 시뻘건 수염 길렀고
저쪽은 자줏빛 대추 같은 얼굴에 노을빛 피워낸다.
이쪽은 봉래도에서 교룡의 목 베었고

저쪽은 만 길 산 앞에서 호랑이 죽였지.

이쪽은 곤륜산에서 훌륭한 스승께 배웠고

저쪽은 팔괘로 옆에서 태상노군 모시고 배웠지.

이쪽은 무예 익혀 강산 바로잡으려 하고

저쪽은 도술 배워 천지 보완하려 하지.

예전에도 장수들의 싸움 본 적 있지만

이번에 항마저와 도끼로 싸우는 것보다는 못했지.

兩陣冬冬發戰鼓　　五彩幡幢空中舞

三軍吶喊助神威　　慣戰兒郎持弓弩

二將齊縱金晴獸　　四臂齊擧斧共杵

這一個怒發如雷烈焰生　　那一個自小生來性情鹵

這一個面如鍋底赤鬚長　　那一個臉似紫棗紅霞吐

這一個蓬萊島中斬蛟龍　　那一個萬仞山前誅猛虎

這一個崑崙山上拜明師　　那一個八卦爐邊參老祖

這一個學成武藝去整江山　　那一個秘授道術把乾坤補

自來也見將軍戰　　不似今番杵對斧

두 장수가 격전을 벌이자 붉은 구름과 하얀 안개가 자욱하게 피어났다. 둘 다 맞수인지라 고수를 만났으니 스물다섯 판 가까이 맞붙어도 승부가 나지 않았다. 그때 정륜은 숭흑호가 등 뒤에서 호리병을 꺼내는 것을 보았다.

'주군께서 이자가 도인에게서 술법을 전수받았다고 하셨는데 이게 바로 그것인가 보구나. 하지만 공격이 최상의 방어고 선수를 치

는 것이 중요하다는 말이 있지!'

정륜은 곤륜산崑崙山의 도액진인度厄眞人을 스승으로 모셨는데 그 진인은 정륜이 봉신방에 이름이 오른 이라는 것을 알고는 특별히 콧구멍으로 기운을 내뿜어 사람의 혼백을 빨아들이는 비법을 전수해주었다. 그래서 적과 대적할 때 이것을 쓰면 즉시 사로잡을 수 있었다. 도액진인은 정륜을 하산시켜 기주에서 벼슬살이를 하면서 인간 세상의 복을 누리게 해주었던 것이다.

어쨌든 정륜이 항마저를 허공에 슬쩍 휘두르자 뒤쪽에 있던 삼천 명의 오아병이 일제히 함성을 지르며 장사진長蛇陣을 펼쳤다. 그들은 모두 손에 갈고리를 들고 쇠사슬을 끌면서 구름과 번개처럼 앞으로 달려들었는데 숭흑호가 보니 마치 누군가를 잡으려고 달려드는 모양새여서 그로서는 무슨 영문인지 알 수 없었다. 그때 정륜의 콧구멍에서 종소리 같은 것이 울리더니 두 줄기 하얀 빛이 뿜어져 나와 숭흑호의 혼백을 가져가버렸다. 숭흑호는 그 소리를 듣는 순간 자기도 모르게 눈앞이 캄캄해지면서 모자가 벗겨지고 안장에서 떨어져 전투화가 허공중에 어지럽게 흔들렸다. 오아병들은 숭흑호에게 달려들어 단단히 결박했고 한참 후에 숭흑호가 정신을 차려보니 이미 상황은 끝나 있었다.

"이 못된 놈이 속임수를 썼구나! 어떻게 내가 영문도 모른 채 사로잡히게 했느냐?"

정륜은 곧 승전고를 울리며 성으로 들어갔으니 이를 묘사한 시가 있다.

신선도의 훌륭한 스승 신비한 술법 가르쳐주니

용맹하고 장한 영웅 세상에 드물지.

신령한 매 십만 마리라도 모두 쓸모없나니

비로소 사나이는 두말하지 않음을 보여주었도다!

海島名師授秘奇　英雄猛烈世應稀

神鷹十萬全無用　方顯男兒語不移

한편 소호는 대전에 앉아 있었는데 갑자기 성 밖에서 북소리가 울렸다.

'아아! 정륜이 끝장났나 보구나!'

그가 그렇게 생각하고 있을 때 정찰병이 들어와서 보고했다.

"전하, 정륜이 숭흑호를 사로잡아 왔사오니 처분을 내려주시옵소서."

소호는 어찌 된 영문인지 몰랐다.

'정륜은 숭흑호의 적수가 아닌데 어떻게 거꾸로 그를 사로잡았다는 것이지?'

"들라 하라!"

정륜은 대전으로 들어와서 숭흑호를 사로잡은 일에 대해 자세히 설명했다. 그리고 잠시 후 장수들이 숭흑호를 끌고 대전으로 들어오자 소호는 즉시 대전 아래로 내려가 수하를 물리고 친히 숭흑호의 포박을 풀어준 다음 무릎을 꿇고 말했다.

"저는 천자에게 죄를 지어 어디에도 용납될 수 없는 죄인이 되었습니다. 정륜이 물정을 모르고 하늘의 위엄을 저촉했으니 제가 죽어 마땅합니다.”

“형님과 저는 의형제를 맺었으니 의를 저버릴 수 없습니다. 이제 형님의 부하에게 사로잡힌 몸이 되었으니 부끄러워 몸 둘 바를 모르겠습니다! 그런데 또 이렇게 정중하게 대해주시니 너무나 감격스럽습니다.”

소호는 숭흑호를 윗자리에 앉히고 정륜과 장수들로 하여금 인사하게 했다. 그러자 숭흑호가 말했다.

“정 장군, 정말 뛰어난 도술로 저를 사로잡았으니 저는 평생 기꺼이 승복하겠소이다.”

소호는 잔치를 준비하게 하여 숭흑호와 즐겁게 술을 마시며 천자가 딸을 바치라고 한 일에 대해 자세히 설명했다. 그러자 숭흑호가 말했다.

“제가 여기에 온 것은 제 친형님을 패전하게 하고 또 형님을 위해 포위를 풀어드리기 위해서입니다. 그런데 뜻밖에 아드님이 아직 나이가 어린지라 자신의 용맹만 믿고 제가 할 말이 있다는 이야기를 전하지 않았습니다. 그래서 사로잡아 후영에 가둬두었는데 그것이 다 형님을 위해서 한 일입니다.”

“그런 은덕과 정의를 어찌 감히 잊겠습니까!”

두 제후가 성 안에서 술을 마신 것에 대해서는 더 이상 서술할 필요가 없겠다.

한편 숭후호의 진영에서는 정찰병이 중군 막사에 달려가서 이렇게 보고했다.

"둘째 전하께서 정륜에게 사로잡혔는데 어찌 되었는지는 모르겠사옵니다. 어찌할지 분부를 내려주시옵소서."

'동생은 도술을 부릴 줄 아는데 어떻게 사로잡힌 거지?'

그때 숭흑호를 지원하러 갔던 장수가 들어와서 보고했다.

"둘째 전하께서 정륜과 결전하는데 갑자기 정륜이 항마저를 한 번 흔들자 삼천 명의 오아병이 일제히 달려 나왔습니다. 정륜의 콧구멍에서 하얀 빛이 나오면서 종소리 같은 것이 울리는가 싶더니 둘째 전하께서 바로 낙마하여 사로잡히고 말았습니다."

"세상에 어찌 그리 기이한 술법이 있단 말인가! 다시 정찰병을 보내서 내막을 알아보게 하라."

그 말이 끝나기도 전에 밖에서 보고가 들어왔다.

"서백께서 전령을 보냈사옵니다."

숭후호가 불쾌한 어조로 분부했다.

"들여보내라!"

잠시 후 산의생散宜生°이 하얀 옷에 코뿔소 뿔로 만든 허리띠를 두르고 막사에 들어와서 절을 올렸다.

"산의생이 제후께 인사 올립니다."

"대부, 그대의 주군은 어째서 장래를 생각하지 않고 눈앞의 편안함만을 추구하는 거요? 나라를 위해 군대를 움직이지 않고 천자의 어명을 거역하다니 신하의 도리를 모르는 처사가 아니냐는 말이오. 이런 마당에 대부께서는 무슨 하실 말씀이 있어서 오셨소?"

"저희 주군께서는 군대라는 것은 흉기이기 때문에 군주는 어쩔 수 없는 경우에만 쓴다고 하셨습니다. 이제 자잘한 일로 백성을 수

고롭게 하고 재물을 손상시켜 그들을 놀라게 하고 지나는 지역마다 재물과 양곡을 징발하면서 험하고 먼 길을 가게 되면 백성은 조세를 긁어모아 바쳐야 하는 우환을 겪고 병사와 장수들은 무거운 갑옷을 입고 무기를 들고 다녀야 하는 수고를 겪어야 합니다. 그래서 저희 주군께서는 제게 편지를 한 장 전해서 전쟁을 종식시키고 소호의 딸을 궁에 들여보내게 함으로써 어진 군주와 충성스러운 신하 사이의 관계를 그르치지 않게 하라고 하셨습니다. 만약 저쪽에서 따르지 않으면 대군을 일으켜 역적을 소탕하고 일족을 멸하게 될 테니 그때는 소호가 죽더라도 후회하지 않을 것이라고 하셨습니다."

"하하! 희창이 어명을 거스른 죄를 스스로 알고 그렇게 얼버무려서 넘어가려고 하는구먼. 나는 먼저 이곳에 와서 몇 차례 악전고투를 통해 장수와 병사를 잃었네. 그런데 저 역적이 달랑 편지 한 장만 보고 딸을 바치려 하겠는가? 일단 그대가 기주성으로 가서 소호를 만나보시구려. 그자가 따르지 않겠다고 하면 그대의 주군이 어떻게 할지 보겠네. 어서 가보시게!"

산의생은 막사에서 나와서 말에 올라 곧장 성문 아래로 갔다.

"여보시오, 거기 위에 계신 분! 당신네 주군께 보고해주시오, 서백께서 파견한 관리가 편지를 가지고 왔다고 말이오."

그러자 성 위의 병졸이 황급히 달려가서 보고했다.

"전하, 서백후가 보낸 관리가 성 아래에 와서 편지를 가져왔다고 하옵니다."

소호는 아직 숭흑호와 술자리가 끝나지 않았지만 이렇게 대답했다.

"서백은 서기의 현인이니 속히 성문을 열고 모셔 오너라!"

잠시 후 산의생이 대전으로 와서 절을 올리자 소호가 물었다.

"대부, 무슨 일로 이 누추한 곳까지 오셨소이까?"

"제 주군의 명을 받들어 왔습니다. 지난달에 제후께서 반역의 뜻이 담긴 시를 쓰셔서 천자께 죄를 지으셨으니 마땅히 어명에 따라 군대를 일으켜 문책해야 하지만 제 주군께서는 제후께서 원래 충성스럽고 의로운 분임을 아시고 군대를 일으키지 않으셨습니다. 그리고 제게 이 편지를 전하라고 하셨으니 잘 읽어보시고 결정을 내려주시기 바랍니다."

산의생이 비단 주머니에서 편지를 꺼내 바치자 소호가 받아 펼쳐 보았다.

서백후 희창이 삼가 기주의 제후 소호님께 올립니다.

들자 하니 '온 세상 사람은 모두 천자의 신하'라고 하더이다. 지금 천자께서 아름다운 후궁을 선발하고자 하시니 신분의 고하를 막론하고 누군들 숨길 수 있겠습니까? 그대에게 현숙한 따님이 있어서 천자께서 궁으로 들이고자 하시니 이는 당연히 좋은 일입니다. 그런데 그대가 천자에게 항거하여 심기를 거스르고 또 오문에 시를 쓰셨으니 대체 무슨 뜻으로 그러셨습니까? 그대의 죄는 이미 용서받을 수 없는 것입니다. 그대는 작은 절개만 알고 딸을 아끼시다가 군주와 신하 사이의 대의大義를 망각하셨습니다. 저는 평소 그대가 충성스럽고 의롭다고 들었기에 앉아서 구경만 할 수 없어서 재앙을 복으로 바꿀 수 있도록 특별히 한 말씀 올리나니 부디 잘 살펴주십시오.

그대가 따님을 궁으로 들이면 세 가지 이점이 있습니다. 따님이 후궁으로 총애를 받으면 그대는 후비后妃의 부친으로서 왕실의 친척이 되어 일천 종鍾˚의 녹봉을 받게 되니 이것이 첫 번째 이점입니다. 그리고 기주 땅이 영원히 평안하고 가문에 전혀 피해가 가지 않으니 이것이 두 번째 이점입니다. 백성은 도탄에 빠져 고생하지 않고 군대는 살육을 당하지 않아도 되니 이것이 세 번째 이점입니다. 하지만 그대가 계속 미혹에 빠져 있으면 조만간 세 가지 재앙이 닥칠 것입니다. 기주를 잃고 종묘가 남아나지 않게 되니 이것이 첫 번째 재앙입니다. 혈육이 멸족의 피해를 당할 것이니 이것이 두 번째 재앙입니다. 군대와 백성이 전란에 휩쓸릴 테니 이것이 세 번째 재앙입니다.

대장부라면 마땅히 작은 절개를 버리고 대의를 온전히 지켜야 하거늘 무지한 자들을 본받아 멸망을 자초해서야 되겠습니까? 저도 그대와 같이 상나라의 신하인지라 부득이하게 직언으로 무례를 범했으니 부디 헤아려주시기 바랍니다.

그럼, 속히 결단을 내리시기를 기대하며 이만 줄입니다.

소호는 편지를 읽고 나서 한참 동안 말없이 고개만 끄덕였다. 그러자 산의생이 말했다.

"전하 주저하실 필요 없사옵니다. 만약 동의하신다면 편지 한 통으로 전쟁이 종식되겠지만 그렇지 않으면 제가 돌아가 주군께 보고하여 다시 군대를 일으키게 될 것이옵니다. 이는 위로는 천자의 어

명에 따르고 중간으로는 제후들 사이에 화해를 이루고 아래로는 군
대의 고초를 피할 수 있는 일이 아니옵니까? 이것이 바로 저희 주군
께서 호의로 제안하신 것인데 제후께서는 왜 말씀이 없으십니까?
어서 명령을 내리셔서 시행하시옵소서!"

그러자 소호가 숭흑호에게 말했다.

"아우님, 보십시오. 서백의 말씀이 정말 사리에 맞지 않습니까?
과연 진심으로 나라와 백성을 위하는 어질고 의로운 군자이십니
다! 그러니 제가 어찌 따르지 않겠습니까?"

그러면서 그는 수하에게 산의생을 숙소로 데려가서 술을 대접하
라고 분부했다.

이튿날 그는 서백에게 보내는 편지와 예물을 준비하여 산의생에
게 먼저 서기로 돌아가라고 했다.

"나도 곧 천자께 딸을 바치고 속죄하겠네."

이에 산의생이 인사하고 떠났으니 그야말로 편지 한 통이 십만
군사의 몫을 해낸 것이었다. 이를 묘사한 시가 있다.

강물처럼 유창한 말솜씨에 모든 시냇물 모여드니
비로소 알겠구나, 군주가 의롭고 신하가 현명함을!
몇 줄의 편지로 소호의 마음 돌렸으니
삼군의 병사들 창 베고 자게 할 필요 있으랴?

舌辯懸河匯百川　方知君義與臣賢

數行書轉蘇侯意　何用三軍枕戟眠

소호는 산의생을 돌려보내고 나서 숭흑호와 상의했다.

"서백의 말씀이 지극히 타당하니 속히 짐을 꾸려 조가로 가야겠습니다. 지체했다가는 또 무슨 문제가 생길지도 모르니까요."

두 사람은 기꺼워했지만 그 딸은 어떠했는지 알 수 없으니 이에 대해서는 다음 회를 보시라.

은주역에서 여우가 달기를 죽이다
恩州驛狐狸死妲己

천하가 황폐해져 전쟁이 일어나고

참언이 생겨나 나라가 어지러워졌지.

충신 상용의 간언은 듣지 않고

오히려 비중만이 훌륭한 신하라고 칭찬했구나.

여우의 미색 받아들여 부부가 되더니

맹수가 정치를 하여 난새와 봉황 쫓아버렸구나.

기꺼이 나라 망치려고 더러운 짓 일삼아

결국 인간 세상에서 제사 받게 되었구나.

天下荒荒起戰場　致生讒佞亂家邦

忠言不聽商容諫　逆語惟知費仲良

色納狐狸友琴瑟　政由豺虎逐鸞凰

甘心亡國爲汚下　贏得人間一捏香

그러니까 산의생이 답장을 받아 들고 곧장 서기로 돌아가자 숭흑호가 소호에게 말했다.

"형님, 대사가 이미 정해졌으니 어서 행장을 꾸려 따님을 조가로 보내십시오. 늦어지면 또 무슨 변고가 생길 수도 있지 않습니까? 저는 돌아가서 아드님을 돌려보내고 제 형님과 함께 군대를 수습해 돌아가겠습니다. 그리고 모든 사정을 상세히 적어 먼저 폐하께 상주해서 형님이 입조했을 때 일이 무난히 해결되도록 돕겠습니다. 또 다른 문제가 생겨서 재앙의 빌미가 되면 안 되니까요."

"아우님의 우정과 서백의 은덕을 입었으니 내 어찌 딸 하나를 아끼다가 멸망을 자초하겠습니까? 즉시 그대로 시행할 테니 안심하십시오. 다만 하나뿐인 아들이 저쪽에 갇혀 있으니 속히 풀어주어 제 아내의 근심을 덜어주시면 온 가족이 그 은혜를 잊지 않겠습니다."

"걱정 마십시오, 제가 나가는 대로 즉시 돌려보내겠습니다!"

둘이 인사를 나누고 나서 숭흑호는 성을 나와 숭후호의 영채로 갔다. 그러자 전령이 달려가 숭후호에게 보고했다.

"둘째 전하께서 오셨사옵니다."

"모셔라!"

숭흑호가 막사로 들어와 자리에 앉자 숭후호가 말했다.

"서백 희창은 정말 가증스럽구먼! 군대를 움직이지도 않고 앉아서 구경만 하고 있으니 말일세. 어제는 산의생을 보내서 무슨 편지를 전해 소호로 하여금 딸을 바치게 하겠다고 하던데 아직까지 어찌 되었는지 답이 없구먼. 아우가 사로잡힌 뒤로 내가 날마다 사람을 보내 탐문하게 했지만 몹시 불안했네. 이제 이렇게 돌아왔으니 한없이 기쁘구먼! 그나저나 소호가 정말 천자를 뵙고 사죄한다고 하던가? 자네는 거기서 왔으니 사정을 잘 아실 게 아닌가? 자세히 이야기 좀 해주시게."

그러자 숭흑호가 버럭 고함을 질렀다.

"형님! 우리 형제는 조상으로부터 여섯 세대를 이어온 친형제입니다. 옛말에 '한 나무에서 난 열매라도 신 것이 있고 단 것이 있으며 한 어미에게서 태어난 자식이라도 현명한 이가 있고 어리석은 이가 있다'라고 했습니다. 형님, 제 말 좀 들어보십시오. 소호가 반역을 하자 형님이 제일 먼저 군대를 이끌고 정벌하러 오셨다가 이렇게 막심한 피해를 입지 않았습니까? 형님도 조정에서는 제후 수령들 가운데 한 분이신데 조정을 위해 좋은 일은 하지 않으시고 천자로 하여금 간신들을 가까이 하게 만드셔서 천하 백성이 다들 원망하고 있지 않습니까? 형님이 거느린 오만 명의 병사도 결국 편지한 장보다 못하더이다. 소호는 이미 딸을 바치고 폐하를 알현하여 사죄하기로 했는데 형님은 장수와 병사들만 잃었으니 창피하지도 않습니까? 결국 우리 숭씨 가문만 욕되게 한 꼴이 아니냐 이겁니다. 형님, 저는 이제 떠나면 절대 형님을 다시 보지 않겠습니다! 여봐라, 소전충을 풀어줘라!"

수하들이 감히 명령을 어기지 못하고 소전충을 풀어주자 그가 막사로 와서 숭흑호에게 감사했다.

"숙부님, 하늘 같은 은혜로 이 조카를 용서하여 다시 살려주셨으니 너무나 감사합니다."

"조카, 가서 아버님께 속히 행장을 꾸려 폐하를 알현하러 떠나라고 말씀드리게. 지체하면 안 되네, 내가 자네 아버님을 위해 천자께 상소문을 올려 일이 잘 풀리도록 도와주겠네."

소전충이 영채에서 나와 말을 타고 기주로 돌아간 것은 더 이상 설명할 필요가 없겠다. 숭흑호두 벼락같이 화를 내며 삼천 명의 병력을 거느리고 금정수에 올라 조주로 돌아갔다. 숭후호는 너무나 부끄러워 아무 말도 못하고 그저 병력을 수습하여 자기 나라로 돌아가 자세한 내용을 적어 사죄하는 상소를 올릴 수밖에 없었다.

한편 소전충은 기주로 돌아가서 부모를 만나 서로 위로를 나누었다. 소호가 말했다.

"며칠 전 서백이 편지를 보내 진정 우리 소씨 가문을 멸문의 재앙에서 구해주었으니 이 은덕을 어찌 잊을 수 있겠느냐? 얘야, 나는 군주와 신하 사이의 의리가 무엇보다 중요하니 군주가 죽으라고 하면 죽을 수밖에 없다고 생각한다. 내 어찌 감히 딸 하나를 아끼다가 패망을 자초하겠느냐? 이제 어쩔 수 없이 네 여동생을 조가로 데려가 바치고 천자를 알현하여 사죄해야겠으니 네가 잠시 기주를 맡고 있어라. 조만간 돌아올 테니 괜한 일을 만들어 백성을 괴롭히지 말도록 해라."

"명심하겠습니다."

이렇게 당부해놓고 소호는 방으로 들어가 부인 양씨楊氏에게 서백이 편지를 보내 권유한 일을 자세히 들려주었다. 그러자 부인이 목 놓아 통곡하는지라 그는 재삼 달래주어야 했다. 부인은 눈물을 머금고 말했다.

"이 아이는 태어날 때부터 너무 응석받이로 자라서 군주를 모시는 예절을 모르니 오히려 문제를 일으키지 않을까 걱정이네요."

"그야 어쩔 수 없지 않소? 그저 어명에 따르는 수밖에."

부부는 상심한 채 하룻밤을 보내고 나서 이튿날 삼천 명의 병력과 오백 명의 장수를 점검하고 융단을 깐 수레를 준비한 후 달기에게 길을 떠나도록 준비하라고 했다. 달기는 하염없이 눈물을 흘리며 모친과 오빠에게 작별 인사를 했는데 구슬피 우는 모습이 너무나 아름다워 마치 안개에 덮인 작약과 빗방울을 머금은 배꽃 같았다. 모녀가 생이별하게 되었으니 그 슬픔이 오죽했겠는가?

잠시 후 시녀들이 간곡히 권하자 부인은 통곡하며 집으로 들어갔고 달기도 눈물을 머금은 채 수레에 올랐다. 소전충은 오 리 밖까지 전송하고 돌아갔으며 소호는 달기의 수레를 앞세우고 뒤를 지키며 길을 재촉했다. 앞쪽에 귀족의 신분을 나타내는 두 개의 깃발을 세우고 풍찬노숙하며 아침이면 자줏빛 풀 사이로 난 길을 가고 저녁이면 붉은 먼지 날리는 길을 달렸다. 푸른 버드나무 우거진 옛 길과 붉은 살구꽃 만발한 정원을 지나며 뻐꾸기 우는 봄날 풍경과 두견새 우는 밤 달빛 아래 풍경도 구경했다. 여정은 하루 이틀이 아니어서 여러 고을을 거쳐 수많은 강과 산을 지나야 했다.

하루는 날이 저물 무렵에 은주恩州에 도착했는데 은주역의 역승驛丞이 마중을 나오자 소호가 그에게 말했다.

"대청을 청소하여 귀한 분을 모셔라."

"이곳에서 삼 년 전에 요괴가 나타나는 바람에 그 뒤로 거쳐 가시는 제후들은 아무도 건물 안에서 주무시지 않았습니다. 그러니 귀한 분을 잠시 영채에서 주무시게 하면 안 되겠습니까? 만일의 사태

은주역에서 여우가 달기를 죽이다.

에 대비하자는 뜻이온데 어찌 생각하시는지요?"

소호는 버럭 고함을 질렀다.

"천자를 모실 귀한 분이 무슨 요괴 따위를 두려워할까! 게다가 관역館驛이 있는데 어찌 영채에서 잠을 잔단 말인가? 당장 대청의 안방을 청소해라. 머뭇거리다가는 처벌을 면치 못할 게야!"

역승은 황급히 사람을 불러 대청의 안방을 청소하고 잠자리를 마련한 후 향을 살라 잠냄새를 없앴다. 소호는 달기를 뒤쪽의 안방에 데려다놓고 시종 오십 명을 붙여준 다음 삼천 명의 병력으로 하여금 역 주위를 단단히 에워싸게 하고 오백 명의 장수들로 하여금 관역의 문을 지키게 했다. 그리고 그는 대청에 앉아 촛불을 밝히고 생각했다.

'역승의 말로는 요괴가 있다고 했지만 여기는 황제의 사절이 묵어가는 곳이고 인가가 많은데 어찌 그런 일이 있을 수 있겠는가? 그래도 방비를 하지 않을 수는 없지.'

소호는 탁자 옆에 쇠로 만든 채찍인 표미편豹尾鞭을 놓고 등불 앞에서 병서兵書 한 권을 펼쳐놓고 읽었다. 그러다 보니 은주성 안에서 초경을 알리는 북소리가 들려왔다. 그는 아무래도 마음이 놓이지 않아서 채찍을 들고 살그머니 뒤채로 다가가 좌우의 방 안을 한 번씩 살펴보았다. 그리고 시종과 달기가 조용히 잠들어 있는 것을 보고 비로소 안심했다. 다시 대전으로 가서 병서를 읽고 있노라니 어느새 이경二更이 되었고 또 얼마 지나지 않아 삼경三更이 되었다. 그때 갑자기 괴이한 바람이 살갗을 파고드는가 싶더니 등불이 잠깐 흐려졌다가 다시 밝아지는 것이었다.

호랑이의 포효와는 상관없고

그렇다고 어찌 용울음이겠는가?

서늘하게 찬바람이 얼굴 스치고

으스스 사악한 기운이 사람을 덮친다.

꽃 피우거나 버들잎 피우지도 못하고

물속의 괴물과 산속의 정령 몰래 숨기고 있지.

슬픈 바람의 그림자 속에서 두 눈 드러내니

흡사 자욱한 안개 속 황금 등불 같구나.

칠흑 같은 밤중에 숲 속에서 네 발을 더듬으니

마치 자줏빛 노을 밖으로 쇠갈고리가 나오는 듯하구나.

폐안°처럼 꼬리 털고 머리 흔드는데

사납고 흉맹하기는 산예를 닮았구나.

非干虎嘯　　豈是龍吟

漸凜凜寒風撲面　　清冷冷惡氣侵人

到不能開花謝柳　　多暗藏水怪山精

悲風影裏露雙睛　　却似金燈在慘霧之中

黑夜叢中探四爪　　渾如鋼鉤出紫霞之外

尾擺頭搖如狌狂　　猙獰雄猛似猱猊

괴이한 바람에 모골이 송연해진 소호는 의아하다고 생각했다. 그
때 갑자기 뒤채에서 시녀의 비명 소리가 들려왔다.

"요괴가 나타났다!"

소호는 황급히 채찍을 집어 들고 뒤채로 달려갔는데 왼손에는 등

100

롱을 들고 오른손에는 채찍을 든 채 그가 막 대청의 뒤쪽으로 돌아갔을 때 등롱의 불이 요사한 바람에 꺼져버렸다. 그는 급히 돌아서서 다시 대청으로 돌아와 장수들에게 등롱을 가져오라고 소리쳤다. 그리고 마침내 뒤채로 가보니 시녀들이 당황하여 어쩔 줄 몰라 하고 있었다. 그는 황급히 달기의 침대 앞으로 가서 손으로 휘장을 걷으며 물었다.

"얘야, 방금 요사한 기운이 덮쳤는데 너도 보았느냐?"

"잠결에 시녀가 '요괴가 나타났다!' 하고 소리치는 것을 듣고 얼른 눈을 떴는데 갑자기 불빛이 보이면서 아빠가 오셨어요. 요괴 같은 것은 못 봤는데요?"

"천지신명이 보살펴주신 덕분에 네가 놀라는 일이 일어나지 않았구나, 그럼 됐다."

소호는 딸을 달래고 나서 다시 재우고 자신은 감히 잠자리에 들지 못하고 주변을 순시했다. 그런데 그는 조금 전에 자신과 이야기를 나눈 것이 달기가 아니라 천 년 묵은 여우 정령임을 몰랐다. 등롱의 불이 꺼져서 다시 대청으로 돌아가느라 제법 시간이 걸렸는데 그때 달기는 여우 정령에게 혼백이 빨려서 진즉 죽어버렸던 것이다. 이로써 여우 정령은 달기의 몸을 빌려 주왕을 미혹하여 그의 금수강산을 끝장내게 되는데 이것은 하늘이 정해놓은 운수인지라 사람의 힘으로는 어쩔 수 없는 일이었다. 이를 묘사한 시가 있다.

은주 역관에 괴이한 바람 불어
소호가 채찍 들자 등불 꺼버렸지.

열여섯 아리따운 딸은 이미 죽어버렸는데
요괴를 친딸로 잘못 알아보았지.

恩州驛內怪風驚　蘇護提鞭撲滅燈
二八嬌容今已喪　錯看妖魅當親生

마음이 심란해진 소호는 밤새 한숨도 자지 못했다.

'다행히 천지신명과 조상이 보살펴준 덕분에 귀하신 분이 무사했다. 그렇지 않았더라면 또 군주를 기만한 죄를 어찌 풀 수 있었겠는가?'

어쨌든 날이 밝자 그는 은주역을 떠나 조가로 향했다. 새벽같이 길을 떠나 밤이면 멈추어 쉬고 배고프면 밥을 먹고 목마르면 물을 마시면서 여러 날을 거쳐 비로소 황하를 건너 조가에 도착해 영채를 차린 그는 먼저 수하에게 상소문을 지니고 무성왕 황비호를 찾아가게 했다. 황비호는 소호가 딸을 바치고 속죄하려 한다는 문서를 보자 황급히 장수 용환龍環으로 하여금 성 밖으로 나가서 소호에게 병력을 성 밖에 그대로 주둔하게 하고 달기를 인계받아 금정관역金亭館驛에 묵게 했다. 하지만 당시 권력을 쥐고 있던 비중과 우혼은 소호가 이번에도 그들에게 예물을 보내지 않자 불만을 터뜨렸다.

"이놈의 역적! 네놈이 비록 딸을 바친다 한들 천자의 기분은 예측하기 어렵고 모든 일은 우리 두 사람에게 달려 있지. 네놈은 생사가 우리 손에 달려 있는데도 전혀 우리에게 신경을 쓰지 않으니 정말 괘씸하구나!"

한편 주왕은 용덕전에 있었는데 환관이 보고했다.

"비중이 하명을 기다리고 있사옵니다."

"들라 하라!"

잠시 후 비중이 들어와서 만세 삼창을 하고 엎드려 아뢰었다.

"소호가 딸을 바치려고 지금 도성에 도착해 있사온데 어찌할 것인지 어명을 내려주시옵소서."

"흥! 그 못된 놈은 저번에 궤변으로 조정을 어지럽혀서 짐이 법으로 다스리려 했건만 경들이 간언하는 바람에 사면하여 돌려보내려 하자 뜻밖에 오문에 시를 써서 짐을 능멸했으니 괘씸하기 그지없는 자가 아니오! 내일 아침 조회에서 국법에 따라 그 죄를 다스려야겠소!"

비중은 이 기회를 이용해서 말했다.

"천자의 법은 천자 개인을 위해서가 아니라 만백성을 위해 제정된 것이옵니다. 하지만 반역을 획책한 자를 제거하지 않으면 이는 법이 없는 것과 마찬가지이고 법이 없는 왕조는 천하의 버림을 받을 것이옵니다."

"지당하신 말씀이오, 내일 짐이 나름대로 방책이 있소이다."

이에 비중은 물러나서 돌아갔다.

이튿날 주왕이 대전에 오르자 풍악이 일제히 울리면서 문무백관들이 시립했으니 그야말로 이런 모습이었다.

은 촛불 하늘을 비추고 도성의 길은 아득한데
봄빛 그윽한 도성에 새벽이 밝아온다.

못가의 가는 버들 푸른 옥처럼 드리웠고

지저귀는 꾀꼬리 건장궁°을 돌아 난다.

칼 차고 바람 따라 봉지 옆을 걸어가니

고관대작의 몸에는 황궁 향로의 향이 배어 있구나.

모두들 황궁 연못가에서 은택 입고

아침마다 글 지어 군주를 보좌하지.

銀燭朝天紫陌長　禁城春色曉蒼蒼

池邊弱柳垂青瑣　百囀流鶯繞建章

劍佩風隨鳳池步　衣冠身惹御爐香

共沐恩波鳳池上　朝朝染翰侍君王

주왕이 대전에 오르자 문무백관들이 일제히 절을 올렸다. 주왕이 말했다.

"상소를 올릴 사람은 반열에서 나오고 별일 없으면 조회를 마치겠노라."

그 말이 끝나기도 전에 오문을 지키는 관리가 보고했다.

"기주후 소호가 오문에서 어명을 기다리고 있사온데 딸을 바치고 속죄하겠다고 하옵니다."

"들라 하라!"

소호는 감히 제후의 의관을 차려입지 못하고 죄 지은 관리의 복장으로 들어와서 섬돌 아래에 엎드렸다.

"저 소호가 죽을죄를 지었나이다!"

"기주후 소호, 너는 오문에 쓴 시에서 '영원히 상나라를 섬기지 않으리라!' 하지 않았더냐? 숭후호가 어명을 받들어 죄를 물으러 갔을 때도 천자의 군대에 항거하여 장수와 병사를 죽였는데 또 무슨 말을 하겠다고 찾아온 것이냐? 여봐라, 당장 저자를 끌고 나가 효수하여 국법을 바로 세우도록 하라!"

그 말이 끝나기도 전에 수상 상용이 반열에서 나와 간언했다.

"소호가 반역을 저질렀으니 당연히 법대로 처벌해야 하지만 지난번에 서백 희창이 상소를 올려서 소호로 하여금 딸을 바치고 조정에 찾아가 군주와 신하 사이의 대의를 확인하라고 했사옵니다. 이제 소호가 천자의 법을 따르고 딸을 바치며 알현하여 속죄하니 정상을 참작해줄 만하지 않사옵니까? 또한 폐하께서는 딸을 바치지 않는다는 이유로 저 사람에게 죄명을 붙였는데 이제 딸을 바쳤는데도 처벌하시는 것은 폐하의 본심이 아닐 것이옵니다. 부디 연민을 베풀어 사면해주시옵소서."

주왕이 머뭇거리며 결정하지 못하자 비중이 반열에서 나와 아뢰었다.

"폐하, 승상의 간언을 받아주시옵소서. 또한 소호의 딸 달기를 조정으로 불러들여 과연 용모가 출중하고 행동거지와 예절이 발라서 후궁에 들일 만하다면 소호의 죄를 용서하시고 폐하의 마음에 차지 않으시면 그 딸까지 저자에서 참수하여 그 죄를 다스리시옵소서. 그렇게 되면 폐하께서도 신하와 백성에게 신망을 잃지 않을 것이옵니다."

"일리 있는 말씀이구려."

그런데 여러분, 바로 비중의 이 말 때문에 성탕이 세운 육백 년의 기업을 남에게 빼앗기게 되었으니 이에 대해서는 잠시 서술하지 않겠소.

어쨌든 주왕은 내관에게 분부했다.

"달기를 조정으로 데려와라!"

달기는 오문으로 들어가 구룡교를 지나 아홉 칸짜리 대전에 이르러 처마 앞에서 상아홀을 높이 치켜들고 예법에 따라 절을 올리며 만세 삼창을 했다. 주왕이 유심히 살펴보니 달기는 삼단 같은 검은 머리를 틀어 올리고 살구처럼 발그레한 얼굴에 복숭아 같은 볼, 봄날 산처럼 아담한 눈썹, 버들가지처럼 가늘고 부드러운 허리를 가진 햇살에 취한 해당화나 빗방울을 머금은 배꽃 같은 미인이었다. 그 모습은 하늘의 선녀가 요지瑤池에서 내려온들 달의 항아가 내려온들 절대 뒤지지 않을 것 같았다. 앵두처럼 붉은 입술을 벌리면 혀끝에서 달콤하고 따스한 기운이 나오고 봉황의 눈매로 그윽이 바라보면 눈꼬리에서 수만 가지 풍류가 뚝뚝 떨어졌다.

"죄인의 딸 달기가 폐하를 뵈옵나이다. 만세, 만세, 만만세!"

이 몇 마디에 주왕은 혼백이 하늘로 빠져나가는 듯 온몸이 나른해지면서 귓불이 달아오르고 눈이 붉어져서 어찌할 바를 몰랐다. 그는 일어나서 탁자 옆에서 분부했다.

"미인은 허리를 펴도록 하라."

그런 다음 그는 좌우의 궁녀들에게 지시했다.

"소 낭자를 수선궁壽仙宮으로 데려가서 대기하게 하라!"

그리고 황급히 담당 관리에게 어명을 전하게 했다.

106

"소호의 가족 모두의 죄를 사면하고 관직은 그대로 유지하되 황실의 인척으로 봉호를 따로 더하여 매달 쌀 이천 석石의 봉록을 하사하노라. 현경전에서 사흘 동안 잔치를 열어 문무백관과 재상이 축하하고 황실의 친척은 사흘 동안 거리를 행진한 후 문관 두 명과 무관 세 명이 그를 고향까지 성대하게 전송하도록 하라!"

소호는 성은에 감사했고 문무백관들은 천자가 여색을 밝히자 모두 못마땅한 표정을 지었다. 하지만 주왕이 내궁으로 돌아가버리자 더 이상 간언하지 못하고 어쩔 수 없이 현경전의 잔치에 참석해야 했다.

소호가 딸을 바치고 부귀영화를 누리게 된 일은 이 정도만 이야기하겠다.

한편 주왕은 달기와 함께 수선궁에서 잔치를 벌이고 밤이면 봉황과 난새가 뒤엉키듯 함께 침상을 뒹굴며 아교를 칠한 듯 떨어지지 않았다. 주왕이 달기를 데려온 뒤로 날마다 잔치를 벌이고 밤마다 쾌락에 빠지니 조정의 정치는 전혀 돌보지 않아 상소문이 엉망으로 뒤섞여 쌓였다. 이에 여러 신하들이 간언을 담은 상소문을 올렸지만 주왕은 그것을 모두 애들 장난으로 취급하며 밤낮으로 방탕한 쾌락에 빠졌다. 세월은 순식간에 흘러 주왕은 벌써 두 달 동안 조회도 열지 않고 그저 수선궁에서 달기와 함께 잔치를 벌이며 즐겼다. 천하 제후 팔백 명이 수많은 상소문을 보내서 조가의 황궁 안에는 문서가 산더미처럼 쌓였으나 천자의 얼굴도 보지 못하는데 무슨 어명이 내려오겠는가? 결국 천하는 큰 혼란에 빠져버렸으니 뒷일이 어찌 되는지는 다음 회를 보시라.

제5회

운중자, 요괴를 제거하기 위해 검을 바치다
雲中子進劍除妖

흰 구름 나는 비 남산을 지나니

쓸쓸한 하늘에 봄빛 한가하다.

금빛으로 빛나는 누각에 자줏빛 안개 서리니

교리와 옥액°으로 젊음 유지하지.

꽃은 신선의 노래 부르는 학을 맞이하고

버들 스치는 파랑새는 아름답게 춤추지.

이러니 신선 세계와 인간 세계는 얼마나 다른가?

한 줄기 요사한 기운 하늘 문으로 스며든다.

白雲飛雨過南山　碧落蕭疏春色閑

樓閣金輝來紫霧　交梨玉液駐朱顔

花迎白鶴歌仙曲　柳拂青鸞舞翠鬟

此是仙凡多隔世　妖氛一派透天關

그러니까 주왕은 달기에게 빠져 하루 종일 방탕하게 즐기면서 정치에는 신경을 쓰지 않았다.

한편 종남산終南山에는 운중자雲中子라는 이가 수행하고 있었는데 그는 바로 수천 년 동안 수련하여 득도한 신선이었다. 어느 날 그가 한가해서 수화화람水火花籃이라는 꽃바구니를 들고 호아애虎兒崖로 약초를 캐러 가려고 했다. 그런데 막 구름과 안개를 타고 오르자 동남쪽에서 한 줄기 요사한 기운이 하늘로 치솟는 것이 보였다. 그는 구름을 멈추고 살펴보다가 고개를 끄덕이며 탄식했다.

"이것은 천 년 묵은 여우가 사람의 몸을 빌려 조가의 황궁에 숨어들었다는 뜻이로구나. 일찌감치 제거하지 않으면 큰 재앙거리가 되겠어. 나는 출가한 몸으로 자비를 바탕으로 하고 상황에 따라 깨달음을 베풀어야 하지 않겠는가!"

그는 황급히 금하동자金霞童子를 불렀다.

"오래된 소나무 가지를 하나 가져오너라, 목검을 깎아서 요사한 정령을 제거해야겠구나."

"그냥 보검을 써서 화근을 영원히 없애버리시지 않고요?"

"하하! 천 년 묵은 여우 따위한테 내 보검까지 쓸 일이 있겠느냐? 그저 이 목검이면 충분하지."

동자가 소나무 가지를 가져오자 운중자는 목검을 깎은 다음 분부했다.

"동부洞府를 잘 지키고 있어라, 금방 다녀오마."

운중자는 종남산을 떠나 상서로운 구름을 타고 조가로 갔으니 이를 묘사한 시가 있다.

말도 배도 탈 필요 없이

큰 호수도 바다도 마음대로 돌아다니지.

인간 세계야 순식간에 도착하고

바위 문드러지고 소나무 늙어 죽는 것도 한순간으로 여기지.

不用乘騎與駕舟　　五湖四海任遨遊

大千世界須臾至　　石爛松枯當一秋

그나저나 주왕이 날마다 주색에 빠져 일 년 가까이 조회를 열지 않자 백성은 불안해하고 문무백관들 사이에는 이런저런 말이 많았다. 개중에 상대부 매백이 재상 상용과 아상 비간에게 이렇게 말했다.

"천자가 방탕하게 주색에 빠져서 정치를 돌보지 않아 상소문이 산처럼 쌓여 있으니 이는 매우 큰 혼란의 징조가 아닙니까! 어르신들은 대신의 자리에 계시고 당연히 대의를 다하기 위해 애쓰셔야 하지 않겠습니까? 게다가 군주에게는 직언하는 신하가 있고 아비에게는 바른말 하는 아들이 있고 친구 가운데는 바른말 하는 친구가 있어야 하는 법입니다. 여기에는 저와 두 분 승상 모두 책임이 있습니다. 그러니 오늘은 종과 북을 울려 문무백관들을 소집하고 폐하를 대전으로 모셔 각자의 일에 대해 최선을 다해 간언해서 군주와 신하 사이의 대의를 저버리지 말아야 합니다."

그러자 상용이 말했다.

"일리 있는 말씀이오."

그는 대전을 담당하는 관리에게 종과 북을 울리게 하고 주왕을 대전으로 청했다. 마침 주왕은 적성루摘星樓에서 잔치를 즐기고 있었는데 갑자기 대전에서 종과 북이 울리더니 측근들이 "폐하, 대전으로 납시옵소서!" 하고 청하자 어쩔 수 없이 달기에게 이렇게 말했다.

"잠시 쉬고 계시구려, 대전에 나갔다가 금방 돌아오겠소이다."

이에 달기는 엎드려 주왕을 전송했다.

주왕은 옥규玉圭를 들고 수레에 올라 대전으로 나가서 용상에 앉았는데 문무백관들이 인사하고 나서 두 승상과 여덟 명의 대부, 진국무성왕 황비호가 각기 상소문을 한 아름씩 안고 대전으로 올라왔다. 그렇지 않아도 연일 주색에 빠져 있다가 대전으로 나온 터라 지루한 느낌이 들기 시작하던 주왕은 그 많은 상소문을 어느 세월에 다 볼까 하는 생각에 다시 대전을 나가고 싶어졌다. 그때 두 승상이 나아가 엎드려 아뢰었다.

"천하의 제후들이 상소를 올려 어명을 기다리고 있사온데 어이해 열 달 가까이 대전에 나오시지 않고 날마다 후궁에만 계시면서 조정의 기강을 다스리지 않으시옵니까? 이는 분명 폐하의 주변에 성스러운 덕을 미혹하는 자가 있기 때문일 것이옵니다. 부디 국사를 중시하시고 후궁에만 계시면서 국사를 소홀히 하시어 신하와 백성의 바람을 저버리지 마시옵소서. 제가 듣기로 천자의 자리는 어려운 것이라 했사옵니다. 하물며 지금은 하늘의 뜻이 순조롭지 않아서 홍수와 가뭄이 잦아 백성이 재앙에 허덕이는데 이것은 모두 정치의 잘잘못에서 비롯되는 것이옵니다. 바라건대 나라를 생각하셔서 이전의 잘못을 고치시어 참언하는 간신을 내치고 여색을 멀리하며 정치에 힘써 백성을 구휼해주시옵소서. 그러면 하늘도 순조롭게 변해서 나라가 부강해지고 백성이 풍요로워져서 천하가 태평해지고 무궁한 복을 누리게 될 것이옵니다! 부디 통촉하시옵소서!"

"짐이 듣기로는 천하가 평안하고 만민이 즐겁게 생업에 임하고 있는데 단지 북해에서 반역이 일어나 이미 태사 문중으로 하여금 역도를 소탕하라고 어명을 내렸소. 그리고 그것은 작은 부스럼에 지나지 않는데 무얼 그리 염려하시오? 두 분 승상의 지당하신 말씀을 짐이 어찌 모르겠소만 조정의 모든 일을 수상께서 대신 처리해 주시면 일처리가 밀릴 것도 없지 않느냐는 말이외다. 그렇게 되면 설령 짐이 대전에 나온다 한들 그저 인사나 하면 그만일 텐데 주절주절 무슨 말을 그리 늘어놓으시오?"

그렇게 주왕과 신하들이 나랏일에 대해 이야기하고 있을 때 오문을 지키는 관리가 보고했다.

"종남산에서 온 운중자라는 도인이 기밀을 요하는 일로 폐하를 뵙고자 하는데 함부로 들어올 수 없어서 어명을 기다리고 있사옵니다."

'문무백관들이 아직도 상소문을 안고 재가를 기다리고 있으니 차라리 도사를 불러 한담이나 나누는 것이 낫겠구나. 그러면 이런저런 논의를 피할 수 있고 간언을 물리쳤다는 오명도 쓰지 않겠지.'

이렇게 생각하고 주왕은 "들라 하라!" 하고 어명을 내렸다.

운중자는 오문을 들어가 구룡교를 건너 큰길을 따라 걸어갔다. 소매가 큰 헐렁한 도포를 입고 먼지떨이를 손에 쥔 채 느긋하게 걸어 들어오는 그 모습은 단정하기 그지없었다.

푸른 망사로 만든 일자 두건 쓰고

머리 뒤에는 두 가닥 머리끈 휘날리며

이마에는 해와 달과 별을 상징하는 세 개의 점 박았고

뒤통수에는 해와 달로 나누어 쪽을 묶었다.

도포에는 음양의 수에 맞추어 비취 장식했고

허리 아래로 두 가닥 서왕모 매듭 드리웠다.

한 쌍의 답운혜 신고

밤중에 산보하면 별들도 겁먹지.

산에 오르면 호랑이가 먼지 속에 엎드리고

바다에 들어가면 용이 무릎 꿇고 영접하지.

얼굴은 분을 바른 듯 새하얗고

입술은 단사를 바른 듯 새빨갛구나.

오로지 제왕의 우환 없애줄 마음뿐

훌륭한 도사

두 손으로 천지의 결함 보수해주지.

頭帶青紗一字巾	腦後兩帶飄雙葉
額前三點按三光	腦後雙圈分日月
道袍翡翠按陰陽	腰下雙條王母結
脚登一對踏雲鞋	夜晚間行星斗怯
上山虎伏地埃塵	下海蛟龍行跪接
面如傅粉一般同	脣似丹朱一點血
一心分免帝王憂　好道長	兩手補完天地缺

운중자는 왼손에 수화화람을, 오른손에는 먼지떨이를 들고 처마 앞에 이르러 먼지떨이를 든 채 허리를 숙여 절을 올렸다.

"폐하, 인사 올립니다!"

주왕은 그가 그런 식으로 절하자 기분이 나빴다.

'짐은 천하를 가진 천자라는 존귀한 몸이니 온 세상 사람이 모두 내 신하가 아닌가? 네가 아무리 속세를 떠나 있다 한들 그래 봤자 짐의 영토 안인데 이렇게 괘씸하게 굴다니! 군주를 기만한 죄로 다스려야 마땅하지만 신하들이 또 짐이 너무 관용이 없다고 할 테니 일단 무슨 일인지 물어보고 어떻게 나오는지 보자!'

"도인은 어디서 왔는가?"

"구름과 물에서 왔사옵니다."

"그것이 무슨 말인가?"

"마음은 흰 구름처럼 늘 자유롭고 뜻은 흐르는 강물처럼 어디든 마음대로 간다는 뜻이옵니다."

주왕도 나름대로 총명하고 지혜로운 천자인지라 다시 이렇게 물었다.

"구름이 흩어지고 물이 말라버리면 그대는 어디로 돌아갈 텐가?"

"구름이 흩어지면 밝은 달이 하늘에 뜨고 물이 마르면 맑은 진주가 나타나지요."

그 말에 주왕은 진노가 기쁨으로 바뀌었다.

"조금 전에 도인께서 짐에게 고개만 숙이고 엎드려 절하지 않아서 군주를 기만하는 것이 아닌가 싶었소이다. 그런데 지금 대답을 들어보니 대단히 깊은 이치가 담겨 있는지라 비로소 지혜에 통달한 현자임을 알겠소이다. 여봐라, 저분께 자리를 마련해드려라!"

운중자도 사양하지 않고 의자에 비스듬히 앉았다. 그리고 가볍게 허리를 숙여 경의를 표하고 말했다.

"알고 보니 천자께서는 천자의 지위가 높은 줄만 아시는데 삼교三敎에서는 원래 도덕을 가장 높이 받듭니다."

"어째서 그렇다는 것이오?"

"들어보십시오."°

삼교를 살펴보니
도교만이 최고일세.
위로는 천자를 배알하지 않고
아래로는 고관대작에게도 절하지 않지.
속세의 조롱 피해 은거해 살며
속세의 그물에서 벗어나 참다운 수련을 하지.
산림 즐기며 명리를 끊고
바위 골짝에 은거하여 영욕을 잊지.
칠성관七星冠 쓰니 태양처럼 빛나고
무명 도포 걸치고 길이 젊음 유지하지.
머리 풀어 헤치고 맨발로 다니기도 하고
상투 틀고 두건 두르기도 하지.
신선한 꽃을 따서 삿갓에 담고
들풀 꺾어 자리를 깔지.
맛난 샘물 마시고 양치질하고

솔잎 씹으며 수명 늘리지.

그 즐거움 손뼉 치며 노래하고

춤이 끝나면 구름 속에서 잠들지.

신선 만나면 현묘한 도리에 대해 묻고

도 닦는 벗 만나면 술 마시며 글을 논하지.

사치 비웃으며 부귀를 더럽게 여기고

유유자적 즐기며 청빈하게 살지.

털끝만 한 방해물도 없고

조그마한 얽매임도 없지.

삼삼오오 모여 현묘한 도道 논하기도 하고

쌍쌍이 고금의 역사 탐구하기도 하지.

고금의 역사 탐구하며 옛 황조의 흥망성쇠에 탄식하고

현묘한 도리 논하며 성명性命의 근본 원인 궁구하지.

계절이 바뀌는 대로 내맡겨두고

차례로 돌아가는 해와 달 따르지.

늙은 얼굴 다시 젊어지고

흰머리도 다시 검어지지.

표주박 하나 들고 저자에 들어가 동냥하여

주린 배 대충 채우고

대바구니 들고 산에 들어가 약초 캐서

고난에 처한 이를 구제해주지.

남을 편안하게 해주고 사물을 이롭게 해주며

죽어가는 이를 되살려주기도 하지.

신선술 수련하면 뼈대가 강건해지고

도를 깨달으면 정신이 무척 신령해지지.

길흉 판단하니 『주역』 점괘 환히 알고

재앙과 복을 정하나니 사람의 깊은 마음까지 꿰뚫어보지.

천교와 도교의 법으로

태상노군의 올바른 가르침 선양宣揚하고

부적을 써서

인간 세상의 요사한 기운 없애지.

상제의 궁전에서 날아다니는 신을 알현하고

우레의 문에서 천강성天罡星°의 자리 따라 걸음 옮기지.

도에 들어가는 문[玄關]을 두드리면

천지가 어둑해지고

땅의 문 치면

귀신도 울며 공경하지.

천지의 빼어난 기운 거두고

해와 달의 정화 모으지.

음양을 운용하여 성정 단련하고

물과 불 키워 신선의 태胎를 모으지.

십육 일째가 지나면 음의 기운 스러지니 황홀하기 그지없고

이십칠 일이면 양의 기운 자라나니 아득하기 그지없지.

사계절의 변화에 맞추어 약물을 채취하여

아홉 번 단련하여 영단靈丹을 만들지.

푸른 난새 타고 하늘나라로 곧장 올라가고

하얀 학 타고 하늘 궁전 두루 노닐지.

하늘과 땅의 오묘한 쓰임 헤아리고

도덕道德°의 은근한 관계 드러내지.

저 유가는 높은 벼슬살이 누리지만

부귀란 뜬구름 같은 것이요

절교는 오행에 따라 도술 부리지만°

정과를 이루기 어렵다네.

그저 삼교만 놓고 말하자면

도교만이 최고일세.

但觀三敎　惟道至尊

上不朝於天子　下不謁於公卿

避樊籠而隱跡　脫俗網以修眞

樂林泉兮絕名絕利　隱岩谷兮忘辱忘榮

頂星冠而曜日　披布衲以長春

或蓬頭而跣足　或丫髻而幅巾

摘鮮花而砌笠　折野草以鋪茵

吸甘泉而漱齒　嚼松柏以延齡

歌之鼓掌　舞罷眠雲

遇仙客兮則求玄問道　會道友兮則詩酒談文

笑奢華而濁富　樂自在之淸貧

無一毫之掛礙　無半點之牽纏

或三三而參玄論道　或兩兩而究古談今

究古談今兮嘆前朝之興廢　參玄論道兮究性命之根因

任寒暑之更變　隨烏免之逡巡

蒼顏返少　白髮還青

攜簞瓢兮入市廛而乞化　聊以充飢

提拂籃兮進山林而採藥　臨難濟人

解安人而利物　或起死以回生

修仙者骨之堅秀　達道者神之最靈

判吉凶兮明通爻象　定禍福兮密察人心

闡道法　揚太上之正教

書符籙　除人世之妖氣

謁飛神於帝闕　步罡氣於雷門

扣玄關　天昏地暗

擊地户　鬼泣神欽

奪天地之秀氣　採日月之精英

運陰陽而煉性　養水火以胎凝

二八陰消兮若恍若惚　三九陽長兮如杳知冥

按四時而採取　煉九轉而丹成

跨青鸞直衝紫府　騎白鶴遊遍玉京

參乾坤之妙用　表道德之懇懇

比儒者兮官高職顯　富貴浮雲

比截教兮五形道術　正果難成

但談三教　惟道獨尊

주왕은 이를 듣고 나서 무척 기뻐하며 말했다.

"그 말씀을 들으니 짐도 모르게 정신이 상쾌해지고 마치 속세를 벗어난 느낌이 들어서 정말 부귀가 뜬구름 같다고 여겨지는구려. 그런데 선생은 어느 동부에 거처하시고 무슨 일로 짐을 찾아오셨는지요?"

"저는 종남산 옥주동玉柱洞에 있는 운중자라고 합니다. 한가해서 높은 산에 약초나 캐러 갈까 하다가 갑자기 조가에서 요사한 기운이 솟구치고 황궁 안에서 괴이한 기운이 피어나는 것을 발견했는데 도를 추구하는 마음을 잃지 않아서 늘 선념善念이 따라 일어나기 때문에 폐하를 뵙고 이 요괴를 없애드리려고 일부러 찾아왔습니다."

"깊은 궁궐에서도 후궁은 경비가 더욱 삼엄하고 또 속세의 산림도 아닌데 어디서 요괴가 왔을까요? 혹시 잘못 아신 게 아닌지요?"

"하하! 폐하께서 요괴가 있다는 것을 알고 계시면 제까짓 게 감히 오지 못했겠지요. 하지만 폐하께서 그 요괴를 알아보지 못하시니 그 틈에 찾아와 미혹하는 것입니다. 없애지 않고 오래 놔두면 큰 재앙을 키울 것입니다. 그것을 설명하는 시가 있습니다."

아리땁고 요염한 미녀는 사람 미혹하기 쉬우니
은밀히 살과 뼈에 숨어들어 원신元神 해친다네.
이것이 진짜 요괴라는 것을 알면
세상에는 응당 죽지 않는 이가 많으리니!

艷麗妖嬈最惑人　暗侵肌骨喪元神
若知此是眞妖魅　世上應多不死身

"궁중에 요괴가 있다면 무엇으로 다스려야 합니까?"

운중자는 수화화람을 열어 소나무 가지로 깎은 검을 꺼내 손에 쥐고 말했다.

소나무 깎아 만든 이 검의 이름은 거궐인데
이 속에 담긴 묘용 아는 사람 드물다네.
별자리까지 치솟는 보배로운 기운은 없지만
사흘이면 재가 되어 요사한 기운 떠나게 된다네!

松樹削成名巨闕　　其中妙用少人知

雖無寶氣衝牛斗　　三日成灰妖氣離

그렇게 말하고 운중자가 검을 바치자 주왕이 받아 들며 물었다.

"이것을 어디에 두면 됩니까?"

"분궁루分宮樓에 사흘 동안 걸어두시면 자연히 효험이 있을 것입니다."

이에 주왕은 어명을 전하는 관리에게 말했다.

"이 검을 분궁루 앞에 걸어놓아라!"

관리가 어명을 받들고 떠나자 주왕이 다시 물었다.

"이런 도술을 지니고 음양에 대해 잘 아시며 요괴를 알아보시는 재능을 가지고 계시니 종남산에서 나와서 짐을 보필해주시는 게 어떻겠습니까? 고관대작의 벼슬을 지내시면 후세에 명성을 날릴 수 있어서 좋지 않겠습니까! 어찌하여 힘들고 가난하게 사시면서 죽을 때까지 세상에 명성을 알리려 하지 않으십니까?"

운중자, 요괴를 제거하기 위해 검을 바치다.

"폐하께서는 은거하는 저 같은 사람을 버리지 않으시고 벼슬살이를 하라고 은혜를 베푸시지만 저는 산야에 사는 보잘것없는 사람이라 나라를 다스리는 법 같은 것은 모릅니다. 그저 이렇게 지낼 뿐이지요."

해가 중천에 뜨도록 푹 자고
발가벗고 맨발로 온 산을 돌아다니지.

日上三竿堪睡足　裸衣跣足滿山遊

"그렇게 사는 것이 뭐가 좋다는 말씀이십니까? 화려한 관복을 입고 아내에게는 봉호封號를 받게 하고 자식에게는 음사蔭仕로 벼슬살이를 하게 하여 무궁한 부귀를 누리는 게 좋지 않습니까?"
"저처럼 사는 것도 좋은 점이 있습니다, 들어보시지요."

몸도 느긋하고
마음도 자유로워
무기도 들지 않고
무시당하지도 않지.
만사는 아득하게 도외시하고
진지한 일 고민하지 않고 부추나 심으며
공명이야 초개처럼 여겨 바라지 않고
비단 도포 걸치고 싶은 마음도 없고
코뿔소 뿔로 만든 허리띠도 차고 싶지 않고

재상의 수염 쓰다듬고 싶지도 않고

군주의 젓가락 빌리고 싶지도 않으며

쇠뇌 들고 멀리 원정 나가고 싶지도 않고

고관의 행차에 먼지 보며 큰절 올리고 싶지도 않고

나를 보살펴주어 천 종의 녹을 누리는 것도 바라지 않고

나를 죽이려는 이가 사방에 널려 있는 것도 바라지 않지.

작은 초가집도

좁다고 여기지 않고

낡아빠진 옷도

지저분하다고 여기지 않고

마름과 연잎 잘라 옷 만들고

가을 난초 따서 허리에 장식하지.

천황이며 지황, 인황 따지지 않고

천뢰며 지뢰, 인뢰°도 따지지 않지.

고상한 마음으로 황홀하기가 가을 호수 같고

흥이 일면 천지에 방해될까 걱정하지.

한가로울 때면 산중에서 잠들어

꿈속에서 반도회蟠桃會에 가려 하지.

동쪽에서 달 뜬들

서쪽에 해 진들 무슨 상관이랴?

身消遙　心自在

不揚戈　不弄怪

萬事茫茫付度外　吾不思理正事而種韮

124

吾不思取功名如拾芥　吾不思身服錦袍

吾不思腰懸角帶　吾不思拂宰相之鬚

吾不思借君王之筷　吾不思伏弩長驅

吾不思望塵下拜　吾不思養我者享祿千鍾

吾不思簇我者有人四被

小小盧　不嫌窄

舊舊服　不嫌穢

製芰荷以爲衣　結秋蘭以爲佩

不問天皇地皇與人皇　不問天籟地籟與人籟

雅懷恍如秋水同　興來猶恐天地礙

閒來一枕山中睡　夢魂要赴蟠桃會

那裏管玉兔東升　金烏西墜

"하하! 선생의 말씀을 들으니 정말 청정한 세계를 노니는 분임을
알겠소이다."

주왕은 즉시 환관에게 금과 은을 각기 한 쟁반씩 가져와서 운중
자에게 여비로 주라고 했다. 잠시 후 환관이 붉게 칠한 쟁반에 금과
은을 단정하게 담아 오자 운중자가 웃으며 말했다.

"은혜를 베풀어주셔서 감사합니다만 제게는 쓸모없는 것들입니
다. 그것을 증명하는 시가 있지요."

인연 따라 본분 따라 속세 떠나니
강물처럼 구름처럼 일편단심일세.

도가 경전 두 권과 석 자의 검 하나

지팡이 하나와 다섯 줄 거문고

자루에 담긴 약초로 사람 만나면 도와주고

배 속에 담긴 새로운 시는 나그네 만나면 읊조리지.

단약 먹으면 천 년의 수명 늘릴 수 있나니

인간 세상에서 황금 가졌다고 자랑하지 말라!

隨緣隨分出塵林　似水如雲一片心

兩卷道經三尺劍　一條藜杖五弦琴

囊中有藥逢人度　腹內新詩遇客吟

丹粒能延千載壽　漫誇人世有黃金

　　운중자는 그렇게 말하고 아홉 칸 대전을 나와 고개를 숙여 절하더니 큰 소매로 바람을 일으키며 다른 이들은 전혀 신경조차 쓰지 않고 그대로 떠나버렸다! 양쪽에 있던 여덟 명의 대부들은 황제에게 상소에 대해 아뢰려고 했는데 도사가 찾아와서 요괴니 뭐니 하는 바람에 또 시간만 허비했다고 생각했다. 한편 주왕은 운중자와 오랫동안 이야기를 나누느라 피곤하다며 용포를 휘저으며 일어나 후궁으로 돌아가면서 문무백관들에게 잠시 물러가 있으라고 했다.

　　잠시 후 주왕은 수선궁 앞에 도착했는데 달기가 마중을 나오지 않자 마음이 무척 불안해졌다. 그때 내관이 나와서 영접하자 주왕이 물었다.

　　"소 미인은 왜 마중을 나오지 않는 것이냐?"

　　"갑자기 병에 걸려서 인사불성이 되어 침상에 누워 계시옵니다."

주왕은 황급히 수레에서 내려 침실로 들어가 휘장을 걷고 살펴보니 달기가 얼굴이 누렇게 뜬 채 입술이 백짓장처럼 하얗게 변해서 정신을 잃고 누워 있는데 기식이 엄엄해서 금방 숨이 끊어질 것 같았다.

"미인, 아침에 짐을 전송할 때는 꽃처럼 아름다웠는데 어째서 갑자기 탈이 생겨 이 모양으로 누워 있는 것이오? 짐더러 어쩌라는 것이오?"

여러분도 아시다시피 이것은 분궁루에 걸려 있는 운중자의 보검이 여우 정령을 제압했기 때문이지요. 이렇게 해서 요괴가 죽었다면 상나라의 천하가 보전될 수 있었겠지만 주왕의 천하가 몰락하고 주나라가 흥성하는 것이 하늘이 정해놓은 운수인지라 주왕은 결국 이 정령에게 미혹되고 말았던 것이지요!

어쨌든 잠시 후 달기가 살구 같은 눈을 살짝 뜨고 억지로 입술을 열어 신음 소리를 내며 숨이 넘어갈 듯한 목소리로 말했다.

"폐하, 제가 아침에 전송해드리고 오시(午時, 오전 11시~오후 1시)에 영접하러 나가 분궁루 앞에서 기다렸사온데 뜻밖에 거기에 높이 걸린 검을 보는 순간 저도 모르게 온몸에 식은땀이 나더니 결국 이렇게 되어버렸사옵니다. 아마도 제가 박복해서 오랫동안 폐하를 모시면서 부부지간의 즐거움을 누릴 수 없는 모양입니다! 부디 옥체를 보중하시고 저 때문에 염려하지 마시옵소서."

그렇게 말하고 눈물을 줄줄 흘리자 주왕은 너무 놀라 한참 동안 아무 말이 없다가 그 역시 눈물을 머금고 말했다.

"짐이 잠시 정신이 흐려져서 방사方士에게 속을 뻔했구려. 분궁루에 걸린 검은 종남산에서 수행한 운중자가 궁중의 요괴를 제압할 수 있는 것이라며 바친 것인데 뜻밖에 그대에게 해코지를 했구려. 아무래도 그자가 요사한 술법으로 그대를 해치려고 궁중에 요괴가 있다느니 하는 말을 늘어놓았던 게지. 속인들의 자취가 닿지 않는 이 깊은 궁중에 무슨 요괴가 있겠소? 방사라는 것들은 남을 망치기 일쑤인데 짐도 당하고 말았구려."

그리고 즉시 시종에게 명령했다.

"여봐라, 당장 그 방사가 바친 목검을 불에 태워버려라! 머뭇거리다가는 미인에게 정말 큰일이 생기겠다."

주왕은 재삼 달기를 위로하며 밤새 한숨도 자지 않았다.

여러분, 그가 그 검을 불태우지만 않았더라도 상나라 왕실을 보전할 수 있었겠지만 그것을 불태우는 바람에 요사한 기운이 깊은 궁중에 단단히 자리 잡아서 주왕을 망쳐버렸던 것이지요. 결국 조정의 정치가 황폐해지고 민심이 떠나 하늘이 진노하여 멀쩡한 천하를 서백에게 잃고 말았으니 이 또한 하늘의 뜻이 아니겠소!

어쨌든 검을 불태우고 나서 어찌 되는지는 다음 회를 보시라.

무도한 주왕, 포락형을 만들다
紂王無道造炮烙

무도한 주왕이 훌륭한 충신 죽이니

참혹하게 죽은 이의 원한 하늘 찔렀지.

협객과 열사는 모두 재가 되어 사라지고

황궁에는 요사한 기운만 맴돌았지.

조가에는 음란한 노래와 풍악 울리고

저녁 잔치에서는 용연향이 푸른 연기 토해냈지.

차례로 해를 당해 원로들도 흩어지고

외로운 영혼은 고향으로 돌아갈 길 없어졌지.

紂王無道殺忠良　酷慘奇寃觸上天

俠烈盡隨灰燼滅　妖氛偏向禁宮旋

朝歌艷曲飛檀板　暮宴龍涎吐碧煙

取次催殘黃耇散　孤魂無計返家園

그러니까 주왕은 놀라 쓰러진 달기를 보고 당황하여 어쩔 줄 몰라 하다가 즉시 보검을 불태우라고 명령했다. 그 검은 소나무 가지로 만든 것에 지나지 않아서 불을 견디지 못하고 즉시 불타 없어져 버렸다. 내관이 그에 대해 보고하자 이미 검이 불타버린 것을 알고 있던 달기는 요사한 기운이 살아나서 예전처럼 건강해졌으니 이를 묘사한 시가 있다.

보검 불태운 것은 얼마나 어리석은 짓이었던가!
요사한 기운 여전히 궁중에 스며들게 했지.
애석하게도 상나라 도읍은 그림의 떡이 되고
달 기우는 새벽에 서리만 짙게 내리겠지.

火焚寶劍智何庸　妖氣依然透九重

可惜商都成畵餠　五更殘月曉霜濃

달기는 예전처럼 주왕을 모시고 궁중에서 날마다 술잔치를 벌였다.

한편 운중자는 아직 종남산으로 돌아가지 않고 조가에 있었는데 갑자기 요사한 기운이 다시 일어나 궁중을 비추는 것을 발견하고는 고개를 끄덕이며 탄식했다.

"나는 그저 그 검으로 요사한 기운을 줄여 성탕 왕조의 맥락을 조금 늘려주려고 했거늘 뜻밖에 천운이 이미 정해져 있어서 내 검이 불태워졌구나. 성탕의 왕조가 멸망하고 주 왕조가 흥성해야 하며 신선이 큰 재난을 당하고 강상姜尙이 인간 세상에서 부귀영화를 누려야 하고 여러 신들이 봉호를 받아야 하기 때문이겠지. 됐다, 됐어!
그래도 기왕 산을 내려왔으니 몇 글자 적어 후세 사람들이 증거로
삼게 해줘야겠구나."

그는 곧 문방사우를 꺼내 사천대司天臺의 태사太史 두원선杜元銑°
의 집 가림벽[照牆]°에 이렇게 썼다.

요사한 기운 궁정을 추악하게 어지럽히니
천자의 덕이 서쪽 땅에서 일어났지.
조가 땅이 피로 물드는 날이 언제인가?
무오년 갑자일°이 바로 그날일세!

妖氣穢亂宮廷　　聖德播揚西土
要知血染朝歌　　戊午歲中甲子

이렇게 쓰고 나서 운중자는 종남산으로 돌아가버렸다.

한편 조가의 백성들은 모두 가림벽에 적힌 이 시를 보았지만 무
슨 뜻인지 알 수 없었다. 그렇게 사람들이 웅성웅성 모여서 시를 보
고 있을 때 마침 태사 두원선이 관아로 돌아오는 길에 길잡이가 "물
렀거라!" 하고 소리치자 태사가 물었다.

"무슨 일이냐?"

이에 문지기가 보고했다.

"어떤 도사가 가림벽에 시를 써놓고 가서 사람들이 구경하러 몰
려왔사옵니다."

두원선은 말에 탄 채 그 시를 보니 상당히 심오한 뜻이 담겨 있어

서 얼른 해석할 수가 없었다. 이에 그는 문지기에게 그 시를 물로 씻어버리라고 지시하고 관아로 들어가 곰곰이 그 뜻을 헤아려보았다. 하지만 결국 알 수 없었다.

'이것은 분명 저번에 어떤 도사가 조정에 들어와 검을 바치며 궁중에 요사한 기운이 있다고 이야기한 것과 관련이 있을 거야. 요 며칠 동안 천문을 살펴보니 요사한 기운이 날로 성해지면서 대궐을 싸고 맴돌며 불길한 징조를 보였는데 그것 때문에 이런 기록을 남겼을 테지. 지금은 천자가 황음무도하여 조정의 정사를 돌보지 않고 간신이 권력을 쥐고 천자를 미혹하니 하늘도 근심하고 백성도 원망하여 나라가 위태로운 지경이다. 이런 마당에 선제로부터 두터운 은혜를 입은 우리가 어찌 좌시하고 있겠는가? 게다가 조정의 문무백관들도 모두 걱정하고 두려워하고 있으니 아무래도 천자에게 상소를 올려 강력히 간언해서 충신의 도리를 다해야겠구나. 이것은 무슨 명예를 얻으려는 것도 아니고 진정으로 나라의 혼란을 막으려는 조치인 게야.'

두원선은 그날 밤 상소문을 써서 이튿날 누가 당직을 서고 있는지도 모른 채 문서방文書房으로 갔는데 그 상소를 맨 먼저 받아본 사람은 바로 재상 상용이었다. 두원선은 무척 기뻐하며 앞으로 나아가 절을 올리고 말했다.

"승상! 어제 제가 천문을 살펴보니 요사한 기운이 궁중을 가득 덮고 있어서 조만간 천하에 재앙이 닥칠 것임을 알았습니다. 폐하께서 나랏일을 도외시하고 조정의 기강에도 신경을 쓰지 않으신 채 종일 잔치를 벌여 주색에만 빠져 계시니 이는 종묘사직뿐만 아니라

나라의 안녕에도 영향이 큰지라 절대 좌시할 수 없는 일이 아닙니까? 그래서 이렇게 상소문을 써서 천자께 바치려 하는데 승상께서 이것을 폐하게 전해주실 수 있겠습니까?"

"태사께서 상소문을 써 오셨는데 제가 어찌 구경만 하고 있겠습니까? 다만 천자께서 연일 대전에 나오시지 않아서 알현할 수 없으니 오늘 둘이 함께 내궁으로 들어가 폐하를 뵙고 아뢰는 것이 어떻겠습니까?"

이리하여 상용은 아홉 칸 대전으로 들어가 용덕전과 현경전, 희선전喜善殿을 거쳐 다시 분궁루를 지나 주왕을 측근에서 모시는 내관을 만났다. 내관이 말했다.

"승상, 이 수선궁은 폐하의 침소라서 외부의 신하는 함부로 들어올 수 없습니다."

"내 어찌 그것을 모르겠는가? 가서 내가 어명을 기다린다고 전해주시게."

이에 내관이 들어가 보고하자 주왕이 말했다.

"상용이 무슨 일로 후궁까지 왔지? 그 사람은 비록 외부의 관료이기는 하지만 세 천자를 모신 원로대신이니 들여보내도 괜찮다. 들라 하라!"

상용이 들어가 계단 앞에 엎드리자 주왕이 물었다.

"승상, 무슨 급한 상소문이 있기에 여기까지 찾아오셨소?"

"사천대를 관장하는 두원선이 어젯밤에 천문을 보니 요사한 기운이 궁궐을 덮고 있어서 조만간 재앙이 닥칠 것이라고 했사옵니다. 두 태사는 세 천자를 모신 원로대신이자 폐하의 손발과 같은 충신이라 차마 이 일을 좌시하지 못하겠다고 하였사옵니다. 폐하, 왜 나랏일을 돌보지 않으시고 내궁에만 계셔서 문무백관들로 하여금 밤낮으로 근심하게 하시옵니까? 이제 제가 목숨을 걸고 감히 폐하께 이런 말씀을 올리는 것은 그저 직간하는 신하라는 명성을 얻으려는 뜻이 아니오니 부디 통촉하여주시옵소서!"

그리고 상소문을 바치자 내관이 받아서 탁자 위에 올려놓았다. 주왕이 펼쳐보니 대충 이런 내용이었다.

사천대를 관장하는 두원선이 나라를 보전하고 백성을 편안하게 하며 요괴를 제거하여 종묘사직을 융성하게 하는 일에 관해 아뢰옵나이다.

듣자 하니 나라가 흥성하려면 반드시 상서로운 징조가 나타나고 나라가 망하려면 반드시 요사한 것이 생겨난다고 하였사옵니다. 제가 밤에 천문을 살펴보니 불길하고 괴이한 안개와 요사한 빛이 내궁을 에워싸고 있어서 궁궐이 으스스한 기운에 덮여 있었사옵니다. 지난번에 폐하께서 대전에 납시었을 때 종남산에서 온 운중자가 이 때문에 특별히 요괴를 제압할 목검을 진상하지 않았사옵니까? 그런데 폐하께서 그 목검을 불태우고 위대한 현자의 말을 듣지 않아 요사한 기운이 되살아나 나날이 커지면서 하늘의 별자리까지 이르고 있으니 재앙이 닥칠 염려가 무척 심각하옵니다. 제가 보기에는 소호가 딸을 바친 뒤부터 조정에 기강이 없어져서 대전 탁자에 먼지가 쌓이고 섬돌 아래 잡초가 싹을 틔우고 계단 앞에는 이끼가 푸르게 자라고 있사옵니다. 이에 조정이 문란하여 모든 벼슬아치들이 실망하고 있사옵니다.

저희가 비록 폐하를 가까이서 모시고 있지만 폐하께서 미색을 탐하시며 밤낮으로 쾌락만 즐기시고 신하와 만나지 않으시니 이는 마치 구름이 해를 가린 형국이옵니다. 신하의 즐거운 노래가 울리고 태평성대를 볼 날이 언제나 오겠습니까? 이제 저는 죽음을 무릅쓰고 이렇게 간언을 올려 신하의 직분을 다하고자 하옵니다. 제 간언이 잘못되지 않았다면 속히 어명을 내려 시행해주시옵소서. 저희가 너무나 황송한 마음으로 기다리고 있사옵니다!

이에 삼가 상소를 올리는 바입니다.

주왕은 그 상소를 보고 생각했다.

'말이야 아주 지당하구나. 다만 상소문에 적힌 운중자의 일 때문에 저번에 달기가 목숨을 잃을 뻔했는데 하늘의 보살핌으로 검을 불태워서 비로소 괜찮아졌지. 그런데 또 궁궐에 요사한 기운이 있다고 하다니!'

이에 주왕이 달기를 돌아보며 말했다.

"두원선의 상소에서 또 요괴에 대한 이야기가 나오는데 이것이 과연 어찌 된 일일까?"

달기가 무릎을 꿇고 말했다.

"저번에 운중자는 떠돌이 도사로 요사한 말을 지어내 폐하의 총명을 흐리게 하고 만백성을 소란하게 만들었으니 그것은 요사한 말로 나라를 어지럽힌 행위였사옵니다. 지금 두원선이 또 그것을 문제 삼는 것은 모두 붕당을 지어 대중을 현혹하고 무단히 일을 만들어내는 일이옵니다. 백성이란 지극히 어리석어서 이런 요사한 말을 들으면 괜히 두려워하며 소란을 일으키기 마련이니 결국 백성이 불안에 떨어 나라가 어지러워질 게 빤합니다. 그런데 애초에 발단을 따져보면 모두 이 황당무계한 말로 그들을 현혹했기 때문이오니 요사한 말로 대중을 현혹하는 자는 가차 없이 죽여야 하옵니다!"

"아주 지당한 말씀이오. 여봐라, 두원선을 효수하여 요사한 말을 지어내지 못하도록 본보기로 삼아라!"

그러자 상용이 황급히 아뢰었다.

"폐하, 그것은 아니 되옵니다! 두원선은 세 천자를 모신 원로대신으로 충성스럽게 나라를 위하여 피땀을 흘려 봉사하면서 늘 군주의 은덕에 보답하려는 일편단심을 가지고 있기에 부득이하게 그런 상소를 올린 것이옵니다. 게다가 천문을 살펴 길흉의 징조를 파악하는 것이 그의 임무인데 그 사실을 묻어놓고 아뢰지 않았다면 당연히 직무 유기로 다스려야 하지 않겠사옵니까? 하지만 이제 직간을 했는데도 폐하께서 오히려 그에게 죽음을 내리려 하고 계시옵니다. 그가 죽음을 불사하고 군주의 은덕에 보답하려다가 저승으로 간다면 그것이 그의 운명일 수도 있사오나 사백 명에 이르는 문무백관들 가운데는 그의 죽음이 무고하다고 여기고 불평할 사람이 생겨날 수도 있사옵니다. 부디 연민을 베풀어 그를 용서하시옵소서!"

"그것은 승상께서 모르시는 말씀이오. 두원선을 처단하지 않으면 요사한 말이 그치지 않아서 결국 백성이 당황하여 평안할 날이 없어질 것이라는 말씀이외다."

상용이 다시 간언하려 했지만 주왕은 듣지 않고 내관에게 그를 내보내라고 분부했다. 이에 내관이 재촉하니 상용도 어쩔 수 없이 밖으로 나가야 했다. 그가 문서방에 이르러보니 두원선은 죽음의 재앙이 닥친 줄도 모르고 어명을 기다리고 있었다. 그때 어명이 내려왔다.

"두원선은 요사한 말로 대중을 현혹했으니 끌어내 효수하여 국법을 바로 세우라!"

내관이 어지를 낭독하자 주위의 관리들이 달려들어 다짜고짜 두원선의 관복을 벗기고 결박하여 오문 밖으로 끌어냈다. 그들이 막 구룡교에 이르렀을 때 붉은 도포를 입은 대부와 맞닥뜨렸는데 그는 바로 매백이었다. 매백은 두원선이 결박되어 나오는 모습을 보고 황급히 다가와서 물었다.

"태사, 무슨 죄를 지었기에 이리 되셨습니까?"

"천자가 정치를 잘못 하시기에 내가 재상을 통해 내궁에 상소를 올렸소이다. 궁중에 요기가 들어차 있어서 조만간 천하에 재앙이 내릴 것이라고 아뢰었는데 그것이 폐하의 심기를 거스른 모양입니다. 군주가 죽음을 내리셨으니 어찌 거역할 수 있겠소이까? 선생, 공명이라는 것은 부질없는 것이고 수년 동안 품어온 일편단심도 결국 싸늘히 식어버렸구려!"

"여봐라, 집행관들은 잠시 멈춰라!"

매백은 황급히 달려가 구룡교 근처에 이르러 재상 상용을 만났다.

"승상, 여쭤볼 것이 있습니다. 태사께서 무슨 죄를 지었기에 천자께서 죽음을 내리신 것입니까?"

"그분이 상소를 올린 것은 진정 조정을 위한 것이었네. 궁궐에 요사한 기운이 덮여 있었기 때문이지. 그런데 폐하께서 달기의 말을 듣고 그에게 '요사한 말로 대중을 현혹하고 만백성을 두려움에 떨게 한다'라는 죄명을 씌우셨네. 내가 간곡히 아뢰었지만 듣지 않으시니 어쩌겠는가?"

그 말을 들은 매백은 머리에 불길이 치솟도록 화가 치밀어 고함을 질렀다.

"승상께서는 음양의 이치에 따라 요리의 맛을 조화롭게 하듯이 간악하게 참언하는 자를 처벌하고 현량하고 유능한 이를 천거하셔야 하지 않습니까? 군주가 올바르면 승상께서 아무 말씀도 하지 않으셔도 되지만 군주가 바르지 못하면 직간을 하셔야 하지 않습니까? 지금 천자가 무고한 대신을 죽이려 하는데 승상께서 이렇게 함구한 채 어쩔 수 없다고 하시면 일신의 공명만 중시하고 조정의 충신을 소홀히 하는 처사가 아닙니까? 죽음을 두려워하고 하찮은 목숨이 아까워 군주의 형벌을 무서워하는 것은 승상으로서 해야 할 바가 아니지 않습니까?"

그리고 두원선을 끌고 나가려는 관리에게 소리쳤다.

"여봐라, 집행관들은 잠시 멈춰라! 내가 승상과 함께 폐하를 알현하고 오겠다!"

매백은 상용의 손을 잡아끌고 대전을 지나 내궁으로 들어갔다.

하지만 그도 역시 외부의 신하이기 때문에 수선궁 입구에 이르자 그 자리에 엎드렸다. 이에 내관이 주왕에게 보고했다.

"상용과 매백이 어명을 기다리고 있사옵니다."

"상용은 원로대신이니 내궁으로 들어온 것을 용서할 수 있지만 매백은 국법을 어긴 셈이 아니더냐? 어쨌든 들라 하라!"

이에 상용이 앞장서고 매백이 그 뒤를 따라 들어가 엎드렸다. 그러자 주왕이 물었다.

"두 분은 무슨 일로 오셨소?"

매백이 간언했다.

"폐하, 두원선이 어떻게 국법을 어겼기에 사형을 받게 되었는지 알고 싶사옵니다!"

"그자는 떠돌이 도사와 내통하여 요사한 말을 날조해 군대와 백성을 미혹하고 조정을 어지럽히고 천자를 능멸했소. 대신의 몸으로 나라의 은혜에 보답할 생각은 하지 않고 그런 짓으로 군주를 기만했으니 국법에 따라 간신을 처벌하는 것이지 무고한 자에게 벌을 내리는 것이 아니외다."

그 말을 들은 매백은 자기도 모르게 목소리를 높여 아뢰었다.

"제가 듣기로 요 임금이 세상을 다스릴 때에는 하늘과 백성에게 순응하고 문신의 간언과 무장의 계책을 받아들여 따랐으며 매일 조회를 열어 나라를 다스리고 백성을 평안하게 할 방도를 의논하고 참언과 주색을 멀리하여 함께 태평성대를 즐겼다고 하옵니다. 그런데 지금 폐하께서는 반년이 넘게 조회도 열지 않고 내궁에서 매일 밤낮으로 잔치와 주색에만 열중하시고 나랏일도 모른 체하시며 신하의 간언도 듣지 않고 계십니다. '군주는 마음이요 신하는 손발과 같다'라고 했사옵니다. 그러니 마음이 바르면 손발도 바르게 움직이고 마음이 바르지 않으면 손발도 삐뚤어지지 않겠사옵니까? 옛말에 '신하가 올바른데 군주가 그릇되면 나라의 환난을 고칠 수 없다'라고 했사옵니다. 두원선은 세상을 올바로 다스릴 훌륭하고 충성스러운 신하인데 폐하께서 그를 죽여 선왕께서 물려주신 원로대신을 없애신다면 이는 총애하는 후궁의 말만 듣고 나라의 동량을 해치는 일이옵니다. 부디 두원선의 미천한 목숨을 살려주시어 문무백관이 성군의 위대한 은덕을 우러르게 해주시옵소서!"

"매백, 그대도 두원선과 같은 도당이로다. 법을 어기고 내궁에 들어왔으니 본래는 두원선과 똑같이 처벌해야 마땅하지만 지금까지 짐을 보필한 공로를 감안해서 잠시 그 죄를 묻지 않겠노라. 대신 상대부의 지위를 박탈하여 영원히 벼슬살이를 하지 못하도록 하겠노라!"

매백이 버럭 고함을 질렀다.

"어리석은 군주가 달기의 말만 듣고 군주와 신하 사이의 도의를 저버리는구나! 지금 두원선을 죽이는 것은 사실 조가의 만백성을 죽이는 것과 마찬가지가 아니옵니까? 제 벼슬을 박탈하시는 것쯤이야 먼지보다 하찮은 일인지라 아까울 것도 없사옵니다만 성탕께서 세우신 수백 년의 왕업이 어리석은 군주의 손에서 사라지게 되는 것이 안타까울 뿐이외다! 듣자 하니 태사께서 북해를 정벌하러 나가신 뒤로 조정의 기강이 무너져 만사가 엉망인데 어리석은 군주는 날마다 간사한 신하의 말만 듣고 측근에게 총명이 가려져 미혹되었다고 하더이다. 이에 달기와 함께 내궁에서 밤낮으로 황음무도하게 쾌락에 빠져 당장 천하가 위태로워지게 생겼으니 제가 무슨 면목으로 저승에 계신 선왕들을 뵙겠사옵니까!"

"뭣이! 여봐라, 당장 저놈을 끌고 나가 금과金瓜°로 머리통을 쳐버려라!"

이에 수하들이 그를 끌고 나가려 하자 달기가 "아뢸 말씀이 있사옵니다" 하고 말했다.

"무슨 말씀을 하고 싶은 게요?"

"폐하, 신하가 대전에서 눈을 부릅뜨고 군주를 꾸짖고 모멸하는 것은 대역무도한 일일 뿐만 아니라 윤리강상을 어기는 것이니 한 번의 죽음으로 그 죄를 씻을 수 없사옵니다. 저놈을 잠시 옥에 가둬놓으시면 제가 한 가지 형벌을 마련하겠사옵니다. 그것을 쓰시면 교활한 신하가 군주에게 추악한 간언을 하는 것을 막고 요사한 말로 올바른 기강을 어지럽히는 일을 일소할 수 있을 것이옵니다."

"그것은 어떤 형벌이오?"

"높이가 두 길쯤 되고 둘레가 여덟 자쯤 되는 구리 기둥을 만들되 상중하 세 곳에 불구멍을 내고 그 안에 시뻘겋게 달군 숯을 넣습니다. 그리고 요사한 말로 대중을 미혹하고 잘난 주둥이로 군주를 모독하여 법도를 어기고 아무것도 아닌 일에 함부로 상소를 올리는 등의 제반 범법자들의 관복을 벗기고 맨발로 만들어 구리 기둥에 붙여 세우고 쇠사슬로 묶습니다. 그렇게 해서 사지의 근골을 지져버리면 순식간에 뼈까지 모조리 타서 재가 되어버릴 것이니 이를 일컬어 포락형炮烙刑이라고 하옵니다. 이렇게 지독한 형벌을 내리지 않으면 간교한 신하와 명성을 탐하는 무리가 국법을 희롱하면서 다들 두려움을 모를 것이옵니다."

"옳거니! 그거 아주 훌륭하고 멋진 방법이구려!"

그리고 주왕은 즉시 어명을 내렸다.

"여봐라! 두원선은 효수하여 요망한 말을 한 본보기를 보여주고 매백은 옥에 가둬두도록 해라! 그리고 소 미인이 말한 것과 같이 포락형을 시행할 형구를 조속히 만들도록 하라!"

주왕이 멋대로 무도한 짓을 행하면서 달기를 신임하여 포락형을 실시하려는 것을 본 재상 상용은 만수궁萬壽宮 앞에서 탄식했다.

"이제 천하는 끝났구나! 성탕께서는 공경스럽게 덕을 닦는 데 힘 쓰시면서 일편단심으로 조심스럽게 천명을 받드셨거늘 뜻밖에 지금의 천자가 하루아침에 무도하게 변하여 조만간 종묘를 지키지도 못하고 사직이 폐허로 변하게 생겼으니 내 어찌 차마 그것을 지켜 보겠는가?"

그리고 달기가 포락형의 형구에 대해 설명하는 것을 듣고 그는 엎드려 간언했다.

"폐하, 천하의 대사가 이미 안정되었고 나라의 만사가 평안한데 저는 늙고 쇠약하여 막중한 직책을 감당하기 어려우니 혹시 일 처리에 실수를 저질러 폐하께 죄를 지을까 두렵사옵니다. 제가 세 분의 천자를 모시면서 여러 해 동안 재상의 자리에 있었으나 진실로 하는 일 없이 봉록만 받았사옵니다. 비록 폐하께서 당장 내치시지 않는다 하더라도 제가 늙고 어리석으니 어쩌겠사옵니까? 부디 미천한 이 몸을 용서하시고 고향으로 돌아가 느긋하게 태평천하를 즐기면서 폐하께서 하사하신 여생을 누리게 해주시옵소서!"

그러자 주왕이 그를 위로했다.

"경은 비록 연로하지만 아직 정정하거늘 굳이 사직하려 하시는 구려. 여러 해 동안 조정을 돌보느라 노고가 많으셨으니 차마 수락하기가 어렵지만 어쩔 수 없구려."

그는 즉시 시종에게 어명을 내렸다.

"문관 두 명으로 하여금 극진하게 예의를 갖춰서 영광스럽게 귀향하시도록 전송해드리고 그곳 지방관으로 하여금 수시로 문안 인사를 올리게 하라!"

상용은 성은에 감사하고 밖으로 나왔다. 잠시 후 그가 사직하고 귀향한다는 소식을 들은 문무백관들이 모두 나와서 멀리까지 전송했다. 그 가운데 황비호와 비간, 미자微子, 기자箕子, 미자계°, 미자연 등은 십리장정十里長亭°까지 나와서 전별 잔치를 열어주었다. 상용은 그들이 장정에서 기다리는 것을 보고 어쩔 수 없이 말에서 내렸다. 그러자 일곱 명의 친왕親王이 각자 그의 손을 잡고 말했다.

"승상, 정말 귀향하시는구려. 그대는 이 나라의 원로이신데 어찌 이리 모진 마음을 잡수셨습니까? 성탕의 사직을 팽개치고 떠나시다니요! 이러고도 마음이 편하시겠습니까?"

상용이 눈물을 흘리며 말했다.

"황친皇親님들 그리고 여러 선생들, 제가 분골쇄신하더라도 나라의 은혜에 다 보답하기 어렵거늘 이 한 몸 죽는 것이 뭐가 아까워서 구차하게 눈앞의 곤란을 피하려 하겠습니까? 지금 천자는 달기만 신임하고 아무 이유 없이 악행을 저질러 심지어 포락형이라는 혹형

까지 만들어 간언을 물리치고 충신을 죽이려 하고 있습니다. 제가
온 힘을 다해 간언해도 받아들이지 않으셔서 그 마음을 돌릴 수 없
으니 머지않아 하늘이 근심하고 백성이 원망하여 날마다 재앙이 일
어날 것입니다. 저는 벼슬자리에 있어도 군주를 보좌하기에 부족하
고 그저 죽어야 제 과오를 드러낼 수 있을 뿐인지라 어쩔 수 없이 벼
슬을 내놓고 처벌을 기다리려는 것입니다. 저 대신 현량한 인재가
경륜을 크게 펼쳐 이 재난을 구제해주기를 바랄 뿐입니다. 제 본심
은 이것이지 감히 군주를 멀리하고 제 몸을 챙기려는 뜻이 아닙니
다. 황친님들께서 내려주시는 술은 이 자리에 서서 마시겠습니다.
지금 헤어지더라도 훗날 다시 뵐 기약이 있을 것입니다."

이에 그가 술잔을 들고 다시 만날 기약을 담아 시를 한 수 읊었다.

그대들이 십 리까지 전송해주시어

장정에서 술잔 드니 눈물도 이미 말랐구려.

천자의 용안 돌아보니 격세지감 들어

귀향하여 농사지으며 도읍 위해 축원하겠소.

일편단심은 관용봉의 피를 녹이지 못해

붉은 해는 부질없이 하나라 걸왕의 이름 지워버렸다오.

몇 번이나 이야기해도 울적한 일만 많으니

언제나 다시 만나 이별의 심정 이야기할까?

蒙君十里送歸程　把酒長亭淚已傾

回首天顏成隔世　歸來畎畝祝神京

丹心難化龍逢血　赤日空消夏桀名

　그가 이렇게 시를 읊고 나자 모두들 눈물을 흘리며 작별했다. 그리고 상용은 말에 올라 떠났고 문무백관들도 모두 조가로 돌아갔다.

　한편 주왕이 내궁에서 환락에 빠져 있으니 조정의 정치는 날로 황폐해졌다. 며칠 후 형구 제작을 감독하는 관리가 와서 포락형을 시행할 구리 기둥을 완성했다고 보고하자 주왕이 무척 기뻐하며 달기에게 말했다.

　"구리 기둥이 완성되었다고 하니 이제 어찌하겠소?"

　달기가 관리에게 말했다.

　"좀 보게 가져와라."

　담당 관리가 그 형구를 옮겨왔는데 두 길 높이에 둘레가 여덟 자로 노랗게 반짝이는 구리 기둥에는 세 개의 불구멍이 있고 아래쪽에는 움직이기 편하게 두 개의 바퀴가 달려 있었다. 주왕은 그것을 보고 달기를 향해 웃으며 말했다.

　"그대가 신에게서 전수받은 비법은 정말 세상을 다스리는 보물이구려! 내일 조회할 때 먼저 대전 앞에서 매백에게 포락형을 실시하여 문무백관들로 하여금 두려움을 알고 함부로 짐의 새로운 법을 방해하거나 귀찮은 상소를 올리지 못하게 해야겠소이다."

　이튿날 주왕이 조회를 여니 종과 북이 울리고 문무백관들이 모여 절을 올렸다. 무성왕 황비호는 대전 동쪽에 커다란 구리 기둥이 스무 개나 세워져 있는 것을 보고 어디에 쓰려고 세운 것인지 궁금해했다. 그때 주왕이 말했다.

"매백을 끌고 오너라!"

형벌을 담당하는 관리가 매백을 끌고 나오자 주왕은 구리 기둥을 가져오게 해서 세 개의 구멍에 숯을 채우고 커다란 부채로 불을 활활 피우게 했다. 그러자 구리 기둥은 금방 시뻘겋게 달궈졌다. 여러 관리들이 영문을 몰라 하고 있을 때 형벌을 담당하는 관리가 아뢰었다.

"매백이 오문에 도착했사옵니다."

"끌고 와라!"

매백은 때로 범벅이 된 얼굴에 봉두난발을 하고 하얀 소복을 입은 채 여러 관리들이 보는 앞에서 무릎을 꿇었다.

"매백이 폐하를 알현하옵니다."

"고얀 놈! 봐라, 저것이 어디에 쓰는 물건인지 알겠느냐?"

매백이 어리둥절한 표정을 짓자 주왕이 웃으며 말했다.

"내전에 들어와 군주를 모독하고 잘난 주둥이로 거짓말을 지어내 짐을 욕할 줄만 아는 너를 '포락'이라고 하는 새로운 형벌로 다스리겠노라. 이놈! 오늘 이 대전 앞에서 네놈을 지져서 뼈와 살을 재로 만들어버릴 것이니라! 이것으로 버릇없이 군주를 비방하는 자들에게 본보기를 보여주겠노라!"

그러자 매백이 큰 소리로 꾸짖었다.

"어리석은 군주여! 죽음을 기러기 깃털처럼 가벼이 여기는데 아쉬울 것이 어디 있겠느냐? 나는 상대부로 세 천자를 모신 원로대신이거늘 지금 무슨 죄를 지었다고 이런 참혹한 형벌을 받아야 하느냐? 그저 안타까운 것은 성탕의 천하가 어리석은 군주의 손에서 끝장난다는 사실뿐이다! 이후에 무슨 면목으로 네 선왕들을 뵙는단 말이냐?"

주왕은 버럭 화를 내며 매백의 옷을 벗기고 알몸으로 구리 기둥을 팔다리로 끌어안는 형상을 하게 해서 쇠사슬로 묶으라고 명령했다. 가련하게도 매백은 비명을 지르며 그대로 숨이 끊어져버렸으니 순식간에 아홉 칸 대전 안에는 뼈와 살이 타는 역겨운 냄새가 가득 퍼졌고 얼마 지나지 않아 그의 몸은 재가 되어버렸다. 일편단심 충정으로 반평생을 군주에게 직간한 충신이 처참한 재앙을 당했으니 그야말로 이런 격이었다.

일편단심 충정 안고 바다로 돌아가니
아리따운 그 이름 만세에 길이 남으리라!

　　　　　　一點丹心歸大海　芳名留得萬年揚

후세 사람들은 이에 대해 다음과 같은 시를 지어 탄식했다.

피와 살로 된 천한 육신은 모두 재가 되었지만
올곧은 일편단심은 삼대°를 환히 비추었다.
평생 정직하고 치우치거나 당파 이루지도 않았고
죽은 뒤의 꽃다운 영령도 장하구나!
타오르는 불꽃은 모두 망한 나라와 함께 스러졌고

아름다운 이름은 역사서에 많은 참조가 되었지.

가련하게도 무왕의 태백기 걸리는 날

선생의 뛰어난 재능 얼마나 탄식했을까!

血肉賤軀盡化灰　丹心耿耿燭三臺

生平正直無偏黨　死後英魂亦壯哉

烈焰俱隨亡國盡　芳名多傍史官裁

可憐太白懸旗日　怎似先生嘆雋才

　그러니까 주왕은 아홉 칸 대전 앞에서 매백에게 포락형을 실시하여 충성스럽고 현량한 신하의 간언을 막아놓고 새로운 형벌이 아주 훌륭하다고 생각했지만 그의 처참한 죽음을 목격한 문무백관들이 다들 두려움에 떨며 마음이 움츠러들어 벼슬살이를 하고 싶은 생각이 없어졌다는 사실은 몰랐다. 어쨌든 주왕은 곧 수선궁으로 돌아갔다.

　잠시 후 여러 대신들이 오문 밖에 이르러 미자와 기자, 비간이 무성왕 황비호에게 말했다.

　"천하가 황폐해지고 북해에서 소요가 일어나 태사께서 원정에 나서셨는데 뜻밖에 천자께서 달기를 신임하여 이런 포락형을 만들어내 충신을 잔혹하게 해쳤으니 이 소문이 사방에 퍼져 천하 제후들이 듣게 되면 어찌 되겠습니까?"

　황비호는 다섯 가닥 긴 수염을 손으로 쓸며 버럭 화를 냈다.

　"세 분 전하, 제가 보기에 이 포락형은 대신을 태워 죽이는 것이 아니라 주왕의 강산과 성탕의 사직을 태워 죽이는 것입니다! 옛말

무도한 주왕, 포락형을 만들다.

에 '군주가 신하를 수족처럼 여기면 신하는 군주를 심장처럼 대하고 군주가 신하를 초개처럼 여기면 신하는 군주를 원수처럼 대한다'라고 하지 않았습니까? 이제 주상이 어진 정치를 행하지 않고 상대부에게 이런 잘못된 형벌을 가했으니 이는 바로 불길한 징조입니다. 몇 년 안에 틀림없이 큰 재앙이 일어날 것입니다. 그러니 우리가 어찌 나라가 망하는 꼴을 앉아서 구경만 할 수 있겠습니까?"

여러 벼슬아치들은 모두 탄식하며 각자의 거처로 돌아갔다.

한편 주왕이 수선궁으로 돌아오자 달기가 영접했다. 주왕은 수레에서 내려 달기의 손을 잡고 말했다.

"그대의 묘책에 따라 짐이 오늘 매백에게 포락형을 실시하니 신하들이 감히 나서서 간언하지 못하고 입을 꽉 다문 채 그저 '예, 예' 하고 물러나더구려. 과연 이 포락형이야말로 나라를 다스리는 훌륭한 보물이오! 여봐라, 미인의 공을 치하하도록 잔치를 열어라!"

이윽고 요란한 풍악이 울리니 주왕은 수선궁에서 달기와 함께 갖가지 방법으로 한없는 쾌락을 즐겼고 이경이 되도록 잔치는 끝나지 않았다. 바람이 불어 그 소리가 중궁에까지 전해지자 그때까지 잠자리에 들지 않고 있던 강 황후가 측근에게 물었다.

"이 시간에 대체 어디서 이런 풍악이 울리는가?"

"수선궁에서 소 미인이 폐하와 함께 잔치를 즐기는데 그것이 아직 끝나지 않은 모양입니다."

"아아! 어제 폐하께서 달기를 신임하여 포락형을 만들어 매백을 처참하게 죽이셨다는 차마 입에도 담지 못할 소문을 들었거늘! 아무래도 저 천한 것이 폐하의 총명을 갉아먹고 무도한 길로 유혹하고 있나 보구나. 여봐라, 당장 수레를 대령해라. 내 직접 수선궁에 한 번 다녀와야겠구나."

여러분, 이 행차는 아무래도 미녀의 질투에서 비롯된 것이 아니겠소? 그러니 이로부터 시비가 일어나고 조만간 재앙이 일어나지 않겠느냐는 것이오. 어쨌든 이후의 일에 대해서는 다음 회를 보시라.

비중, 음모를 꾸며 강 황후를 폐하다
費仲計廢姜皇后

무도한 주왕은 미녀와 쾌락에 빠져

밤낮으로 음란하게 즐기며 흥이 식지 않았지.

달이 서쪽으로 기울어도 다시 술상 차리고

맑은 노래 끝나자마자 공후 울리게 했지.

포학함 길러 삼강의 윤리 끊어졌고

술 취해 사람 죽이는 행태에 만백성이 시름에 잠겼지.

완곡한 풍간으로도 어리석은 성품 되돌리지 못해

지금도 한을 품고 서쪽 누각에 갇혀 있구나.

紂王無道樂溫柔　日夜宣淫興未休

月光已西重進酒　淸歌纔罷奏箜篌

養成暴虐三綱絶　釀就酗戕萬姓愁

諷諫難回流下性　至今餘恨鎖西樓

그러니까 강 황후는 풍악 소리를 듣고 측근에게 물어 주왕과 달기가 잔치를 즐기고 있다는 것을 알게 되자 자기도 모르게 머리를 끄덕이며 탄식했다.

"천자가 황음무도하여 만백성이 생업을 잃게 되면 나라의 어지러움을 자초하는 길이 아닌가! 어제는 외부의 신하가 직간했다가 처참한 죽음을 당했으니 이를 어쩌면 좋단 말인가? 성탕의 천하가 바뀌게 되는 꼴을 황후의 몸으로 앉아서 지켜만 볼 수 있으랴!"

강 황후가 수레에 오르자 양편의 시종들이 붉은 등롱을 환히 밝히고 옹위하여 수선궁으로 갔다. 이에 환관이 주왕에게 보고했다.

"강 황후께서 궁문에 오셔서 어명을 기다리고 있사옵니다."

이미 고주망태가 되어 눈빛이 흐려진 주왕이 달기에게 말했다.

"그대가 가서 재동梓童°을 영접하시구려."

달기가 궁문 밖으로 나가 강 황후를 맞이하며 절을 올리자 강 황후가 "일어서게!" 하고 분부했다. 이에 달기는 강 황후를 대전 앞으로 인도했다. 잠시 후 강 황후가 절을 하자 주왕이 말했다.

"여봐라, 재동을 위해 자리를 만들어라."

이에 강 황후는 황은에 감사하고 오른쪽 자리에 앉았다.

그런데 여러분, 강 황후는 주왕의 정실부인이기 때문에 달기가 자리에 앉지 못하고 한쪽에 시립해 있어야 했지요. 어쨌든 주왕은 강 황후에게 잔을 권하며 이렇게 말했다.

"황후께서 이렇게 수선궁으로 와주시니 짐이 무척 기쁘구려. 소미인, 궁녀 곤연鯀捐에게 박달나무 판을 치게 하고 그대가 황후를 위해 노래와 춤을 보여드리도록 하시오."

이에 곤연이 박달나무 판을 가볍게 두드리자 달기가 일어나서 노래하며 춤을 추었다.

고운 치맛자락 하늘거리고

비단 허리띠 팔락거리는구나.

가벼운 치마와 버선 속세의 먼지 묻지 않았고

하늘하늘 허리와 팔다리 바람에 휘는 버들가지 같구나.

맑고 시원한 목소리는

달 속에서 신선의 노래 부르는 듯하고

붉은 입술은

비에 젖은 앵두 같구나.

가늘고 긴 열 손가락은

봄날 죽순 같고

살구 같은 얼굴 복숭아 같은 볼은

갓 피어난 모란 같구나.

그야말로 신선 세계의 선녀가 하강한 듯하여

달에서 항아가 내려와도 뒤지지 않겠구나.

霓裳擺動　繡帶飄揚

輕輕裙裾不沾塵　嬝嬝腰肢風折柳

歌喉嘹喨　猶如月裏奏仙音

一點朱脣　却似櫻桃逢雨濕

尖纖十指　恍如春筍一般同

杏臉桃顋　好似牡丹初結蕊

正是　瓊瑤玉宇神仙降　不亞嫦娥下世間

　달기가 버들가지처럼 가는 허리와 팔다리를 흔들며 나직하고 부드럽게 노래를 부르니 마치 고갯마루의 구름이 바람에 흔들리는 듯 연못가의 가는 버들가지가 수면을 스치는 듯 했다. 그때 곤연과 양쪽의 시녀들이 탄성을 터뜨리며 일제히 무릎을 꿇고 "만세!"를 외쳤다. 강 황후는 그 모습을 똑바로 쳐다보지 못하고 그저 눈을 내리깔고 있을 뿐이었다. 주왕이 웃으며 말했다.

　"황후, 세월은 순식간에 흐르는 법이라 좋은 시절을 즐길 날도 많지 않으니 마침 이런 때에 즐겨야 하지 않겠소이까? 게다가 달기의 노래와 춤은 하늘나라에서나 볼 수 있는 것이라 인간 세상에는 드문 진정한 보배라 이 말이오. 그런데 어째서 즐거운 기색이 없이 똑바로 쳐다보지도 않는 것이오?"

　그러자 강 황후가 자리에서 일어나 무릎을 꿇고 말했다.

　"달기의 노래와 춤은 진귀하지도 않고 진정한 보배도 아니옵니다."

　"이것이 진귀하지 않다면 무엇이 진귀하다는 말씀이오?"

　"제가 듣기로 올바른 도리를 지키는 군주는 재물을 하찮게 여기고 덕을 중시하며 참언을 내치고 주색을 멀리해야 한다고 했사옵니다. 그것이 바로 군주가 스스로 보살펴야 할 참다운 보물인 것이옵니다. 하늘의 보배라 하면 일월성신이고 땅의 보배는 오곡백과와 자연 풍경이고 나라의 보배는 충성스러운 신하와 훌륭한 장수이며 가문의 보배는 효성스럽고 훌륭한 자손이옵니다. 이 네 가지야말로 천지와 국가의 보물이옵니다. 그런데 폐하께서는 방탕하게 주색에 빠져서 가무와 한없는 사치를 즐기시고 간신의 참소를 들으시며 충신을 잔혹하게 죽이시어 올바른 선비를 내쫓고 원로를 내치시며 죄인을 가까이하시고 아녀자의 말만 들으십니다. 이것은 그야말로 암탉이 울면 집안이 망하게 되는 경우가 아니옵니까? 이런 것을 보배로 여기시는 것은 가문과 나라를 망치는 것을 보물로 여기시는 셈이 아니옵니까? 부디 단호하게 과오를 바로잡고 덕을 닦아 조정의 현량한 신하를 가까이하시고 여색을 멀리하여 기강을 바로 세우시옵소서. 잔치와 주색에만 열중하지 마시고 날마다 성실하게 정사를 돌보시며 자만하지 않으신다면 하늘의 마음을 돌리고 백성을 편안하게 만들어 천하의 태평을 바랄 수 있을 것이옵니다. 제가 아낙의 몸으로 폐하께 주제넘는 말씀을 아뢰었사오나 부디 이전의 과오를 고쳐서 올바른 정치에 힘써주시옵소서. 그러면 저를 위해서뿐만 아니라 천하를 위해서도 정말 큰 다행일 것이옵니다!"

강 황후는 그렇게 아뢰고 나서 작별 인사를 하고 수레에 올라 중궁으로 돌아갔다. 하지만 이미 술에 만취한 주왕은 강 황후의 말을 듣고 버럭 화를 냈다.

"천한 것이 제멋대로 구는구나! 짐이 달기에게 노래와 춤으로 자기를 즐겁게 해주라고 했거늘 오히려 잔소리만 늘어놓고 가는구나. 황후만 아니라면 금과로 쳐 죽였을 텐데 정말 짜증스럽구나!"

이때는 벌써 삼경이 지나서 주왕은 이미 만취해 있었다.

"미인, 짐이 화가 나 있으니 다시 춤을 추어 기분을 풀어주시구려."

그러자 달기가 무릎을 꿇고 말했다.

156

"이제부터 저는 감히 다시 노래하고 춤추지 못하겠사옵니다."

"아니, 왜 그러시오?"

"황후께서 저를 심히 꾸짖으시며 이 노래와 춤이 나라를 망치는 것이라고 하셨사옵니다. 게다가 황후의 말씀이 아주 지당하지 않사옵니까? 제가 폐하의 총애를 입어 한시도 곁을 떠나지 않고 있사온데 황후께서 제가 폐하의 총명을 갉아먹어 어진 정치를 펼치지 못하게 유혹하고 있다고 온 궁중에 소문을 내시게 되면 조정의 신하와 장수들이 이 일로 저를 문책하지 않겠사옵니까? 그렇게 되면 저는 머리채가 다 뽑힌다 하더라도 그 죗값을 치를 수 없사옵니다!"

그렇게 말하고 나서 달기가 눈물을 줄줄 흘리자 주왕이 버럭 소리쳤다.

"그대는 그저 짐의 시중이나 잘 들면 되오. 나중에 그 천한 것을 폐위시키고 그대를 황후로 책봉하겠소. 짐이 다 알아서 할 테니 그대는 걱정하지 마시오!"

달기가 성은에 감사하고 다시 풍악을 울리며 날이 새도록 잔치를 즐겼다는 것은 더 이상 설명할 필요가 없겠다.

어느 초하루, 강 황후가 중궁에 있을 때 각 궁의 비빈들이 인사를 하러 왔다. 황비호의 여동생인 서궁의 황 귀비와 형경궁의 양 귀비도 그 자리에 있었다. 그때 궁녀가 와서 보고했다.

"수선궁의 소달기가 찾아와 하명을 기다리고 있사옵니다."

강 황후는 "들라 하라!" 하고 명을 내리고 나서 자리에 앉았다. 그녀의 왼쪽에는 황 귀비가, 오른쪽에는 양 귀비가 앉았다. 달기가 들어와 절을 올리자 강 황후가 일어나라고 하니 달기는 한쪽에 시립했다. 그때 두 귀비가 강 황후에게 물었다.

"이 사람이 바로 그 사람이옵니까?"

"그렇네."

그러면서 강 황후가 달기를 꾸짖었다.

"천자께서 수선궁에서 밤낮을 가리지 않고 음란하게 쾌락만 즐기시고 조정을 돌보지 않으셔서 기강이 엉망이 되었다. 그런데도 너는 올바른 간언을 하지 않고 오히려 천자를 미혹하여 종일 음주가무에 빠져 충신의 간언을 내치고 살해하여 성탕의 국법을 무너뜨리고 나라의 안위를 망치시게 했다. 이것이 모두 네가 사주한 일이 아니더냐? 이제부터 개과천선하여 폐하를 올바른 길로 인도하지 않고 계속 그렇게 거리낌 없이 방자하게 굴면 반드시 중궁의 법으로 다스릴 것이니라. 물러가라!"

달기는 분을 참으며 절을 올리고 나서 중궁에서 나와 수치스러운 표정으로 수선궁으로 돌아갔다. 그러자 곤연이 "마마!" 하고 부르며 그녀를 맞이했다. 궁 안으로 들어온 달기는 비단 방석에 앉아 한숨을 푹푹 내쉬었다. 곤연이 물었다.

"마마, 황후를 알현하고 오시더니 왜 이렇게 한숨을 쉬고 계셔요?"

달기가 이를 갈며 말했다.

"나는 천자의 총애를 받고 있거늘 강 황후가 정실의 신분이라는 것을 믿고 황 귀비와 양 귀비 앞에서 말도 못할 모욕을 주었다. 이 원한을 어찌 갚아야 한단 말이냐?"

"폐하께서 저번에 마마를 정실로 책봉하시겠다고 하셨는데 무슨 걱정이셔요?"

"말씀은 그리 하셨지만 강 황후가 건재하니 어쩌겠어? 뭔가 묘책을 써서 그년을 없애야겠어. 그렇지 않으면 문무백관들이 굴복하지 않고 여전히 간언을 계속할 테니 내가 편안할 수 없잖아? 뭐 좋은 생각 없어? 단단히 상을 내릴 테니 이야기해봐."

"저희야 모두 여자이고, 게다가 한낱 시녀의 신분이니 무슨 심모원려를 할 수 있겠어요? 제 생각에는 차라리 외부의 신하 가운데 누구와 상의해보시는 것이 좋겠네요."

달기가 한참 생각하다가 말했다.

"외부의 신하를 어떻게 안으로 들이지? 게다가 보는 눈이 많으니 심복이 아니면 일을 시킬 수도 없잖아?"

"내일 폐하께서 정원에 행차하실 때 은밀히 중간대부 비중을 부르십시오. 그러면 제가 묘책을 만들어보라고 하겠습니다. 강 황후를 없애면 그 사람에게도 높은 벼슬을 내리겠다고 하겠습니다. 평소 재주 많기로 유명한 사람이니 당연히 알아서 만전의 방책을 마련하겠지요."

"괜찮은 생각이기는 한데 그자가 따르지 않겠다면 어쩌지?"

"그 사람도 폐하의 총애를 받고 있으니 무슨 일이든 시키는 대로 할 거예요. 게다가 마마께서 궁으로 들어오신 것도 그 사람이 천거했기 때문이니까 제가 보기에는 틀림없이 최선을 다할 거예요."

이에 달기는 무척 기뻐하며 그렇게 하자고 했다. 이튿날 주왕이 정원으로 행차했을 때 곤연은 은밀히 비중을 수선궁으로 불렀다. 비중이 대문 밖에 도착하자 곤연이 나와서 말했다.

"대부님, 마마께서 밀지密旨를 한 통 내리셨으니 가져가서 보셔요. 기밀이 누설되어서는 절대 안 됩니다. 대신 일이 성사되면 마마께서 결코 대부님의 수고를 저버리지 않으실 거예요. 속히 시행해주셔요!"

곤연은 그렇게 말하며 편지 한 통을 건네주고 궁으로 들어갔다. 비중이 급히 오문을 나와 자기 집 밀실에서 편지를 열어보니 강 황후를 모해하라는 엄청난 지시가 들어 있었다. 그는 그것을 보고 근심과 두려움에 싸여 한참 고민했다.

'강 황후는 주상의 정실이고 그 부친이 바로 동백후 강환초로 동로 땅을 다스리는데 정예병을 백만 명이나 거느리고 있고 휘하의 장수가 천 명이나 되지. 게다가 큰아들 강문환姜文煥은 만 명의 병사도 감당하는 용맹한 인물이니 어찌 이들을 건드릴 수 있겠는가? 만약 실수라도 하게 되면 엄청난 문제가 생길 텐데 그렇다고 미적미적 실행하지 않자니 달기는 폐하가 총애하는 후궁이 아닌가? 이 일로 원한을 품고 나중에 베갯머리 송사를 하거나 술자리에서 참소라도 하면 나는 꼼짝 없이 죽은 목숨이지!'

비중은 좌불안석 하루 종일 고민했지만 도무지 뾰족한 수가 떠오르지 않았다. 그는 넋이 나가서 대청을 왔다 갔다 하다가 멍하니 자리에 앉아 고민에 빠졌다. 그때 그의 앞으로 한 사람이 지나갔는데 키는 한 길 넉 자요 우람한 팔뚝에 튼실한 몸을 가져서 건장하고 용맹해 보이는 인물이었다.

"너는 누구냐?"

그러자 그 사람이 황급히 절을 올리며 말했다.

"저는 강환姜環이라고 하옵니다."

"너는 내 집에 온 지 얼마나 되었느냐?"

"동로를 떠나 나리 밑으로 온 지 오 년이 되었사옵니다. 나리께서 저를 거둬들여 자리를 주셔서 그 태산과 같은 은혜를 갚을 길이 없어 고심하던 중인데 마침 나리께서 근심하고 계신 줄을 모르고 미처 몸을 피하지 못했사옵니다. 용서해주십시오!"

비중은 그를 보고 한 가지 계책이 떠올랐다.

"일어나라, 네가 필요한 일이 한 가지 있는데 해낼 마음이 있는지 모르겠구나. 해내기만 하면 상당한 부귀를 누릴 수 있을 것이니라."

"나리의 분부라면 당연히 모든 힘을 기울여 해내야 하지 않겠사옵니까? 게다가 저는 나리께 은혜를 입어 재능을 인정받았으니 설사 끓는 물이나 불길에 들어가라 하시더라도 절대 사양하지 않겠사옵니다!"

"하하! 하루 종일 고민해도 묘책이 떠오르지 않더니 뜻밖에 너에게 해답이 있었구나. 일이 성공하면 틀림없이 너도 높은 벼슬을 받아 풍성한 복을 누리게 될 것이니라."

"제가 어찌 감히 그런 것을 바라겠사옵니까? 그저 분부만 내리시면 최선을 다하겠사옵니다."

이에 비중이 그에게 귓속말로 분부했다.

"이리이리 여차저차 해라. …… 성공만 하면 우리는 무궁한 부귀를 누리게 될 것이다. 하지만 일이 누설되면 엄청난 재앙을 당하게 될 테니 특별히 조심해야 하느니라!"

"명심하겠사옵니다."

강환은 고개를 끄덕이며 대답하고 떠났으니 그야말로 이런 격이었다.

가을바람 불기도 전에 매미가 먼저 알아차리나니
은밀히 살인하여 당한 사람도 모르게 하는구나!

金風未動蟬先覺　暗送無常死不知

이를 묘사한 시가 있다.

현숙하고 충성스러운 강 황후 천자의 곤란 구해 보답하려 했거늘
뜻밖에 그것이 평지풍파 일으킬 줄이야!
가련하게도 몇 년 동안 꾸었던 원앙의 꿈이
차례로 시들었으니 눈 뜨고 보기 어렵구나!

姜后忠賢報主難　孰知平地起波瀾

可憐數載鴛鴦夢　取次凋殘不忍看

어쨌든 비중은 은밀히 계책을 적어서 곤연에게 몰래 전해주었고 곤연은 그 편지를 비밀리에 달기에게 전했다. 달기는 그것을 보고 무척 기뻐했다.
"조만간 내가 황후 자리를 차지하겠구나!"
하루는 주왕이 수선궁에서 한가로이 있을 때 달기가 아뢰었다.
"폐하, 제게 총애를 베푸시느라 여러 달 동안 대전에 나가지 않으셨으니 내일은 조회에 나가셔서 문무백관들의 신망을 잃지 않도록

하시옵소서."

"정말 가상하구려, 옛날의 현숙한 비빈이나 황후라 해도 어찌 그대보다 나았겠소? 내일은 조정에 나가 중요한 일을 결재하여 그대의 가상한 뜻을 저버리지 않도록 하겠소이다."

여러분, 이것이 바로 비중과 달기의 계책이었으니 어찌 호의로 한 말이었겠소? 어쨌든 이튿날 주왕은 조회를 열고 시종의 호위를 받으며 수선궁을 나섰다. 그가 탄 수레가 용덕전을 지나 분궁루에 이르니 붉은 등롱이 환히 밝혀지고 향기가 자욱했다. 그런데 가마가 막 분궁루의 모퉁이를 돌아갈 때 신장이 한 길 넉 자나 되는 사내가 두건을 쓴 채 손에 보검을 들고 사나운 맹수처럼 달려들며 고함쳤다.

"어리석은 군주! 방탕하게 주색만 밝히니 내 오늘 주모主母의 명을 받들어 네놈을 죽여서 성탕의 천하가 남에게 넘어가는 것을 막고 우리 주군을 천자로 모시겠노라!"

그러면서 칼을 휘두르며 달려들었지만 주왕의 양쪽에 얼마나 많은 호위병들이 있었는가? 그는 주왕에게 다가가기도 전에 붙들려 결박당하고 말았다. 그가 끌려와서 무릎을 꿇자 주왕은 너무나 놀라서 진노하여 대전에 올랐다. 문무백관들은 절을 마치고 나서도 영문을 몰랐다. 그때 주왕이 말했다.

"무성왕 황비호와 아상 비간은 앞으로 나오라!"

두 사람이 즉시 반열에서 나와 엎드리자 주왕이 말했다.

"오늘 대전으로 나오다가 대단히 괴이한 일을 당했소이다!"

비간이 여쭈었다.

"무슨 일이시옵니까?"

"분궁루에서 웬 자객이 짐에게 칼을 들고 달려들었는데 대체 누가 사주한 것인지 모르겠소이다."

이에 황비호가 깜짝 놀라 다급히 문무백관들에게 물었다.

"어젯밤에 숙직을 선 자가 누구냐?"

그러자 개중에 역시 봉신방에 이름이 오른 인물로 총병總兵 자리에 있는 노웅魯雄이 반열에서 나와 엎드렸다.

"제가 숙직을 섰지만 수상한 자는 없었습니다. 그자는 새벽에 문무백관들 틈에 뒤섞여 분궁루로 들어가 그런 변고를 일으킨 것이 분명합니다."

황비호가 분부했다.

"자객을 끌고 와라!"

관리들이 자객을 처마 앞으로 끌고 오자 주왕이 어명을 내렸다.

"누가 저놈을 심문하겠는가?"

그러자 반열에서 한 사람이 재빨리 나와 엎드리며 아뢰었다.

"모자라지만 제가 해보겠나이다."

여러분, 비중은 원래 고문을 담당하는 관리가 아닌데 이런 빤한 수작으로 강 황후를 음해하려 한 것이지요. 다른 사람이 심문해서 사실이 드러나면 곤란하기 때문에 자신이 나선 것이 아니겠소?

어쨌든 비중이 자객을 오문 밖으로 끌고 나가 심문하자 미처 고문을 가할 필요도 없이 이미 순순히 역모를 시인했다. 이에 대전으로 들어온 비중은 주왕 앞에 엎드려 아뢰었다. 다른 문무백관들은 그것이 음모인 줄도 모르고 조용히 그의 보고를 들었다. 주왕이 물었다.

"심문해보니 뭐라고 하던가?"

"감히 아뢰옵기 황송하옵니다."

"심문을 했다면 보고해야 하지 않는가?"

"제 죄를 용서하신다면 사실대로 아뢰겠나이다."

"그리하겠노라."

"자객은 강환이라는 자로 동백후 강환초의 휘하에 있던 장수인데 중궁 황후의 명을 받고 폐하를 해치려 했다고 합니다. 폐하를 모해하고 강환초를 천자로 삼으려 했다고 하는데 다행히 선왕들의 영령과 천지신명이 보우하시고 폐하의 복이 하늘에 닿을 만큼 크신지라 역모가 실패하여 발각되는 바람에 곧바로 붙들렸사옵니다. 그러니 대신 및 문무백관들과 상의하여 황실 인척에 대한 처분을 내리시옵소서."

주왕이 탁자를 치며 진노했다.

"강 황후는 짐의 정실이거늘 어찌 그런 도리에 어긋나는 역모를 꾀했단 말인가? 이런 사안을 굳이 대신들과 상의할 필요가 어디 있겠는가! 게다가 내궁의 폐단은 제거하기 어렵고 재앙의 씨앗이 궁중 안 짐의 측근에 있어서 방비하기도 어렵지 않은가! 당장 서궁의 황 귀비로 하여금 강 황후를 심문하여 보고하게 하라!"

주왕은 벼락같이 화를 내며 수선궁으로 돌아가버렸다.

한편 신하들 사이에서는 여러 가지 의견이 분분해서 진위를 판별하기 어려웠다. 개중에 상대부 양임楊任이 무성왕에게 말했다.

"강 황후께서는 현숙하고 덕망이 높으시며 어질고 자상하신지라 궁 안을 다스리실 때에도 법도에 어긋난 적이 없었습니다. 제 생각에는 분명 뭔가 복잡한 사정이 개입되어 있어 내궁 안에 은밀히 내통하는 자가 있는 듯합니다. 황친님들 그리고 대부들께서는 돌아가지 마시고 서궁에서 무슨 소식이 오는지 보고 나서 결정을 해야 할 듯합니다."

이에 문무백관들은 모두 해산하지 않고 대전에서 기다렸다.

한편 어명을 받든 사자가 중궁에 도착하자 강 황후가 나와 영접하고 무릎을 꿇은 채 대기했다. 이에 사자가 어명을 낭독했다.

황후는 중궁의 정실로 천지와 같은 덕을 지니고 천자와 맞먹는 지위를 누리고 있다. 그런데 밤낮으로 삼가며 덕을 닦아서 여사女師의 훈계를 받는 일이 없이 조화롭게 내조할 생각은 하지 않고 멋대로 대역죄를 지어서 무사 강환을 길러 분궁루에서 천자를 암살하도록 했다. 다행히 천지신명이 보우하사 간악한 역적을 체포하여 오문 밖에서 심문하여 자백을 받아냈으니 황후가 아비 강환초와 공모하여 제위를 찬탈하려 했다는 것이다. 이렇듯 삼강오륜을 무너뜨렸으니 사자는 어명에 따라 황후를 서궁으로 압송하여 엄히 심문해서 죄상을 밝히고 엄중히 처벌하도록 하라. 인정에 매여 고의로 일을 멋대로 처리하면 똑같은 죄로 다스릴 것이다. 이대로 시행하라!

어명을 들은 강 황후는 대성통곡하며 말했다.

"억울하오! 억울하오! 이것은 어느 간사한 작자가 내게 용서받지 못할 죄를 뒤집어씌운 것이오. 몇 년 동안 궁중에서 성실하고 검소하게 지내고 새벽에 일어나 밤늦게 잠자리에 들며 맡은 바 일을 성실히 수행했거늘 언제 경망한 행동으로 역사의 훈계를 받을 만한 일을 저질렀겠소! 이제 황상께서 사정을 제대로 살피지 못하시고 나를 서궁으로 압송하라 하셨으니 생사를 보장하기 어렵겠구나!"

강 황후는 구슬피 울며 하염없이 눈물을 흘렸다. 사자가 강 황후를 인도하여 서궁으로 가자 황 귀비는 어명을 우선으로 여기고 국법에 따랐다. 이에 강 황후가 무릎을 꿇고 황 귀비에게 말했다.

"나는 평소 충심을 잃지 않았으니 천지신명께서도 내 마음을 잘 알고 계실 것이네. 이제 불행히도 간악한 계책에 걸렸으니 평소의 행실을 감안하여 나 대신 이 원한을 풀어주시게!"

"어명에 따르면 그대가 강환으로 하여금 군주를 시해하고 성탕의 천하를 찬탈하여 동백후 강환초에게 바치라고 했다 하니 이는 예절을 거스르고 윤리를 어지럽히며 부부간의 대의를 저버리고 정실부인의 도리를 망친 중대한 일이오. 이것이 사실이라면 구족을 멸해야 마땅한 일이오!"

"귀비, 나는 동백후의 딸일세. 부친은 동로를 다스리면서 이백 제후의 수령으로 삼공보다 높은 지위에 있으며 황실의 인척일세. 그 딸은 중궁 황후이니 또 네 명의 제후 수령들보다 지위가 높네. 게다가 나는 황태자 은교까지 낳은 몸일세. 폐하께서 승하하시면 내 아들이 천자의 자리를 계승할 것이니 나는 태후가 되지 않겠는가? 아비가 천자라 해도 딸의 영령을 태묘에 모셔 제사를 받게 한 적은 없다고 들었네. 내가 비록 여자라고는 해도 그렇게 어리석지는 않네. 게다가 천하의 제후가 내 부친 하나만 있는 것도 아니니 온 천하가 군대를 일으켜 찬탈의 죄를 묻는다면 어찌 오래 버틸 수 있겠는가? 부디 잘 헤아려서 이 원한을 씻어주시게! 나는 절대 그런 일을 저지르지 않았네! 폐하께 보고할 때 이 충정을 전해주면 그 은혜를 절대 잊지 않겠네."

그 말이 끝나기도 전에 속히 심문 결과를 보고하라는 어명이 내려왔다. 이에 황 귀비는 수레에 올라 수선궁으로 갔다. 그녀가 절을 올리자 주왕이 물었다.

"그 천한 것을 심문했는가?"

"어명에 따라 엄밀히 심문했지만 황후께서는 전혀 사사로운 마음이 없이 정말 정숙하고 현량한 덕을 지니고 계셨사옵니다. 그분께서는 정실부인으로 여러 해 동안 폐하를 모시고 은총을 입었으며 이미 태자까지 낳으신 분이옵니다. 그러니 폐하께서 승하하시면 태후가 되실 몸인데 뭐가 부족해서 감히 헛된 야망을 품고 구족이 멸해질 재앙을 일으키겠사옵니까? 하물며 강환초는 동백후이자 황실의 인척으로 제후들에게 '천세야千歲爺'로 불리며 신하로서 가장 높은 지위에 오르신 분입니다. 그런 분이 감히 사람을 시켜 폐하를 시해하려 했다는 것은 도저히 이치에 맞지 않는 일이옵니다. 강 황후께서는 골수에 파고드는 상해를 입으셔서 억울하게 목숨을 잃을 지경에 이르렀사옵니다. 강 황후가 아무리 어리석다 한들 아비를 천자로 삼고 자신이 태후가 되고 천자의 외손자가 제위를 계승하게 되는 일이 가능하다고 믿지는 않을 것이옵니다. 지고한 지위를 버리고 천한 몸이 되는 짓은 어리석은 자라 하더라도 하지 않는 일이옵니다. 하물며 강 황후는 여러 해 동안 직분을 지키시면서 예교禮教

의 모범을 보이신 분이 아니옵니까? 부디 통촉하시어 강 황후의 억울한 누명을 씻어주시고 정실부인이 모함당해 피해를 입음으로써 결국 폐하의 덕에 누가 되는 일이 없게 해주시옵소서. 태자의 생모라는 점을 감안하여 연민을 베풀어주시면 저도 크나큰 복으로 여기겠사오며 강 황후의 가문 모두가 복으로 여길 것이옵니다!"

그 말을 듣고 주왕이 생각했다.

'듣고 보니 지당하구먼. 정말 그 사람이 무고하다면 이 안에 필시 무슨 곡절이 있을 게야.'

그는 이렇게 머뭇거리다가 문득 옆에서 미소를 짓는 달기를 발견했다. 이에 그가 물었다.

"그대는 왜 말없이 웃고만 있는 게요?"

"귀비마마께서는 강 황후에게 속으셨사옵니다. 예로부터 일을 저지르는 자는 잘되면 자신을 내세우고 안 되면 남에게 미루는 법이옵니다. 게다가 도리에 어긋나게 역모를 꾸미는 것은 중대한 일인데 쉽게 시인할 리가 있겠사옵니까? 강환은 자신의 부친이 부리던 사람이고 이미 사주한 자가 있다고 자백했으니 어찌 발뺌할 수 있겠사옵니까? 또한 삼궁의 후비들 가운데 다른 사람은 끌어들이지 않고 강 황후만 지목했으니 필시 무슨 이유가 있지 않겠사옵니까? 모진 고문을 하지 않으면 죄를 시인하지 않을 것이옵니다. 폐하, 통촉하시옵소서!"

"일리 있는 말씀이오!"

그러자 황 귀비가 말했다.

"달기, 자네가 이러면 되겠는가! 황후는 천자의 정실부인이자 천하의 국모라는 지극히 존귀하신 분일세. 삼황오제가 다스리는 세상에서도 정실부인이 아무리 큰 죄를 지었다 해도 지위를 폐하는 정도에 그쳤을 뿐이지 결코 참수형에 처하는 법은 없었네!"

"법이라는 것은 천하를 위해 만든 것이고 천자는 하늘을 대신해 백성을 교화하는 분이기 때문에 개인적인 호오로 일을 판단해서는 안 됩니다. 게다가 법에는 사심이 없으니 지위 고하에 상관없이 그 죄를 똑같이 다스려야 하는 법입니다. 폐하, 어명을 내리셔서 강 황후가 자백하지 않으면 한쪽 눈을 도려내라고 하시옵소서. 눈은 마음의 싹이니 눈을 도려내는 고통이 무서우면 자연히 자백할 것이옵니다. 그러면 그 사실을 문무백관들에게 알리시옵소서. 이 또한 법을 집행하는 것이지 그다지 가혹한 처사가 아니옵니다."

그러자 주왕이 말했다.

"그 또한 옳은 말씀이오!"

황 귀비는 강 황후의 눈을 도려내려 한다는 이야기를 듣고 너무나 당황스러웠다. 하지만 어쩔 수 없이 수레를 타고 서궁으로 돌아가 강 황후를 보고 눈물을 펑펑 쏟았다.

"아이고, 우리 마마! 마마의 백세百世 원수인 달기가 질투심에 사로잡혀 폐하께 독한 간언을 올렸사옵니다. 마마께서 자백하지 않으시면 한쪽 눈을 도려내라고 하지 뭡니까? 차라리 죄를 시인해버리십시오. 역대의 군주들 가운데 정실부인을 해치는 일은 없었습니다. 기껏해야 폐위해서 궁중에 유폐시키는 정도가 아니었습니까!"

강 황후는 눈물을 흘리며 말했다.

"동생, 나를 위해 그렇게 말해줘서 고맙네만 예교를 잘 아는 내가 어찌 그런 대역무도한 일을 시인하여 부모를 욕되게 하고 종묘사직에 죄를 짓겠는가? 게다가 아내가 남편을 해치는 것은 교화를 해칠 뿐만 아니라 윤리강상을 무너뜨리는 일일세. 나더러 부친을 불충하고 불의한 간신으로 만들어서 가문을 망치는 천한 자가 되어 길이 후세 사람들이 이를 갈며 증오할 악명을 남기라는 말인가? 게다가 태자도 그 자리를 보전하지 못할 텐데 이처럼 중대한 일을 어찌 가볍게 인정하라는 말인가? 차라리 내 한쪽 눈을 도려내 솥에 던지고 이 몸의 살점을 천만 점이나 베어내어 찢도록 내버려두겠네. 그것이야 전생의 업보로 치면 그만일 테니 나는 절대 대의를 어길 수 없네. '분신쇄골도 두려워하지 말고 오직 고결한 이름을 세상에 남겨라'라는 말도 있지 않은가?"

그 말이 끝나기도 전에 어명이 내려왔다.

"강 황후가 자백하지 않으면 한쪽 눈을 도려내라!"

다급해진 황 귀비가 재촉했다.

"어서 시인하셔요!"

강 황후는 대성통곡하며 말했다.

"설령 죽는 한이 있더라도 어찌 없는 죄를 자백한단 말인가!"

사자는 온갖 방법으로 다그쳤으나 강 황후가 끝내 자백하지 않자 결국 그녀의 한쪽 눈을 도려냈다. 그 바람에 강 황후는 옷이 피범벅이 되어 그대로 혼절해 쓰러지고 말았고 그것을 본 황 귀비는 다급히 궁녀들에게 부축해 일으켜 깨우라고 분부했다. 하지만 강 황후는 깨어나지 못했으니 이 가련한 상황을 묘사한 시가 있다.

갑자기 눈이 도려내지는 재앙 막을 수 없었으니

이 모두 올바른 간언이 주왕의 심기 거슬렀기 때문이지.

망해가는 나라 구제할 수 없음을 진즉 알았더라면

부질없이 서궁에서 핏물로 옷깃 적시지 않았을 것을!

剜目飛災禍不禁　只因規諫語相侵

早知國破終無救　空向西宮血染襟

강 황후가 그토록 처참한 형벌을 당하는 모습을 본 황 귀비는 하염없이 눈물을 흘렸다. 사자는 피가 뚝뚝 떨어지는 강 황후의 눈알을 쟁반에 담아 황 귀비와 함께 주왕을 찾아가 보고했다. 주왕은 황 귀비가 가마에서 내리자 다급히 물었다.

"그 천한 것이 자백했는가?"

"황후께서는 절대 이 일을 저지르지 않으셨사옵니다. 혹독한 추궁을 견디지 못하시고 한쪽 눈이 도려지기까지 하셨지만 결코 절개를 잃지 않으셨사옵니다. 어명에 따라 여기 한쪽 눈을 가져왔사옵니다."

황 귀비는 피가 흥건한 쟁반에 담긴 강 황후의 한쪽 눈알을 바쳤고 주왕은 그것을 보고 안쓰러운 마음이 들었다. 여러 해 동안 다정하게 지낸 시절이 떠올랐지만 이미 후회막급이었다. 그는 한참 동안 고개를 숙이고 상심해 있다가 달기를 돌아보며 나무랐다.

"그대 말을 함부로 믿고 황후의 한쪽 눈을 도려냈지만 자백하지 않았다고 하니 누가 책임을 져야 하는가? 이 일은 모두 그대의 경거망동 때문에 비롯된 것이니 문무백관들이 승복하지 않으면 참으로

비중, 음모를 꾸며 강 황후를 폐하다.

난감한 일이 아닌가!"

그러자 달기가 말했다.

"황후가 자백하지 않으면 자연히 문무백관들 사이에 이런저런 말이 생길 것이옵니다. 그러니 어찌 여기서 그만둘 수 있겠사옵니까? 게다가 동백후는 한 나라를 다스리는 제후이니 딸의 원한을 씻으려 할 것이옵니다. 반드시 황후의 자백을 받아서 문무백관들과 만백성의 구설수를 피해야 하옵니다."

주왕은 울타리에 뿔이 걸린 양처럼 진퇴양난이 되어 아무 말도 못하고 속을 태웠다. 그러다가 한참 후에 다시 달기에게 물었다.

"이제 어쩌면 좋겠소?"

"이미 이 지경이 되었으니 끝장을 봐야 하지 않겠사옵니까? 자백을 받아내면 무사히 넘어가겠지만 그러지 못하면 이런저런 말이 생겨나서 나라가 평안하지 못할 것이옵니다. 그저 엄한 형벌로 고문해서 자백할 수밖에 없도록 해야 하옵니다. 황 귀비로 하여금 구리 주걱에 숯을 넣어 벌겋게 달구어 황후가 자백할 때까지 열 손가락을 지지게 하면 결국 아픔을 참지 못하고 자백할 것이옵니다."

"황 귀비의 말에 따르면 황후는 절대 그런 일을 저지르지 않았다고 하는데 또 참혹한 형벌을 써서 황후를 모독하면 문무백관들 사이에 말이 많아지지 않겠소? 이미 눈을 도려낸 실수를 저질렀는데 어떻게 또 그런 형벌을 쓰라는 말이오?"

"그것은 잘못 생각하신 것이옵니다! 일이 이미 이 지경이 되었으니 기호지세騎虎之勢가 아니옵니까? 황후를 모독하는 한이 있더라도 폐하께서 천하 제후들과 온 조정의 문무백관들에게 지탄받아서는 아니 되지 않겠사옵니까?"

이에 주왕은 어쩔 수 없이 어명을 내렸다.

"그래도 자백하지 않으면 두 손을 지져라! 인정에 매여 어명을 어겨서는 아니 될 것이야!"

그 말을 들은 황 귀비는 혼비백산하여 수레를 타고 서궁으로 돌아가 강 황후를 만났다. 강 황후는 옷이 피범벅이 되어 땅바닥에 쓰러져 차마 눈 뜨고 보기 어려운 지경이었다. 황 귀비가 대성통곡하며 말했다.

"아이고, 현숙하신 마마! 전생에 천지신명께 무슨 죄를 지었기에 이런 참혹한 꼴을 당하게 되셨습니까?"

그리고 강 황후를 부축하며 달랬다.

"마마, 시인해버리셔요! 어리석은 군주가 독한 마음을 먹고 비천한 것의 말을 따라 마마를 죽음으로 내몰고 있사옵니다. 이번에도 자백하지 않으시면 구리 주걱으로 두 손을 지지라고 하옵니다. 그런 참혹한 형벌을 제가 어찌 눈 뜨고 지켜볼 수 있겠사옵니까?"

강 황후는 피눈물로 범벅이 된 얼굴로 통곡하며 말했다.

"내 전생의 죄가 그리 크다면 어찌 죽음을 마다하겠는가? 대신 자네가 증인이 되어주게. 그래야 내가 죽어서도 눈을 감을 수 있겠네!"

그 말이 끝나기도 전에 어명을 받든 사자가 시뻘겋게 달군 구리 주걱을 들고 와서 말했다.

"황후가 자백하지 않으면 두 손을 지져라!"

하지만 철석처럼 굳은 심지와 강인한 의기를 지닌 강 황후가 어찌 무고한 죄를 자백하려 했겠는가? 이에 사자는 다짜고짜 구리 주격을 강 황후의 두 손에 얹어버렸다. 그러자 순식간에 힘줄이 끊어지고 살갗이 타서 열 손가락의 뼈까지 흐물흐물해져버린 강 황후는 다시 기절하여 땅바닥에 쓰러져버렸다. 후세 사람들이 이에 대해 상심을 이기지 못하고 시를 지어 탄식했다.

구리 주걱 붉게 달아 불꽃 피어나는데
이때 궁궐 사람들은 무정하기 그지없었지.
가련하게도 일편단심 충정은
궁중의 눈물 되어 흐르며 밤낮으로 울어댔지.

銅斗燒紅烈焰生　宮人此際下無情
可憐一片忠貞意　化作宮流日夜鳴

황 귀비는 강 황후가 처참한 형벌을 당하자 가슴을 칼로 도려내는 듯 심장을 기름으로 지지는 듯 해서 한바탕 통곡했다. 그리고 다시 수레에 올라 수선궁으로 가서 주왕을 알현하고 눈물을 머금으며 아뢰었다.

"참혹한 형벌로 여러 차례 심문했지만 절대 자객을 보낸 일이 없다고 하옵니다. 아무래도 간신이 안팎으로 내통하여 황후마마를 함정에 빠뜨린 것 같사온데 변고가 생기게 되면 그 후환을 감당하기 어려울 것 같사옵니다."

그러자 주왕이 깜짝 놀라서 달기에게 이렇게 말했다.

"이것은 모두 그대가 시킨 것이 아니오? 일이 이 지경이 되었으니 어찌하면 좋단 말이오?"

그러자 달기가 무릎을 꿇고 아뢰었다.

"걱정 마시옵소서, 어쨌든 자객 강환이 잡혀 있지 않사옵니까? 무위대장군武威大將軍 조전과 조뢰晁雷로 하여금 강환을 서궁으로 끌고 가서 대질심문을 하게 하시옵소서. 설마 황후가 그래도 발뺌을 하겠사옵니까? 이번에는 틀림없이 자백할 것이옵니다."

"그거 아주 좋은 생각이구려. 여봐라, 자객을 데려가서 대질심문을 하게 하라!"

이에 황 귀비는 다시 서궁으로 돌아갔다.

한편 조전과 조뢰는 자객 강환을 압송하여 대질심문을 하기 위해 서궁으로 갔으니 이제 강 황후의 목숨이 어찌 되는지는 다음 회를 보시라.

방필과 방상, 반란을 일으키다
方弼方相反朝歌

미녀가 나라에 화를 입혀 만백성이 도탄에 빠지건만

충성스럽고 현량한 신하는 초개처럼 내쫓는구나.

총애 업고 황후 죽이니 하늘의 도리 끊어지고

참언 믿고 자식 죽이니 태자는 재가 되었구나.

영웅은 군주 버리고 망명해버리고

재능 많고 뛰어난 인재는 모조리 은거해버렸지.

가련하게도 주왕은 혼자 천자의 자리에 앉아 있고

여기저기서 반란군이 분분히 일어났지.

美人禍國萬民災　驅逐忠良若草菜

擅寵誅妻天道絕　聽讒殺子國儲灰

英雄棄主多亡去　俊彦懷才盡隱埋

可憐紂王孤注立　紛紛兵甲起塵埃

그러니까 조전과 조뢰가 강환을 서궁으로 압송하여 무릎을 꿇리자 황 귀비가 강 황후에게 말했다.

"마마, 원수가 왔사옵니다!"

강 황후는 모진 고문에 시달리다가 남은 한쪽 눈을 뜨고 강환을 꾸짖었다.

"네 이놈! 누구의 사주를 받고 나를 모함하는 것이냐? 감히 내가 군주를 시해할 음모를 꾸몄다고 모함하다니 천지신명이 네놈을 용서하지 않으실 게다!"

"마마께서 시키신 일인데 제가 어찌 거역할 수 있겠사옵니까? 이제 그만 사실대로 자백하시옵소서."

그러자 황 귀비가 진노하여 꾸짖었다.

"강환, 이 도적놈! 마마께서 이토록 모진 고문을 당하시고 무고한 목숨을 잃게 하다니! 천지신명이 반드시 네놈을 쳐 죽일 것이다!"

황 귀비가 심문한 일에 대해서는 잠시 접어두기로 하자.

그 무렵 태자 은교와 둘째 왕자 은홍은 동궁에서 한가롭게 바둑을 두고 있었다. 잠시 후 동궁을 담당한 태감太監 양용楊容이 이렇게 보고했다.

"전하, 큰일 났사옵니다!"

태자 은교는 당시 겨우 열네 살이었고 둘째 왕자 은홍은 겨우 열두 살이라 아직 어린 나이에 먹고 노는 것 외에 다른 일에는 신경을 쓰지 않았다. 양용이 아뢰었다.

"전하, 바둑은 그만두시옵소서. 지금 내궁에 재앙이 일어나 나라가 망하게 생겼사옵니다."

그러자 은교가 다급히 물었다.

"무슨 큰일이 일어났기에 내궁에까지 화가 미쳤다는 것이냐?"

"황후마마께서 누군가에게 모함을 당하셨는데 폐하께서 진노하셔서 서궁마마로 하여금 황후마마의 한쪽 눈을 도려내고 두 손을 불로 지지게 하셨사옵니다. 지금 자객과 대질심문을 하고 있사오니 어서 가셔서 황후마마를 구해주시옵소서!"

은교는 "뭐라고!" 하고 고함을 지르며 동생과 함께 동궁을 나와 황급히 서궁의 대전 앞으로 달려갔다. 은교는 모친이 피에 젖어 두 손이 모두 타서 짓뭉개진 채 역겨운 냄새를 풍기는 것을 보고 심장이 쓰리고 살이 떨렸다. 그는 강 황후에게 달려가 그녀의 몸 위에 엎드려 통곡했다.

"어마마마께서 왜 이리 모진 형벌을 당해야 하는 것입니까? 어마마마! 설령 큰 죄를 지으셨다 해도 황후의 자리에 계신 분께 어찌 이리 경망스럽게 형벌을 가했단 말씀입니까?"

강 황후가 태자의 목소리를 듣고 눈을 떴다가 아들을 발견하고 고함을 질렀다.

"얘야! 봐라, 이렇게 내 눈이 도려지고 손이 지져졌구나! 형벌이 죽이는 것보다 지독하구나! 이 강환이라는 작자가 내가 역모를 꾸몄다고 음해하고 달기가 폐하께 참소하여 나를 이 지경으로 만들어놓았구나. 너를 키워준 어미를 생각해서라도 이 한을 꼭 씻어다오!"

그렇게 말하고 나서 그녀는 "아이고! 아이고!" 고통에 찬 비명을 지르더니 이내 숨이 끊어져버렸다. 은교는 모친이 숨이 끊어지고 또 한쪽에 강환이 무릎을 꿇고 있는 것을 보고 황 귀비에게 물었다.

"강환이 누구이옵니까?"

황 귀비가 강환을 가리키며 말했다.

"무릎을 꿇고 있는 그 못된 놈이 바로 황후마마의 원수일세."

이에 분기탱천한 은교는 서궁 대문에 걸린 보검을 뽑아 들고 말했다.

"이 역적 놈, 네놈이 못된 마음을 품고 천자를 암살하려 해놓고 감히 국모를 음해하다니!"

그가 즉시 강환을 내리쳐 두 동강을 내버리자 땅바닥에 피가 흥건해졌다. 은교는 다시 고함을 질렀다.

"먼저 달기를 죽여 모친의 원수를 갚겠다!"

그는 칼을 들고 서궁을 나와 나는 듯이 달려갔는데 마침 조전과 조뢰는 태자가 칼을 들고 달려오자 자기들을 죽이려 하는 줄 알고 영문도 모른 채 수선궁을 향해 달아났다. 황 귀비는 태자가 강환을 죽이고 칼을 들고 달려 나가는 것을 보고 깜짝 놀랐다.

"이런! 저 망할 것이 사리를 분별하지 못하는구나!"

그러면서 그녀는 은홍에게 소리쳤다.

"당장 쫓아가서 형님을 모셔 오시옵소서! 제가 드릴 말씀이 있다고 하소서!"

이에 은홍이 은교를 쫓아가며 소리쳤다.

"형님, 귀비마마께서 하실 말씀이 있다고 돌아오시랍니다!"

은교가 그 소리를 듣고 서궁으로 돌아오자 황 귀비가 말했다.

"전하, 잠시 고정하시옵소서! 이제 강환을 죽이셨으니 대질할 증인이 없어져버렸지 않습니까? 내가 저놈의 손을 지져 혹독하게 고문하여 자백을 받아냈으면 주모자가 누구인지 알아낼 수 있지 않았겠사옵니까? 그런데 또 달기를 죽이겠다고 달려 나가셨으니 조전과 조뢰가 수선궁에 가서 저 어리석은 군주에게 보고하면 큰 재앙이 닥칠 것이옵니다."

그 말에 은교와 은홍은 "아차!" 하며 후회했지만 이미 때는 늦었다.

한편 수선궁으로 달려간 조전과 조뢰는 황급히 안으로 들어가 아뢰었다.

"태자님과 둘째 왕자님이 칼을 들고 달려오십니다!"

그 말에 주왕이 버럭 고함을 질렀다.

"저런 역적 같은 놈들이 있나! 황후가 역모를 꾀한 것도 아직 법으로 다스리지 못했는데 이 못된 놈들이 제 아비를 죽이려 들다니! 살려놓아서는 안 될 역적의 종자로다! 너희 둘은 용봉검龍鳳劍을 가져가 그 두 역적 놈의 수급을 가져와라!"

"예!"

조전과 조뢰는 검을 받아 들고 서궁으로 갔다. 그러자 서궁의 시종이 황 귀비에게 보고했다.

"폐하께서 조전과 조뢰에게 명하여 용봉검을 가져가 두 전하의 수급을 베어 오라고 하셨사옵니다."

황 귀비가 서궁 대문으로 가보니 조전과 조뢰가 천자의 용봉검을 들고 와 있었다. 황 귀비가 물었다.

"그대들은 또 무슨 일로 우리 서궁에 왔는가?"

"폐하의 명을 받들어 부친을 시해하려 한 두 전하의 수급을 베러 왔사옵니다."

"못난 놈들! 조금 전에 태자가 서궁을 나가서 너희를 쫓아갔는데 어째서 동궁으로 가지 않고 여기로 온 것이냐? 네놈들이 폐하의 어명을 빙자해서 내궁을 휘젓고 다니며 궁녀와 비빈을 희롱하려는 모양이구나. 군주를 기만하고 윗사람을 무시하는 천한 놈들 같으니! 폐하의 어명만 아니라면 당장에 네놈들의 그 추한 대가리를 잘라버렸을 것이다. 당장 물러가지 않고 뭘 꾸물대느냐!"

그 서슬에 혼비백산 놀란 조전 형제는 감히 고개를 들지 못하고 "예, 예!" 하고 물러나 동궁으로 갔다. 황 귀비는 황급히 궁 안으로 들어가 은교와 은홍 형제를 불러놓고 눈물을 흘리며 말했다.

"어리석은 군주가 아내를 죽이고 자식까지 죽이려 하지만 여기서는 전하들을 구해줄 수 없사옵니다. 일단 형경궁의 양 귀비에게 가서 한 이틀 피신하고 계시옵소서. 대신들이 간언해주면 무사할 수 있을 것이옵니다."

은교와 은홍은 나란히 무릎을 꿇고 말했다.

"귀비마마, 이 은혜를 언제 갚을 수 있을까요? 다만 모친의 시신이 저렇게 밖에 나와 있으니 마마께서 하해와 같은 마음으로 억울하게 돌아가신 저희 모친께 은혜를 베풀어 나무판자로라도 시신을 덮어주시옵소서. 천지만큼 높고 두터운 이 은혜는 죽어도 잊지 않겠사옵니다."

"제가 알아서 할 테니 두 분 전하께서는 어서 가시옵소서!"

은교와 은홍은 서궁을 나와서 곧장 형경궁으로 갔다. 마침 양 귀비는 대문에 기대어 강 황후의 소식을 기다리고 있었는데 은교와 은홍이 달려와 통곡하며 땅바닥에 엎드려 절을 올리자 깜짝 놀라서 물었다.

"두 분 전하, 황후마마의 일은 어찌 되었사옵니까?"

은교가 통곡하며 말했다.

"부왕께서 달기의 말만 믿고 어마마마의 한쪽 눈을 도려내고 두 손을 불에 지져 비명횡사하시게 만들었사옵니다. 어느 놈의 사주를 받았는지 강환이라는 작자가 역모를 날조해서 어마마마를 모함했사옵니다. 그런데 지금 또 달기의 참소를 듣고 저희 두 형제를 죽이려 하고 있으니 부디 저희 목숨을 구해주시옵소서!"

양 귀비가 눈물을 펑펑 흘리며 목이 메어 말했다.

"어서 안으로 들어가십시오!"

둘이 궁 안으로 들어가자 양 귀비는 생각에 잠겼다.

'동궁으로 간 조전과 조뢰가 두 전하를 발견하지 못하면 필시 여기로 찾으러 오겠지. 일단 그자들을 돌려보내고 다시 방도를 찾아봐야겠구나.'

양 귀비가 대문 앞에 서 있노라니 과연 잠시 후 조전과 조뢰가 맹수처럼 사납게 달려왔다. 이에 양 귀비가 시종에게 말했다.

"저놈들을 잡아 오너라! 외부의 신하가 감히 어떻게 이 깊은 내궁까지 들어왔단 말이냐? 마땅히 국법에 따라 일족을 멸해야겠다!"

그 소리를 듣고 조전이 대문 앞에 다가와서 말했다.

"마마, 저 조전과 조뢰가 폐하의 어명을 받고 두 분 전하를 찾고 있사옵니다. 폐하께서 하사하신 용봉검을 받들고 왔는지라 감히 절을 올리지 못하겠사옵니다."

"뭐라! 전하들은 동궁에 계실 텐데 왜 형경궁으로 왔느냐? 폐하의 어명만 아니라면 당장 잡아 문책해야 마땅하거늘! 당장 돌아가지 않고 뭐 하느냐!"

조전은 감히 대꾸도 하지 못하고 물러갈 수밖에 없었다. 이에 조전이 동생에게 상의했다.

"이 일을 어쩌지?"

그러자 조뢰가 말했다.

"두 궁에 모두 보이지 않고 우리는 내궁이 생소해서 길도 모르니 일단 수선궁으로 돌아가 폐하께 보고합시다."

어쨌든 둘은 그렇게 돌아갔다. 은교와 은홍은 양 귀비가 궁 안으로 들어오자 대전에서 내려와 맞이했다. 양 귀비가 말했다.

"여기는 두 분 전하께서 계실 곳이 아니옵니다. 사람들 이목도 많고 어리석은 군주가 처자식을 죽이려 해서 윤리강상이 다 무너졌으니 일단 아홉 칸 대전으로 가시옵소서. 문무백관들이 아직 돌아가지 않았을 테니 천자의 백부이신 미자와 기자, 아상 비간, 미자계, 미자연, 무성왕 황비호 님께 사정을 말씀드리면 그분들이 보호해주실 것이옵니다."

이에 은교와 은홍은 고개를 숙여 목숨을 구해준 은혜에 감사하고 눈물을 뿌리며 떠났다. 양 귀비는 그 둘을 전송하고 나서 비단 방석에 앉아 혼자 생각에 잠겨 탄식했다.

'황후마마는 정실부인인데도 간신의 모함을 받아 이런 잔혹한 형벌을 받았으니 하물며 나 같은 후궁이야 오죽하겠는가? 달기가 폐하의 총애를 믿고 어리석은 군주를 미혹하고 있는 지금 누군가 두 분 전하께서 여기서 나가신 것을 알리기라도 한다면 나한테도 불똥이 떨어지겠지. 그렇게 되면 비슷한 형벌이 가해질 텐데 내가 어찌 그것을 감당하겠는가? 게다가 나는 여러 해 동안 어리석은 군주를 모셨지만 아들이나 딸도 하나 낳지 못했지. 자기 친아들인 동궁의 태자에게도 이 모양으로 대하니 삼강은 이미 무너져 조만간 틀림없이 재앙이 일어날 테고 나도 마지막이 좋지 않을 거야.'

그렇게 한참 동안 상심에 잠겨 있다가 양 귀비는 궁문을 닫고 스스로 목을 매고 말았다. 내관이 소식을 전하자 주왕은 어찌 된 영문인지 몰라 당황했지만 일단 분부를 내렸다.

"시신을 수습해서 백호전白虎殿에 관을 안치하도록 하라!"

한편 조전과 조뢰가 수선궁에 도착하자 황 귀비가 보고하기 위해 수레를 타고 들어왔다. 주왕이 말했다.

"황후가 죽었다고요?"

"황후마마께서 돌아가시기 직전에 이렇게 고함치셨사옵니다. '제가 열여섯 해 동안 폐하를 모시면서 두 아들을 낳고 큰아들은 태자가 되었습니다. 저는 스스로 궁궐을 지키면서 삼가고 조심하여 밤낮으로 성심껏 일하면서 질투도 전혀 하지 않았습니다. 그런데 누가 저를 시기해서 자객 강환을 매수하여 대역죄를 뒤집어씌우고 열 손가락이 모두 타서 힘줄이 녹고 뼈가 부스러지는 이런 참혹한 형벌을 받게 했는지 모르겠습니다. 아들을 낳은 것도 뜬구름처럼 흘러가버리고 부부간의 사랑도 강물에 흘러가버렸으니 저는 짐승보다 못한 꼴로 죽게 되었습니다. 이 억울함을 씻을 길이 없으나 천하 후세에 전해지면 자연히 공론이 일어나겠지요!' 저에게 이 말씀을 꼭 전해달라고 신신당부하시더니 그대로 숨이 끊어져 지금 시신이 서궁에 누워 계시옵니다. 아들까지 낳으신 정실부인에 대한 정리를 생각하셔서 백호전에 관을 안치하고 그나마 예법에 맞추어 안장할 수 있도록 해주시옵소서. 그래야 문무백관들도 말이 없을 테고 폐하께서도 신망을 잃지 않으실 것이 아니옵니까?"

주왕이 그렇게 하라고 하자 황 귀비는 서궁으로 돌아갔다.

잠시 후 조전과 조뢰가 들어오자 주왕이 물었다.

"태자는 어디에 있느냐?"

"동궁을 수색해보았지만 보이지 않았사옵니다."

"혹시 아직 서궁에 있는 것이 아니냐?"

조전이 대답했다.

"서궁에도 형경궁에도 없었사옵니다!"

"그렇다면 대전에 있겠구나. 반드시 잡아서 국법을 바로 세워야한다!"

조전 형제는 다시 어명을 받들고 떠났다.

한편 은교와 은홍은 장조전長朝殿으로 갔다. 그곳에는 문무백관들이 아직 돌아가지 않고 내궁의 소식만을 기다리고 있었다. 그때 무성왕 황비호가 다급한 발소리를 듣고 공작 병풍 안쪽을 바라보니 태자와 왕자가 전전긍긍 두려움에 떨고 있었다. 그가 다가가 맞이하며 아뢰었다.

"전하, 왜 이렇게 황급하십니까?"

은교는 황비호를 보고 간절히 말했다.

"황 장군, 우리 형제의 목숨을 살려주십시오!"

그리고 황비호의 옷자락을 덥석 붙들고 발을 굴렀다.

"부왕께서 달기의 말만 들으시고 흑백을 가리지도 않은 채 어마마마의 한쪽 눈을 도려내고 구리 주걱으로 두 손을 지지게 하여 어마마마께서는 서궁에서 돌아가시고 말았습니다. 황 귀비마마가 심문하셨지만 전혀 사실이 아니었다고 합니다. 저희 생모께서 그런 참혹한 형벌을 당하셨는데 마침 그곳에 대질심문을 하려고 강환을 끌고 와서 꿇려놓고 있었습니다. 당시 저는 너무 분통이 터져서 앞뒤 가리지 않고 강환을 베어버렸습니다. 그리고 다시 달기를 베어버리려고 하는데 뜻밖에 조전 형제가 부왕의 윤허를 받고 저희 둘을 죽이려고 했습니다. 백조부님들, 억울하게 돌아가신 어마마마를 불쌍히 여기시어 성탕의 맥이 끊어지지 않도록 저를 구해주십시오!"

이렇게 말하고 둘이 대성통곡하자 문무백관들은 모두 눈물을 머금고 다가가서 아뢰었다.

"국모께서 누명을 쓰고 돌아가셨는데 저희가 어찌 좌시하겠사옵니까? 종과 북을 울려 즉시 천자를 대전으로 모시고 그 일에 대해 해명을 들으면 죄인을 붙잡아 황후마마의 억울한 한을 씻어드릴 수 있을 것이옵니다."

그 말이 끝나기도 전에 대전 서쪽에서 벼락같은 고함 소리가 들려왔다.

"천자가 정치를 망치고 처자를 죽이려 하고 포락형을 만들어 충신의 간언을 막고 무도한 짓을 자행하다니! 대장부가 황후마마의 원한을 씻어드리고 태자마마의 복수를 해드리지도 못한 채 아녀자처럼 펑펑 울고만 있어서야 되겠는가! 옛말에 '훌륭한 새는 나무를 골라 둥지를 틀고 훌륭한 신하는 군주를 골라서 섬긴다'라고 했소이다. 지금 천자는 처자를 죽이려 하여 이미 삼강오륜을 무너뜨리고 대의를 위배했으니 천하의 주인으로서 자격이 없고 우리 또한 그의 신하가 된 것을 부끄럽게 여겨야 하오. 차라리 조가를 등지고 다른 군주를 찾아가 이 무도한 군주를 제거하고 사직을 보전해야 하오!"

모두들 돌아보니 그곳에는 진전대장군鎭殿大將軍 방필方弼과 방상方相 형제가 있었다. 그때 황비호가 호통쳤다.

"네 직위가 얼마나 높다고 그런 망언을 하는 게냐! 조정의 많은 대신들 가운데 너희의 연설을 들어줄 사람이 어디 있느냐? 당장 역적으로 붙잡아 다스려야 마땅하지만 이번만 용서하겠다. 당장 물러가지 못할까!"

방필과 방상은 고개를 숙이고 감히 대꾸도 못하고 물러갔다.

국정이 무너지고 불길한 일이 겹겹으로 일어나는 것을 본 황비호는 하늘과 백성의 마음이 모두 상나라를 떠날 징조라는 것을 알고 마음이 침울하여 아무 말도 하지 못했다. 미자와 비간, 기자를 비롯해 문무백관들도 모두 치를 떨며 긴 한숨을 내쉬었다. 그렇게 모두들 뾰족한 대책이 없었는데 붉은 도포를 입고 화려한 허리띠를 찬 관료 하나가 여러 제후들 앞으로 나아가 이렇게 말했다.

"오늘의 변고는 저 종남산 운중자가 말씀하신 것과 딱 맞아떨어집니다. '군주가 바르지 못하면 간신이 생겨난다'라는 말도 있지 않습니까? 천자께서 태사 두원선을 억울하게 처형하시고 직간한 매백을 포락형에 처하셨으며 오늘 또 이런 이변이 일어났습니다. 폐하께서 흑백을 가리지 못하시고 처자까지 죽이려 하시니 분명 어느 간신이 농간을 부려놓고 암중에 웃고 있을 것입니다. 가련하게도 성탕의 사직이 하루아침에 폐허가 되게 생겼으니 우리도 곧 누군가의 수작에 희생되고 말 것입니다."

그렇게 말한 사람은 바로 상대부 양임이었다. 황비호는 긴 한숨을 쉬며 말했다.

"옳은 말씀이오!"

문무백관들은 묵묵히 말이 없었다. 은교와 은홍은 계속해서 구슬피 통곡했다. 그때 방상과 방필이 사람들을 헤치고 나와 방필은 은교를, 방상은 은홍을 부축해 일으키며 고함을 질렀다.

"무도한 주왕이 자식을 죽여 종묘를 끝장내려 하고 있고 아내를 죽여 윤리강상을 망쳐버렸소. 오늘 우리는 두 분 전하를 보위하여 동로로 가서 군대를 빌려 와 저 어리석은 군주를 제거하고 성탕의 후사를 다시 잇게 하겠소! 우리는 이놈의 천자를 등지겠다 이 말이오!"

그들은 곧 태자와 왕자를 업고 조가의 남쪽 성문으로 나가버렸다. 여러 관리들이 말리려고 했지만 두 사람의 힘이 엄청나서 모두 나자빠지고 말았으니 후세 사람이 시를 지어 이 상황을 묘사했다.

방씨 형제가 조가에 반기 드니
태자와 왕자가 이제 그물에서 벗어났구나.
아낙네도 바른말 잘한다는 말을 하지 말지니

하늘의 마음 이미 떠난 것을 어이하랴!

方家兄弟反朝歌　殿下今朝出網羅

慢道婦人能破舌　天心已去奈伊何

　그러니까 조정의 그 많은 문무백관들은 방필과 방상이 반역을 감행하는 것을 보고 깜짝 놀라 안색이 변했다. 하지만 오직 황비호만은 아무 일도 없는 것처럼 태연했으니 그에게 비간이 다가와서 물었다.

　"대인, 방필이 반역을 저질렀는데 왜 한마디 말씀도 하지 않고 계십니까?"

　"애석하게도 문무백관들 가운데 그들 두 사람 같은 이가 하나도 없군요. 방필은 우직한 사내일 뿐이지만 국모가 억울하게 죽고 태자 역시 억울한 죽음을 맞는 꼴을 차마 좌시하지 못했소이다. 하지만 스스로 지위가 낮아 폐하께 간언하기 어렵다는 것을 알고 태자와 왕자를 업고 떠나버린 것이지요. 어명이 내려와 추격하게 되면 두 분 전하는 틀림없이 죽음을 피하지 못하실 테고 두 충신도 죽게 되겠지요. 목숨을 잃게 될 것을 알고도 충의를 저버리지 못하고 이런 일을 저질렀으니 정말 긍휼히 여길 만한 일이 아니겠소이까?"

　문무백관들이 뭐라고 대답하기도 전에 대전 뒤쪽에서 부산한 발소리가 들리더니 잠시 후 조전 형제가 용봉검을 받들고 대전으로 들어왔다.

　"여러분, 두 분 전하께서 혹시 이곳에 오시지 않았습니까?"

　그러자 황비호가 말했다.

"방금 이곳에 오셔서 국모께서 굴욕적으로 돌아가시고 또 두 분 전하까지 죽이려 하신다고 억울함을 호소하며 통곡하시자 진전대 장군 방필과 방상이 차마 두고 볼 수 없어 두 분을 업고 도성을 나가 버렸소. 아직 멀리 가지 못했을 것이니 그대들은 어명을 받들어 속 히 붙잡아 와서 국법을 바로 세우시오."

그 말을 들은 조전 형제는 혼비백산 놀랐다. 방필은 신장이 한 길 여섯 자나 되고 방상도 한 길 넉 자나 되니 조전 형제가 어찌 당해낼 수 있겠는가? 그야말로 한 주먹도 견디지 못할 것이 뻔했다. 이에 조전이 속으로 생각했다.

'황비호가 나를 어떻게 해보려는 수작임이 분명하군. 그렇다면 나도 방법이 있지!'

그는 이렇게 말했다.

"방필 형제가 두 분 전하를 업고 도성을 나가버렸다고 하시니 저 는 궁으로 들어가 보고하겠습니다."

그는 곧 수선궁으로 가서 주왕에게 아뢰었다.

"어명을 받고 대전으로 가보니 문무백관들이 아직 떠나지 않고 있었고 두 분 전하의 모습은 보이지 않았사옵니다. 그런데 그분들 말씀이 두 분 전하가 억울함을 호소하며 통곡하자 진전대장군 방필 과 방상이 두 분을 업고 도성을 나갔는데 동로로 가서 군대를 빌려 올 것이라고 하였사옵니다. 어찌할지 어명을 내려주시옵소서!"

"뭐라! 방필이 반역했다면 속히 쫓아가 잡아 와야 할 게 아니냐! 소홀히 해서 국법이 흐트러지게 해서는 안 된다!"

"하오나 방필은 힘도 장사일 뿐만 아니라 용맹해서 제가 잡아 올

수 없나이다. 그들을 잡으려면 무성왕 황비호에게 어명을 내리셔야 할 줄로 아옵니다. 그렇게 하면 두 분 전하를 놓치는 일이 일어나지 않을 것이옵니다."

"속히 칙서를 써서 황비호로 하여금 잡아 오게 하라!"

조전은 그렇게 황비호에게 짐을 떠넘겼다. 곧 사자가 칙서를 들고 대전으로 가서 무성왕 황비호에 전했다.

"속히 역도 방필과 방상을 체포하고 아울러 두 분 전하의 수급을 가져오라는 어명이오!"

그러자 황비호가 웃으며 말했다.

"허허! 조전이 나한테 짐을 떠넘긴 게로구먼!"

그가 즉시 용봉검을 받아 들고 오문을 나가려 하자 황명黃明과 주기周紀, 용환, 오겸吳謙°이 따라오며 말했다.

"저희들도 따라가겠습니다."

"그럴 필요 없다."

그러면서 그가 오색신우五色神牛를 타고 배를 박찼는데 그 소는 하룻밤 사이에 팔백 리를 달릴 수 있는 영물이었다.

한편 방필과 방상은 각기 태자와 둘째 왕자를 업고 단숨에 삼십 리를 달려서 비로소 둘을 내려놓았다. 이에 은교와 은홍이 말했다.

"두 분 장군, 이 은혜를 언제나 갚을 수 있을까요?"

그러자 방필이 말했다.

"저는 전하께서 억울한 누명을 쓰신 것을 보고 마음이 아파 순간적으로 천자에게 반역을 저지른 것이옵니다. 이제 어디로 피신할지

상의해봐야 되지 않겠사옵니까?"

그들이 한창 상의하고 있을 때 무성왕 황비호가 오색신우를 타고 나는 듯이 쫓아왔다. 다급해진 방필과 방상은 은교와 은홍에게 말했다.

"저희가 잠시 아둔하여 뒷일을 깊이 생각하지 못했사옵니다. 이제 목숨이 끝장나게 생겼으니 어쩌면 좋겠사옵니까?"

"우리 형제의 목숨을 구해주신 것만 해도 갚을 길이 없는 큰 은혜를 베풀어주신 것인데 어찌 그런 말씀을 하십니까?"

방필이 말했다.

"황 장군이 저희를 잡으러 왔으니 이대로 잡혀가면 처형을 면치 못할 것이옵니다."

은교는 다급해 어쩔 줄 몰라 하는데 어느새 황비호가 그들 앞까지 쫓아와 있었다. 은교와 은홍이 길가에 무릎을 꿇고 말했다.

"황 장군, 저희를 잡으러 오셨군요?"

황비호도 황급히 오색신우에서 내려 무릎을 꿇고 말했다.

"황공하옵니다! 두 분 전하, 일어나시옵소서!"

은교가 말했다.

"장군, 무슨 일로 오셨습니까?"

"어명을 받고 왔사옵니다. 천자께서 용봉검을 하사하셨으니 두 분 전하께서 자결하시면 제가 돌아가서 그대로 보고하겠사옵니다. 제가 감히 두 분 전하께 손을 쓸 수는 없사오니 어서 결단을 내리시옵소서!"

은교는 동생과 함께 무릎을 꿇고 말했다.

방필과 방상, 반란을 일으키다.

"장군께서도 아시다시피 우리 모자는 억울한 모함을 당했습니다. 어마마마께서는 참혹한 형벌을 받고 돌아가셔서 원한을 씻을 길이 없는데 이제 우리 둘마저 죽으면 가문이 멸절되는 것이 아니겠습니까? 제발 이 억울한 고아들을 불쌍히 여기시고 하해와 같이 인자한 은혜를 베푸시어 목숨만은 살려주십시오. 몸을 맡길 좁은 땅이라도 얻을 수 있다면 살아서는 당연히 은혜를 갚을 것이고 죽어서도 결초보은하여 죽는 날까지 장군의 크나큰 덕을 절대 잊지 않겠습니다."

황비호는 여전히 무릎을 꿇은 채 대답했다.

"전하께서 억울한 누명을 쓰셨다는 것을 제가 어찌 모르겠습니까만 이미 어명을 받은지라 제 마음대로 처리할 수 없사옵니다. 전하들을 놓아드리면 저는 군주를 기만한 죄를 짓는 셈이고 그렇다고 놓아드리지 않는다면 두 분 모두 깊은 원한을 품고 죽음을 맞이하셔야 하는데 제가 어찌 차마 그것을 지켜보겠사옵니까?"

그렇게 서로 아무리 생각해도 묘책이 없었다. 은교는 결국 재앙을 벗어날 길이 없다고 생각했다.

"좋습니다! 장군께서는 어명을 받으셨으니 어길 수 없으시겠지요. 그런데 장군, 가문의 맥이라도 잇게 해주실 방도가 하나 있는데 그런 정도의 은덕은 베풀어주실 수 있는지요?"

"무엇이든 말씀해보시옵소서!"

"장군, 제 수급을 가지고 조가로 돌아가 보고하시되 어린 동생만은 다른 나라로 망명할 수 있게 놓아주시구려. 훗날 저 아이가 장성하면 혹시 군대를 빌려 저와 어마마마의 원수를 갚아줄 수도 있지 않겠습니까? 그렇게만 된다면 저는 비록 죽더라도 여한이 없을 것이니 부디 인정을 베풀어주십시오."

그러자 은홍이 다급히 다가와 가로막았다.

"장군, 아니 됩니다! 형님은 동궁의 태자이고 저는 한낱 군왕에 지나지 않습니다. 게다가 저는 나이도 어려서 장래를 기대하기 어렵습니다. 그러니 장군, 제 수급을 가져가시고 형님은 동로나 서기로 가서 군사를 빌려 저와 어마마마의 복수를 하게 해주십시오. 제가 어찌 이 죽음을 마다하겠습니까!"

은교가 은홍을 덥석 끌어안고 대성통곡하며 말했다.

"내 어찌 어린 네가 이런 참혹한 죽음을 당하는 것을 지켜보라는 말이냐?"

두 사람이 통곡하며 서로 수급을 내놓겠다고 하자 그 비통한 모습을 보고 있던 방필과 방상이 동시에 소리쳤다.

"아아, 가슴 아프구나!"

그러면서 그들은 눈물을 비 오듯이 흘렸다. 황비호도 너무나 가슴이 쓰려서 차마 그 모습을 보고 있기 어려웠다. 이에 그는 눈물을 머금고 소리쳤다.

"방필, 울 필요 없다! 두 분 전하께서도 상심하실 필요 없사옵니다. 이 일은 오직 우리 다섯 사람만이 알고 있으니 만약 누설된다면 저는 일족이 살아남지 못할 것이옵니다. 방필, 이리 오게. 전하들을 동로의 강환초 제후께 안전하게 모셔다드리게. 방상, 자네는 남백후 악숭우를 찾아가 내가 도중에 전하를 동로로 보내드렸다고 아뢰고 또 두 곳의 군사를 동원하여 간신을 없애달라고 부탁했다고 전하게. 그때가 되면 나도 나름대로 방법이 있을 걸세."

"저희 형제는 오늘 아침 조회에 들어갈 때까지만 해도 이런 변고를 몰랐기에 전하들을 모시고 나올 때 여비도 챙겨 오지 못했습니다. 이제 동서로 길을 나누어 가야 하는데 이를 어찌합니까?"

"그것은 자네들이나 나나 마찬가지일세."

황비호는 한참 생각하더니 이렇게 말했다.

"내가 걸고 있는 옥 장식을 가져가서 임시로 여비를 마련하게. 거기 새겨진 금은 백금百金의 가치가 있네. 두 분 전하, 보중하시옵소서! 방필과 방상, 자네들도 최선을 다해야 하네. 성공하면 그 공로가 대단히 크네. 전하, 저는 이만 돌아가 보고를 해야겠사옵니다."

그렇게 말하고 황비호는 오색신우를 타고 다시 조가로 돌아갔다. 그가 성을 들어설 때는 이미 날이 저물고 있었는데 문무백관들이 아직 오문에서 기다리고 있었다. 황비호가 오색신우에서 내리자 비간이 물었다.

"장군, 어찌 되었습니까?"

"따라잡지 못해서 어쩔 수 없이 보고하려고 돌아왔습니다."

이에 문무백관들은 모두 무척 기뻐했다.

한편 황비호가 들어가자 주왕이 물었다.

"역적 놈들은 붙잡았는가?"

"제가 칠십 리를 쫓아가니 세 갈래 길이 나타났사옵니다. 행인에게 물어보니 다들 보지 못했다고 하고 길을 잘못 들까 염려되어 어쩔 수 없이 돌아와야 했사옵니다."

"그렇다면 그놈들이 운이 좋은 모양이구먼. 잠시 물러가 있게, 내일 다시 논의하지."

황비호는 절하고 오문 밖으로 나와 다른 신하들과 함께 거처로 돌아갔다.

한편 은교를 잡지 못했다는 사실을 알게 된 달기는 다시 주왕에게 간언했다.

"폐하, 오늘 도망친 은교가 만약 강환초에게 간다면 머지않아 대군을 이끌고 쳐들어올 테니 보통 일이 아니옵니다. 게다가 태사께서는 원정을 나가서서 도성에 계시지 않는 상황이 아니옵니까? 그러니 속히 은파패와 뇌개雷開로 하여금 삼천 명의 기마병을 이끌고 밤낮으로 추격하여 후환의 뿌리를 없애게 하셔야 하옵니다."

"짐의 생각도 바로 그렇소."

그리고 즉시 어명을 내렸다.

"은파패와 뇌개로 하여금 기마병 삼천 명을 이끌고 태자와 왕자를 체포하게 하라! 속히 시행하지 않으면 엄히 다스릴 것이다!"

은파패와 뇌개는 곧 병부兵符를 발부받아 기마병을 선발하기 위해 황비호의 저택으로 갔다.

한편 그 무렵 뒤쪽 청사에 있던 황비호는 생각했다.

'조정이 올바르지 않으니 장차 백성의 원망이 하늘을 근심하게 하여 백성은 두려움에 떨고 천하는 분열되어 곳곳으로 전란이 퍼져 만백성이 하루도 편안할 날이 없어질 테니 이를 어쩌면 좋단 말인가?'

그가 고심하고 있을 때 군정사軍政司의 담당 관리가 보고했다.

"나리, 은 장군과 뇌 장군이 명령을 기다리고 있습니다!"

"들여보내라!"

두 장군이 들어와 절하자 황비호가 말했다.

"방금 조정에서 나왔는데 또 무슨 일인가?"

"폐하께서 친히 어명을 내리시기를 저희 둘이 기마병 삼천 명을 이끌고 밤낮을 가리지 않고 두 분 전하를 추격하여 방필 등을 사로잡아 국법을 바로 세우라고 하셨기에 병부를 발부받으러 왔습니다."

'이들이 추격하면 분명 붙잡히고 말 것이야. 미리 안배해서 성공하지 못하게 만들어야겠구나.'

그렇게 생각하고 그가 말했다.

"오늘은 날이 저물어 군마가 모두 갖춰지지 않았네. 내일 새벽에 발부받아서 신속하게 출발하도록 하게."

두 장군은 감히 명을 어기지 못하고 물러갈 수밖에 없었다. 황비호는 총사령관이고 은파패와 뇌개는 그의 휘하에 속한 장수였으니 어찌 감히 항변할 수 있었겠는가?

어쨌든 그들이 물러가자 황비호가 주기를 불러 말했다.

"은파패가 기마병 삼천 명을 뽑아 두 전하를 추격하려고 병부를 발부받으러 왔다. 내일 새벽에 좌초左哨의 병들고 쇠약한 병사들로 삼천 명을 뽑아서 주도록 해라."

"예!"

이튿날 새벽에 은파패와 뇌개가 병부를 발부받자 주기는 훈련장으로 가서 좌초에서 기마병 삼천 명을 선발하여 그들에게 인계했다. 두 장수가 보니 모두 늙고 병든 병사들뿐이었으나 항의할 수 없어서 그대로 이끌고 남쪽 성문을 나갔다. 대포 소리를 신호로 진군을 재촉했지만 늙고 병든 병사들이 어찌 빨리 움직일 수 있었겠는가? 두 장수는 애가 탔으나 별수 없이 병사들을 따라가야 했으니 이를 묘사한 시가 있다.

삼천 명의 기마병 조가를 나서는데
함성 속에 깃발 흔들고 북과 징 울렸지.
대오는 삐뚤삐뚤 행군하기 어려워
행인들이 보고는 손뼉 치며 껄껄 웃어댔지.

三千飛騎出朝歌　吶喊搖旗擂鼓鑼

隊伍不齊呌難走　行人拍手笑呵呵

한편 방필과 방상은 태자와 둘째 왕자를 호위하며 이틀 정도 길을 갔다. 그러다가 방필이 동생에게 말했다.

"우리가 두 전하를 모시고 조가를 나왔지만 여비가 하나도 없으니 어쩌면 좋겠는가? 황 장군께서 옥 장식을 주셨으나 그것을 어떻게 쓴단 말인가? 만약 누가 어디서 난 거냐고 따져 물으면 오히려 곤란해지지 않겠는가? 마침 이곳이 동쪽과 남쪽으로 가는 갈림길이니 두 전하께 길을 알려드리고 우리 형제는 다른 곳에 몸을 의탁하는 것이 양쪽 모두에게 안전한 길이 아닐까 싶네."

"아주 좋은 생각이십니다."

이에 방필이 두 전하에게 말했다.

"전하, 아뢸 말씀이 있사옵니다. 저희는 그저 힘만 있지 머리는 아둔한 사내들에 지나지 않사옵니다. 전하들께서 억울한 누명을 쓰신 것을 보고 순간적으로 울컥하여 조가를 등졌는데 갈 길이 이렇게 멀다는 것을 미처 생각하지 못해서 여비를 챙기지 않았사옵니다. 황 장군께서 주신 옥 장식을 팔아서 쓸까 해도 혹시 누가 어디서 난 거냐고 따져 물으면 오히려 곤란해질 것 같고 재앙을 피해 달아나는 길이니 은밀하게 움직이는 게 좋을 듯하옵니다. 그래서 방금 소인이 한 가지 방법을 생각해냈사옵니다. 그러니까 각자 길을 나누어 은밀하게 움직이는 것이 만전을 기하는 길이 아닐까 하는 것이옵니다. 저희가 끝까지 모시지 못해서 그러는 것이 아니니 두 분 전하께서는 통촉해주시옵소서!"

은교가 말했다.

"장군의 말씀이 아주 지당하십니다. 그런데 우리 형제는 나이도 어리고 가는 길도 모르는데 어쩌지요?"

"이 길은 동로로 통하고 저 길은 남도南都로 통하옵니다. 모두 큰 길이라 인가도 많으니 가시는 데에 지장이 없을 것이옵니다."

"그렇다면 두 장군은 어디로 가실 생각이십니까? 언제 다시 만날 수 있을까요?"

이에 방상이 대답했다.

"저희는 아무 제후에게나 찾아가서 잠시 몸을 맡기고 있겠사옵니다. 하지만 전하께서 군대를 빌려 조가로 진격하실 때면 당연히 달려와 선봉에 서겠사옵니다!"

이렇게 해서 네 사람은 눈물을 흘리며 각자 헤어졌다. 방필과 방상이 샛길로 떠나자 은교가 은홍에게 말했다.

"너는 어디로 갈 생각이냐?"

"형님께서 시키는 대로 하겠습니다."

"그렇다면 나는 동로로 갈 테니 너는 남도로 가라. 내가 외조부께 이 억울함을 호소하면 외숙께서 분명 군대를 움직이실 거야. 그러면 내가 사람을 보내 네게 알릴 테니 너도 몇 만 명의 군대를 빌릴 수 있다면 함께 조가로 달려가서 달기를 사로잡아 어마마마의 원수를 갚자꾸나. 이 일은 절대 잊어서는 안 된다!"

은홍이 눈물을 흘리며 고개를 끄덕였다.

"이제 헤어지면 언제 다시 만날 수 있을까요?"

두 형제는 대성통곡하며 서로 손을 붙들고 헤어지기 아쉬워했으니 이를 묘사한 시가 있다.

기러기 따로 떨어져 날아야 하니 너무나 슬프구나!

형은 북쪽 아우는 남쪽으로 아득히 멀어져야 했지.

가족 생각하니 가슴 저미어 천 줄기 눈물 흐르고

길 잃을까 근심 겹쳐 억장이 무너지는구나.

몇 가닥 피리 소리 황혼을 재촉하고

뜬구름 하나 강물 따라 흘러간다.

누가 알았으랴, 나라 망하고 가족 흩어질 줄이야

이제야 믿겠구나, 나라 망하는 것은 여자 때문임을!

旅雁分飛最可傷　弟兄南北苦參商

思親痛有千行淚　失路愁添萬結腸

橫笛幾聲催暮靄　孤雲一片逐滄浪

誰知國破人離散　方信傾城在女娘

그러니까 은홍은 길을 가면서 계속 눈물이 마르지 않고 가슴 가득 처참하기 그지없는 시름에 잠겨 있었다. 게다가 나이도 어리고 궁중에서만 살았던 그가 그 먼 길을 가는 법을 어찌 알았겠는가? 그저 가다 쉬고 또 가다 쉬기를 반복하며 이런저런 생각을 하다 보니 배까지 고파졌다. 생각해보라, 깊은 궁중에서 비단옷에 진수성찬만 먹고 지내던 그가 구걸이라도 할 줄 알았겠는가? 그러다가 작은 마을의 어느 인가에서 노소가 모두 모여 밥을 먹고 있는 것을 발견하고는 그 집 앞으로 가서 말했다.

"밥을 내오너라!"

사람들은 붉은 옷을 입은 그의 용모가 범상치 않은 것을 보고 황급히 일어나서 말했다.

"앉으십시오, 남은 밥이 있습니다."

그리고 서둘러 밥을 차려주자 은홍이 먹고 나서 감사했다.

"고맙네, 이 한 끼의 은혜를 언제 갚을 수 있을지 모르겠구먼."

"도령께서는 어디로 가시는 길이십니까? 고향은 어디고 성은 어찌 되십니까?"

"나는 다름 아니라 주왕의 아들 은홍일세. 지금 남도의 악숭우를 뵈러 가는 길이지."

사람들은 그가 왕자라는 사실을 알고 황급히 머리가 땅에 닿도록 절을 올렸다.

"전하, 소인들이 몰라뵙고 미처 영접하지 못했사옵니다. 용서하시옵소서!"

"괜찮네, 그런데 이게 남도로 가는 길이 맞는가?"

"예, 남도로 가는 큰길이옵니다."

이에 은홍은 그들과 작별하고 다시 서둘러 길을 갔다. 하지만 하루에 고작 이삼십 리밖에 걷지 못했으니 궁중에서 애지중지 자란 그였기에 길 가는 것도 서툴렀던 것이다. 게다가 이번에는 마을도 여관도 보이지 않아서 잠잘 곳이 없었다. 그는 초조한 마음으로 다시 이삼 리를 걸었다. 그때 우거진 소나무 숲 사이로 길이 또렷하게 보이더니 그 끝에 낡은 사당이 하나 나타났다. 그가 무척 기뻐하며 달려가보니 사당 문 위에 헌원묘軒轅廟라고 새겨진 현판이 걸려 있었다. 그는 안으로 들어가 땅바닥에 엎드려 절을 올렸다.

"헌원이시여, 의복을 만드시고 예악禮樂을 정하시고 면류관을 만드셨으며 한낮에 시장을 열게 하신 상고시대의 성군이시옵니다. 저는 성탕의 31대 후손인 주왕의 아들 은홍이옵니다. 지금 부왕이 무도하여 처자를 죽이려 하는지라 제가 도피할 수밖에 없는데 성왕의 사당에서 하룻밤 묵고 내일 아침 일찍 떠나고자 하오니 부디 보우해주시옵소서. 제 몸을 맡길 작은 땅이라도 얻게 되면 반드시 사당을 수리하고 성상聖像을 교체하겠나이다."

은홍은 길을 걷느라 너무 피곤해서 성상 아래에서 옷을 입은 채 잠들었다.

한편 동로를 향해 큰길로 하염없이 걷던 은교는 겨우 사오십 리쯤 걸었을 때 날이 저물고 말았다. 그때 앞쪽에 태사부太師府라는 현판이 걸린 저택이 하나 나타났다.

'여기는 벼슬아치의 저택이니 하룻밤 묵어갈 수 있겠구나.'

이에 그는 대문으로 다가가서 물었다.

"이리 오너라!"

하지만 안쪽에서는 아무 대답이 없었다. 그가 다시 대문 안으로 들어가니 안쪽에서 누군가 길게 탄식하며 시를 읊조리는 것이었다.

처벌 기다리며 황제의 조서 관장한 지 몇 년이던가?
일편단심 충정이야 어찌 부질없이 연기되어 스러질까?
나라 위해 황제 보필하려는 마음 갖고 있어
충정 견지하며 사사로운 이득 추구하지 않았지.
어찌 알았으랴? 궁중에 요사한 것이 생겨나
백성을 도깨비불로 만들 줄이야!
아아, 조정 생각하는 재야의 신하는
궁궐에 아뢸 길 없어 신령께 기원하나이다!

幾年待罪掌絲綸　一片丹心豈白湮
輔弼有心知爲國　堅持無地伺私人
孰知妖孽生宮室　致使黎民化鬼燐
可歎野臣心魏闕　乞靈無計叩楓宸

그 소리를 듣고 은교가 다시 물었다.

"계십니까?"

"누구요?"

하지만 날이 이미 어두워져서 사람의 얼굴을 제대로 알아볼 수 없었다.

"친척 집을 찾아가는 길인데 날이 저물었습니다. 귀 댁에서 하룻밤 묵어갈 수 있는지요?"

"말투가 조가에서 온 사람인 것 같구려?"

"예, 맞습니다."

"시골에 사셨소 아니면 성 안에 사셨소?"

"성 안에 살았습니다."

"들어오시구려, 좀 물어볼 것이 있소이다."

은교는 안으로 몇 걸음 들어가 상대의 얼굴을 보고 깜짝 놀랐다.

"아니! 알고 보니 승상이셨군요!"

상용은 은교에게 절을 올리며 말했다.

"전하! 여기는 어인 일이시옵니까? 오시는 줄 몰라 미처 마중을 나가지 못했사오니 부디 용서하시옵소서! 그런데 이 나라 태자께서 어찌 홀로 여기까지 오셨사옵니까? 필시 나라에 무슨 불길한 일이 생긴 모양입니다. 여기 앉으셔서 자초지종을 말씀해주시옵소서."

은교가 눈물을 흘리며 주왕이 황후를 죽이고 자식까지 죽이려 한다는 이야기를 들려주자 상용이 발을 구르며 소리쳤다.

"어리석은 군주가 이렇듯 횡포하여 인륜을 멸절시키고 삼강을 모두 망칠 줄이야! 초야에 있는 이 늙은이도 늘 조정을 염려하고 있거늘 뜻밖에 평지풍파가 일어 이런 변고가 생겨났군요! 황후마마께서 처참하게 돌아가시고 두 분 전하께서 이렇게 천하를 떠돌며 고생하고 계신데 문무백관들은 어째서 폐하께 간언하지 않고 입을 다물고 있으면서 조정의 정치가 이 지경으로 망가지도록 방치했다는 말씀이십니까? 전하, 걱정 마시옵소서. 저와 함께 조가로 가서 폐하께 과오를 바로잡으시도록 직간하여 이 재앙을 구제하도록 하시옵소서."

그리고 그는 즉시 수하에게 분부했다.

"전하를 모시도록 어서 술상을 준비해라! 내일 상소문을 써서 조가로 가야겠다."

한편 군대를 이끌고 은홍과 은교를 추격하던 은파패와 뇌개는 비록 군마가 삼천 명이나 되었지만 모두 노쇠하여 하루 종일 행군해도 겨우 삼십 리밖에 가지 못했다. 사흘이 지나서야 백 리 정도를 행군한 그들은 삼거리에 도착하자 뇌개가 말했다.

"형님, 잠시 여기에 군대를 주둔시키고 우리 둘이 각기 쉰 명의 정예병을 뽑아 길을 나누어 추격하도록 하십시다. 형님은 동로 방향으로 가시고 저는 남도를 향해 가겠습니다."

"아주 좋은 생각일세, 이렇게 노쇠한 병사들을 데리고 하루에 이삼십 리밖에 행군하지 못하니 어떻게 따라잡을 수 있겠는가? 이러다가는 일을 망칠 게 뻔하지!"

"형님께서 먼저 따라잡아 성공하시면 여기로 돌아와 저를 기다리시고 저도 그렇게 하겠습니다."

"그러세."

두 장수는 노쇠한 병사들을 그곳에 주둔시키고 각기 건장한 병사 쉰 명을 뽑아 길을 나누어 추격했다. 이제 은교와 은홍의 목숨이 어찌 되는지는 다음 회를 보시라.

상용, 충절을 지키다가 대전에서 죽다
商容九間殿死節

충신이 직간하는 것이 어찌 명예를 얻고 싶어서이랴?

그저 군주가 현명해져서 나라의 정치 깨끗하게 하려 했을 뿐.

이 한 몸 성하기는 바라지 않나니

재앙이 넘쳐나는 작금의 현실 어찌 외면하랴?

나라에 보은하려는 일념은 쇠와 바위처럼 단단하여

간신 처벌하려는 외로운 충정 경사를 관통했지.

큰 뜻이 보답받기도 전에 머리가 먼저 부서지니

그 모습 본 사람들 모두 피눈물 쏟았다네.

忠臣直諫豈沽名　只欲君明國政淸

不願此身成個是　忍敎今日禍將盈

報儲一念堅金石　誅佞孤忠貫玉京

大志未酬先碎首　令人睹此淚如傾

그러니까 뇌개는 쉰 명의 병사를 이끌고 남도를 향해 나는 구름처럼 바람을 타고 몰아치는 소나기처럼 내달렸다. 그러다가 날이 저물자 부하들에게 분부했다.

"배불리 먹고 밤을 새워 추격하도록 하라. 멀리 가지 못했을 것이다!"

병사들은 저녁을 먹고 다시 추격을 시작했다. 하지만 이경 무렵이 되자 오랫동안 말을 달린 병사들이 다들 피곤해서 거의 말에서 떨어질 지경이 되었다. 그 모습을 보고 뇌개가 생각했다.

'밤중에 추격하다가는 못 보고 지나칠 수도 있겠군. 그러면 괜한 헛수고만 하게 될 테니 차라리 하룻밤 쉬고 내일 기운을 회복해서 추격하는 게 낫겠구나.'

이에 그는 부하들에게 분부했다.

"앞쪽에 마을이 나타나면 하룻밤 쉬었다가 내일 추격을 계속하기로 한다!"

그렇지 않아도 연일 달려오느라 피곤했던 병사들은 오로지 쉬고 싶은 생각뿐이었다. 그들이 양쪽에서 횃불을 들고 살펴보니 울창한 소나무 숲 안쪽에 집이 있는 것 같았다. 하지만 가까이 다가가 살펴보니 사당이었다. 이에 병사들이 돌아가 보고했다.

"앞쪽에 오래된 사당이 있으니 거기서 잠시 쉬는 것이 좋겠사옵니다."

"그것도 괜찮겠구나."

병사들과 함께 사당 앞으로 간 뇌개가 말에서 내려 올려다보니 헌원묘라고 새겨진 현판이 보였다. 사당을 관리하는 사람이 없어서 병사들은 일제히 문을 열고 들어가 횃불을 비춰보았다. 그러자 성상 아래에서 누군가 코를 골며 자고 있었으니 바로 은홍이었다. 이를 보고 뇌개는 탄식했다.

"그냥 계속 갔더라면 지나쳤을 텐데 이 또한 하늘이 정한 운명인가 보구나!"

그는 은홍을 깨웠다.

"전하, 전하!"

단잠에 빠져 있던 은홍이 그 소리에 깜짝 놀라 깨어보니 횃불을 든 병사들이 자신을 둘러싸고 있었다. 그는 뇌개를 알아보고 비명을 질렀다.

"뇌 장군!"

"전하, 제가 폐하의 어명을 받들고 전하를 모시러 왔사옵니다. 문무백관들이 모두 전하를 위해 상소를 올릴 테니 걱정 마시옵소서!"

"여러 말씀 하실 필요 없소, 나도 이미 잘 알고 있소. 아무래도 나는 이 재난을 벗어나지 못할 모양이구려. 죽는 것은 두렵지 않지만 여기까지 걸어오느라 너무 피곤해서 걸어가기 어려우니 말을 한 필 내주실 수 있겠소?"

"제 말을 타시옵소서, 저는 걸어서 따라가겠나이다."

은홍은 사당에서 나와 말에 올랐고 뇌개는 뒤따라 걸어 삼거리로 갔다.

한편 은파패는 동로로 향하는 큰길을 따라 이틀 가까이 달려서 풍운진風雲鎭에 도착했다. 그리고 다시 십 리를 달려가자 팔자 모양의 하얀 회칠을 한 담장에 '태사부'라는 글씨가 금물로 적힌 현판이 걸린 저택이 나왔다. 은파패가 말을 멈추고 살펴보니 바로 상용의 저택이었다. 그는 황급히 말에서 내려 안으로 들어갔으니 상용은 그의 스승[座主]°이었기 때문에 인사를 올리려고 했던 것이다. 이에 그가 안에 통보도 하지 않고 대청으로 들어가보니 상용이 그곳에서 은교와 함께 식사를 하고 있었다. 그는 대청으로 들어가서 인사를 올렸다.

"전하 그리고 승상님, 제가 폐하의 어명을 받고 전하를 모시러 왔사옵니다."

그러자 상용이 말했다.

"은 장군, 마침 잘 오셨네. 내가 알기로 조가에는 사백 명의 문무백관들이 있는데 누구 하나 폐하께 직간을 하지 않았단 말인가? 모두들 함구하고 벼슬과 명예만 누리면서 아무 일도 하지 않는다면 세상이 어찌 되겠는가?"

승상이 진노하여 꾸짖으니 은파패는 그저 묵묵히 듣고 있을 수밖에 없었다. 한편 은교는 너무 놀라 얼굴이 누렇게 되어 부들부들 떨며 말했다.

"승상, 고정하십시오. 은 장군이 어명을 받들어 저를 잡으러 왔으니 이제는 살 길이 없어진 것 같습니다."

그러면서 그가 눈물을 뚝뚝 흘리자 상용이 고함쳤다.

"전하, 안심하시옵소서! 제가 상소문을 아직 다 쓰지 못했지만 폐하를 알현하면 당연히 아뢸 말씀이 있사옵니다."

그러면서 수하에게 분부했다.

"말을 준비하고 행장을 꾸려라, 내가 직접 폐하를 알현하러 가야겠다!"

은파패는 상용이 주왕을 알현하면 주왕이 자신을 처벌할까 두려워서 황급히 말렸다.

"승상, 제가 먼저 전하를 모시고 조가로 돌아가서 기다릴 테니 조금 뒤에 오십시오. 제 입장에서는 아무래도 스승님보다 폐하의 어명이 우선일 수밖에 없으니 사정을 좀 봐주시기 바랍니다."

"흥, 은 장군! 무슨 말인지 알겠네. 내가 함께 가면 폐하께서 자네가 인정상 관용을 베풀었다고 나무라실까 봐 무서운 게로구먼. 전하, 은 장군과 함께 먼저 가시옵소서. 저도 바로 따라가겠사옵니다."

은교는 떠나기 무서워서 머뭇거리며 하염없이 눈물을 흘렸다. 그러자 상용이 은파패에게 말했다.

"여보게, 내가 이렇게 온전하신 전하를 자네에게 인계했는데 공을 세우겠다는 욕심에 군주와 신하 사이의 대의를 해치는 짓을 저지르면 그 죄는 죽음으로도 씻지 못할 걸세! 알겠는가?"

그러자 은파패가 머리를 조아리며 말했다.

"명심하겠습니다, 제가 어찌 감히 망령된 짓을 저지르겠습니까?"

은교는 상용에게 작별 인사를 하고 은파패와 함께 말을 타고 돌아가면서 생각했다.

'나는 비록 죽더라도 은홍이 있으니 언젠가는 이 원한을 갚을 날이 있을 거야!'

일행은 하루도 되지 않아 삼거리에 도착했다. 병사의 보고를 받은 뇌개가 원문에 나가 살펴보니 태자가 은파패와 함께 말을 타고 오고 있었다. 그는 얼른 나가서 인사를 올렸다.

"전하, 다행히 돌아오셨군요!"

은교가 말에서 내려 영채로 들어가자 막사 안에서 수하가 은홍에게 보고했다.

"태자 전하께서 오셨사옵니다."

이에 은홍이 고개를 들어 살펴보니 과연 은교가 들어오고 있었다. 은교도 은홍을 보고 심장이 칼로 도려내지는 듯 기름에 지져지는 듯 했다. 그는 황급히 앞으로 달려가 은홍의 손을 붙잡고 대성통곡했다.

"우리 형제가 전생에 천지신명께 무슨 죄를 지었단 말이냐? 동쪽과 남쪽으로 나누어 도망쳤지만 결국 그물에 걸리고 말았구나. 이제 우리 둘 다 잡혀버렸으니 어마마마의 원수를 갚을 희망도 다 사라져버렸구나!"

그는 발을 구르고 가슴을 치며 탄식했다.

"가련하게도 우리 모자가 모두 무고하게 죽게 되는구나!"

은교와 은홍이 이렇게 비통하게 울자 삼천 명의 병사들도 모두 가슴이 쓰려서 코가 시큰거렸다. 두 장군은 어쩔 수 없이 병사들을 재촉해 조가로 돌아갔으니 이를 묘사한 시가 있다.

하늘은 어찌하여 잘 보살펴주지 않았는지?

형제가 재난 피해 고향 떠났구나.

군대 빌려서 크나큰 원한 갚으려 했건만

누가 알았으랴, 도중에 승냥이 만날 줄!

혈육 생각하여 부질없이 높은 뜻 세웠건만
간신 처단하고 원수 갚으려는 것도 헛된 생각이었구나.
그날 나란히 함정에 빠지니
나그네 그것을 보고 한없이 눈물 흘렸지.

皇天何苦失推詳　兄弟逃災離故鄕
指望借兵伸大恨　孰知中道遇豺狼
思親漫有衝宵志　誅佞空懷報怨方
此日雙雙投陷穽　行人一見淚千行

그러니까 은파패와 뇌개는 은교와 은홍을 사로잡아 조가에 이르러 영채를 세웠다. 그들은 성에 들어가 보고하면 공을 세우게 되겠거니 하고 속으로 좋아했다. 그때 전령이 무성왕 황비호에게 보고했다.

"은파패와 뇌개가 두 전하를 사로잡아 성에 들어가 보고하려 하고 있사옵니다."

"뭣이! 이 못난 것들이 공을 세우는 데 눈이 멀어 성탕의 후예를 생각하지 않는구나. 네놈들이 벼슬을 누리기 전에 칼 맛을 보게 하고 공적에 대한 상을 받기 전에 옷을 핏물로 적셔주마!"

그는 즉시 황명과 주기, 용환, 오겸에게 분부했다.

"황친과 원로대신, 문무백관들께 모두 오문에 모이시라고 말씀 전해라."

네 장수는 명령을 받고 나갔고 황비호도 곧 말을 타고 오문으로 달려갔다. 그가 말에서 내려보니 문무백관들이 태자와 왕자가 붙잡했다는 소식을 듣고 오문에 모여 있었다. 잠시 후 그는 아상 비간과 미자, 기자, 미자계, 미자연, 백이伯夷, 숙제叔齊, 상대부 교력膠鬲, 조계, 양임, 손인孫寅, 방천작方天爵, 이화李華, 이수李燧 등 문무백관들과 인사를 나누었다.

"황친님들 그리고 대부 여러분, 오늘의 안위는 모두 승상 여러분의 간언에 달려 있습니다. 저는 무신이고 간언할 신분도 되지 않으니 여러분께서 속히 좋은 방안을 마련해주시기 바랍니다."

그들이 막 의논을 시작했을 때 병사들이 은교와 은홍을 에워싸고 오문에 도착했다. 문무백관들이 다가가 절을 올리자 은교와 은홍이 눈물을 흘리며 울부짖었다.

"황친님들 그리고 대신 여러분, 가련하게도 성탕의 31대의 후손들이 하루아침에 목숨을 잃게 되었습니다! 저는 태자로서 덕을 잃을 일도 저지르지 않았고 설사 잘못이 있다 한들 지위를 잃고 유배당하는 정도지 이렇게 몸과 머리가 잘려 떨어지게 될 줄은 몰랐습니다. 부디 사직을 생각하셔서 저희 목숨을 구해주십시오!"

그러자 미자계가 말했다.

"전하, 걱정 마시옵소서. 여러 관리들이 상소를 올려 간언할 테니 아무 일 없을 것이옵니다."

한편 은파패와 뇌개는 수선궁에 들어가 보고했다. 그러자 주왕이 말했다.

"역적 놈들을 잡아 왔다면 짐에게 데려올 필요 없이 당장 오문에서 목을 베어버리고 시체를 묻은 뒤에 보고하도록 하라!"

그러자 은파패가 아뢰었다.

"어명이 없이 어찌 감히 처결할 수 있겠사옵니까?"

이에 주왕은 즉시 붓을 들어 "형을 시행하라!"라고 써서 주었고 은파패와 뇌개는 그것을 받들고 즉시 오문으로 나갔다. 황비호는 그들을 보자 불같이 화가 치밀어 오문 한가운데 서서 그들을 가로막고 고함쳤다.

"은파패! 뇌개! 두 분 전하를 사로잡아 공을 세우고 그분들을 죽여 벼슬을 얻게 된 것을 축하한다. 하지만 명심해라, 벼슬이 높아지면 위태로워지기 마련이니라!"

두 장수가 뭐라고 대답하기도 전에 상대부 조계가 달려들어 은파패가 들고 있는 칙서를 낚아채서 북북 찢으며 소리쳤다.

"어리석은 군주가 무도한 짓을 자행하는데 못난 작자들이 악행을 돕는구나! 누가 감히 어명을 빙자해서 태자를 죽이려 하느냐? 누가 감히 보검을 믿고 함부로 왕자를 죽이려 하느냐? 윤리강상이 무너지고 예의가 다 사라졌구나. 황친들과 대신 여러분, 오문은 나랏일을 논의하는 곳이 아니니 모두 대전으로 가서 종과 북을 울려 폐하를 모시고 직간해서 나라의 기반을 바로잡아야 합니다!"

두 장군은 격노한 대신들을 보고 너무 놀라서 눈이 휘둥그레져 입을 떡 벌리고 어찌할 바를 몰랐다. 황비호는 다시 황명과 주기 등에게 태자와 왕자가 해를 당하지 않도록 잘 지키라고 분부했다. 은교와 은홍을 포박하고 처형하라는 어명을 기다리고 있던 여덟 명의 관리들도 다른 관리들에게 저지당해 어찌지 못했다.

한편 문무백관들은 일제히 대전으로 들어가 종과 북을 울려 천자가 나오도록 재촉했다. 수선궁에서 그 소리를 들은 주왕이 무슨 일인지 물어보자 시종이 와서 아뢰었다.

"문무백관들이 모두 모여 폐하를 모셔 오라고 하고 있사옵니다."

주왕이 달기에게 말했다.

"보나마나 역적 놈들 때문에 관리들이 목숨을 살려주라고 간언할 모양인데 어찌하면 되겠소?"

"어명을 내리셔서 오늘은 태자와 왕자를 처형하고 문무백관들과 조회는 내일 열겠다고 하시옵소서."

이에 어명을 전하는 관리가 대전으로 나와 칙서를 낭독했다.

군주가 부르면 지체 없이 달려오고 군주가 죽음을 내리면 감히 삶을 도모하지 않는 것이 만고의 중대한 법인지라 천자라 해도 경중을 따질 수 없노라. 이제 국법을 거역한 은교와 그 악행을 도운 은홍은 인륜을 저버리고 무도한 짓을 자행했다. 감히 칼을 들고 궁에 들어와 역적 강환을 함부로 죽여 증인을 없애려 했으며 또한 어명을 수행한 관리를 칼로 죽이려 했고 부왕을 시해하려 하여 윤리를 거스르고 자식의 도리를 모두 무너뜨렸다. 이제 그들을 오문에 잡아 와서 조종祖宗이 남기신 법을 바로 세우려 하니 경들은 역적과 악인을 비호하지 말고 짐의 말을 똑똑히 듣도록 하라. 나랏일과 관련된 일은 내일 조회에서 논의하도록 하겠노라. 이에 조서를 내려 모두에게 알리는 바이니 잘 알아들었을 줄로 알겠노라!

관리가 칙서를 낭독하자 문무백관들은 이러지도 저러지도 못하며 물러갈 수도 없어서 이런저런 논의만 분분했다. 그 바람에 처형을 시행하라는 어명이 이미 오문 밖으로 전해진 사실을 몰랐다.

한편 하늘이 징조를 드러내 천하의 흥망성쇠를 정했으니 은교와 은홍은 봉신방에 이름이 올라 있었기에 아직 목숨을 잃을 운명이 아니었다. 당시 태화산太華山 운소동雲霄洞의 적정자赤精子°와 구선산九仙山 도원동桃源洞의 광성자廣成子°라는 두 신선이 있었는데, 천오백 년 만에 신선들이 살계殺戒°를 범하는 바람에 곤륜산 옥허궁玉虛宮에서 천교 도법道法을 관장하며 올바른 가르침을 선양하던 성인聖人 원시천존元始天尊이 강연을 그만두고 도덕을 널리 펴는 일을 하지 않아서 할 일이 없어진 두 신선은 삼산오악에서 한가로이 노닐려고 구름을 타고 가다가 조가를 지나게 되었다. 그때 갑자기 은교와 은홍의 머리에서 붉은 빛이 치솟아 두 신선이 타고 있던 구름을 가로막자 구름을 밀치고 내려다보니 오문에 살기가 가득하고 수심에 찬 구름이 엉켜 있기에 두 신선은 즉시 어찌 된 영문인지 알아차렸다. 광성자가 적정자에게 말했다.

"도형道兄, 성탕의 왕기王氣가 끝나가고 서기에 이미 성스러운 군주가 나왔소이다. 그런데 저기 좀 보시구려, 저기 모인 중생들 가운데 묶여 있는 두 사람의 머리에서 붉은 기운이 솟구치고 있으니 아직 목숨이 끊어지면 안 되지 않겠소? 게다가 둘 다 강상의 휘하에서 명장으로 활약할 이들이니 도심道心을 가지고 어느 곳에나 자비를 베푸는 우리가 구해줘야 할 것 같소. 우리 둘이 각기 하나씩 구해서 산으로 돌아갑시다. 먼 훗날 저들이 강상을 도와 동쪽으로 진격하여 다섯 관문을 격파하게 하면 그 또한 일거양득이 아니겠소?"

"옳은 말씀이오, 늦기 전에 서두릅시다!"

이에 광성자가 급히 황건역사黃巾力士를 불렀다.

"저 두 왕자를 산으로 모셔놓고 대기하라!"

황건역사는 즉시 신령한 바람을 타고 달려갔다. 그러자 순식간에 먼지가 일면서 모래가 날리고 바위가 구르며 천지가 캄캄해지고 화산華山이 무너지는 듯 태산이 붕괴하는 듯 굉음이 울렸다. 은교와 은홍을 포위하고 있던 병사들과 망나니 그리고 형 집행을 담당한 은파패는 깜짝 놀라 옷자락으로 얼굴을 가리고 머리를 감싼 채 쥐구멍을 찾아 숨었다. 이윽고 바람이 그치고 조용해져 고개를 들어보니 은교와 은홍은 종적도 없이 사라져버린 뒤였다. 혼비백산 놀란 은파패는 이상하기 짝이 없는 일이라고 중얼거렸고 오문 밖의 병사들은 일제히 함성을 질렀다. 한편 대전에서 어명을 들은 문무백관들은 논의를 하는 중에 그 소리가 들려오자 비간이 황비호에게 물었다.

"무슨 일일까요?"

그때 주기가 대전으로 달려와 황비호에게 보고했다.

"조금 전에 거센 바람과 함께 기이한 향기가 풍기면서 모래가 날리고 바위가 굴러 코앞의 사람조차 보이지 않았습니다. 그리고 엄청난 굉음이 울리는가 싶더니 두 분 전하를 어디론가 쓸어가버렸습니다. 정말 괴이한 일이 아닙니까!"

문무백관들은 그 소식을 듣고 모두 기뻐하며 탄식했다.

"하늘이 억울한 자식의 목숨을 끊어버리지 않고 땅이 성탕의 맥을 없애버리지 않았구나!"

이렇게 문무백관들이 모두 기뻐할 때 은파패가 다급하게 수선궁으로 달려가 주왕에게 이 사실을 보고했다. 후세 사람들은 이에 감탄하여 다음과 같은 시를 지었다.

한바탕 신선의 바람 기이한 향기 풍기며
흙먼지 일으켜 해와 달 가려버렸지.
황건역사가 분부 받들어 도술 부리니
장군은 죄수 지키지 못하고 헛되게 무기만 들고 있었지.
부질없이 기마병 고생시키며 바람 그림자 쫓았고
헛되이 참언으로 할미새 해치려 했구나.
아아, 흥망성쇠는 모두 하늘이 정한 운수인지라
주나라 팔백 년 역사가 이미 생성되었구나.

仙風一陣異香生　播土揚塵蔽日月
力士奉文施道術　將軍失守枉持兵
空勞鐵騎追風影　漫有讒言害鶺鴒
堪嘆廢興皆定數　周家八百己生成

그러니까 은파패는 수선궁으로 들어가 주왕에게 보고했다.

"제가 어명을 받들어 형 집행을 감독하며 칙서가 내려오기를 기다리고 있는데 갑자기 거센 바람이 불어와 두 분 전하를 어디론가 종적도 없이 쓸어가버렸사옵니다. 너무나 이상한 일이오니 어떻게 할지 처분을 내려주시옵소서."

주왕은 그 말을 듣고 한참 동안 말이 없었다.

'괴이한 일이로구나! 정말 괴이한 일이야!'

그가 생각에 잠겨 머뭇거리고 있을 때 승상 상용이 은교를 뒤따라 조가로 들어왔다. 그런데 조가의 백성들이 모두 바람이 불어와 두 왕자를 쓸어가버렸다고 쑤군거리자 상용은 무척 이상한 일이라고 생각하며 오문으로 가니 그곳에 병사들이 가득 늘어서 있었다. 상용은 곧장 오문으로 들어가서 구룡교를 지났고 그때 비간과 다른 문무백관들이 일제히 다가와 그를 맞이했다.

"승상, 어서 오십시오!"

상용이 말했다.

"황친님들 그리고 대부 여러분, 죄 많은 이 몸이 사직하고 귀향한 지 얼마 되지 않았는데 뜻밖에 천자께서 정치를 그르쳐 처자를 죽이려 하며 황음무도한 짓을 자행했습니다. 이런 상황에 당당한 재상들과 삼공三公의 자리에 앉아 조정의 녹을 받아먹고 계신 분들은 마땅히 조정을 위해 봉사해야 하지 않겠습니까? 그런데 왜 아무도 폐하께 직간하여 이 일을 막지 못하셨습니까? 참으로 안타까운 일입니다!"

그러자 황비호가 말했다.

"승상, 폐하께서는 내궁 깊숙한 곳에만 계시면서 조정에는 나와 보시지 않고 어명을 내릴 일이 있으면 모두 시종을 통해 전하시는지라 신하가 군주의 얼굴을 뵙지 못하니 그야말로 군주의 대문이 만 리나 떨어져 있는 상황입니다. 오늘 은파패와 뇌개가 두 분 전하를 붙들어 오문에 포박해두고 성 안으로 들어가 보고한 후 어명을 받아 처형하려고 했습니다. 다행히 조 대부께서 칙서를 찢어버리고

222

문무백관들이 종과 북을 울려 폐하를 대전으로 청해서 직간하려 하니 내전에서 어명을 전하기를 먼저 두 분 전하를 처형하고 문무백관들의 간언은 내일 조회에서 듣겠다고 하셨습니다. 이렇게 안팎이 통하지 않고 군주와 신하 사이가 단절되어 용안조차 뵐 수 없으니 그야말로 어찌할 수 없는 상황입니다. 다행히 하늘이 사람들의 바람을 들어주셔서 한바탕 거센 바람이 두 분 전하를 어디론가 쓸고 가버렸습니다. 은파패는 조금 전에 보고하러 들어갔는데 아직 나오지 않았습니다. 조금만 기다리시면 그가 나올 테니 자초지종을 들으실 수 있을 것입니다."

그때 마침 은파패가 대전으로 나왔다. 그가 상용을 보고 뭐라고 말하기도 전에 상용이 다가가서 말했다.

"전하들께서는 바람에 쓸려가버렸다고? 축하하네, 자네는 큰 공을 세우고 막중한 임무를 맡았으니 조만간 제후에 봉해지겠구먼!"

은파패는 허리를 숙여 절하며 말했다.

"승상, 죽여주십시오! 어명을 받고 나갔기에 그렇게 한 것이지 제 개인적인 이익을 위해서 그런 것이 아닙니다. 그러니 저를 나무라시는 것은 잘못이 아닙니까?"

그러자 상용이 문무백관들에게 말했다.

"저는 죽음을 무릅쓰고 폐하께 간언하러 왔소이다! 오늘은 반드시 폐하께 직간하여 이 몸을 바쳐 나라의 은혜에 보답하겠소이다. 그러면 하늘에 계신 선왕들의 영령을 뵐 면목이 생기겠지요! 여봐라, 대전을 관장하는 관리는 당장 종과 북을 울려라!"

이에 다시 종과 북이 울리자 시종이 달려 들어가 주왕에게 보고

했다. 수선궁에 있던 주왕은 바람에 두 왕자가 쓸려가버렸다는 소식에 울적하던 차에 또 대전으로 나오라는 종소리와 북소리가 계속 울리자 버럭 화가 치밀었다. 그는 어쩔 수 없이 수레를 준비하게 해서 대전으로 나가 용상에 앉았다. 문무백관들의 인사가 끝나자 주왕이 물었다.

"그래, 상주할 일이 무엇이오?"

상용은 아무 말도 없이 섬돌 아래에 엎드려 있었다. 주왕은 하얀 소복을 입고 대신도 아닌 듯한 이가 섬돌 아래에 엎드려 있는 것을 보고 물었다.

"거기 엎드린 이는 누구인가?"

"재상을 지낸 상용이 폐하를 알현하옵니다."

"아니, 경은 이미 귀향했거늘 다시 도성으로 와서 또 어찌 부르지도 않았는데 함부로 대전에 들어오셨소?"

상용이 무릎으로 기어 처마 아래로 가서 눈물을 흘리며 주왕에게 간언했다.

"제가 예전에 재상 자리에 있을 때 나라의 은혜에 보답하지 못했사옵니다. 근자에 듣자 하니 폐하께서 주색에 빠지셔서 도덕이라고는 전혀 찾아볼 수 없고 참언을 들으시고 올곧은 이들을 내치심으로써 기강을 어지럽히고 오륜을 뒤엎어 능멸하시고 군주의 도리를 망쳐서 재앙이 이미 잠복해 있다고 했사옵니다. 이에 저는 만 번의 칼질을 무릅쓰고 상세히 상소문을 적어 올리오니 부디 받아들여주시옵소서. 폐하의 총명을 가리는 구름을 걷어내셔서 온 천하가 한없는 성덕을 우러르게 되기를 바라나이다!"

상용이 상소문을 바치자 비간이 받아서 주왕 앞에 있는 탁자에 펼쳐놓았다. 주왕이 보니 거기에는 이렇게 적혀 있었다.

　　상용이 조정의 실정과 삼강의 무너짐, 기강의 소실로 인한 사직의 위기로 재앙이 이미 일어나 잠복해 있던 온갖 우환이 벌어지고 있는 상황에 관해 아뢰옵나이다.

　　제가 듣기로 천자는 도리로 나라를 다스리고 덕으로 백성을 다스리되 근면하고 삼가면서 감히 태만하지 않아야 하며 늘 공손한 마음으로 상제上帝께 제사를 올려야 한다고 하였사옵니다. 그럼으로써 종묘와 사직은 반석처럼 평안하고 철벽처럼 단단해지는 것이옵니다. 예전에 폐하께서 제위를 이으셨을 때에는 인의를 닦아 행하시고 한가하게 지내실 겨를도 없이 근면하셨사옵니다. 제후를 예법에 맞게 공대하시고 대신을 긍휼히 여기시며 백성의 노고를 걱정하시고 그들의 재물을 아끼시며 지혜로써 사방의 오랑캐를 굴복시켜 멀리까지 위세를 떨치심으로써 비바람이 순조롭고 만백성이 즐거이 생업에 임하였사옵니다. 그러므로 가히 요·순에 버금가는 신성한 황제라는 것이 지나친 말이 아니었사옵니다.

　　그런데 뜻밖에 근래에 폐하께서는 간사한 자들을 신임하시고 도리에 맞는 정치를 펼치시지 않음으로써 조정의 기강을 어지럽히고 흉포한 일을 자행하시면서 간신을 가까이하고 현량한 신하를 멀리하시며 주색에 빠지셔서 날마다 잔치를 벌이고 계신다는 소식을 들었사옵니다. 간신의 음모를 믿으시고 황후마마를 해치심으로써 사람의 도리가 무너졌고 달기를 신임하여 태자에게 죽음을 내리셔서 선왕의 종사宗嗣를 끊으려 하심으로써 자비와 사랑이 모두 없어졌사옵니다. 또한 충신을 참혹한 포락형에 처하심으로써 군주와 신하 사이의 대의가 사라져버렸사옵니다. 폐하께서는 삼강을 모독하고 사람의 도리까지 어기셔서 하나라 걸왕과 같은 죄를 지으시고도 군주의 자리를 모독하고 계시옵니다. 예로부터 무도한 군주들이 있었지만 이보다 더한 경우는 없었사옵니다!

제가 죽음을 무릅쓰고 귀에 거슬리는 직간을 올렸사오니 부디 달기에게 자진하라는 명을 내리시어 황후마마와 태자 전하의 억울한 죽음을 풀어주시고 간신을 대로에서 참수하여 참혹하게 죽은 충신과 의로운 선비의 고통을 보상해주시옵소서. 그러면 백성이 우러러 승복하고 문무백관이 기꺼운 마음으로 맡은 바 일에 충실할 수 있게 되어 조정의 기강이 바로 서고 궁궐 안도 조용해질 것이니 폐하께서도 편안히 태평성대를 누리시며 만세토록 복을 즐기실 수 있을 것이옵니다. 이렇게 되면 저는 만 번을 죽더라도 살아 있는 것처럼 여길 것이옵니다.

이에 황송하기 그지없는 마음으로 아뢰오며 하명을 기다리옵나이다!

삼가 이와 같이 상소하옵나이다.

주왕은 버럭 화를 내며 상소문을 북북 찢어버리고는 시종에게 어명을 내렸다.

"이 빌어먹을 영감을 오문 밖으로 끌고 나가 금과로 쳐서 죽여라!"

이에 양쪽의 관리들이 끌고 나가려고 다가서자 상용이 처마 앞에 서서 고함을 질렀다.

"누가 감히 나를 끌고 가려 하느냐! 나는 세 황제를 섬긴 충신이요 선왕으로부터 후손을 부탁한다는 유언을 들은 대신이니라!"

그리고 그는 다시 주왕을 향해 꾸짖었다.

"어리석은 군주여! 주색에 미혹되어 나라의 정치를 어지럽히면서 근검하게 덕을 닦으셔서 하늘의 명을 받아 왕조를 일으키신 선조를 잊었구나! 이제 하늘도 공경하지 않고 선왕의 종묘사직을 버리면서 말로 표현하지 못할 악행을 저지르고 두려움이라고는 찾아볼 수도 없으니 조만간 네 목숨을 잃고 나라를 망하게 하여 선왕들을 욕되게 하겠구나. 정실부인이자 천하의 국모이신 황후마마께서 덕을 잃을 만한 일을 행하셨다는 이야기를 들어보지도 못했거늘 달기에게 눈이 멀어 그분을 참혹한 형벌로 돌아가시게 했으니 지아비로서 도리마저 이미 잃었다. 무고한 두 전하를 간신의 참소를 믿고 죽이려 했지만 이제 바람이 쓸어가버려서 종적이 없어지고 부자간의 윤리마저 끊어져버렸다. 충신의 간언을 막고 죽이며 현량한 신하를 포락형에 처하여 군주의 도리를 모두 잃었다. 이제 곧 재앙이 줄줄이 일어나 종묘는 폐허가 되고 사직은 주인이 바뀔 것이다. 애석하게도 선왕께서 갖은 고생으로 다져놓으신 자손만대를 위한 기틀과 철벽처럼 튼튼한 금수강산이 어리석은 그대로 인해 말끔히 사라지게 생겼으니 네가 죽어 저승에 가면 무슨 낯짝으로 선왕들을

상용, 충절을 지키다가 대전에서 죽다.

뵙겠느냐?"

주왕은 탁자를 내리치며 고함을 질렀다.

"당장 끌고 나가 쳐 죽여라!"

그러자 상용이 좌우를 돌아보며 호통쳤다.

"나는 죽음이 두렵지 않다! 제을 선왕이시여, 저는 오늘 사직을 저버리고 군주를 바로잡지 못했으니 실로 폐하를 뵙기 부끄럽사옵니다! 어리석은 군주여! 이 천하는 몇 년 안에 남의 손에 넘어갈 것이다!"

그렇게 말하고 상용은 뒤쪽으로 몸을 날려 똬리 튼 용이 조각된 돌기둥에 머리를 들이받았다. 가련하게도 일흔다섯의 노신은 충정을 다하고 나서 뇌수를 흘리며 핏물로 옷을 적셨으니 한 시대의 충신이자 반평생의 효자에게 닥친 이 죽음 또한 전생에 미리 정해진 것이었다. 후세 사람들이 시를 지어 그를 애도했다.

말 달려 조가로 가서 주왕 알현하고
아홉 칸 대전에서 충심 다하였도다.
군주 질타하고 죽음을 두려워하지 않았으니
군주 꾸짖으며 칼 아래 죽게 될까 어찌 걱정했으랴?
마음이 무쇠 같으니 포락형 어찌 마다했으랴?
충심으로 직간하는 그 의지 강철 같았도다.
오늘 대전의 계단 아래에서 머리 부딪쳐 죽었으나
만고에 길이 향기로운 명성 남겼도다!

走馬朝歌見紂王　九間殿上盡忠良

罵君不怕身軀碎　　叱主何愁劍下亡
炮烙豈辭心似鐵　　忠言直諫意如鋼
今朝撞死金階下　　留得聲名萬古香

　어쨌든 여러 신하들은 상용이 머리를 부딪쳐 죽는 것을 보고 서
로 얼굴을 마주 보며 어쩔 줄 몰라 했다. 주왕은 여전히 분이 풀리지
않아서 시종에게 명령했다.
　"이 늙은이의 시신을 도성 밖에 버리고 묻어주지 말라!"
　좌우의 관리들이 상용의 시신을 성 밖에 버린 일은 더 이상 서술
하지 않겠다. 뒷일이 어찌 되는지는 다음 회를 보시라.

제*10*회

서백, 연산에서 뇌진자를 거둬들이다
姬伯燕山收雷震

이 무렵 연산은 상서로운 안개에 덮였고

동남쪽에서 우레 일어나 새벽바람을 도왔도다.

벼락 소리에 놀라 호접몽 깨어나고

번개 불빛 속에서 세속의 어리석음 일깨웠지.

천하의 삼분의 이를 가져 서기의 왕업 열렸고

백 명의 아들 모두 갖춰져 성왕의 도읍에 응했지.

왕조의 연수 정하여 용과 호랑이 같은 장수 태어나니

주나라 일으키고 주왕 멸하여 빼어난 공을 세우리라!

> 燕山此際瑞煙籠　雷起東南助曉風
> 霹靂聲中驚蝶夢　電光影裏發塵蒙
> 三分有二開岐業　百子名全應鎬酆
> 卜世卜年龍虎將　興周滅紂建奇功

그러니까 여러 관리들이 상용의 죽음을 목격하고 주왕이 버럭 화를 낸 일은 더 이상 이야기하지 않겠다.

그런데 상대부 조계는 백발의 상용이 비명에 죽고 주왕이 시체를 가져다 버리라고 명령하는 것을 보고 마음이 무척 상해서 자기도 모르게 눈을 부릅뜨고 눈썹을 곤추세우며 즉시 반열에서 나와 고함을 질렀다.

"저 조계가 감히 선왕의 유지를 저버리지 못하고 오늘 대전에서 죽음으로써 나라의 은혜에 보답하고 승상과 함께 저승으로 가고자 하오!"

그러면서 그는 주왕을 손가락으로 가리키며 꾸짖었다.

"무도하고 어리석은 군주여! 재상을 죽이고 충신을 쫓아내 제후를 실망시켰도다. 달기를 총애하고 간신의 참언을 믿어 사직을 망쳤도다. 내 그대가 쌓은 악행을 헤아려보겠노라. 황후께서는 억울하게 참혹한 죽음을 당하셨지만 그대는 멋대로 달기를 정실로 세웠고 태자를 쫓아가 죽이라고 했다가 종적도 없이 사라지게 만들었으니 나라에 근본이 없어져 머지않아 폐허로 변하게 생겼도다. 아아, 어리석은 군주여! 아내와 자식을 죽이는 불의와 비정을 저지르고 나라를 다스리는 도리를 어기고 대신을 죽이는 부덕을 저질렀으며 사악한 간신을 가까이하는 어리석음을 범하고 부정하게 주색에 빠져 무지하게 삼강을 무너뜨리고 오륜을 망치고도 부끄러움을 모르는구나. 어리석은 군주여! 인륜과 도덕 가운데 어느 하나도 갖추지 못하고도 군주의 자리에 앉아 성탕을 욕되게 했으니 죽어서도 그 부끄러움을 씻지 못하리라!"

그러자 주왕이 이를 갈며 탁자를 내리치면서 버럭 소리쳤다.

"하찮은 놈이 어디 감히 군주를 모독하고 꾸짖는 게냐? 여봐라, 이 역적 놈에게 속히 포락형을 내려라!"

이에 조계가 말했다.

"내 죽음은 아깝지 않으니 인간 세상에 충효의 명예를 남길 수 있기 때문이다. 이것을 어리석은 군주가 강산을 남에게 넘기고 만고에 길이 오명을 남기는 것에 비할 수 있겠느냐?"

주왕은 하늘을 찌를 듯이 화가 치밀어 수하에게 조계의 옷과 모자를 벗기고 벌겋게 달아오른 구리 기둥에 그의 몸을 쇠사슬로 묶게 했다. 그러자 순식간에 살이 지져지면서 살갗이 벗겨지고 뼈가 녹아 대전 안에 차마 견딜 수 없는 냄새를 품은 연기가 가득 찼다. 그 모습을 본 문무백관들은 입을 다문 채 가슴 아파했다. 주왕은 그 참혹한 형벌을 보고 비로소 기분이 풀려 내궁으로 돌아갔으니 이를 묘사한 시가 있다.

궁정에서 포락형 실시하니
불길의 위세 뜨겁게 타올랐네.
사지를 다 묶기도 전에
횃불 하나 먼저 타올랐지.
순식간에 뼈와 살 타버리고
경각간에 핏덩어리로 변해버렸구나.
명심하라, 주왕의 산하도
이를 따라 연기와 재로 사라지리니!

炮烙當廷設　火威乘勢熱
四肢未抱時　一炬先摧烈
須臾化骨筋　頃刻成膏血
要知紂山河　隨此煙爐滅

아홉 칸 대전에서 또 대신을 포락형에 처하자 문무백관들이 혼비백산 놀란 일은 더 이상 서술하지 않겠다.

어쨌든 주왕이 수선궁으로 돌아가니 달기가 나와서 맞이했다. 그는 그녀의 손을 잡고 방석 위에 나란히 앉아 말했다.

"오늘은 상용이 머리를 들이받고 죽었고 조계는 포락형에 처해졌소이다. 짐이 이 하찮은 두 놈에게 도저히 참을 수 없는 모욕을 당했는데 문무백관들이 지독한 형벌을 보고도 아직 두려워하지 않으니 이 드센 것들을 다스리려면 뭔가 다른 방법을 생각해야겠소."

"제가 다시 생각해보겠사옵니다."

"그대를 황후로 앉힌다는 것은 이미 정해진 일이라 조정의 문무백관들도 감히 그만두라고 간언하지 못할 거요. 문제는 동백후 강환초인데 제 딸이 처참하게 죽었다는 것을 알게 되면 군대를 이끌고 반란을 일으켜 다른 제후들을 꾀어 조가로 쳐들어올 거란 말이오. 문중은 아직 북해에서 돌아오지 않았으니 어쩌면 좋겠소?"

"저야 식견이 좁은 여자이오니 어서 비중을 불러 상의해보시옵소서. 틀림없이 천하를 안정시킬 훌륭한 계책이 생길 것이옵니다."

"일리 있는 말씀이구려."

주왕은 즉시 비중을 불러오라고 어명을 내렸다. 잠시 후 비중이

들어와 절을 올리자 주왕이 물었다.

"강 황후가 죽었으니 강환초가 알게 되면 반란을 일으켜 동방이 평안하지 않게 될까 걱정인데 천하를 태평하게 할 좋은 계책이 있소?"

비중은 무릎을 꿇고 아뢰었다.

"강 황후가 죽고 두 분 전하가 사라지고 상용이 머리를 들이받아 죽고 조계가 포락형을 받자 문무백관들이 저마다 원망하고 있사옵니다. 개중에 누군가 강환초에게 소식을 알리게 되면 틀림없이 재앙이 일어날 테니 은밀히 네 곳에 어명을 내리시옵소서. 사방의 제후 수령을 도성으로 불러들여 모조리 효수해버린다면 재앙의 뿌리를 제거할 수 있을 것이옵니다. 나머지 팔백 명의 제후는 네 수령이 죽었다는 것을 알게 되면 머리를 잃은 교룡이나 송곳니를 잃은 호랑이처럼 감히 함부로 날뛰지 못할 테니 천하의 평안을 보증할 수 있지 않겠사옵니까?"

주왕이 무척 기뻐하며 말했다.

"경이야말로 천하의 기재로구려! 과연 소 황후의 천거를 저버리지 않고 나라를 안정시킬 훌륭한 계책을 제시하시는구려."

비중이 물러가자 주왕은 은밀히 네 명의 사신에게 네 곳에 어명을 전하여 강환초와 악숭우, 희창, 숭후호를 부르게 했다.

사신 가운데 하나가 서기로 갔는데 그는 향긋한 풀과 꽃이 우거진 들을 지나 여러 지역의 역관과 시골 여관을 거쳐야 했다. 그야말로 아침에 길을 떠나 저녁이면 노을에 물든 흙길을 밟는 여정이었으니 며칠 만에 겨우 서기산西岐山까지 칠십 리 길을 지나 도성으로 들어갔다. 사신의 눈에 비친 성 안의 풍경은 백성이 풍요롭고 물산도 풍부하며 저자와 거리는 평온하기 그지없었다. 가게에서 물건을 사고파는 이들은 온화하고 즐거운 표정이고 오가는 행인도 모두 정중하게 서로 양보했다.

'서백이 어질고 덕망 있다고 하더니 과연 평화롭고 풍요로운 모습이로구나. 이야말로 요·순이 다스리던 시절의 모습이 아닌가!'

사신은 금정관역金庭館驛에 도착하여 말에서 내렸다.

이튿날 서백후 희창은 대전에 문무백관들을 모아놓고 나라를 다스리고 백성을 평안하게 하는 방법에 대해 강론하고 있었다. 그때 궁정의 남문을 지키는 단문관端門官이 보고했다.

"어명이 내려왔사옵니다."

서백후는 문무백관들을 거느리고 천자의 어명을 가져온 사신을 맞이했다. 사신이 대전으로 들어오자 서백후가 무릎을 꿇었다. 사신은 어명을 펼쳐 낭독했다.

북해에 오랑캐가 창궐하여 흉포한 짓을 자행함에 따라 민생이 도탄에 빠졌으나 조정의 문무백관들은 어찌할 바를 모르고 있으니 짐이 무척 근심하는 바이다. 안으로는 정치를 보필할 인재가 없고 밖으로 협력과 화해가 결여되어 있으니 특별히 그대들 사대 제후를 조정으로 불러 함께 전쟁을 평정할 방안과 나랏일을 논의하고자 하노라. 서백후 희창은 조서詔書를 받는 즉시 도성으로 달려와 짐의 근심을 달래주기 바라노라. 짐이 오래 기다리지 않도록 서둘러주기 바라노라. 공적을 이루는 날에는 작위를 올려주고 봉지封地를 넓혀줄 것이니 성실히 어명을 수행하기 바라노라. 짐은 빈말을 하지 않으니 그대는 경건히 어명을 받들라!

서백후는 절을 올려 어명을 받고 잔치를 열어 사신을 대접했다. 그리고 이튿날 금과 은 등으로 예물을 마련하여 사신을 전송했다.

"대인, 그럼 조가에서 뵙겠습니다. 저도 곧 행장을 꾸려 출발하겠습니다."

사신이 작별 인사를 하고 떠나자 희창은 단명전端明殿에 앉아 상대부 산의생에게 말했다.

"다녀오는 동안 이곳 내부의 일은 그대에게 맡기고 바깥일은 남궁괄南宮适과 신갑辛甲에게 맡기도록 하겠소."

그리고 큰아들 백읍고伯邑考를 불러서 당부했다.

"어제 천자의 사신이 와서 나를 부른다는 어명을 전했는데 내가 『주역』으로 점을 쳐보니 아무래도 이번에 다녀오는 일은 길보다 흉이 많을 것 같구나. 목숨을 잃지는 않겠지만 칠 년 동안 큰 고난을 겪어야 할 운수인 게야. 너는 여기서 옛 법을 준수하고 절대 정치를 바꾸지 말아야 한다. 형제간에 화목하게 지내고 군주와 신하 사이의 관계도 평안하게 하되 사적인 이익이나 일신의 편안함만을 추구해서는 안 된다. 모든 일은 심사숙고한 뒤에 시행해라. 백성 가운데 아내가 없는 이에게는 금전을 주어 아내를 얻게 하고 가난해서 결혼을 늦추는 이에게는 금은을 주어 결혼식을 올리게 하고 혈혈단신으로 기댈 곳 없는 이에게는 매달 빼놓지 말고 식량을 나눠주도록 해

라. 나는 칠 년 뒤에 고난이 끝나면 자연히 영예롭게 돌아올 것이니 절대 나를 맞이하러 사람을 보내지 마라. 이렇게 신신당부해놓았으니 절대 잊지 마라. 알겠느냐?"

백읍고가 무릎을 꿇고 말했다.

"아바마마, 기왕 칠 년의 고난을 겪어야 한다면 마땅히 제가 대신해야 할 테니 아바마마께서 몸소 가시지 마시옵소서."

"얘야, 군자가 고난이 있을 줄 알면서 어찌 피하려 하지 않겠느냐? 하지만 하늘의 운수가 이미 정해져 있으니 절대 피할 수 없는 법이다. 그러니 쓸데없이 일을 벌일 필요는 없다. 너희는 이 아비가 당부한 것만 잘 지키면 효도를 다한 것이다."

희창이 후궁으로 가서 모친 태강太姜에게 절을 올리자 태강이 말했다.

"얘야, 이 어미가 네 운수를 점쳐보니 칠 년 동안 재난을 겪어야 한다는구나."

희창이 무릎을 꿇고 대답했다.

"천자의 어명이 내려와서 제가 운수를 점쳐보니 칠 년 동안 죄수로 지내야 하는 불길한 점괘가 나왔습니다. 하지만 목숨에는 지장이 없을 것이라고 했습니다. 조금 전에 안팎의 일을 문무대신들에게 부탁해놓고 나랏일은 큰아이 백읍고에게 맡겨놓았습니다. 내일 조가로 출발할 예정이라 어머님께 인사 올리러 왔습니다."

"얘야, 가거든 매사를 신중히 생각해서 행하고 경솔한 실수를 저지르지 말도록 해라."

"어머님 말씀 명심하겠습니다."

희창은 곧 그곳에서 나와 정실부인인 태사太姒에게 작별 인사를 했다. 서백후에게는 네 명의 유모와 스물네 명의 비빈이 있어서 모두 아흔아홉 명의 아들을 낳았는데 큰아들은 백읍고이고 둘째 아들은 바로 훗날 주나라 무왕이 되는 희발姬發이다. 주나라에는 세 명의 모후母后가 있었으니 바로 희창의 모친인 태강과 그의 정실부인인 태사 그리고 무왕의 정실부인인 태임太妊으로° 이들은 모두 현숙하기 그지없었다.

이튿날 희창은 행장을 꾸리고 서둘러 조가로 출발했다. 그것은 수행원이 쉰 명밖에 되지 않는 단출한 행차였다. 잠시 후 상대부 산의생과 대장군 남궁괄, 모공 수毛公遂, 주공 단周公旦, 소공 석召公奭, 필공畢公, 영공榮公°, 신갑, 신면辛免, 태전太顛, 굉요閎夭 등 사현팔준四賢八俊을 비롯한 조정의 모든 문무백관과 세자 백읍고, 둘째 아들 희발이 군인과 백성들을 이끌고 십리장정으로 나가 전별 잔치를 열었다. 문무백관들과 세자 등이 잔을 들자 희창이 말했다.

"이제 여러분과 작별하면 칠 년 뒤에 다시 만나게 될 것이오."

그리고 백읍고의 어깨를 두드리며 말했다.

"애야, 그저 너희 형제가 화목하게 지내기만 한다면 나는 아무 걱정이 없겠구나."

희창이 술을 몇 잔 마신 다음 말에 오르자 부자와 군신君臣은 눈물을 뿌리며 작별했다.

그날 길에 오른 서백후는 하루 만에 칠십 리를 달려 기산을 지났다. 밤이면 야영하고 새벽에 출발하여 여러 날에 걸쳐 길을 재촉하여 어느 날 행렬이 연산燕山에 이르렀다. 이에 희창이 말에 탄 채 좌우의 수하에게 말했다.

"앞쪽에 비를 피할 만한 마을이나 숲이 있는지 보고 오너라. 조금 있으면 분명 큰비가 내릴 것이다."

그러자 따르던 이들이 의아한 표정으로 말했다.

"하늘이 맑고 구름 한 조각 없이 햇볕이 쨍쨍한데 무슨 비가 내린다는 말씀이십니까?"

그런데 그 말이 끝나기도 전에 갑자기 구름과 안개가 일제히 피어나니 희창이 말을 몰며 고함을 질렀다.

"어서 저 숲으로 들어가 비를 피하자!"

일행이 막 숲으로 들어가자 과연 엄청난 비가 내렸다.

동남쪽에 구름 피어나고
서북쪽에 안개 일어난다.
순식간에 거센 바람이 냉기 일으키고
어느새 빗줄기가 몸에 스며든다.
처음에는 가는 가랑비였는데
이후로 점점 굵고 빽빽해진다.
오곡을 적시고
꽃가지에 영롱한 옥처럼 물방울 비스듬히 걸린다.
대지와 논밭 적시니
풀과 나뭇가지에서 진주가 어지러이 구른다.
높은 산에서는 천 겹 물결 뒤집혀 쏟아지고
낮은 논에는 하얀 비단 같은 물 가득 고인다.

온 대지의 풀이 젖어 청둥오리 머리처럼 푸르고
온 산의 바위 씻겨 부처님 머리처럼 푸르다.
금강의 둑 무너뜨려 온 세상 적시고
은하수 끌어당겨 아래로 기울게 하는구나!

雲長東南　霧起西北

霎時間風狂生冷氣　須臾內雨氣可侵人

初起時微微細雨　次後來密密層層

滋禾潤稼　花枝上斜掛玉玲瓏

壯地肥田　草梢尖亂滴珍珠滾

高山矗下千重浪　低田平添白練水

遍地草澆鴨頂綠　滿山石洗佛頭青

推塌錦江花四海　扳倒天河往下傾

그러니까 희창이 숲으로 비를 피하자 잠시 후 후두둑 엄청난 소
낙비가 쏟아지기 시작하더니 한 시간 동안이나 계속되었다. 이에
희창이 수하에게 분부했다.

"조심해라, 벼락이 떨어진다!"

그러자 수행원들이 큰 소리로 알렸다.

"전하께서 벼락이 떨어질 테니까 조심하라고 하셨다!"

그 말이 끝나기도 전에 '우르릉 쾅쾅' 천둥이 울리면서 태산을 무
너뜨릴 듯 천지와 산하가 진동했고 모두들 깜짝 놀라 한곳으로 모
여들었다. 잠시 후 구름이 흩어지고 비가 그치면서 하늘에 해가 비
치자 사람들은 비로소 숲에서 나왔다. 희창은 흠뻑 젖은 몸으로 말

에 탄 채 탄식했다.

"우레가 지나니 빛이 나고 장군의 별이 나타날 것이다. 여봐라, 장군의 별을 찾아라!"

그러자 모두들 쓴웃음을 지었다.

"장군의 별이 누구야? 어디서 찾으라는 말씀이지?"

모두들 명령을 어기지 못하고 사방으로 흩어져 찾는 수밖에 없었다. 그렇게 한참 찾고 있을 때 오래된 무덤 옆에서 어린아이의 울음소리가 들려왔다. 사람들이 다가가 살펴보니 과연 어린아이가 하나 있었다.

"이런 오래된 무덤가에 웬 어린아이지? 정말 괴상한 일이로군. 아마 이 아이가 장군의 별인가 본데 일단 데려다가 전하께 바쳐보는 게 어떨까?"

사람들은 곧 그 아이를 안고 가서 희창에게 바쳤다. 희창이 살펴보니 아이는 복사꽃 같은 얼굴에 반짝이는 눈을 가지고 있었다.

'내가 백 명의 자식을 가질 운명인데 지금 아흔아홉 명밖에 없지 않은가? 그 수를 채우려면 이 아이를 아들로 삼아야겠구나. 이렇게 해서 백 명의 자식을 두게 된다면 정말 좋은 일이 아닌가!'

이렇게 생각하고 그는 수하에게 명령했다.

"이 아이를 앞에 나타나는 마을에 맡겨 기르도록 하라. 칠 년 뒤에 내가 돌아오면서 서기로 데려갈 것이다. 나중에 이 아이가 큰 복을 가져다줄 게야."

그런 다음 희창은 말을 몰아 산을 오르고 고개를 넘어 연산을 지났다. 그렇게 이십 리쯤 갔을 때 앞쪽에서 도사 하나가 나타났다. 그

희창, 연산에서 뇌진자를 거둬들이다.

는 말쑥하면서도 범상치 않은 용모에 도교의 분위기가 짙은 널찍한 소매의 도포를 입고 있었다. 도사는 속세를 벗어난 듯 표연한 걸음 걸이로 말 앞으로 다가와 고개를 숙이고 인사를 올렸다.

"전하, 안녕하십니까?"

희창은 황급히 말에서 내려 답례했다.

"소생 희창이 실례를 범했습니다. 도사님께서는 무슨 일로 오셨는지요? 어느 산 어느 동부에 계시는 분이신지요? 그리고 오늘 저를 찾아오신 것은 무슨 가르침을 주시기 위해서인지요?"

"저는 종남산 옥주동에서 수련하고 있는 운중자라고 하옵니다. 조금 전에 우레가 두 차례 울리면서 장군의 별이 나타났기에 천 리를 멀다 여기지 않고 찾아왔사옵니다. 덕분에 존안을 뵙게 되었으니 저로서는 무척 행운이라 하겠사옵니다."

이에 희창이 수하를 시켜서 아이를 도사에게 보여주라고 했다. 도사가 받아 안고 살펴보더니 탄성을 터뜨렸다.

"장군의 별이여, 이제야 나타났구나!"

그리고 운중자는 다시 희창에게 말했다.

"전하, 제가 이 아이를 종남산으로 데려가 제자로 삼았다가 훗날 전하께서 돌아오실 때 바칠까 하온데 어떻게 생각하시옵니까?"

"데려가는 것이야 상관없습니다만 한참 뒤에나 만날 텐데 이 아이를 어떻게 알아보겠습니까?"

"번개가 쳐서 나타난 아이이니까 뇌진雷震이라고 이름을 붙여주겠습니다. 나중에 이 이름으로 확인하시면 되지 않겠습니까?"

"도사님 말씀대로 따르겠습니다."

운중자는 뇌진을 안고 종남산으로 돌아가 칠 년 뒤에 희창에게 재난이 생겼을 때 뇌진을 하산시켜 다시 만나게 된다. 그러나 이것은 뒷날의 이야기이므로 여기서는 더 이상 거론하지 않겠다.

어쨌든 희창은 이후 별일 없이 길을 가서 다섯 관문으로 들어가 민지현澠池縣을 지나고 황하를 건너 맹진孟津을 거쳐 조가에 도착하여 금정관역으로 갔다. 그곳에는 이미 동백후 강환초와 남백후 악숭우, 북백후 숭후호가 도착해 있었다. 그들 세 제후가 역관 안에서 술을 마시고 있는데 수하가 보고했다.

"서백후께서 오셨사옵니다."

이에 세 제후가 마중을 나갔고 강환초가 희창에게 물었다.

"어째서 조금 늦으셨습니까?"

"길이 멀고 힘들어서 그렇게 됐습니다, 죄송합니다."

네 제후는 서로 인사를 마치고 나서 다시 술잔을 돌리며 즐겁게 마셨다. 몇 순배가 돌고 나자 희창이 물었다.

"여러분, 천자께서 무슨 급한 일로 저희 넷을 불렀을까요? 도성에는 천자의 동량이자 나라를 다스리는 방략에 정통한 무성왕 황비호가 있고 모든 일의 조화를 이루는 데 정통하여 백성을 법도에 맞게 다스리는 아상 비간이 있으니 설사 무슨 큰일이 있다 하더라도 그분들이 처리할 수 있지 않습니까? 그런데 또 무슨 일로 저희를 부르신 것일까요?"

이때 네 사람은 술이 제법 거나해진 상태였다. 남백후 악숭우는 평소 북백후 숭후호가 사적인 당파를 이루어 비중과 우혼으로 하여금 천자의 총명을 갉아먹게 하고 대규모 토목공사를 일으켜 백성을 고생시키고 재물을 갈취하면서 나라와 백성을 위해서가 아니라 그저 자신의 뇌물만 챙긴다는 사실을 잘 알고 있었다. 그러다가 술이 거나해진 상황에서 지난 일들이 생각난 그가 이렇게 말했다.

"동백후 그리고 서백후, 제가 북백후께 드릴 말씀이 있소이다."

숭후호가 웃는 얼굴로 대답했다.

"남백후, 무슨 말씀을 하시려는 겁니까? 모자란 제가 감당할 수 있는 말씀이신지 모르겠습니다."

"천하 제후의 수령은 우리 넷뿐인데 듣자 하니 북백후께서는 지나치게 많은 사달을 일으켜서 대신의 체면은 전혀 돌보지 않고 백성을 수탈하여 자기 이익만 챙기시며 비중이나 우혼 같은 간신들하고만 어울린다고 하더이다. 적성루 건축을 감독하실 때 장정 셋에 둘을 징발하면서 돈 많은 이들은 집에서 한가로이 지내고 돈 없는 이들은 심한 노역에 시달렸다고 하더군요. 그대는 사사로이 이익을 챙기는 걸 좋아하면서 만백성을 고생하게 하고 자신은 정벌을 일삼아 호가호위狐假虎威의 위세를 부리면서 행실은 주린 이리 같고 마음 씀씀이는 배고픈 호랑이 같아서 조가성 안의 군인과 백성들이 똑바로 쳐다보지도 못했다고 하더이다. 수많은 이들이 이를 갈며 원한을 품고 있다고 하더군요. 북백후, '재앙은 악행에서 비롯되고 복은 덕을 베푸는 데서 생겨난다'라고 하지 않습니까? 이제부터라도 과거의 잘못을 고쳐서 다시는 그런 일이 없게 하시구려!"

그 말에 숭후호는 두 눈에서 연기가 나고 입에서 불길이 치미는 듯 화가 나서 고함을 질렀다.

"악숭우, 말을 너무 함부로 하는구나! 너와 나는 똑같은 대신이거늘 어찌 술자리에서 나를 이렇게 무시할 수 있느냐? 대체 뭘 믿고 내 면전에서 근거 없는 말로 나를 능멸하느냐?"

여러분, 숭후호는 조정에 자기편이 되어줄 비중과 우혼 등이 있다는 점을 믿고 술자리에서 악숭우와 싸움을 벌이려고 했던 것이지요. 그때 희창이 숭후호에게 말했다.

"북백후, 남백후께서는 그대를 좋은 길로 인도하려는 호의에서 그런 말씀을 하신 것인데 어찌 이리 횡포를 부리시오? 설마 우리까지 있는 이 자리에서 남백후를 치기라도 하실 생각이오? 남백후의 말은 그대를 아껴서 하는 충고에 불과하지 않소이까? 정말 그런 일이 있었다면 통렬하게 반성해서 고치면 될 것이고 그게 아니라 하더라도 스스로 더욱 노력하면 되지 않겠소이까? 남백후의 말씀은 구구절절 금석처럼 좋은 말씀이더이다. 그런데도 자신의 잘못을 질책하지 않고 오히려 바른말을 해준 사람에게 시비를 거는 것은 예의가 아니지 않소이까?"

희창이 그렇게 말하자 숭후호는 감히 손을 쓰지 못하고 있었는데 갑자기 악숭우가 던진 술병이 미처 방비하지 못하고 있던 숭후호의 얼굴을 정통으로 맞혀버렸다. 숭후호가 악숭우를 잡으려고 달려들자 이번에는 강환초가 가로막으며 호통쳤다.

"대신들이 이렇게 치고받고 싸우면 체면이 뭐가 되겠소? 북백후, 밤이 깊었으니 그만 주무시지요."

이에 숭후호는 분을 참으며 잠을 자러 떠났으니 이를 묘사한 시가 있다.

역관에서 술잔 돌리며 잘잘못 따지다가

간신은 충신 해칠 음모 꾸몄지.

이로부터 전쟁이 빈번하게 일어나

조가는 전쟁에 휩쓸리고 만백성은 재앙 맞았구나.

館舍傳杯論短長　奸臣設計害忠良

刀兵自此紛紛起　播亂朝歌萬姓殃

어쨌든 나머지 세 제후는 오랫동안 만나지 못한 회포를 풀기 위해 다시 자리를 정돈하고 함께 술을 마셨다. 시간이 이경에 가까워졌을 때 역졸 하나가 그들이 술을 마시는 모습을 보고 이렇게 탄식했다.

"아아, 제후들이시여! 오늘 밤은 이렇게 즐겁게 술을 마시지만 내일은 그대들의 피가 저자를 붉게 적실 테지요!"

밤이 깊어 조용한 때라 사람의 말소리가 아주 잘 들려서 희창이 그 소리를 듣고 물었다.

"누가 무슨 말을 하느냐? 이리 오너라!"

그러자 좌우에서 시중을 들고 있던 이들이 모두 와서 일제히 무릎을 꿇었다.

"방금 '오늘 밤은 이렇게 즐겁게 술을 마시지만 내일은 그대들의 피가 저자를 붉게 적실 테지요!'라고 말한 자가 누구냐?"

"소인들은 그런 말을 한 적이 없사옵니다!"

강환초나 악숭우도 그 말을 듣지 못했다. 이에 희창이 말했다.

"내가 분명히 들었거늘 어찌 그런 말을 한 적이 없다고 하느냐?

여봐라, 이놈들을 끌고 나가 목을 베어라!"

그 말을 들은 역졸들이 누가 목숨을 버리고 싶었겠는가? 그들은 어쩔 수 없이 한 사람을 앞으로 떠밀며 일제히 말했다.

"전하, 저희가 그런 것이 아니옵니다. 바로 이 요복姚福이 그런 말을 했사옵니다."

그러자 희창이 말했다.

"이자만 남기고 모두 나가거라!"

그들이 떠나자 희창이 요복에게 물었다.

"너는 왜 그런 말을 했느냐? 사실대로 말하면 상을 내리겠지만 거짓말하면 처벌을 면치 못할 것이다!"

"전하, '시비는 말이 많은 데에서 비롯된다'라고 하지 않았사옵니까? 사실 이 일은 비밀이옵니다. 소인은 사신使臣 나리 댁의 하인이온데 강 황후께서 서궁에서 억울하게 돌아가시고 두 전하께서 거센 바람에 휩쓸려 어디론가 사라지신 뒤에 천자께서 달기 마마를 신임하시고 은밀히 네 분 전하께 어명을 내리셔서 조정으로 부르셨사옵니다. 그리고 내일 아침 조회 때 이것저것 따지지 않고 네 분을 모두 참수하여 저자에 효수하신다고 하옵니다. 오늘 밤에 소인이 네 분의 운명이 너무 안쓰러워서 저도 모르게 그런 말을 한 것이옵니다."

그러자 강환초가 다급히 물었다.

"강 황후께서는 무슨 이유로 서궁에서 억울한 죽음을 당하셨더냐?"

요복은 이미 들통 난 마당이라 더 이상 숨기지 못하고 자초지종을 털어놓을 수밖에 없었다.

"무도한 주왕이 처자식을 죽이고 달기를 황후로 세웠사옵니다."

그러면서 그는 모든 일을 자세히 설명했다. 강 황후는 바로 강환
초의 딸이었으니 그의 마음이 어떠했겠는가? 그는 온몸에 칼질을
당하는 듯 심장이 기름에 튀겨지는 듯 아파서 버럭 절규를 내뱉고
그대로 쓰러져버렸다. 희창이 사람들을 시켜 부축해 일으키자 강환
초가 통곡하며 말했다.

"내 딸이 눈이 도려내지고 두 손이 지져졌다니! 예로부터 지금까
지 어디 그런 일이 있었소이까?"

희창이 위로했다.

"황후께서 억울하게 돌아가시고 두 전하도 종적이 없어져버렸
지만 사람이 죽으면 다시 살아날 수는 없는 일이 아닙니까? 오늘 밤
우리가 각자 상소문을 준비해서 내일 아침 천자 앞에서 강력하게
직간하여 흑백을 가리고 인륜을 바로 세우도록 합시다."

강환초가 계속 통곡하며 말했다.

"강씨 문중의 불행 때문에 어찌 감히 제후 여러분께 수고를 끼치
겠소이까? 저 혼자 천자를 독대하여 억울한 누명을 밝히겠소이다."

"동백후께서도 상소문을 하나 쓰시고 우리 세 사람도 각기 하나
씩 쓰도록 하십시다."

강환초는 눈물을 비 오듯 흘리며 밤새 상소문을 작성했다.

한편 네 제후가 역관에 있다는 사실을 알게 된 간신 비중은 남몰
래 편전으로 들어가 주왕을 만났다.

"네 제후가 모두 도착했사옵니다."

주왕이 무척 기뻐하자 그가 다시 아뢰었다.

"내일 대전에 오르시면 분명 네 제후가 상소문을 바치며 강력하게 간언할 것이옵니다. 하지만 폐하, 그것들을 보실 필요 없이 흑백을 가리지도 마시고 즉시 어명을 내리셔서 그들을 끌고 나가 효수하게 하시옵소서. 이것이 최선의 방책이옵니다."

"아주 좋은 생각이오."

이에 비중은 자기 집으로 돌아가서 하룻밤을 보냈다.

이튿날 아침 조회가 열려 주왕이 대전에 오르니 문무백관들이 모두 모여 있었다. 그때 오문을 담당하는 관리가 보고했다.

"사방의 제후 수령들이 어명을 기다리고 있사옵니다."

"들라 하라!"

잠시 후 네 제후가 대전으로 들어와서 동백후 강환초가 상아 홀을 높이 들고 절을 올린 다음 상소문을 올리자 아상 비간이 받았다. 이에 주왕이 말했다.

"강환초, 네 죄를 알렷다?"

"저는 동로 땅을 다스리면서 변방이 조용하고 공정하게 법을 받들어 신하의 도리를 다하였사온데 무슨 죄가 있다는 것이옵니까? 폐하께서는 참언을 들으시고 미색을 총애하시어 정실부인에게 참혹한 형을 가하고 자식을 죽이려 하여 인륜을 저버리고 조종의 대를 끊으려 하셨사옵니다. 요사한 후궁을 신임하여 질투에 차서 음모를 꾸미게 하셨고 간신의 말을 듣고 충신을 포락형에 처하셨사옵니다. 저는 선왕으로부터 두터운 은혜를 입었는지라 이제 폐하의 면전에서 죽음을 무릅쓰고 직간하고자 하옵니다. 사실 폐하께서 저를 저버리셨지 제가 폐하를 저버린 것은 아니옵니다. 부디 연민을 베푸시어 억울함을 풀어주시옵소서. 그러면 산 자나 죽은 자 모두에게 다행이 아니겠사옵니까!"

"뭣이! 너 역적 놈은 딸을 시켜서 군주를 시해하고 제위를 찬탈하려 했으니 그 죄악이 태산보다 무겁다. 그런데도 오히려 교묘한 말로 강변하며 법망을 빠져나가려고 하는구나. 여봐라, 당장 저놈을 끌고 나가 해시형醢屍刑°에 처해 국법을 바로 세우도록 하라!"

이에 쇠갈퀴를 든 무사들이 달려들어 강환초의 의복과 모자를 벗기고 밧줄로 묶었다. 강환초는 계속 욕을 퍼부었지만 어쩌지 못하고 그대로 오문 밖으로 끌려 나가고 말았다.

그때 서백후 희창과 남백후 악숭우, 북백후 숭후호가 반열에서 나와 아뢰었다.

"폐하, 저희들 모두 상소문을 준비했사옵니다. 강환초는 진심으로 나라를 위해 힘썼으며 결코 찬탈을 획책한 일이 없사오니 부디 통촉하시옵소서!"

주왕은 네 명의 제후 수령을 모두 죽일 생각이었기 때문에 희창 등이 올린 상소문을 탁자에 그냥 던져놓았다. 자, 이제 희창 등의 목숨이 어찌 되는지는 다음 회를 보시라.

희창, 유리성에 구금되다
羑里城囚西伯侯

군주는 포학하고 신하는 간사하여 나랏일이 망가지지만

어찌 입에서 나오는 대로 천기를 누설하랴?

궁정에서 충심으로 간언하지 않았더라면

이미 도성 거리에는 핏빛 날렸겠지.

유리성에서 칠 년 동안 비처럼 은덕 펼치고

복희의 팔괘를 정밀하게 해설했지.

예로부터 세상의 운수는 현명한 군주에게 돌아가는 법

게다가 기산에 태양이 밝게 빛나고 있거늘!

君虐臣奸國事非　如何信口泄天機

若非丹陛忠心諫　已見薰街血色飛

羑里七年沾化雨　伏羲八卦闡精微

從來世運歸明主　慢道岐山日正輝

그러니까 서백후 등은 천자가 강환초의 상소문도 보지 않고 다짜고짜 오문 밖으로 끌고 나가 해시형에 처하라고 하는 것을 보고 깜짝 놀랐다. 세 제후는 천자가 너무나 무도하다는 것을 알고는 일제히 엎드려 아뢰었다.

"군주는 신하의 머리요 신하는 군주의 팔다리이옵니다. 폐하께서 저희의 상소문을 보시지도 않고 바로 대신을 처단하시는 것은 이른바 신하를 학대하는 것이옵니다. 문무백관들이 이에 대해 어찌 승복하겠사옵니까? 그렇게 되면 군주와 신하 사이의 도리가 멸절될 것이오니 부디 통촉하시옵소서!"

아상 비간이 서백후 등의 상소문을 펼치자 주왕이 어쩔 수 없이 읽어보았다.

악숭우와 희창, 숭후호가 국법을 바로 세우고 간신을 물리치며 억울한 원한을 밝혀 씻어 잘못을 바로잡고 삼강오륜을 다시 세우며 내전에서 요사하게 아첨하는 자들을 소탕하기 위한 일로 아뢰옵나이다.

저희가 듣기로 성왕이 천하를 다스릴 때에는 근면하고 성실하게 정치에 임하고 누대와 연못을 만드는 것을 일삼지 않으셨으며 현자를 가까이하고 간신을 멀리하며 사냥에 빠져 지내지 않으셨다고 하옵니다. 또 황음무도하게 주색에 빠져 지내지도 않고 오로지 경건하게 하늘의 명을 실천하려 애쓰셨기 때문에 조정의 모든 일을 잘 다스릴 수 있었다고 하옵니다. 그렇기 때문에 요·순은 계단을 내려오지 않고 두 손을 놓고 있어도 천하가 태평하고 만백성이 즐거이 생업에 전념할 수 있었사옵니다.

지금 폐하께서 대통을 계승한 이래로 정치를 잘하셨다는 이 야기는 들어보지 못했고 날마다 게을리 지내시면서 참언을 믿 고 현자를 멀리하며 주색에 빠져 계시옵니다. 현숙하고 예절 바른 강 황후는 덕을 잃는 일을 전혀 하시지 않았음에도 참혹 한 형을 당하셨고 달기는 궁중을 더럽히는데도 오히려 총애를 받으며 높은 지위에 올랐으며 태사에게 억울한 누명을 씌워 죽 임으로써 천문 관찰을 담당하는 내감內監을 잃었사옵니다. 그 리고 함부로 대신을 해시형에 처하는 것은 나라의 충신을 없애 는 일이옵니다. 포락형을 만들어 충신이 간언할 입을 막아버리 고 자식을 죽여 자애로움이 사라져버렸사옵니다.

바라옵건대 비중과 우혼을 내치시고 어진 군자만을 가까이 하시며 달기의 목을 베어 궁중의 기강을 바로잡으시면 하늘의 마음을 되돌려 천하가 평안해질 것이옵니다. 그렇지 않으면 저 희도 이 상황이 어떻게 끝나게 될지 모르겠사옵니다. 저희가 죽음을 무릅쓰고 간언하오니 부디 받아들이셔서 속히 시행해 주시옵소서. 그렇게 되면 천하와 만민을 위해 모두 다행이 아 니겠사옵니까!

황송하기 그지없는 마음으로 삼가 상소하오니 통촉하시옵 소서!

주왕은 그것을 보고 버럭 화를 내며 상소문을 북북 찢어버리고 나서 탁자를 쾅 내리치며 고함을 질렀다.

"여봐라, 이 반역자들을 당장 효수하라!"

그러자 무사들이 일제히 달려들어 그들을 포박하여 오문 밖으로 끌고 나갔고 주왕은 노웅을 감독관으로 지명하여 연달아 형을 집행하라는 칙서를 내렸다. 그때 왼쪽 반열에서 간대부 비중과 우혼이 나와 엎드려 아뢰었다.

"폐하, 저희가 짧은 간언으로 감히 폐하의 귀를 거스르고자 하나이다."

"무엇이오?"

"폐하, 네 대신들은 천자의 심기를 거슬렀으니 그 죄를 용서할 수 없나이다. 강환초는 군주를 시해하려 한 죄를 지었고 악숭우는 군주의 잘못을 질타했으며 희창은 교묘한 언변으로 군주를 모독했고 숭후호는 다른 이들을 따라 군주를 비방했사옵니다. 하지만 저희가 보기에 숭후호는 평소 충직하게 나라의 은혜에 보답하기 위해 힘써서 적성루를 지을 때 혼신의 힘을 기울였고 수선궁을 지을 때는 밤낮을 가리지 않고 힘썼사옵니다. 왕실을 위해 온 힘을 다 바쳤을 뿐 추호의 잘못도 저지르지 않은 것이옵니다. 그는 그저 부화뇌동한 것일 뿐 결코 본심이 아니옵니다. 그런데 흑백을 가리지 않고 옥석을 함께 태워버린다면 이는 공을 세운 자와 공이 없는 자를 똑같이 취급하는 셈이 되는지라 백성이 마음으로 승복하지 않을 것이옵니다. 바라옵건대 숭후호의 하찮은 목숨을 살려주어 이후 공을 세워 오늘의 죄를 씻도록 해주시옵소서."

주왕은 자신이 총애하는 두 신하가 그렇게 말하자 선선히 승낙했다.

"두 분 말씀에 따르면 숭후호는 이전에 사직에 공을 세운 바 있으니 응당 그 점을 참작해줘야겠구려."

그러면서 그는 시종에게 어명을 내렸다.

"숭후호의 죄는 특별히 용서하노라!"

두 사람은 황은에 감사하며 물러났다. 그리고 숭후호만 사면하라는 어명이 밖으로 전해졌다.

그때 대전 동쪽에 있던 무성왕 황비호가 화를 참지 못하고 홀을 치켜든 채 반열에서 나왔다. 아상 비간과 미자, 기자, 미자계, 미자연, 백이, 숙제까지 일곱 명 또한 함께 반열에서 나와 엎드렸다. 비간이 대표로 아뢰었다.

"폐하, 대신은 천자의 팔다리이옵니다. 강환초는 동로를 다스리며 여러 차례 전공을 세웠사옵니다. 그리고 군주를 시해하려 했다는 것에 대해서는 증거가 전혀 없는데 어찌 극형에 처하실 수 있사옵니까? 희창은 한결같은 충심으로 나라와 백성을 위하는 훌륭한 신하이옵니다. 그의 도는 천지에 부합하고 덕은 음양에 어울리며 인자함으로 제후들을 결속하고 의로움으로 문무백관에게 베풀며 예의로 나라를 다스리고 지혜로 반란군을 복속시키며 군대와 백성에게 믿음을 전했사옵니다. 기강을 바로잡아 정치를 엄정하게 하여 군주는 어질고 신하는 충성을 다하며 자식은 효도를 다하고 아비는 자애를 베풀게 하여 형제가 화목하게 서로를 공경하고 군주와 신하가 한 마음이 되었사옵니다. 함부로 전쟁을 하여 살육을 자행하지 않고 행인이 서로 길을 양보하며 밤에도 대문을 닫지 않고 길에 떨어진 물건을 주워 가지 않고 그대로 두는 훌륭한 풍속을 이루었기에 사방에서 우러르며 '서방의 성인'이라고 칭송하옵니다. 악숭우는 한 지역을 담당하며 밤낮으로 노력하여 나라가 놀랄 만한 우환이 일어나지 않도록 잘 지켜주고 있사옵니다. 이들은 모두 사직에 공을 세운 신하이오니 부디 그들에게 연민을 베푸시어 사면해주시옵소서. 그렇게 하시면 모든 신하들이 지극히 감격할 것이옵니다!"

"강환초는 역모를 꾸몄고 악숭우와 희창은 입을 함부로 놀려 요망한 말로 군주를 비방했으니 그 죄는 용서할 수 없는 것이오. 그런데 왜 그대들은 경솔하게 저들을 비호하는 것이오?"

그러자 황비호가 아뢰었다.

"강환초와 악숭우는 모두 명망 높은 대신으로 평소 잘못된 행위를 한 적이 없사옵니다. 희창은 양심적인 군자로 하늘의 운수를 잘 풀이하니 이들 모두 나라의 동량이옵니다. 그런데 하루아침에 무고하게 죽는다면 어떻게 천하 백성의 마음을 승복시킬 수 있겠사옵니까? 게다가 세 제후는 모두 수십만 명의 군대를 거느리고 있고 개중에는 용맹한 장수와 정예병이 적지 않사옵니다. 만약 그들이 자신의 제후가 아무 죄도 없이 처형되었다는 것을 알면 혹시라도 일시의 충동으로 전쟁을 일으켜 사방의 백성을 도탄에 빠뜨릴 염려가 있사옵니다. 태사께서 멀리 북해를 정벌하러 나가신 마당에 지금 또 내부에서 재앙의 불씨가 피어난다면 나라의 운명이 어찌 평안할 수 있겠사옵니까? 폐하, 부디 나라를 위해 자비를 베푸시어 저들을 사면하시옵소서."

이렇게 일곱 명의 왕이 강력하게 간언하자 주왕이 말했다.

"희창이 충성스럽고 어질다는 것은 짐도 알고 있지만 이번에 부화뇌동하지 말았어야 했소. 원래 중형에 처해야 마땅하지만 경들이 이렇게 간청하니 사면해주도록 하겠소. 다만 나중에 그가 본국으로 돌아가 변란을 일으킨다면 경들도 그 책임에서 벗어나지 못할 것이오. 강환초와 악숭우는 용서할 수 없는 역모를 꾀했으니 속히 처형을 집행하도록 하시오. 경들도 이에 대해서는 더 이상 간언하지 마시오!"

그리고 주왕은 "희창을 사면하라!" 하고 어명을 내리고는 아울러 관리를 파견하여 강환초와 악숭우에 대한 처형을 속히 시행하라고 재촉했다. 그때 왼쪽 반열의 상대부 교력과 양임 등 여섯 명의 대신이 나와서 아뢰었다.

"폐하, 저희가 천하를 안정시킬 방책을 아뢰고자 하옵나이다."

"경들은 또 무슨 일을 간언하겠다는 것이오?"

이에 양임이 아뢰었다.

"네 대신들이 죄를 지었으나 폐하께서 희창을 사면하신 것은 일곱 분의 왕께서 나라를 위하여 현량한 이들을 아끼기 때문이옵니다. 또한 강환초와 악숭우는 모두 제후를 이끄는 수령이옵니다. 강환초는 중책을 맡아 큰 공을 세웠고 평소에 덕을 잃는 행위를 하지 않았으며 역모 또한 증거가 없는데 어찌 함부로 연루시킬 수 있겠사옵니까? 악숭우는 강직한 성격으로 폐하를 위해 아무 사심도 없이 사실대로 직간하였사옵니다. 제가 알기로 군주가 현명하면 신하가 올곧다고 했사옵니다. 군주의 과오에 대해 직간하는 이는 충신이고 군주에게 아첨하는 자는 간신이옵니다. 지금 나라가 재난에 처하는 것을 목도한 이상 저희는 불경을 무릅쓰고 간언할 수밖에 없사옵니다. 폐하, 부디 무고한 그들 두 제후를 가련히 여기시고 사면하여 각자 본국으로 돌려보내 잘 다스리게 해주시옵소서. 그렇게 되면 군주와 신하는 요 임금이 다스리던 시절처럼 즐거울 것이고 만백성은 폐하의 성덕에 감화되어 태평성대를 노래할 것이옵니다. 백성들은 폐하께서 대범한 아량으로 간언을 막힘없이 받아들이셔서 나라와 백성을 위하는 신하의 본심을 시종일관 저버리지 않으시기를 염원하고 있사옵니다. 또한 그렇게 해주시면 저희들도 감격해 마지않을 것이옵니다!"

그러자 주왕이 버럭 화를 냈다.

"역적은 반란을 획책하고 못된 무리는 주둥이를 함부로 놀렸소. 강환초는 군주를 시해하려 했으니 해시형으로도 그 죄를 씻기에 부족하고 악숭우는 군주를 비방했으니 효수형에 처해야 마땅하오. 경들은 붕당을 이루어 군주를 기만하며 억지로 간언하여 법과 기강을 무시했소. 또다시 짐의 결정을 반대하는 간언을 하는 자는 두 역적과 똑같이 처벌하겠노라!"

그러면서 그는 다시 "속히 처형을 시행하라!" 하고 어명을 내렸다. 양임 등은 천자가 진노하자 감히 어쩌지 못했으니 그 또한 두 사람의 운명이었다. 어명이 내려지자 악숭우는 효수되었고 강환초는 손발에 커다란 못이 박힌 채 난도질당했다. 그것이 이른바 해시醢屍라는 형벌이었다. 형 집행을 감독한 노웅이 결과를 보고하고 나서 주왕은 내궁으로 돌아갔다.

희창은 일곱 왕에게 감사하며 눈물을 머금고 말했다.

"무고한 강환초가 참사를 당하고 충간을 한 악숭우가 목숨을 잃었으니 이제부터 동쪽과 남쪽은 평안할 날이 없겠구려."

그러자 모두들 처연하게 눈물을 흘리며 말했다.

"일단 두 분 제후의 시신이나 수습해서 임시로 묻어드리고 사태가 진정되면 다시 장례를 치를 방안을 마련하도록 하십시다."

이를 묘사한 시가 있다.

충심 어린 간언은 헛수고 되어 죄를 뒤집어썼으니
범하기 어려운 역린은 함부로 건드리지 말지라.
강환초는 해시형당해 처참한 죽음 맞았고
경기 땅에서 복명한 악숭우는 목숨 잃었구나.
두 제후국 군신의 바람은 부질없이 변해버렸고
절개 곧은 희창은 유리에서 칠 년 동안 갇혀 지내야 했지.
하늘이 나라 망하게 할 뜻 품어
여기저기서 재앙과 전쟁 일어나게 만들었구나.

忠告徒勞諫諍名　逆鱗難犯莫輕攖

醢尸桓楚身遭慘　服句崇禹命已傾

兩國君臣空望眼　七年羑里屈孤貞

上天有意傾人國　致使紛紛禍亂生

강환초와 악숭우 휘하의 장수들이 밤중에 몰래 돌아가서 두 제후의 자식들에게 그 일을 보고했음은 당연하다.

한편 이튿날 주왕이 현경전에 행차하자 아상 비간이 두 제후의 시신을 수습하고 희창을 본국으로 돌려보내시라 아뢰었다. 주왕은 이를 허락했고 비간이 어명을 받고 나가려 하는데 옆에 있던 비중이 이렇게 간언했다.

"희창은 겉으로 충성을 다하는 것처럼 보이지만 속으로는 간사한 마음을 품고 있사옵니다. 유창한 언변으로 신하를 미혹하고 겉과 속이 다른 인물이니 결코 선량하다고 할 수 없사옵니다. 그러니 그를 본국으로 돌려보내면 동로의 강문환과 남도의 악순鄂順을 꾀어 반란을 일으키게 하여 천하를 어지럽힐 것이옵니다. 그렇게 되면 병사들은 전쟁을 치러야 하고 장수들도 갑옷을 입고 고생해야 하며 백성들은 놀라 도성이 소란스러워질 것이옵니다. 그를 돌려보내는 것은 용을 바다에 놓아주고 호랑이를 산중에 풀어놓는 것과 마찬가지이므로 반드시 후환이 생길 것이옵니다."

"하지만 죄를 사면한다는 어명을 내린 것을 모든 신하가 아는 마당에 어찌 다시 뒤집을 수 있겠소이까?"

"제게 희창을 제거할 계책이 있사옵니다."

"그것이 무엇이오?"

"사면받은 희창은 틀림없이 궁에 들어와 인사를 올릴 것이고 고향으로 돌아갈 때 문무백관들이 전별 잔치를 열어줄 것이옵니다. 제가 그곳에서 탐문해보고 희창이 과연 진심으로 나라를 위한다고 판단되면 그대로 사면해주시고 만약 거짓이라면 목을 베어 후환을 없애는 것이 어떨까 하옵니다."

"좋은 생각이오."

한편 조정에서 나온 비간은 곧장 관역을 찾아가 통보했고 희창이 대문 밖으로 나와 맞이했다. 두 사람이 서로 인사를 나누고 자리에 앉자 비간이 말했다.

"오늘 편전에서 폐하께 아뢰어 두 제후의 시신을 수습하고 서백후를 본국으로 돌려보내시라고 했소이다."

희창이 허리를 숙여 감사했다.

"이렇게 은덕을 베풀어주셨는데 제가 언제나 보답할 수 있을까요?"

비간은 다가가 그의 손을 잡고 나직하게 말했다.

"나라의 기강은 이미 무너졌소이다. 아무 이유 없이 대신을 죽였으니 필시 불길한 조짐이 아니겠소이까? 내일 궁에 들어가서 인사하고 나면 서둘러 떠나시구려. 머뭇거리다가 간신의 농간에 걸리면 또 무슨 변고가 생길지 모르지 않소이까? 제발 제 당부를 잊지 마십시오."

이에 희창이 허리를 숙여 감사했다.

"금석처럼 소중한 말씀을 해주셨는데 이 성대한 은덕을 어찌 감히 잊겠습니까?"

희창은 이튿날 아침 일찍 오문에 가서 궁궐을 향해 절을 올리고 즉시 장수들을 인솔해 서쪽 성문으로 나갔다. 그가 십리장정에 도착하자 무성왕 황비호와 미자, 기자, 비간을 비롯한 문무백관들이 이미 기다리고 있었다. 희창은 말에서 내렸고 황비호와 미자가 그를 위로했다.

"오늘 전하께서 본국으로 돌아가신다기에 저희가 간단한 술을 준비했소이다. 전별도 해드릴 겸 드릴 말씀도 있고 해서요."

"무슨 말씀이신지요?"

이에 미자가 말했다.

"비록 천자가 전하를 저버렸다 해도 선왕의 은덕을 생각해 신하로서 절개를 버리고 함부로 사달을 일으키지 말아주시구려. 그러면 저뿐만 아니라 만백성이 모두 다행으로 여길 것이외다."

희창은 고개를 숙여 감사하며 말했다.

"천자께서 사면의 은혜를 베풀어주셨고 여러분께서 제 목숨을 다시 살려주신 은덕을 베풀어주셨으니 제가 죽을 때까지도 천자의 은덕에 보답할 수 없을 텐데 어찌 감히 다른 뜻을 품겠습니까?"

그러고 나서 문무백관들이 술잔을 들자 주량이 센 희창이 백 잔을 마셨으니 이야말로 '지기가 찾아오니 회포를 말로 다 표현하지 못하고 서로의 은근한 정이 더욱 깊어짐을 느끼는[知己到來言不盡 彼此更覺綢繆]' 격이었다. 그들이 헤어지기 아쉬워하며 즐겁게 술을 마시고 있을 때 비중과 우혼이 말을 타고 찾아왔다. 그들도 술상을 준비해 와서 희창에게 전별 잔치를 열어주겠다고 했다. 문무백관들은 그들 둘이 오자 기분이 상해서 하나둘씩 자리를 떠나버렸다. 하지만 희창은 웃는 얼굴로 인사했다.

"두 분 대인, 못난 제가 어찌 두 분의 전별 잔치를 받을 수 있겠소이까?"

그러자 비중이 말했다.

"전하께서 영예롭게 귀향하시니 제가 특별히 전별 잔치를 준비했사옵니다. 일이 있어서 조금 늦었사오니 부디 용서해주시옵소서."

어진 덕성을 갖춘 희창은 모든 이에게 진심으로 대했다. 그는 두 사람의 은근한 정성에 곧 기뻐했다. 하지만 그들을 두려워하는 문무백관들은 모두 자리를 떠나버렸고 오직 그들 셋이서만 술을 마셨다. 몇 순배가 돌고 나서 비중과 우혼이 수하에게 말했다.

"큰 잔을 가져오너라!"

그리고 두 사람은 각기 술을 가득 따라 희창에게 권했다. 희창은 술잔을 받아 들고 허리를 숙여 감사했다.

"이렇게 큰 은혜를 베풀어주시니 언제 갚을 수 있을지 모르겠습니다."

그리고 단숨에 잔을 비워버렸다. 주량이 센 그는 이후로도 연달아 몇 잔을 더 마셨다. 그러자 비중이 말했다.

"전하, 여쭤볼 것이 있사옵니다. 듣자 하니 하늘의 운수를 잘 풀이하신다고 하던데 정말 그러하십니까?"

"음양의 이치는 정해져 있으니 어찌 틀릴 수 있겠습니까? 하지만 사람이 그것을 되돌아보며 행동하여 피하려고 노력한다면 또한 벗어날 수 있습니다."

"지금의 천자께서 하시는 일이 모두 잘못되었다면 장래에 어찌 되실까요?"

이때 희창은 이미 술이 반쯤 취해 있었기 때문이 이들 둘이 찾아온 의도를 잊어버리고 천자의 운명에 대한 질문을 받자 눈살을 찌푸리며 탄식했다.

"나라의 운수가 암울하여 여기서 대가 끊어질 것이니 끝이 좋지 않겠습니다. 지금 천자께서 행하시는 바가 이러하니 이는 패망을 재촉할 뿐이지요. 하지만 신하 된 몸으로 차마 어찌 그런 말을 하겠습니까!"

희창은 자신도 모르게 처연하게 한숨을 쉬었다. 그러자 비중이
다시 물었다.

"그 운수가 몇 년이나 남았습니까?"

"불과 사 년이나 칠 년밖에 남지 않았습니다. 무오년 갑자일이면
끝나니까요."

비중과 우혼은 모두 긴 한숨을 쉬며 다시 술을 권했다. 그리고 잠
시 뒤에 그들이 다시 물었다.

"못난 저희의 운수도 좀 봐주십시오. 저희들의 말년이 어찌 될 것
같사옵니까?"

거짓말을 할 줄 모르는 군자인 희창은 소매 속에서 점을 쳐보더
니 한참 동안 말없이 있다가 이내 이렇게 말했다.

"이것은 너무나 이상한 점괘로군요."

"아니, 왜요?"

"사람의 생사는 운명으로 정해져 있지만 온갖 병에 시달리다가
죽기도 하고 물과 불의 재앙이나 형벌을 당해 죽기도 하고 밧줄에
목이 매이거나 넘어지고 자빠져서 비명횡사하기도 합니다. 그런데
두 분처럼 이상하기 그지없는 형태로 죽게 되는 경우는 없구려."

그러자 두 사람이 웃으며 물었다.

"어디서 어떻게 죽는다는 말씀이십니까?"

"어찌 된 영문인지 눈에 묻혀서 얼음 속에서 얼어 죽게 될 것 같습
니다."

나중에 강상은 기산을 얼려 노웅을 사로잡고 이들 둘을 잡아다가

266

봉신대에서 제물로 쓰게 되는데 이것은 훗날의 일이므로 여기서는 더 이상 설명하지 않겠다.

어쨌든 그 말을 듣자 두 사람은 웃음을 머금고 말했다.

"사람이 태어나는 때는 정해져 있고 죽을 곳도 정해져 있기 마련이지요."

셋은 다시 마음껏 술을 마셨다. 그리고 비중과 우혼이 다시 기회를 봐서 그를 꾀며 물었다.

"전하, 그런데 자신의 운수도 점쳐보신 적이 있는지요?"

"저번에 해본 적이 있습니다."

"길흉화복이 어떠하던가요?"

"그래도 저는 천수를 누리며 방 안에서 죽을 운수였습니다."

그러자 두 사람이 거짓으로 축하했다.

"허, 복과 천수를 모두 누리시니 부럽사옵니다."

희창은 겸양하고 나서 다시 함께 몇 잔을 더 마셨다. 한참 후에 두 사람이 말했다.

"저희는 조정에 일이 있어서 오래 머물 수 없사옵니다. 전하, 편히 가시옵소서."

그렇게 작별하고 돌아오는 길에 비중과 우혼은 말 위에서 욕을 퍼부었다.

"빌어먹을 늙은이 같으니라고! 제 죽음이 코앞에 닥쳤는데도 방 안에서 천수를 누리고 죽을 거라고? 게다가 우리는 얼음 속에서 얼어 죽을 거란 말이지? 이것이 지독한 욕이 아니고 뭐냔 말이야! 정말 괘씸하기 짝이 없군!"

오문에 도착한 둘은 말에서 내려 편전에 있는 주왕을 찾아갔다.

"그래, 희창이 뭐라고 하던가요?"

"희창이 원망하며 몹쓸 말로 폐하를 모욕하면서 크나큰 불경을 저질렀사옵니다."

"저런 못된 놈 같으니라고! 짐이 제 놈을 사면해서 고향으로 돌려보내주었거늘 은덕에 감격하기는커녕 오히려 짐을 모독했다고? 정말 괘씸하구나! 그래, 무슨 말로 짐을 모독하더이까?"

"자기가 운수를 점쳐보니 이 나라는 폐하 대에서 끝나게 되고 그것도 사 년이나 칠 년밖에 남지 않았다고 했사옵니다. 또한 폐하께서도 끝이 좋지 않을 것이라고 했사옵니다."

"뭣이! 그럼 제 놈은 어찌 죽을지 아느냐고 물어보았소?"

그러자 비중이 대답했다.

"저희도 그것을 물어보았더니 천수를 누리고 방 안에서 편히 죽을 것이라고 했사옵니다. 희창은 요사한 언변으로 사람의 이목을 현혹할 줄만 알지 제 생사가 폐하께 달려 있는 줄은 모르고 자신은 천수를 누리고 죽을 것이라고 했사옵니다. 이야말로 자가당착이 아니옵니까? 그리고 저희 둘에 대해 운수를 점쳐달라고 했더니 저희 둘은 얼음 속에서 얼어 죽을 것이라고 했사옵니다. 설사 폐하의 은덕을 입은 저희가 아니라 일반 백성이라 할지라도 얼음 속에서 얼어 죽을 일은 없지 않겠사옵니까? 그러니 이 모든 것이 황당무계하고 더없이 혹세무민하는 말이 아니고 무엇이겠사옵니까? 폐하, 속히 시행하시옵소서!"

"짐의 어명을 전하라, 조전으로 하여금 그놈을 쫓아가 효수하여 도성 저자를 돌며 전시해서 요사한 말을 경계하도록 하라!"

조전이 어명을 받고 희창을 쫓아갔음은 말할 필요도 없겠다.

한편 희창은 말에 올라 자신이 술김에 실언했음을 알고는 후환이 두려워 황급히 장수들을 독촉하여 그곳을 떠났다. 가는 도중에 희창은 말에 탄 채 생각했다.

'내 운수에 칠 년 동안의 고난이 들어 있는데 어떻게 이렇게 무사히 돌아가는 것이지? 분명 조금 전에 실언한 것이 시비를 불러일으켜 무슨 사달이 생기겠구나.'

그가 그렇게 생각하는 동안 한 장수가 나는 듯이 말을 달려 쫓아왔는데 알고 보니 조전이었다. 그는 뒤에서 큰 소리로 희창을 불렀다.

"전하, 천자께서 돌아오라는 어명을 내리셨사옵니다!"

"조 장군, 나도 그럴 줄 알고 있었소이다!"

그리고 그는 장수들에게 말했다.

"나는 이제 재난을 피할 수 없게 되었으니 그대들은 속히 서기로 돌아가라. 다만 칠 년 뒤에 무사히 귀국할 것이니 백읍고에게 모친의 말을 잘 듣고 동생과 화목하게 지내되 서기를 다스리는 법령을 고쳐서는 안 된다고 전하라. 이 외에 달리 할 말은 없으니 너희들은 어서 떠나라."

장수들은 눈물을 흘리며 서기를 향해 떠났고 희창은 조전과 함께 조가로 돌아갔으니 이를 묘사한 시가 있다.

십리장정에서 전별주 마셨는데

바른말 하느라 둘러대지 못했지.

유리에 갇혀 있어야 할 운명 아니었다면

어찌 희창이 복희씨의 팔괘 해설할 수 있었으랴?

十里長亭餞酒卮　只因直語欠委蛇

若非天數羈羑里　焉得姬侯贊伏羲

그러니까 희창이 조전과 함께 오문으로 가자 전령이 황비호에게
보고했다. 깜짝 놀란 황비호는 그가 다시 돌아온 이유에 대해 곰곰
이 생각했는데 아무래도 비중과 우혼이 농간을 부린 것 같아서 주기
에게 속히 대신들을 오문으로 모셔 오라고 분부했다. 주기가 떠나자
그도 말을 타고 황급히 오문으로 달려갔는데 그때 희창은 이미 오문
에 도착해 어명을 기다리고 있었다. 황비호가 다급히 물었다.

"전하, 왜 다시 돌아오셨습니까?"

"폐하께서 돌아오라는 어명을 내리셨는데 무슨 일인지는 모르겠
습니다."

한편 조전이 이를 보고하자 주왕이 고함을 질렀다.

"당장 데려와라!"

이에 희창은 섬돌 아래에 엎드려 아뢰었다.

"성은을 입어 귀향하는 중이었사온데 무슨 일로 다시 부르셨나
이까?"

"흥! 고약한 늙은이 같으니라고! 귀향하게 해주었는데 군주의 은
혜에 보답할 생각은 하지 않고 감히 천자를 모독해놓고 또 무슨 말
을 하는 게냐?"

"제가 비록 어리석사오나 위로는 하늘이 있고 아래로는 땅이, 중간에는 군주가 있으며 저를 낳아주신 부모와 가르쳐주신 스승이 있는 줄은 아옵나이다. 저는 하늘과 땅, 군주, 부모, 스승을 한시도 잊은 적이 없사온데 어찌 감히 폐하를 모독하여 죽음을 자초하겠나이까?"

"그래도 교묘한 말로 둘러대고 있구나. 네가 무슨 하늘의 운수를 점쳐서 짐을 모독했으니 그 죄는 도저히 용서할 수 없다!"

"옛날에 신농, 복희씨가 팔괘를 만드셔서 인간사의 길흉화복을 정하신 것이지 제가 마음대로 만들어낸 것이 아니옵니다. 저는 그저 운수에 따라 이야기한 것일 뿐 어찌 감히 함부로 시비를 논했겠사옵니까?"

"그렇다면 천하의 운수가 어찌 되는지 짐 앞에서 점을 쳐봐라."

"저번에 점을 쳤을 때 불길한 운수가 나와서 비중과 우혼 두 대부에게 이야기한 적이 있사옵니다. 저는 그저 불길하다고만 했지 무슨 잘잘못에 대해 이야기한 적은 없사옵니다. 제가 어찌 감히 그런 망언을 하겠사옵니까?"

주왕이 벌떡 일어나 호통쳤다.

"네가 짐은 끝이 좋지 못하지만 너는 방 안에서 천수를 누리고 죽을 것이라고 자랑했다는데 그것이 군주를 거역한 것이 아니고 무엇이더냐? 이는 바로 요사한 말로 대중을 현혹한 것이니 이후로 분명 재앙이 생길 것이다. 짐은 먼저 너의 끝이 좋지 않게 만들어서 너의 점이 틀렸다는 것을 보여주고 말겠다. 여봐라, 희창을 오문 밖으로 끌고 나가 효수하여 국법을 바로 세워라!"

이에 좌우의 무장들이 희창에게 다가가려 하자 갑자기 대전 밖에서 고함 소리가 들려왔다.

"폐하, 희창을 죽여서는 아니 되옵니다! 저희가 간언할 사항이 있사옵니다."

주왕이 급히 고개를 들어 살펴보니 황비호와 미자 등 일곱 명의 대신들이 대전으로 들어와 엎드려 아뢰었다.

"폐하, 희창을 사면하여 고향으로 돌려보내셔서 신하와 백성이 그 태산 같은 덕을 우러르고 있사옵니다. 또한 하늘의 운수를 점치는 것은 복희 성인께서 제정한 것이지 희창이 날조한 것이 아니옵니다. 그러니 그것이 맞지 않는다 하더라도 점괘에 따라 설명한 것뿐이요, 점괘가 맞는다면 희창이 바른말을 하는 군자이지 교활한 소인배가 아니라는 증거가 아니겠사옵니까? 하오니 그의 작은 잘못은 용서하심이 옳을 줄로 아옵나이다."

"자신의 요사한 술수를 믿고 군주를 비방했거늘 그것을 어찌 용서할 수 있겠는가!"

그러자 비간이 간언했다.

"저희는 희창을 위해서가 아니라 나라를 위해서 이렇게 간언하는 것이옵니다. 지금 폐하께서 그를 처형하는 것은 작은 일이지만 사직의 안위는 큰일이 아니옵니까? 희창은 평소 명성이 높아 제후들이 우러르고 군사와 백성들도 존경하는 인물이옵니다. 또한 그의 점은 이치에 따라 올바로 친 것이지 날조한 것이 아니옵니다. 믿지 못하시겠거든 그에게 지금 당장 점을 쳐보라고 하시옵소서. 점이 맞으면 석방해주시고 틀리면 요사한 말을 날조한 죄로 다스리시옵소서.”

이렇게 대신들이 강력하게 간언하자 주왕은 어쩔 수 없이 희창으로 하여금 모두가 보는 앞에서 길흉을 점쳐보라고 했다. 희창은 금화 하나를 들고 흔들어보더니 깜짝 놀라며 말했다.

“폐하, 내일 태묘太廟에 화재가 날 것이니 속히 조상의 신주神主를 옮겨놓으시옵소서. 사직의 근본이 훼손될까 염려되옵나이다.”

“내일 언제 그런 일이 발생한다는 것이냐?”

“오시午時에 일어날 것이옵니다.”

“그렇다면 일단 희창을 가둬놓고 내일 그 점괘가 맞는지 보겠노라!”

황비호 등은 오문을 나왔고 희창은 일곱 왕에게 감사했다. 그러자 황비호가 말했다.

“내일 목숨이 위태로운 상황이 될 테니 미리 준비해놓으셔야 할 것입니다.”

“하늘의 운수가 어떠할지 두고 봐야지요.”

이에 황비호 등은 각자의 거처로 돌아갔다.

한편 주왕은 비중에게 말했다.

“희창이 내일 태묘에 화재가 날 것이라고 했는데 만약 그 말이 맞으면 어찌하는 것이 좋겠소?”

그러자 우혼이 아뢰었다.

“태묘를 관리하는 자들에게 조심히 방비하고 향도 사르지 못하게 어명을 내리시면 화재가 생길 빌미가 없어지지 않겠사옵니까?”

“좋은 생각이오.”

주왕은 내궁으로 돌아갔고 비중과 우혼도 자기 거처로 돌아갔다.

이튿날 무성왕 황비호는 일곱 왕과 함께 왕부에 모여 오시에 정말 화재가 일어날지 기다리면서 음양관에게 시각을 보고하라고 분부했다. 잠시 후 음양관이 보고했다.

"이제 막 오시가 되었사옵니다."

그런데 아직 태묘에 불이 나지 않아서 모두들 당황하고 있을 때 갑자기 하늘에서 강산을 진동하는 천둥소리가 들렸다. 그리고 잠시 후 음양관이 보고했다.

"태묘에 불이 났사옵니다!"

그러자 비간이 탄식했다.

"태묘에 이변이 생겼으니 성탕의 왕조가 오래가지 못하겠구나!"

그리고 모두 함께 밖으로 나가 살펴보니 태묘는 엄청난 불길에 휩싸여 있었다.

이 불은 본래 돌 속에서 생겨나
정말 위세가 웅장하지.
방위는 동남쪽 이궁離宮에 속하고
기세로 아홉 개 세발솥 속에서 단사를 굴리지.
이 불은 바로 수인씨가 세상에 내놓은 것으로
나무 깎고 쇠 뚫으며 하늘과 땅 돌게 하지.
팔괘 가운데 오직 그것만이 위세가 높고
오행 가운데 오직 그것만이 무정하지.
아침에는 동남쪽에서 생겨나

만물의 광채 비추고

저녁이면 서북쪽으로 기울어

한 시대의 혼돈 만들어내지.

불길 일어나는 곳에서는

화르륵 번개가 날아오르고

연기 피어날 때는

캄캄하게 하늘의 해 가리지.

높이를 보면

백 길의 우레가 치는 것 같고

소리를 들으면

삼천 발의 대포 쏘는 듯하지.

검은 연기 땅을 덮어

수만 마리 황금 뱀이 바삐 달리는 듯하고

붉은 불꽃 허공에 치솟아

순식간에 수천 개의 불덩어리 되지.

거센 바람이 힘 보태면

화려한 저택도 순식간에 사라지고

사나운 불길 날아오면

푸른 기와 화려한 처마도 쓸어가버리지.

수천 개의 불꽃 피어올라

별처럼 하늘에 붉게 뿌려지고

도성에 일제히 함성 울려

만백성 놀라게 하지.

하늘의 운수 점치면서 함부로 추측하지 말지니

성탕의 종묘는 모두 재가 되리라.

하늘이 이미 흥망성쇠 정해놓았거늘

사람의 뜻대로 되는 것이 아닐진대 부질없이 계책 세웠구나.

此火本原生於石内　其實有威有雄

坐居離地東南位　勢轉丹砂九鼎中

此火乃燧人氏出世

刻木鑽金　旋乾轉坤

八卦内只他有威　五行中獨他無情

朝生東南　照萬物之光輝

暮落西北　爲一世之混沌

火起處　滑刺刺閃電飛騰

煙發時　黑沉沉遮天蔽日

看高低　有百丈雷聲

聽遠近　發三千火砲

黑煙鋪地　百忙裏走萬道金蛇

紅焰衝空　霎時間有千團火塊

狂風助力　金門珠戸一時休

惡火飛來　碧瓦雕檐捻指過

火起千條焰　星灑滿天紅

都城齊吶喊　轟動萬民驚

數演先天莫浪猜　成湯宗廟盡成灰

老天已定興衰事　算不由人枉自謀

그러니까 주왕이 용덕전에서 문무백관들을 모아놓고 나랏일을 상의하고 있는데 갑자기 시종이 와서 정말 태묘에 화재가 났다고 아뢰었다. 그 바람에 주왕은 혼비백산 놀랐고 두 간신은 간담이 서늘해져서 희창이 정말 성인이라고 여겼다. 이에 주왕이 말했다.

"희창의 점이 정말 맞아버렸으니 이를 어쩌면 좋겠소?"

그러자 비중과 우혼이 아뢰었다.

"우연히 맞았다고는 하지만 그렇다고 그냥 돌려보낼 수는 없지 않겠사옵니까? 대신들이 간언할까 염려하셔서 풀어줄 수밖에 없으시다면 반드시 여차여차하시옵소서. 그러면 천하가 안정되고 강한 신하에 대해서도 염려하실 필요가 없으니 이것이 바로 천하 만민의 복이 아니겠사옵니까?"

"아주 좋은 생각이오!"

그 말이 끝나기도 전에 미자와 비간, 황비호 등이 들어와 절을 올렸다. 비간이 간언했다.

"오늘 태묘에 화재가 났으니 희창의 점이 맞았음이 증명되었사옵니다. 그러하오니 폐하, 희창이 직언한 죄를 용서하시옵소서!"

"희창의 점이 과연 맞았으니 사형은 면해주겠지만 본국으로 돌려보낼 수는 없노라. 잠시 유리羑里에 있다가 나중에 나라가 안정되면 본국으로 돌아갈 수 있도록 하겠노라."

비간 등은 성은에 감사하고 모두 오문으로 나왔다. 비간이 희창에게 말했다.

"전하를 위해 폐하께 간언했더니 사형은 면해주겠지만 본국으로 돌아가는 것은 허락할 수 없다고 하셨소이다. 유리에서 한 달 남짓 참고 지내시면 나중에 폐하께서 마음을 돌리시게 될 테니 자연히 영광스럽게 귀향하실 수 있을 것이외다."

희창이 고개를 숙여 감사했다.

"오늘 폐하께서 저를 유리에 구금하셨지만 이 또한 호탕하게 은혜를 베푸신 것이 아닙니까? 그러니 제가 어찌 감히 거역하겠습니까?"

그러자 황비호가 말했다.

"한 달 정도만 계십시오. 저희가 기회를 봐서 귀향하실 수 있게 해 드리겠습니다. 절대 그곳에 오래 묶여 있도록 하지 않겠습니다."

희창은 모두에게 감사하고 오문에서 궁궐을 향해 감사 인사를 한 후에 즉시 압송을 담당한 관리를 따라 유리로 떠났다. 유리의 군인과 백성, 원로들은 양을 끌고 술을 지고 나와 길 양쪽에 무릎을 꿇고 그를 맞이했다. 대표로 나온 원로가 말했다.

"이제 유리 땅이 성인의 보살핌을 받게 되었으니 만물이 빛날 것이옵니다."

그들은 환호하며 하늘을 울릴 듯이 풍악을 울리면서 희창 일행을 성 안으로 맞이했다. 그 모습을 보고 압송을 담당한 관리가 탄식했다.

"성인의 마음은 해와 달같이 사방을 두루 비추는데 오늘 백성이 서백을 맞이하는 것을 보니 저분이 무죄라는 것을 알 수 있겠구나!"

희창은 저택으로 들어갔고 압송을 담당한 관리 또한 도성으로 돌아가서 보고했다.

희창은 유리에 도착하여 대대적으로 교화를 펼쳐 군인과 백성들

희창, 유리성에 구금되다.

이 모두 즐겁게 생업에 종사하게 했다. 이에 특별히 할 일이 없어진 그는 복희의 팔괘를 반복해 풀이하여 64괘卦를 만들고 그 가운데 다시 384개의 효상爻象을 나누었다. 그리고 분수를 지키며 편안히 지내면서 군주를 원망하는 마음이 전혀 없었으니 후세 사람이 시를 지어 이를 칭송했다.

유리성에서 칠 년 동안 고난 겪으니
괘와 효의 변화가 하나하나 분명해졌구나.
현묘한 지혜가 선천의 신비에 스며들어
위대하고 성스러운 이름 만고에 전해졌도다!

七載艱難羑里城　卦爻一一變分明
玄機參透先天秘　萬古留傳大聖名

한편 주왕은 전혀 거리낌 없이 대신들을 구금했다.

하루는 사령관 저택에 있던 황비호에게 보고가 올라왔는데 동백후 강문환이 사십만 명의 병력을 이끌고 유혼관游魂關을 점령했다는 것이었다. 또 남백후 악순이 이십만 명의 병력을 이끌고 삼산관三山關을 점령했으며 이미 천하 제후들 가운데 사백 명이 반란을 일으켰다는 내용이었다. 이에 그가 탄식했다.

"두 제후가 반란을 일으켜 천하가 어지러워졌으니 백성이 평안할 날은 언제나 올까?"

그는 황급히 명령을 내려 관문을 철저히 지키라고 했으니 이 이야기는 그만하겠다.

한편 건원산乾元山 금광동金光洞의 태을진인太乙眞人은 신선들이 천오백 년 만에 살계를 범하고 오랜 세월이 지나면서 천하가 한바탕 어지러움을 겪은 후에야 평정되리라는 것을 알고 있었다. 그리고 강상이 장수들의 목을 베고 신들에게 벼슬을 봉해서 성탕의 천하가 멸망하고 주나라 왕실이 흥성해야 할 운수이기 때문에 옥허궁에서는 도교의 가르침이 중단된 상태였다. 이 때문에 금광동에서 한가로이 지내던 태을진인에게 갑자기 곤륜산 옥허궁의 백학동자白鶴童子가 편지를 들고 찾아왔다. 태을진인이 편지를 받고 옥허궁을 향해 절을 올리자 백학동자가 말했다.

"사숙, 얼마 후에 강상이 하산할 것이니 영주자靈珠子를 하산시키시기 바랍니다."

"나도 알고 있네."

백학동자가 돌아가자 태을진인은 신선 하나를 하산시켰으니 이후의 일이 어찌 되는지는 다음 회를 보시라.

제12회

나타, 진당관에서 세상에 나오다
陳塘關哪吒出世

금광동에 진기한 신선 있어

속세에 내려와 지극히 인자한 이를 보필했지.

주나라에 이미 아름다운 기색 피어났으니

상나라는 응당 그 기운 저절로 스러지리라.

예로부터 번성할 운세에는 뛰어난 인재 많았고

지금까지 창성할 때에는 겁난劫難이 일어났지.

무오년 갑자일이 되면

아아, 조정과 재야가 모두 나락에 빠지겠구나!

> 金光洞裏有奇珍　降落塵寰輔至仁
> 周室已生佳氣色　商家應自滅精神
> 從來泰運多梁棟　自古昌期有劫燐
> 戊午時中逢甲子　慢嗟朝野盡沉淪

그러니까 진당관陳塘關에는 이정李靖이라는 사령관이 있었다. 그는 어려서부터 도를 수련하여 서곤륜西崑崙의 도액진인을 스승으로 모시고 오행둔술五行遁術을 배웠다. 그렇지만 신선의 도를 깨치기가 너무 어려워서 결국 속세로 내려가 주왕을 보좌하며 사령관으로 인간 세상의 부귀영화를 누리고 있었다. 그의 정실부인인 은씨殷氏는 아들 둘을 낳았는데 큰아들은 이름이 금타金吒이고 둘째는 목타木吒였다. 나중에 은 부인은 다시 임신을 했고 삼 년하고도 육 개월이 지났지만 아이가 태어나지 않았다. 늘 이것을 걱정하던 이정이 어느 날 부인의 배를 가리키며 말했다.

"임신한 지 삼 년이 넘었는데 아직 아이가 나오지 않으니 요괴가 분명한 듯하오."

부인 또한 걱정스럽게 말했다.

"이것은 분명 길한 징조가 아닌 것 같아 밤낮으로 걱정입니다."

그 말을 들으니 이정은 기분이 몹시 좋지 않았다. 그날 밤 삼경에 부인은 꿈속에서 도사 하나를 보았다. 머리를 두 쪽으로 묶고 도복을 입은 그가 곧장 침실로 들어오자 부인이 꾸짖었다.

"예의를 모르는 도사로구나! 어찌 규방을 함부로 들어오는가? 정말 괘씸하구나!"

"부인, 어서 훌륭한 아드님을 맞이하십시오."

부인이 뭐라고 대답하기도 전에 도사가 어떤 물건 하나를 부인의 품속에 넣었다. 은 부인이 깜짝 놀라 잠에서 깨어 온몸에 식은땀을 흘리며 이정을 불렀다.

"여보, 조금 전에 이런 꿈을 꾸었어요."

그러면서 꿈 이야기를 들려주었는데 이야기를 마치기도 전에 은부인은 산통을 느끼기 시작했다. 이정은 급히 일어나 대청으로 가서 생각에 잠겼다.

'삼 년 반 동안 임신하고 있다가 오늘 밤 이런 일이 생겼으니 분명 아이가 태어나겠구나. 하지만 이것이 길한 일인지 흉한 일인지 모르겠다.'

그가 이렇게 생각에 잠겨 있을 때 갑자기 두 시녀가 황급히 달려와서 보고했다.

"나리, 마님께서 요괴를 낳으셨어요!"

이정은 급히 칼을 들고 침실로 달려갔다. 그때 방 안에는 붉은 빛이 가득 차 있고 기이한 향기가 풍겼는데 고깃덩어리 하나가 바퀴처럼 빙글빙글 돌고 있었다. 이정이 깜짝 놀라 고깃덩어리를 향해 칼을 내리치자 '촤악!' 하는 소리와 함께 그것이 갈라지며 어린아이 하나가 풀쩍 튀어나왔다. 온 방 안에 붉은 빛이 감싸인 가운데 나타난 그 아이의 얼굴은 분을 바른 듯 새하얬으며 오른손에 금팔찌를 하나 차고 있었고 배에는 붉은 비단을 두른 채 눈부신 금빛을 피워냈다. 진당관에서 태어난 이 신선은 바로 강상의 선봉장이었다. 영주자의 화신인 그가 차고 있는 금팔찌는 건곤권乾坤圈이고 붉은 비단은 혼천릉混天綾이었다. 이것들은 바로 건원산 금광동에 있던 보물임은 말할 필요도 없겠다.

한편 이정은 고깃덩어리를 쪼개자 어린아이가 나와 온 방 안을 뛰어 다니는 것을 보고 깜짝 놀랐다. 그가 다가가 아이를 안아보니 대단히 잘생긴 아이였다. 그 바람에 그는 차마 아이를 요괴로 간주하여 목숨을 해칠 수 없었다. 그래서 아이를 부인에게 건네주고 서로 귀여워하며 떼어놓지 못했다.

이튿날 이정 휘하의 많은 관리들이 찾아와 축하 인사를 했다. 이정이 그들을 돌려보내고 나서 중군의 관리가 보고했다.

"나리, 밖에서 웬 도사가 뵙기를 청하고 있사옵니다."

이정은 원래 도교를 믿었던 사람인지라 감히 근본을 잊을 수 없었다.

"어서 모셔라!"

군정사의 관리가 도사를 모셔오자 도사는 곧장 대청으로 올라와서 이정에게 말했다.

"장군, 안녕하십니까?"

이정은 답례하고 도사에게 윗자리를 권했고 도사는 겸양하지 않고 윗자리에 앉았다. 이에 이정이 물었다.

"도사님, 어느 산 어느 동부에 계시는 분이신지요? 무슨 가르침을 내리시려고 오셨는지요?"

"저는 건원산 금광동의 태을진인입니다. 장군 댁에 아드님이 태어났다는 소식을 듣고 축하하러 왔는데 아드님을 좀 보여주실 수 있겠습니까?"

이정은 곧 시녀에게 아이를 안고 나오라고 했다. 도사가 아이를 받아 안고 살펴보더니 이정에게 물었다.

"이 아드님은 언제 태어나셨습니까?"

"축시(丑時, 오전 1시~3시)에 태어났습니다."

"좋지 않군요."

"설마 이 아이가 제대로 자라지 못한다는 말씀이십니까?"

"아닙니다, 이 아이가 축시에 태어났으니 바로 천칠백 살계를 범했습니다. 그런데 이름은 지었습니까?"

"아직 짓지 못했습니다."

"제가 이름을 지어주고 제자로 삼을까 하는데 어떻게 생각하십니까?"

"그렇게 해주십시오."

"장군께서는 아드님이 몇 분이십니까?"

"셋입니다. 큰아이는 금타인데 오룡산五龍山 운소동雲霄洞의 문수광법천존文殊廣法天尊을 스승으로 모셨고 둘째는 목타인데 구궁산九宮山 백학동白鶴洞의 보현진인普賢眞人을 스승으로 모셨습니다. 도사님께서 이 아이를 제자로 들이실 생각이시면 그저 아이의 이름이나 하나 지어주십시오."

"이 아이는 셋째이니 나타哪吒라고 부르겠습니다."

"좋은 이름을 지어주셔서 감사합니다."

이정이 수하를 시켜 도사에게 음식을 대접하려고 하자 도사가 사양했다.

"그러실 필요 없습니다. 저는 일이 있어서 곧바로 산으로 돌아가야 합니다. 이만 작별 인사를 올려야겠습니다."

이정은 어쩔 수 없이 배웅했고 도사는 즉시 돌아갔다.

한편 이정이 별다른 일 없이 진당관에서 지내는데 갑자기 천하의 제후 사백 명이 반란을 일으켰다는 소식이 들려왔다. 그는 황급히 관문의 수비를 강화하고 군사를 훈련시켜 야마령野馬嶺의 요지를 방비했다.

세월은 순식간에 흘러 계절이 바뀌기를 여러 차례, 어느덧 칠 년이 지났다. 나타는 일곱 살이 되어 키가 여섯 자로 자랐는데 때는 5월이라 날씨가 아주 무더웠다. 이정은 동백후 강문환이 반란을 일으켜 유혼관에서 두융竇融°과 대대적인 전투를 벌였다는 것을 알고 날마다 병사를 훈련시켰다.

한편 나타는 무더운 날씨에 짜증이 나서 모친을 찾아가 절하고 한쪽에 서서 말했다.

"관문 밖에 잠깐 놀러 갔다 오려고 하는데 어머님께 말씀드리고 다녀오려고요."

"얘야, 그러면 장수 한 명을 데리고 다녀오너라. 너무 오래 놀지 말고 네 아버님이 훈련을 마치고 돌아오시기 전에 빨리 다녀오도록 해라."

"예, 알겠어요."

나타는 장수 한 명을 데리고 관문 밖으로 나갔으니 때는 5월이라 날씨가 아주 무더웠다.

태양의 진정한 불이 속세를 단련하니
곱게 늘어진 푸른 버들 재로 변하려 하는구나.
나그네는 무서워서 걸음 내딛기 귀찮아하고
미인은 더위 무서워 누대 오르기 싫어하지.
서늘한 정자도 찜통처럼 무덥고
물가 정자도 불구덩이에 있는 듯 바람조차 불지 않는구나.

물론 깊숙한 뜰에 연꽃 향기 풍겨오나니
가벼운 우레와 가랑비에 비로소 가슴을 열었구나.

太陽眞火煉塵埃　綠柳嬌柔欲化灰

行旅畏威慵擧步　佳人怕熱懶登臺

凉亭有暑如煙燎　水閣無風似火埋

慢道荷香來曲院　輕雷細雨始開懷

그러니까 장수와 함께 밖으로 나온 나타는 일 리 남짓 가다가 날씨가 너무 더워서 땀을 비 오듯 흘리며 장수에게 말했다.

"저기 나무 그늘에서 더위를 식힐 만한지 좀 보고 오셔요."

장수가 나무 그늘로 가서 보니 바람이 불어와 답답한 마음이 싹 풀어지는지라 황급히 돌아와서 보고했다.

"도련님, 저기 버드나무 그늘이 아주 시원해서 더위를 피할 만합니다."

나타는 무척 기뻐하며 숲으로 달려가 허리띠를 풀고 옷섶을 열어젖혔다. 그가 기분 좋게 더위를 피하고 있는데 갑자기 저쪽에서 맑은 물이 졸졸 흐르는 소리가 들려왔다. 그야말로 '양쪽 언덕에 드리운 버드나무에 바람이 솔솔 불고 벼랑 옆의 어지러운 바위 사이로 물이 졸졸 흐르는[兩岸垂楊風習習 崖傍亂石水潺潺]' 격이었다. 이에 나타는 벌떡 일어나 물가로 달려가며 장수에게 말했다.

"날이 너무 더워 온몸에 땀이 범벅이니 잠시 저 바위에 앉아 등목이나 해야겠어."

"도련님, 조심하십시오. 나리께서 돌아오시기 전에 얼른 돌아가시는 것이 좋겠습니다."

"괜찮아."

그는 곧 옷을 벗고 바위에 앉아 일곱 자 길이의 혼천릉을 물에 담 갔다가 꺼내서 몸을 닦았다. 그런데 그 강물은 바로 구만하九灣河로 동해 입구에 있는 것이었다. 나타가 이 보물을 물에 담그자 물에 온 통 붉은 빛이 비치더니 이내 가볍게 한 번 흔드니 강물이 출렁이며 천지가 진동했다. 그 바람에 용궁에 어지러운 소리가 울렸고 눈부 신 빛과 함께 궁궐 대문이 흔들리자 동해 용왕 오광敖光이 황급히 수 하에게 물었다.

"지진도 아닐 텐데 왜 용궁이 흔들리는 것이냐? 바다를 순찰하는 야차夜叉 이간李艮에게 바닷가에서 누가 요사한 짓을 하는지 살펴보 라고 해라."

이에 야차가 구만하로 가서 살펴보니 물이 온통 붉은 빛으로 찬 란히 빛나는데 어린아이 하나가 붉은 비단을 물에 담가 등목을 하 고 있었다. 야차는 물을 가르고 나가서 호통쳤다.

"거기 꼬마야, 무슨 요상한 물건으로 강물을 붉게 물들이고 용궁 을 뒤흔드는 것이냐?"

나타가 돌아보니 물속에서 푸르뎅뎅한 얼굴에 시뻘건 머리카락 을 기르고 커다란 입에 송곳니가 삐죽 나온 괴물이 커다란 도끼를 들고 서 있었다.

"너는 무슨 짐승이기에 말도 할 줄 아느냐?"

"뭣이! 나는 주군의 명령을 받들어 바다를 순찰하는 야차인데 나 더러 짐승이라고?"

그는 물을 가르고 뭍으로 뛰어올라 나타의 정수리를 향해 도끼를 내리쳤다. 벌거벗은 몸으로 서 있던 나타는 야차가 흉맹하게 달려들자 재빨리 피하면서 오른손에 차고 있던 건곤권을 공중으로 던졌다. 이 보물은 원래 곤륜산 옥허궁에서 하사하여 태을진인이 금광동에 보관하고 있던 것으로 야차가 감당할 수 있는 것이 아니었다. 그 보물이 아래로 떨어져 그대로 야차의 머리를 쳐버리니 야차는 즉시 뇌수를 흘리며 그 자리에서 죽어버렸다. 그러자 나타가 웃으며 말했다.

　"괜히 내 건곤권만 더러워졌잖아!"

　그는 바위에 앉아 건곤권을 씻었다. 그 바람에 용왕의 수정궁水晶宮이 다시 한 번 크게 흔들리며 거의 무너질 뻔했다. 이에 오광이 말했다.

　"어찌 된 일인지 알아보러 간 야차는 돌아오지 않고 어찌 이리 지독한 일이 생긴단 말이냐?"

　그러는 사이에 용궁의 병사가 와서 보고했다.

　"급보이옵니다! 야차가 뭍에서 어느 아이에게 맞아 죽었사옵니다!"

　"뭐라고? 이간은 영소보전靈霄寶殿의 옥황상제께서 친필 칙명을 내려 파견한 신인데 누가 감히 때려죽였다는 것이냐? 여봐라, 용궁의 병사들을 소집하라. 내가 직접 가서 누구인지 보겠다!"

　그 말이 끝나기도 전에 용왕의 셋째 왕자 오병敖丙이 나서서 말했다.

　"아바마마, 무슨 일로 이렇게 진노하시옵니까?"

오광이 그간의 일에 대해 이야기해주자 오병이 말했다.

"아바마마, 여기 계시옵소서. 제가 나가서 그놈을 잡아 오겠나이다."

그는 즉시 용궁 병사들을 점검하고 물을 가르는 핍수수逼水獸에 올라 자루가 화려하게 장식된 창을 들고 수정궁을 나왔다. 오병이 물살을 가르자 산이 무너지는 듯 거대한 파도가 일면서 평지의 물이 몇 자나 불어났다.

나타는 일어서서 그 물을 바라보며 중얼거렸다.

"정말 엄청난 물이로구나!"

그때 파도 속에서 기이한 짐승 한 마리가 나타났는데 그 위에는 갑옷을 차려입고 창을 든 용맹한 이가 타고 있었다. 그가 고함쳤다.

"누가 바다를 순찰하는 야차 이간을 죽였느냐?"

"내가 그랬어."

"너는 누구냐?"

"나는 진당관의 사령관 이정의 셋째 아들 나타야. 우리 아버님은 이곳을 지키며 다스리는 군주이신데 나는 더위를 식히려고 목욕을 하고 있었어. 그게 그자하고 무슨 상관이겠어? 그런데 그자가 갑자기 나를 공격하지 뭐야? 그러니 나한테 맞아 죽어도 싸지!"

"이런 못된 놈! 야차 이간은 옥황상제께서 파견한 신인데 감히 네가 간도 크게 그 신을 때려죽여? 그래 놓고도 감히 헛소리를 늘어놓고 있구나!"

태자가 창을 들고 찌르려 하자 손에 아무 무기도 없던 나타는 얼른 머리를 숙여 피했다. 나타가 말했다.

"잠깐! 너는 누구냐? 이름을 밝혀라! 그렇다면 내게도 방법이 있다!"

"나는 바로 동해 용왕의 셋째 왕자 오병이다."

"하하! 알고 보니 오광의 아들이었구나? 감히 주제넘게 잘난 체하며 나를 화나게 하면 네 아비인 그 늙은 미꾸라지까지 잡아서 껍질을 벗겨놓고 말겠다!"

"뭣이라! 이런 싸가지 없는 놈!"

그가 다시 창을 찌르자 다급해진 나타는 일곱 자 혼천릉을 공중으로 던졌다. 그러자 수천 덩어리 불꽃이 아래로 덮쳐 셋째 왕자와 핍수수를 한꺼번에 감싸버렸다. 나타가 성큼 한 걸음 내디디며 오병의 목을 한 발로 밟고 건곤권으로 머리를 내리치니 셋째 왕자의 본색이 드러났다. 그것은 바로 한 마리 용이었다. 그 용이 땅바닥에 뻣뻣하게 나자빠지자 나타가 말했다.

"새끼 용의 본색을 드러냈으니 잘됐다, 이놈의 힘줄을 뽑아 끈으로 엮어서 아버님께 갑옷을 묶을 띠로 쓰시라고 드려야겠구나."

나타는 곧 셋째 왕자의 힘줄을 뽑아 손에 들고 진당관으로 돌아갔다. 그를 따라갔던 장수는 온몸의 맥이 풀려 잘 걷지도 못하고 비틀거리며 간신히 사령부 대문 앞에 도착했다. 나타가 모친을 찾아가자 은 부인이 말했다.

"얘야, 어디서 놀다가 이렇게 늦은 것이냐?"

"관문 밖에서 놀다 보니 늦은 줄도 몰랐어요."

그렇게 말하고 나타는 뒤뜰로 갔다.

그 무렵 이정은 군사 훈련을 마치고 돌아와 수하들을 보내고 나

乾元山哪吒下世

나타, 건원산에서 인간 세상으로 내려오다.

서 갑옷을 벗고 뒤채에 앉아 주왕이 정치를 잘못 하여 천하의 제후 사백 명이 반란을 일으켜 민생이 도탄에 빠진 상황을 염려하며 근심에 잠겨 있었다.

한편 용궁에서는 병사들이 오광을 찾아가 이렇게 보고했다.

"진당관의 사령관 이정의 아들이 셋째 왕자를 때려죽이고 심지어 힘줄까지 뽑아 가버렸사옵니다."

"뭣이! 우리 아들은 구름을 일으키고 비를 밟고 다니며 만물을 윤택하게 적셔주는 올바른 신인데 어째서 때려죽였단 말이냐? 이정! 너는 곤륜산에서 도술을 배우면서 나와 의형제를 맺은 사이인데 어떻게 자식을 멋대로 키워서 내 아들을 죽게 만든 것이냐? 이것만 해도 백대百代의 원한을 살 만한 일이거늘 심지어 우리 아들의 힘줄까지 뽑아 가버렸다고? 정말 통탄할 일이로구나!"

오광은 진노하여 즉시 자식의 원수를 갚으려 했다. 그는 곧 선비로 변신하여 곧장 진당관으로 찾아가서 사령부에 이르러 문지기에게 말했다.

"친구 오광이 찾아왔다고 전해주시구려."

이에 군정관이 내청으로 들어가 보고했다.

"나리, 친구 오광이라는 분이 찾아오셨습니다."

"오! 내가 형님과 헤어진 지 여러 해가 지났는데 오늘 이렇게 만나게 되다니 정말 천행이로구나!"

그는 황급히 의관을 단정히 하고 나가 오광을 대청으로 맞이하여 인사를 나누고 자리에 앉았다. 그런데 오광의 얼굴에 화난 표정이 역력해서 무슨 일인지 물어보려고 하는데 오광이 먼저 입을 열었다.

"아우, 아주 잘난 아들을 두셨더구려!"

"여러 해 만에야 천행으로 이렇게 만나게 되었는데 갑자기 그것이 무슨 말씀이십니까? 제게는 아들이 셋뿐인데 첫째는 금타, 둘째는 목타, 셋째는 나타라고 하며 모두 명산의 도덕 깊으신 분을 스승으로 모셨습니다. 그러니 훌륭하다고는 할 수 없더라도 무뢰배는 아닌데 아마 형님께서 잘못 알고 계시나 봅니다."

"자네야말로 잘못 알고 있네! 자네 아들이 구만하에서 목욕을 했는데 무슨 술법을 썼는지 내 용궁이 거의 무너질 뻔했네. 그래서 야차를 시켜 살펴보라고 했더니 그를 때려죽이고 내 셋째 아들을 시켜 살펴보게 했더니 또 그 아이까지 때려죽이고 심지어 힘줄까지 뽑아 가버렸다 이 말일세!"

오광은 여기까지 말하고 자기도 모르게 가슴이 아파서 버럭 소리를 질렀다.

"그런데도 자네는 사정도 모르면서 자식을 감싸는가?"

이정은 황급히 웃는 얼굴로 대답했다.

"우리 아이들이 아닐 겁니다. 형님이 잘못 알고 계시는 걸 테지요. 제 큰아들은 오룡산에서, 둘째 아들은 구궁산에서 공부하고 있고 셋째 아들은 이제 일곱 살이라 대문 밖을 나가지 않는데 어떻게 그런 큰일을 저지를 수 있겠습니까?"

"바로 자네 셋째 아들 나타일세."

"정말 이상한 일이로군요. 형님, 성급하게 판단하지 마십시오. 제가 그 아이를 불러와 직접 만나게 해드리겠습니다."

이정이 뒤채로 가자 은 부인이 그에게 물었다.

"누가 오셨어요?"

"친구 오광이오, 누가 그분의 셋째 왕자를 때려죽인 모양인데 그게 나타가 한 짓이라고 하시는구려. 그래서 이 아이를 데리고 가서 확인시켜주려고 하오. 그런데 나타는 지금 어디에 있소?"

은 부인은 깜짝 놀랐다.

'오늘 하루 밖에 나갔다 왔을 뿐인데 어떻게 그런 일을 저질렀을까?'

하지만 그녀는 감히 그런 말을 하지 못하고 그저 뒤뜰에 있다고 알려줄 수밖에 없었다. 이정은 곧장 뒤뜰로 가서 아들을 불렀다.

"나타야, 어디에 있느냐?"

그렇게 한참을 불러도 대답이 없자 해당헌海棠軒으로 가보니 문이 잠겨 있었다. 이정이 문 앞에서 큰 소리로 부르자 나타가 황급히 문을 열었다.

"얘야, 여기서 뭘 하고 있는 게냐?"

"오늘 심심해서 구만하에 놀러 나갔는데 너무 더워서 등목을 했어요. 그런데 이간이라는 야차가 나타나더니 가만히 있는 저한테 마구 욕을 하면서 도끼로 찍으려고 하더군요. 그래서 제가 때려죽여버렸어요. 그런데 또 무슨 셋째 왕자 오병인가 하는 작자가 창을 들고 나타나 찌르려고 하기에 제가 혼천릉으로 덮고 한쪽 발로 목을 밟아 건곤권으로 한 방 때려주었어요. 그런데 뜻밖에 그놈은 용이더라고요. 그래서 저는 귀한 용의 힘줄을 뽑아 끈을 엮어서 아버님 갑옷 묶는 허리띠를 만들어 드리려고 해요."

그 말을 들은 이정은 너무 놀라 입을 딱 벌리고 한참 동안 아무 말도 못하다가 버럭 고함쳤다.

"아이고, 이 원수 덩어리야! 그런 엄청난 짓을 저지르다니! 어서 나가서 백부께 사실대로 말씀드려라!"

"걱정 마셔요, 모르고 한 일인데 설마 죄를 물으시겠어요? 그리고 힘줄이 아직 그대로 있으니까 달라고 하시면 돌려드리면 돼요. 제가 가서 말씀드릴게요."

나타는 황급히 대청으로 달려가 공손히 절하고 말했다.

"백부님, 제가 사정을 모르고 실수했으니 용서해주셔요. 힘줄은 전혀 손대지 않고 그대로 돌려드리겠어요."

오광은 그 힘줄을 보자 더욱 가슴이 아파서 이정을 향해 말했다.

"이런 못된 자식을 낳아놓고 조금 전에 내가 잘못 알았다고 했는가! 이제 저 아이가 실토했으니 자네 생각에는 이걸 그냥 넘어갈 수 있겠는가? 게다가 내 아들은 올바른 신이고 야차 이간 또한 옥황상제께서 파견한 신인데 그런 이들을 자네 부자가 아무 이유도 없이 함부로 죽일 수 있는가? 내가 내일 옥황상제께 상주하여 자네 사부더러 잘못 가르친 데 대한 책임을 지라고 할 걸세!"

그렇게 말하고 오광은 소매를 휘저으며 가버렸다. 이정은 그의 뒷모습을 향해 고개를 숙이고 대성통곡했다.

"아이고, 이거 보통 일이 아니로구나!"

은 부인이 통곡 소리를 듣고 황급히 시녀들에게 영문을 물으니 시녀가 대답했다.

"오늘 셋째 도련님께서 놀러 나가셨다가 용왕의 셋째 왕자를 때

려죽여서 조금 전에 용왕이 나리께 따지러 왔사옵니다. 내일 옥황
상제께 상주하겠다고 하셨는데 나리께서는 왜 통곡하시는지 모르
겠사옵니다.”

은 부인이 황급히 대청으로 가자 이정이 얼른 눈물을 훔치며 말
했다.

“내가 신선이 되려다가 아직 이루지 못하고 있는데 뜻밖에 당신
이 이런 자식을 낳아서 멸문의 재앙을 당하게 생겼소! 용왕은 비를
내리는 올바른 신인데 저놈이 함부로 죽여버렸지 뭐요. 내일 옥황
상제께서 용왕의 상소를 비준하여 시행하라고 하시면 당신과 나는
길어야 사흘, 짧으면 이틀 안에 모두 칼날 아래 귀신이 될 거요.”

그렇게 말하고 나서 그는 다시 처절하게 통곡했다. 은 부인도 눈
물을 비 오듯 흘리며 나타를 향해 손가락질했다.

“내가 삼 년하고도 여섯 달 동안 너를 배고 있다가 고생 끝에 낳았
는데 누가 알았겠느냐, 네놈이 멸문의 재앙을 일으킬 씨앗이었을
줄이야!”

이렇게 부모가 통곡하자 나타가 무릎을 꿇고 말했다.

“아버지, 어머니! 오늘은 솔직히 말씀드리겠어요. 사실 저는 보
통 사람이 아니라 건원산 금광동에 계신 태을진인의 제자예요. 이
보물들은 모두 사부님께서 주신 것인데 오광이 어떻게 저의 적수가
되겠어요? 이제 건원산으로 가서 사부님께 말씀드리면 분명 무슨
방법이 있을 거예요. 제가 저지른 일은 제가 책임져야 부모님에
게까지 누를 끼칠 수 있겠어요?”

나타가 곧 대문을 나와서 흙을 한 줌 집어 공중에 뿌리니 순식간

에 모습이 사라져버렸다. 이것은 흙의 장막을 이용해 그가 태어난 근본인 건원산으로 날아간 것이었으니 이를 묘사한 시가 있다.

건원산에서 목숨 살려달라고 간청하면서
동해 용왕 오광의 일에 대해 설명했지.
보덕문 앞에서 법력 베푸니
비로소 알겠구나, 신선술이 허명 아니었음을!

乾元山上叩吾生　　訴說救光東海情
寶德門前施法力　　方知仙術不虛名

그러니까 나타가 흙의 장막을 이용해 건원산 금광동으로 가서 사부의 명을 기다리자 금하동자가 황급히 태을진인에게 보고했다.

"사부님, 사형이 찾아와서 하명을 기다리고 있습니다."

"이리 데려오너라."

금하동자가 동부 입구로 가서 나타에게 말했다.

"사부님께서 안으로 데려오라고 하셨어요."

이에 나타는 벽유상碧游床 앞으로 가서 엎드려 큰절을 올렸다. 태을진인이 물었다.

"진당관에 있어야 할 네가 무슨 일로 여기에 왔느냐?"

"사부님의 은혜로 진당관에 태어난 지 벌써 칠 년이 되었습니다. 그런데 어제 구만하에서 등목을 하는데 뜻밖에 오광의 아들 오병이 욕하며 저를 해치려 하기에 순간적으로 화를 참지 못하고 그자의 목숨을 해쳐버렸습니다. 그래서 지금 오광이 하늘나라에 상주하려

하니 부모님께서 놀라 걱정하시는지라 마음이 몹시 불편합니다. 도움을 청할 곳이 없어 어쩔 수 없이 사부님께 간청하러 왔습니다. 제가 무지하여 죄를 지었으니 부디 용서하시고 도와주십시오!"

그 말을 들은 태을진인은 잠시 생각에 잠겼다.

'나타가 아무것도 모르고 오병을 해친 것은 하늘이 정한 운수이거늘! 오광이 용왕이기는 하지만 그저 비를 뿌리고 구름을 일으킬 줄만 아는 모양이로구나. 그래도 하늘에서 천문을 드리워 알려주었으니 조금만 짐작하면 알 수 있지 않겠는가? 이런 자잘한 일로 옥황상제께 불경을 저지르려 하다니 정말 사리 분별을 못하는구나!'

그는 곧 나타를 불렀다.

"이리 와서 옷섶을 풀어봐라."

태을진인은 손가락으로 나타의 가슴에 부적을 하나 그려주며 말했다.

"보덕문에 가서 여차여차 일을 처리해라. 일이 끝나고 나면 진당관으로 돌아가 네 부모에게 이렇게 말씀드려라. 무슨 일이 생기더라도 이 사부가 있으니 절대 너희 부모가 해를 입지 않게 해주겠노라고 말이다. 알겠느냐? 그럼, 어서 가봐라!"

나타는 곧 건원산을 떠나 보덕문으로 갔다. 하늘나라는 그야말로 인간 세상과는 달라서 푸른 하늘에 자줏빛 안개와 붉은 구름이 자욱했으니 그 모습이 이러했다.

하늘나라에 처음 오르니
금방 천당이 나타나는구나.

수만 갈래 금빛이 무지개 토하고

수천 갈래 상서로운 기운이 자줏빛 안개 뿜는구나.

저 남천문은

푸르디푸른 유리로 만들었고

눈부시게 빛나는 전각 화려하게 치장했구나.

양쪽으로 네 개의 큰 기둥 서 있는데

기둥을 감은 것은

구름 일으키고 안개 타는 붉은 수염의 용이로구나.

한가운데 옥으로 만든 두 개의 다리가 있는데

그 위에 서 있는 것은

오색 날개로 허공 나는 단정봉이로구나.

밝은 노을 찬란하게 하늘 비추고

푸른 안개 몽롱하게 별빛과 햇빛 가린다.

하늘나라에는 서른세 개의 궁전이 있나니

유운궁과 곤사궁, 자소궁

태양궁과 태음궁, 화락궁

궁궐마다 지붕에 황금 해치가 얹혀 있지.

또 일흔 겹의 대전이 있나니

바로 조회전과 능허전, 보광전

취선전과 전주전

대전마다 옥기린 감은 기둥 늘어서 있지.

수성대와 녹성대, 복성대

누대 아래에는 천만년 동안 기이한 꽃 시들지 않고

연단로와 팔괘로, 수화로

화로에는 억만년 동안 늘 푸르고 고운 풀이 있지.

조성전 안의 붉은 비단옷 입은 관리들

금빛 노을 찬란히 빛나고

동정계 아래의 부용관 쓴 선녀들

황금과 옥으로 눈부시게 치장했구나.

영소보전에는

옥으로 만든 문에 황금 못이 박혀 있고

적성루 앞에는

붉은 대문 위에 오색 봉황 춤추는구나.

복도와 회랑은

곳곳마다 영롱하게 투각透刻을 했고

겹겹의 처마는

층마다 용과 봉황이 날아다니지.

위쪽에는 자줏빛 아득하고

눈부시게 밝으며

동글동글

반짝반짝

맑게 빛나는 호로 모양의 지붕이 있고

좌우에는 빽빽하고

층층이

딸랑딸랑

똑똑 뚝뚝

소리도 낭랑한 옥 풍경이 걸려 있구나.

그야말로 궁전에는 늘 온갖 기이한 것이 다 있나니

세상에는 이런 것이 모두 희귀하지.

황금 대궐과 은 수레, 자줏빛 건물

기화요초가 옥으로 된 하늘까지 피어 있구나.

옥황상제 알현하러 옥토끼가 단 옆을 지나고

신선 참배하러 황금 까마귀 낮게 나는구나.

복 많은 사람이 하늘나라에 오면

인간 세상의 티끌 떨어뜨려 더럽히지 말라!

初登上界　乍見天堂

金光萬道吐紅霓　瑞氣千條噴紫霧

只見那南天門　碧沉沉琉璃造就　明晃晃寶殿妝成

兩邊有四根大柱　柱上盤繞的　是興雲步霧赤鬚龍

正中有二座玉橋　橋上站立的　是彩羽凌空丹頂鳳

明霞燦爛映天光　碧霧朦朧遮斗日

天上有三十三座仙宮　遣雲宮崑沙宮紫霄宮

太陽宮太陰宮化樂宮　一宮宮脊吞金獬豸

又有七十重寶殿　乃朝會殿凌虛殿寶光殿

聚仙殿傳奏殿　一殿殿柱列玉麒麟

壽星臺祿星臺福星臺　臺下有千千年不卸奇花

煉丹爐八卦爐水火爐　爐中有萬萬載常青繡草

朝聖殿中絳紗衣　金霞燦爛

形廷階下芙蓉冠　金碧輝煌

靈霄寶殿　金釘攢玉戶

積聖樓前　彩鳳舞朱門

複道迴廊　處處玲瓏剔透

三簷四簇　層層龍鳳翔翔

上面有紫巍巍　明晃晃

圓丟丟　光灼灼　亮錚錚的葫蘆頂

左右是緊簇簇　密層層

響叮叮　滴溜溜　明朗朗的玉佩聲

正是　天宮異物般般有　世上如他件件稀

金闕銀鑾并紫府　奇花異草曁瑤天

朝天玉兔壇邊過　參聖金烏着底飛

若人有福來天境　不墮人間免汚泥

　나타가 보덕문에 도착해보니 너무 일찍 왔는지 오광은 보이지 않고 하늘 궁전의 대문도 아직 열려 있지 않았다. 이에 그는 취선문聚仙門 아래에 서 있었다. 잠시 후 오광이 조회복을 차려입고 패옥을 짤랑거리며 남천문으로 찾아왔다.

　"너무 일찍 왔나 보구나, 황금역사가 아직 나오지 않았으니 어쩔 수 없이 여기서 기다리는 수밖에."

　그런데 나타는 오광을 볼 수 있었지만 오광은 나타를 볼 수 없었다. 태을진인이 나타의 가슴에 그려준 것이 바로 몸을 숨기는 부적인 은신부隱身符였기 때문이다. 나타는 오광을 보고 속으로 화가 치밀어서 성큼성큼 다가가 건곤권을 들고 굶주린 호랑이가 먹이를 덮치듯 등짝을 내갈겼고 오광은 즉시 땅바닥에 자빠져버렸다. 이에 나타가 재빨리 쫓아가 한쪽 발로 그의 등짝을 밟아 눌렀으니 이제 오광의 목숨이 어찌 되는지는 다음 회를 보시라.

태을진인, 석기를 거둬들이다
太乙眞人收石磯

자연히 만들어진 돌 먼저 얻으니

신령한 기운 잉태한 지 이미 만 년이 되었구나.

달과 별의 정화 먹고 땅의 굴 찾아

이離의 방위 채우고 감坎을 취해서 다시 건乾으로 올라갔지.

안개 타고 구름 일으키는 술법 자랑하지 말고

용과 범처럼 포효하는 신선의 소리 들어보라.

겁난의 운수 만나면 대처하기 어려우니

사악함과 정의도 한쪽만 온전함을 알아야 하지.

天然頑石磯得先　結就靈胎已萬年

吸月餐星探地窟　塡離取坎復天乾

慢誇步霧興雲術　且聽吟龍嘯虎仙

劫火運逢難措手　須知邪正有偏全

그러니까 나타가 보덕문 앞에서 오광의 등을 밟고 있었는데 오광이 목을 돌려 돌아보니 나타인지라 자기도 모르게 벌컥 화가 치밀었다. 게다가 그에게 맞고 쓰러져 발로 짓밟힌 상태라 아무리 몸부림쳐도 빠져나올 수 없었다. 이에 오광이 욕을 퍼부었다.

"못된 놈, 간도 크구나! 솜털도 빠지지 않은 놈이 감히 흉악하게 옥황상제께서 파견하신 야차를 때려죽이고 또 나의 셋째 왕자까지 때려죽이다니! 그 아이가 너와 무슨 원수를 졌기에 힘줄까지 뽑았더냐? 그런 흉악한 짓을 저지른 죄도 이미 용서받지 못할 만큼 크거늘 또 감히 보덕문 앞에서 구름을 일으키고 비를 뿌리는 올바른 신을 때리다니! 하늘의 기강을 기만했으니 해시형으로 다스려도 그 죄를 다 씻지 못할 것이다!"

그런 욕설을 들은 나타는 당장 건곤권으로 오광을 때려죽이고 싶었지만 태을진인의 분부 때문에 그럴 수 없었다. 대신 그는 오광의 등을 밟고 이렇게 말했다.

"계속해봐! 계속해보라고! 네까짓 늙은 미꾸라지 하나쯤 때려죽이는 것은 일도 아냐! 내가 누군지 모르는 모양인데 이 몸이 바로 건원산 금광동에 계신 태을진인의 제자인 영주자로 옥허궁의 분부를 받들어 진당관 이정의 아들로 태어났다. 상나라가 망하고 주나라 왕실이 부흥할 때가 머지않아서 강상이 하산할 터인데 내가 바로 주왕을 격파하고 주나라를 보필할 선봉장이다. 우연히 구만하에서 등목을 하는데 너희 집에 있는 것들이 나를 무시해서 순간적으로 화가 치밀어 두 놈을 때려죽인 것이다. 그까짓 자잘한 일로 네가 옥황상제께 상소를 올린다고? 우리 사부님께서 말씀하시기를 네까짓 늙어빠진 것을 때려죽여도 괜찮다고 하셨어!"

"이놈의 꼬맹이, 잘도 때리는구나! 어디 더 때려봐라!"

"맞고 싶다니 그렇게 해주마!"

나타가 주먹을 말아 쥐고 위아래로 '퍽퍽 팍팍' 단숨에 스무 번쯤 주먹질을 하자 오광이 비명을 질러댔다. 나타가 말했다.

"이놈의 늙다리, 이렇게 고집이 세니 맞지 않으면 무서운 줄을 모르겠군!"

옛말에 용은 비늘을 벗기는 것을 무서워하고 호랑이는 힘줄을 빼는 것을 두려워한다고 했다. 나타가 오광의 조회복을 반쯤 걷어 올리자 왼쪽 옆구리에 비늘이 드러났다. 그는 비늘을 연달아 한 움큼씩 쥐어뜯어 사오십 개쯤 떼어버렸다. 피가 철철 흘러 골수마저 상해버린 오광은 너무나 아파서 살려달라고 애원했다. 그러자 나타가 말했다.

"살려줄 테니 상소를 올리지 말고 나랑 같이 진당관으로 가자. 말을 듣지 않으면 건곤권으로 때려죽여버리겠다. 어쨌든 사부님께서 처리해주실 테니까 나도 무서울 거 없어!"

오광은 이렇게 지독한 작자를 만나게 되자 감히 아무 말도 못하고 승낙할 수밖에 없었다.

"그렇게 하겠다."

"자, 일어나라!"

오광이 일어나서 함께 가려는데 나타가 말했다.

"듣자 하니 용은 변신술을 잘 써서 크게는 천지를 떠받치는 기둥이 되고 작게는 겨자씨처럼 변해서 몸을 숨긴다고 하던데 만약 네가 도망치면 어떻게 찾겠어? 그러니 작은 뱀으로 변해라, 내가 데려가기 좋게 말이야."

오광은 그의 손아귀에서 빠져나가기 어렵다는 것을 알고 어쩔 수 없이 조그마한 청사青蛇로 변했다. 나타는 그것을 소매에 넣고 보덕문을 벗어나 순식간에 진당관에 도착해서 사령부로 들어갔다. 그러자 장수가 황급히 이정에게 보고했다.

"셋째 도련님이 돌아오셨습니다."

그 말을 들은 이정은 기분이 몹시 언짢았다. 나타가 들어가보니 이정이 근심에 잠겨 눈살을 찌푸리고 있기에 사죄하려고 다가갔다. 그러자 이정이 물었다.

"어딜 갔다 오는 게냐?"

"남천문에 가서 백부님께 상주하실 필요 없이 돌아오시라고 했어요."

"무슨 헛소리냐! 네가 누구기에 감히 하늘나라를 다녀왔다는 게냐? 하는 말마다 모두 부모를 속이는 거짓말뿐이니 정말 괘씸하구나!"

"아버지, 고정하셔요. 제가 증거로 여기 백부님을 모셔왔어요."

"아직도 헛소리로구나! 네 백부가 지금 어디 있다는 게냐?"

"여기요."

나타가 소매에서 청사를 꺼내 아래로 던지자 오광이 한 줄기 맑은 바람으로 변해 점차 사람의 모습으로 바뀌었다. 이에 이정이 깜짝 놀라서 물었다.

"형님, 어쩌다 이리 되셨습니까?"

오광은 화가 치밀어 남천문에서 얻어맞은 일을 이정에게 들려주며 옆구리의 비늘이 벗겨진 곳을 보여주었다.

"자네가 이렇게 못된 자식을 낳았네. 나는 사해 용왕들과 함께 영소보전으로 가서 억울함을 호소할 테니 자네가 어쩌는지 두고 보겠네!"

그렇게 말하고 그는 다시 한 줄기 맑은 바람으로 변해 사라졌다. 이정은 발을 구르며 탄식했다.

"일이 오히려 더 심각해졌으니 이를 어쩐단 말이냐?"

그러자 나타가 다가와 무릎을 꿇고 말했다.

"아버지, 어머니 걱정 마셔요. 제가 사부님께 말씀드렸더니 이렇게 말씀하셨어요. '너는 사적으로 진당관에서 사람으로 태어난 것이 아니라 옥허궁의 명령을 받아 현명한 군주를 보필하기 위해 내려간 것이니 사해 용왕을 모두 죽여도 전혀 문제가 되지 않는다. 만약 무슨 큰일이 생기면 당연히 사부가 알아서 해결할 것이다.' 그러니 아버지, 걱정하지 마셔요."

이정 또한 도덕을 수양한 사람이라 현묘함 속에 담긴 오묘한 의미를 이해할 수 있었다. 그리고 나타가 남천문에서 오광을 때려 굴복시킨 수단이 있음을 알게 되었고 또 하늘나라에 올라갈 수도 있으니 틀림없이 무슨 사연이 있을 것이라고 생각했다. 자식을 사랑하는 은 부인은 이정이 화를 내자 아들에 대한 원망이 생겼다.

"거기 서서 뭐 하는 게냐? 어서 뒤뜰로 가거라!"

나타는 뒤뜰로 가서 앉아 있자니 가슴이 답답해서 곧 진당관의 성루로 올라가 바람을 쐬었다. 날씨가 아주 무더웠지만 처음 가보는 그곳에 서서 경치를 바라보니 아주 좋았다. 바람이 솔솔 불어오고 푸른 버들가지가 하늘거리며 하늘을 올려다보니 시뻘건 태양이 이글거렸다. 그야말로 '나그네는 얼굴 가득 땀방울 흐르는데 더위를 피하는 한가한 이는 부채를 흔드는[行人滿面流珠落 避暑閒人把扇搖]' 격이었다. 그는 주위를 잠시 둘러보다가 중얼거렸다.

"이렇게 놀기 좋은 데가 있다는 걸 여태 몰랐구나."

또 병기를 놓는 시렁을 살펴보니 건곤궁乾坤弓이라는 활과 진천전震天箭이라는 세 개의 화살이 있었다.

'사부님 말씀이 내가 나중에 선봉장이 되어 성탕의 천하를 무너뜨릴 거라고 하셨으니 이참에 활쏘기와 말 타기를 배워둬야겠구나. 마침 여기 활과 화살이 있으니 연습해봐야 하지 않겠어?'

나타는 무척 기뻐하며 활과 화살을 들고 시위에 잰 다음 서남쪽을 향해 쏘았다. 그 순간 '핑!' 하는 소리와 함께 붉은 빛이 번쩍이며 상서로운 광채가 서렸다. 이 한 발은 예사로운 화살이 아니었으니 그야말로 '강가에 낚시 드리우니 이로부터 시시비비가 낚여 올라오리라[沿河撒上鉤和線 從今釣出是非來]'라는 격이었다. 사실 나타는 이 활과 화살이 진당관의 보물인 줄 몰랐다. 건곤궁과 진천전은 헌원 황제가 치우蚩尤를 크게 격파한 이후로 지금까지 전해지는 것으로 아무나 쏠 수 없는 것이었다. 그런데 오늘 나타가 그것을 들고 한 발을 쏘니 하필 그 화살이 고루산骷髏山 백골동白骨洞의 석기낭랑石磯娘娘이라는 선녀의 제자인 벽운동자碧雲童子를 맞혀버렸다. 그는 꽃바구니를 들고 약초를 캐려고 벼랑 아래에 내려왔다가 그만 화살이 목젖을 정확히 맞히는 바람에 그대로 쓰러져 죽어버렸다.

잠시 후 채운동자가 그것을 발견하고는 황급히 석기낭랑에게 보고했다.

"어찌 된 일인지 사형이 목젖에 화살을 맞고 죽어버렸습니다!"

석기낭랑이 달려가 살펴보니 과연 벽운동자가 화살을 맞고 죽었는데 자세히 보니 화살깃 아래에 '진당관 총병 이정'이라는 이름이 새겨져 있었다.

"이정, 이 못된 놈! 네놈이 도를 이루지 못해 내가 네놈 사부에게 이야기해서 너를 하산시켜 인간 세상의 부귀영화를 누리게 해주었지 않느냐? 덕분에 이제 제후의 자리까지 올랐거늘 보은은 못할망정 오히려 내 제자를 쏘아 죽여 은혜를 원수로 갚는구나. 얘야, 너는 동부를 지키고 있어라. 나는 이정을 붙잡아 와서 이 원한을 갚아야겠다."

석기낭랑은 푸른 난새를 타고 날아올랐고 순식간에 금빛 노을이 자욱하게 피어나면서 오색 안개가 가득 퍼졌다. 그야말로 이런 격이었다.

신선의 묘용 무궁하여
순식간에 푸른 난새가 이 관문에 이르렀구나.

仙家妙用無窮盡　咫尺靑鸞到此關

석기낭랑은 공중에서 고함을 질렀다.

"이정, 나와봐라!"

이정이 누군가 싶어 달려 나가 살펴보니 석기낭랑인지라 황급히 엎드려 절을 올렸다.

"제자 이정이 인사 올립니다. 오신 줄도 모르고 미처 마중하지 못했으니 용서해주시기 바랍니다."

"아주 좋은 짓을 저질러놓고 말은 번질번질 잘도 하는구나!"

그러면서 그녀는 팔괘운광파八卦雲光帕라는 머리띠를 아래로 던지면서 황건역사로 하여금 이정을 붙잡아 동부로 끌고 오라고 분부했다. 그 팔괘운광파는 겉에 감리진태坎離震兌가 담긴 보물로 삼라만상을 모두 잡을 수 있었다.

황건역사는 대뜸 이정을 붙잡아 백골동 앞에 내려놓았고 석기낭랑은 푸른 난새에서 내려 부들방석 위에 앉았다. 이정이 황건역사에게 끌려와 면전에 무릎을 꿇자 그녀가 물었다.

"이정, 네가 신선의 도를 이루지는 못했지만 이미 인간 세상의 부귀영화를 얻었는데 그게 누구 덕이더냐? 그런데 은혜를 갚을 생각은 하지 않고 오히려 못된 마음을 품고 내 제자 벽운동자를 활로 쏘아 죽였으니 이를 어떻게 설명할 테냐?"

이정은 영문을 몰라서 그야말로 평지풍파를 만난 격이었다.

"선녀님, 제가 무슨 죄를 지었습니까?"

"은혜를 원수로 갚아 내 제자를 활로 쏘아 죽여놓고도 발뺌을 하는 것이냐?"

"화살은 어디에 있습니까?"

석기낭랑이 채운동자를 시켜 화살을 건네주자 이정이 받아보니 바로 진천전이었다.

"아니! 건곤궁과 진천전은 헌원 황제 때부터 전해지는 진당관의 보물인데 누가 이걸 쏠 수 있었지? 아무래도 제 운수가 어그러져 괴이한 일이 발생한 듯한데 저는 정말 억울합니다. 저를 놓아주시면 반드시 이 화살을 쏜 사람을 붙잡아 와서 흑백을 가림으로써 억울함을 풀겠습니다. 만약 활을 쏜 사람이 없다면 저는 죽어도 눈을 감지 못할 것입니다!"

"그렇다면 일단 돌려보내주마. 만약 범인을 잡지 못한다면 내 사부에게 따지겠다. 어서 가봐라!"

이정은 화살을 가지고 흙의 장막을 이용해 진당관으로 돌아와 사령부로 들어갔다. 은 부인은 난데없이 이정이 붙들려 가자 영문을 몰라서 당황해하고 있었다.

"여보, 무슨 일이에요? 너무 놀랐지 뭐예요!"

이정이 발을 구르며 탄식했다.

"부인, 내가 이십오 년 동안 벼슬살이를 해왔지만 오늘에 이르러 연달아 이런 낭패를 당할 줄 누가 알았겠소? 관문 누각에 있는 건곤궁과 진천전은 이곳을 지키는 보물인데 누군가 이 화살을 쏴서 석기낭랑의 제자를 맞혀 죽여버렸지 뭐요. 화살에 나의 관함官銜이 찍혀 있으니 조금 전에 그분이 나를 잡아가서 목숨값을 보상하라고 하십디다. 사정사정해서 겨우 풀어주셨는데 범인을 잡아 내 무고함을 증명해야 하오. 그나저나 이 활과 화살은 아무나 쏠 수 없는 것인데 설마 이번에도 나타가 저지른 짓이란 말인가?"

"그럴 리가 있나요? 오광의 일이 아직 해결되지도 않았는데 그 아이가 설마 또 말썽을 일으켰겠어요! 설령 나타가 그런 짓을 하려 해도 그 활과 화살을 들어 올리지도 못했을 거예요."

이정은 한참 생각하다가 한 가지 계책을 떠올리고 시종에게 분부했다.

"가서 셋째 도련님을 데려오너라."

잠시 후 나타가 와서 절하고 한쪽에 서자 이정이 말했다.

"너는 사부에게서 현명한 군주를 보필하라는 임무를 받고 태어났다면서 어째서 활쏘기나 말 타기를 배우지 않느냐? 그것들을 배워둬야 나중에 쓸모가 있을 게 아니냐?"

"저도 그런 생각을 하고 있었기에 조금 전에 성의 누대에서 활과 화살을 발견하고 한 발 쏘아보았어요. 그런데 붉은 빛이 번쩍이면서 상서로운 광채가 서리는가 싶더니 화살이 사라져버렸어요."

이에 이정이 버럭 고함을 질렀다.

"이런 못된 놈! 용왕의 셋째 왕자를 때려죽인 일이 아직 해결되지도 않았는데 또 이런 엄청난 재앙을 저질렀구나."

은 부인은 기가 막혀서 아무 말도 하지 못했다. 그러자 나타가 영문을 몰라서 물었다.

"또 무슨 일이 생겼어요?"

"네가 조금 전에 쏜 화살에 석기낭랑의 제자가 맞아 죽는 바람에 그분이 나를 붙잡아 가셨다. 내가 억울하다고 해명하니까 그렇다면 범인을 잡아 오라면서 돌려보내주셨다. 그런데 알고 보니 또 너였구나. 네가 직접 그분께 가서 말씀드려라!"

"하하! 아버지, 고정하셔요. 석기낭랑은 어디에 살아요? 그분의 제자가 어디에 있는 줄 알고 제가 쏘아 죽일 수 있겠어요? 이렇게 무단히 죄를 뒤집어씌우면 제가 어떻게 승복할 수 있겠어요?"

"그분은 고루산 백골동에 계신다. 어쨌든 네가 그분의 제자를 쏘아 죽였으니 직접 찾아뵙고 설명해드려라!"

"옳은 말씀이시네요. 그럼 저와 함께 백골동인지 뭔지 하는 데로 가셔요. 만약 제가 한 짓이 아니라면 거기를 모조리 뒤집어놓고 말겠어요! 아버지, 앞장서셔요. 제가 따라갈게요."

그들 부자는 곧 흙의 장막을 이용해 고루산으로 갔다.

화살 쏘니 금빛 일어나고

붉은 구름 태허를 비추었지.

진인이 이제 세상에 나오니

제왕은 이미 편히 살게 되었구나.

신선술 뛰어나다고 함부로 자랑 마라

모름지기 도서道書를 읽을 줄 알아야 하리라.

모든 사악한 것은 정의로운 것을 이기기 어렵나니

전투 벌어지면 패배 면치 못하리라!

箭射金光起　紅雲照太虛

眞人今出世　帝子已安居

莫浪誇仙術　須知念玉書

萬邪難克正　不免破三軍

그러니까 이정은 고루산에 도착하여 나타에게 말했다.

"여기에 서 있어라, 내가 들어가서 보고하고 하명을 기다리겠다."

"흥! 저쪽에서 무단히 제게 죄를 뒤집어씌웠으니 어떻게 나오는지 보겠어요!"

이정이 들어가서 절을 올리자 석기낭랑이 말했다.

"그래, 누가 벽운동자를 쏘아 죽였더냐?"

"제 못난 아들 나타가 한 짓이었습니다. 낭랑께서 말씀하신 대로 붙잡아 와서 동부 앞에서 하명을 기다리라고 했습니다."

석기낭랑이 채운동자에게 말했다.

"가서 데리고 들어오너라."

한편 나타는 동부에서 누군가 밖으로 나오자 속으로 생각했다.

'공격은 선방을 날리는 것이 중요하지. 게다가 여기는 저자들의 소굴이니 오히려 내게 불편해.'

그가 즉시 건곤권을 들어 내리치자 미처 방비하지 못하고 있던 채운동자는 목에 건곤권을 맞고 "으악!" 비명을 지르며 땅바닥에 쓰러져버렸다. 채운동자가 목숨이 위태로운 상황에 지른 비명 소리를 듣고 석기낭랑이 황급히 달려 나왔지만 그는 이미 땅바닥에 쓰러져 버둥거리고 있었다.

"이런 못된 놈! 감히 또 흉악한 짓을 저질러 내 제자를 해쳤구나!"

나타가 보니 석기낭랑은 물고기 꼬리 문양이 장식된 황금 모자를 쓰고 팔괘 문양이 수놓인 붉은 도포에 명주를 엮은 허리띠를 매고 삼실을 엮어 만든 신을 신은 채 손에는 태아검太阿劍°을 들고 있었다. 나타가 건곤권을 회수해 석기낭랑을 공격하자 그녀가 그것을 알아보고 소리쳤다.

"오라! 알고 보니 너였구나!"

그러면서 손을 뻗어 가볍게 건곤권을 잡아버리자 깜짝 놀란 나타는 황급히 일곱 자 혼천릉을 던져 그녀를 덮어버리려고 했다. 하지만 석기낭랑이 깔깔 웃으며 소매를 위로 펼치자 혼천릉은 살포시 떨어져 그 소매 속으로 들어가버렸다.

"나타, 네 사부의 보물을 몇 개 더 써봐라. 내 도술이 어떤지 보여주마!"

손에 무기가 없는 나타는 어쩔 수 없이 돌아서 도망쳤다. 그러자 석기낭랑이 이정에게 말했다.

"이정, 너와는 상관없는 일이니 돌아가라!"

이정이 돌아가자 석기낭랑은 구름을 타고 번개를 몰아 질풍처럼 나타를 뒤쫓았다. 한참 쫓기던 나타는 어쩔 수 없이 건원산 금광동으로 가서 황급히 사부에게 절을 올렸다.

"왜 이리 허둥대느냐?"

"석기낭랑이 제가 자기 제자를 죽였다고 보검을 들고 저를 죽이려고 달려들더니 사부님의 건곤권과 혼천릉까지 빼앗아버렸습니다! 그리고 끝까지 저를 쫓아와 지금 동부 밖에 있습니다. 이에 제가 어쩔 수 없이 사부님을 찾아왔사오니 제발 살려주십시오!"

"이놈의 말썽쟁이 같으니라고! 너는 잠시 뒤쪽의 복숭아밭에 가 있어라, 내가 나가보겠다."

태을진인이 밖으로 나가 동부 입구에 몸을 기대고 서 있노라니 잠시 후 석기낭랑이 노기등등한 얼굴로 보검을 든 채 사납게 쫓아왔다. 그녀는 태을진인을 발견하고 고개를 숙여 인사했다.

"도형, 안녕하시오!"

태을진인이 답례하자 그녀가 말했다.

318

"도형, 그대의 제자가 그대의 도술을 믿고 내 제자 벽운동자를 활로 쏘아 죽이고 채운동자를 다치게 했소이다. 게다가 그대의 건곤권과 혼천릉으로 나를 공격하기까지 했으니 나타를 불러내 내게 인계하시면 웃는 얼굴로 만사가 해결될 것이외다. 하지만 도형께서 그 아이를 숨겨놓고 비호하신다면 그것은 참새를 잡으려고 진주를 쏘는 격이니 오히려 불미스러운 일이 생길 것이외다."

"나타는 우리 동부에 있소이다. 그 아이를 불러내는 것은 어렵지 않지만 우선 옥허궁에 가서 우리 교주님을 뵙고 오시구려. 그분께서 내주라고 하시면 나도 그렇게 하겠소이다. 나타는 옥허궁의 명을 받들고 현명한 군주를 보필하기 위해 인간 세상에 나갔으니 내가 마음대로 처리할 수 없소이다."

"호호, 그것은 아니지요! 교주님의 위세를 빌려 나를 억누르실 모양인데 설마 제자가 멋대로 흉포한 짓을 저지르도록 내버려둘 작정이시오? 그대의 제자가 내 제자를 죽였는데 그대는 또 허풍으로 나를 억압하려 하니 설마 내가 그대보다 못하다는 것이오? 정말 그렇다면 나도 그만두겠지만 어디 내 도에 대해서 좀 들어보시오."

삼엄한 도덕 혼원에서 나오나니
수행으로 강건한 하늘의 덕을 이루면 장수할 수 있지.
삼화취정°은 허튼소리가 아니나니
오기조원°이 어디 낭설이더냐?
느긋하게 창룡 타고 자극°으로 돌아갔다가
기꺼이 백학 타고 곤륜산 내려오지.

교주 내세워 우리를 멸시하지 말지니

돌고 도는 운수가 이미 모든 근원을 거쳤노라!

道德森森出混元　修成乾建得長存

三花聚頂非閑說　五氣朝元豈浪言

閑坐蒼龍歸紫極　喜乘白鶴下崑崙

休將敎主欺吾黨　劫運回環已萬源

그러자 태을진인이 말했다.

"석기! 그대의 도덕이 고결하다고 하지만 그대는 절교 소속이고 나는 천교 소속이오. 우리는 천오백 년 동안 삼시三尸를 없애지 않고 살계를 범했기 때문에 이렇게 인간 세상에 내려와 정벌과 전쟁을 통해 운명에 정해진 이 재난을 완성해야 하지 않소? 이제 성탕의 왕조가 멸망하고 주나라 왕실이 흥성해야 하기 때문에 옥허궁에서 신들에게 벼슬을 봉하여 인간 세상의 부귀영화를 누리게 하셨소. 당시 삼교三敎에서 인원을 선발하여 봉신방에 이름을 올렸는데 내 사부께서 나로 하여금 제자를 가르쳐 인간 세상에 태어나 현명한 군주를 보필하게 하라고 분부하셨소. 나타는 바로 강상을 보좌하여 성탕 왕조를 멸망시키기 위해 인간 세상에 태어난 내 제자 영주자요. 그 아이는 원시천존 교주님의 명령을 받드는 몸이니 그대의 제자를 해친 것도 하늘이 정해놓은 운수인 것이오. 그런데 그대는 어찌 삼라만상을 포괄하여 언젠가는 승천할 수 있다고 하는 것이오? 일체의 근심 걱정도 없고 영욕도 없는 그대 같은 이들은 그저 수행이나 하고 있으면 될 일이지 어째서 경솔하게 아무 명분도 없는 분

노를 일으켜서 고상한 도를 스스로 손상시키려는 것이오?"

이에 석기낭랑이 분을 참지 못하고 고함쳤다.

"도의 이치는 하나이거늘 어찌 높고 낮음을 알 수 있다는 것이오?"

"도의 이치는 비록 하나이지만 각기 나타내는 바가 다르오. 자, 내 설명을 들어보시오."

해와 달이 교대로 빛을 비추어 내단內丹을 단련하니

한 알의 신령한 진주 보배처럼 투명하구나.

천지 흔들어 도의 힘을 알고

생사의 굴레에서 벗어나니 공이 이루어짐을 알게 되지.

천하를 느긋하게 노닐며 종적 남기고

삼청으로 돌아가 이름 날리지.

오색구름 위로 오르니 구름 길 평온하고

자줏빛 난새와 붉은 학이 스스로 마중 나오지.

交光日月煉金英　一顆靈珠透寶明

擺動乾坤知道力　逃移生死見功成

逍遙四海留蹤迹　歸在三淸立姓名

直上五雲雲路穩　紫鸞朱鶴自來迎

석기낭랑은 버럭 화를 내며 보검을 들고 태을진인의 얼굴을 향해 휘둘렀다. 그러자 태을진인은 슬쩍 피하더니 동부로 들어가 칼을 가져오며 은밀히 한 가지 물건을 자루에 담고 동쪽의 곤륜산을 향해 절을 올렸다.

"제자가 이제 이 산에서 살계를 범하고자 하옵니다."

그는 절을 마치고 동부를 나와서 석기낭랑에게 말했다.

"근본도 천박하고 수행도 견실하지 못한 자가 어찌 감히 나의 건원산에 와서 횡포를 부리는가!"

석기낭랑이 다시 칼을 휘두르며 달려들자 태을진인도 칼을 들어막으며 말했다.

"선재善哉로다!"

원래 석기낭랑은 바위의 정령으로 천지의 영험한 기운을 채취하고 해와 달의 정화를 받아 수천 년 동안 도를 닦았지만 아직 정과를 이루지 못한 상태였다. 그러다가 이제 큰 겁난을 만나 본래 모습을 유지하기 어렵게 되자 이 산으로 찾아왔던 것이다. 그러니까 석기낭랑의 운수가 다하기도 했고 나타가 여기에서 세상에 나가야 하는 하늘의 운수가 이미 정해져 있었으니 그녀가 어찌 피할 수 있었겠는가? 태을진인과 석기낭랑은 여러 차례 하늘을 날아 칼을 부딪치며 격돌했는데 얼마 지나지 않아 갑자기 오색구름이 찬란하게 빛나는가 싶더니 석기낭랑이 팔괘용수파八卦龍鬚帕를 공중으로 던져 공격했다. 그러자 태을진인이 웃으며 말했다.

"사악한 것이 어찌 정의로운 것을 이길 수 있으랴?"

그리고 중얼중얼 주문을 외며 손가락을 들어 가리키자 팔괘용수파가 땅으로 떨어져버렸다. 석기낭랑은 너무 화가 치밀어 얼굴이 복사꽃처럼 붉어지더니 눈송이가 휘날리듯 칼을 휘둘렀다. 그러자 태을진인이 말했다.

太乙眞人伏石磯

태을진인, 석기낭랑을 굴복시키다.

"이렇게 된 마당이니 어쩔 수 없지!"

그는 펄쩍 뛰어 석기낭랑의 공격권 밖으로 나가더니 구룡신화조 九龍神火罩라는 그물을 공중으로 던졌다. 그러자 미처 피하지 못한 석기낭랑은 꼼짝없이 그 안에 갇히고 말았다.

한편 나타는 사부가 구룡신화조로 석기낭랑을 가두는 것을 보고 탄식했다.

"진즉에 저것을 나한테 주셨더라면 이렇게 고생할 필요가 없었을 것을!"

태을진인은 나타가 동부에서 나오는 것을 보고 속으로 탄식했다.

'이런! 저 말썽꾼이 이걸 봤으니 틀림없이 달라고 하겠구나. 하지만 지금은 쓸 수 있는 능력이 되지 않으니 강상의 장수로 임명된 뒤에나 전수해줘야겠다.'

이렇게 생각하고 그는 급히 나타를 불렀다.

"애야, 어서 가봐라! 사해 용왕이 옥황상제께 상주하여 네 부모를 잡아가려 하는구나."

그러자 나타가 눈물을 흘리며 간청했다.

"사부님, 부디 자비를 베풀어주십시오. 자식이 재앙을 일으켜 부모님께 화가 미친다면 어찌 마음이 편하겠습니까?"

그러면서 그가 대성통곡하자 태을진인이 그에게 귓속말로 분부했다.

"이리저리하면 네 부모를 재앙에서 구할 수 있을 게다."

나타는 스승에게 감사의 절을 올리고 흙의 장막을 이용해 진당관으로 갔다.

한편 태을진인의 그물에 갇힌 석기낭랑은 그 안에서 방향조차 헤아리지 못했다. 그때 태을진인이 두 손으로 탁 치자 그물 안에서 무시무시한 불꽃이 일면서 아홉 마리 용이 그 안을 휘감았다. 그것은 바로 삼매신화三昧神火라는 것으로 석기낭랑을 불로 단련하니 '우르릉!' 우렛소리와 함께 석기낭랑의 본색이 드러났다. 알고 보니 그것은 하나의 바윗덩어리였는데 이 바위는 현묘한 천지의 바깥에서 생성되어 대지와 물과 불과 바람의 단련을 거쳐 정령이 된 것으로 이제 하늘의 운수에 따라 이곳에서 죽을 수밖에 없었기 때문에 그 본색이 드러나고 만 것이었다. 그리고 이것이 바로 태을진인이 살계를 범할 수밖에 없었던 까닭이기도 하다. 태을진인은 구룡신화조와 건곤권, 혼천릉을 거둬들이고 동부로 들어갔다.

한편 나타는 나는 듯이 진당관으로 달려가보니 사령부 앞에 사람들이 모여 시끌벅적 떠들어대고 있었다. 장수들은 그가 오는 것을 보고 황급히 이정에게 보고했다.

"도련님께서 돌아오셨습니다!"

사해 용왕 오광과 오순敖順, 오명敖明, 오길敖吉이 쳐다보자 나타가 사납게 고함쳤다.

"일을 저지른 사람이 책임져야 하지 않겠어? 내가 오병과 이간을 때려죽였으니 그 목숨값은 내가 갚아야지 어째서 자식의 잘못을 부모에게까지 연루시키는 것이냐?"

그런 다음 그가 다시 오광에게 말했다.

"나는 보통 몸이 아니라 옥허궁의 명을 받고 하늘의 운수에 따라 인간 세상에 내려온 영주자다. 이제 내가 배를 가르고 창자를 잘라서 뼈와 살을 발라 부모님께 돌려드릴 것이니 내 부모님은 연루시키지 마라. 너희들 생각은 어떠하냐? 그것이 싫다면 내 너희들과 함께 영소보전으로 가서 옥황상제를 뵙겠다. 그렇게 되면 나도 할 말이 있을 것이다!"

그러자 오광이 말했다.

"좋다! 그렇게 부모를 구하려 하는 것을 보니 그래도 효심이 있구나."

사해 용왕이 이정 부부를 놓아주자 나타는 오른손에 칼을 들고 먼저 한쪽 팔을 자르고 다시 배를 가르고 창자를 쪼개고 뼈를 발라 칠백삼혼七魄三魂이 저승으로 떠나버렸다. 네 용왕은 나타의 말을 옥황상제에게 보고했고 은 부인은 나타의 시체를 수습하여 관에 넣고 매장했다.

한편 나타의 혼은 기댈 곳이 없어져버렸다. 그는 원래 신선 세계의 보배로 인간의 정혈을 빌려 태어났기 때문에 혼백이 있었던 것이다. 그의 혼은 바람을 따라 하염없이 날려서 곧장 건원산으로 갔으니 이후에 어찌 되는지는 다음 회를 보시라.

제14회

나타, 연꽃의 화신이 되다
哪吒現蓮花化身

신선의 오묘한 법력 헤아리기 어렵나니

죽은 혼백 되살리는 신기한 방법 있지.

한 알의 단약은 목숨 되돌리는 보물이요

몇 개의 연잎으로 혼백을 이어주는 탕약 끓이지.

속세 초월하니 지저분한 육체는 필요 없고

신선 세계에 들어가려면 혼백 되돌리는 향을 찾아야 하지.

이로부터 영토 개척하여 성스러운 군주에게 귀의하니

서기 주나라의 왕업을 보좌할 인재 얻게 되었구나.

仙家法力妙難量　起死回生有異方

一粒丹砂歸命寶　幾根荷葉續魂湯

超凡不用骯髒骨　入聖須尋返魂香

從此開疆歸聖主　岐周事業借匡襄

그러니까 금하동자가 동부로 들어가서 태을진인에게 보고했다.

"사형께서 아득한 혼백이 되어 산들산들 바람을 타고 오셨는데 어찌 된 영문인지 모르겠습니다."

태을진인은 즉시 무슨 일인지 알아채고 황급히 동부 밖으로 나가 나타에게 분부했다.

"여기는 네가 있을 곳이 아니니 진당관으로 돌아가 네 모친의 꿈을 통해 이렇게 알려드려라. 진당관에서 사십 리 떨어진 곳에 취병산翠屛山이 있는데 그 위에 공터가 하나 있으니 그곳에 나타 사당을 하나 지어달라고 해라. 그곳에서 삼 년 동안 제사를 받고 나면 다시 사람의 몸으로 참다운 군주를 보좌할 수 있노라고 말씀드려라. 머뭇거리다가 일을 망치지 말고 어서 가라!"

이에 나타는 즉시 건원산을 떠나 진당관으로 갔다. 때는 마침 삼경이어서 나타는 모친의 침실로 가서 말했다.

"어머니, 저 나타예요. 지금 혼백이 머물 곳이 없으니 불쌍하게 죽은 아들을 생각하시어 여기서 사십 리 떨어진 취병산에 제 사당을 지어주셔요. 제가 제사라도 조금 받으면 하늘나라에서 다시 좋은 사람으로 태어날 수 있게 해주실 거예요. 그렇게만 해주신다면 하해보다 깊은 어머니의 자비로운 덕에 한없이 감사할 거예요."

은 부인은 잠에서 깨어나니 한바탕 꿈인지라 대성통곡했다. 그러자 이정이 물었다.

"부인, 왜 그러시오?"

은 부인이 꿈속의 이야기를 들려주자 그가 버럭 화를 냈다.

"아직도 그놈 때문에 우는 거요? 그놈은 우리 가문에 많은 해를 끼쳤소. 꿈은 마음에서 비롯된다고 하지 않소? 당신이 그놈을 생각하니까 그런 얼토당토않은 꿈을 꾸게 되는 것이니 너무 마음에 둘 필요 없소.”

그러자 은 부인은 아무 말도 하지 않았다.

그런데 나타의 혼백이 이튿날과 또 그 이튿날도 찾아와 은 부인이 눈만 감으면 앞에 나타나는 것이었다. 그러는 사이에 어느덧 대여섯 날이 지났다. 생전에 용맹했던 나타는 죽어 혼백이 되어서도 마찬가지인지라 결국 그는 모친의 꿈에 나타나 이렇게 말했다.

“며칠 동안 간청했는데도 불쌍하게 죽은 자식을 생각해주지 않으시는군요. 제 사당을 지어주지 않으시면 저는 이 집안 모두가 평안할 날이 없게 만들어버리겠어요!”

은 부인은 잠에서 깨어나서 감히 이정에게 이야기하지 못하고 남몰래 심복에게 약간의 은을 주어 취병산에 사당을 짓고 나타의 상을 만들어 모시라고 했다. 그 공사는 열 달쯤 걸려서 완공되었고 나타는 취병산에서 제사를 지내는 모든 이의 온갖 소원을 들어주었으니 이 때문에 사당은 날로 번창하여 대단히 웅장하게 변했다.

사당에는 회칠한 팔자 벽이 세워졌고
화려한 문짝에 구리 고리 좌우로 달려 있구나.
푸른 기와 화려한 처마, 석 자 깊이의 연못
회나무와 측백나무 두 겹으로 누대 둘렀구나.
신상 모신 자리에는 금물로 장식했고
용과 봉황 수놓은 깃발 상서롭게 걸렸구나.

휘장 거는 고리는 반달을 삼킨 듯하고

사나운 저승 판관 속세에 서 있구나.

침향 단향 흐드러져 연기는 봉황 모양으로 뭉치고

날마다 수많은 사람들 제사 지내러 찾아오지.

行宮八字粉牆開　珠戶銅環左右排

碧瓦雕檐三尺水　數株檜柏兩重臺

神廚寶座金妝就　龍鳳幡幢瑞色裁

帳慢懸鉤吞半月　猙獰鬼判立塵埃

沉檀裊裊煙結鳳　逐日紛紛祭祀來

　나타가 취병산에서 영험을 나타내자 사방의 백성들이 천 리를 멀다 않고 개미 떼처럼 찾아와 향을 살랐고 그 인파는 나날이 늘어갔다. 나타는 복을 기원하거나 재앙을 물리쳐달라는 기도는 무엇이든 다 들어주었다. 그러는 사이에 세월이 쏜살같이 흘러 반년 남짓 지났다.

　한편 이정은 동백후 강문환이 부친의 복수를 위해 사십만 병력을 이끌고 유혼관에서 두융과 격전을 벌여 두융이 승리하지 못하고 있다는 소식을 듣고 야마령에서 군사를 훈련시키며 관문의 수비를 강화했다.

　하루는 훈련을 마치고 돌아오다가 취병산을 지나게 되었는데 말 위에서 보니 분향하러 가는 남녀노소가 개미 떼처럼 줄줄이 이어져 있는 것이었다. 이에 그가 수하에게 물었다.

　"여기는 취병산인데 웬 사람들이 이렇게 줄줄이 오가느냐?"

그러자 군정사의 관리가 대답했다.

"반년 전에 어느 신이 이곳에서 영험을 드러내 온갖 소원을 다 들어주어 복을 바라면 복을 내리고 재앙을 없애달라고 하면 재앙을 없애주기 때문에 사방의 백성들이 다투어 분향하러 찾아오고 있다고 하옵니다."

이정은 그 말을 듣고 문득 떠오르는 것이 있어 다시 물었다.

"그 신의 이름이 뭐라고 하더냐?"

"나타의 사당이라고 하옵니다."

그는 버럭 화를 내며 분부했다.

"군대를 여기에 주둔시켜라, 내가 산에 올라가보고 오겠다."

이정이 말을 달려 산 위로 올라가자 백성들이 얼른 길을 비켜주었다. 그가 그대로 말을 달려 사당 대문에 이르니 그곳에 나타행궁哪吒行宮이라고 적힌 현판이 걸려 있는 것이 아닌가. 사당 안으로 들어가 살펴보니 나타의 신상이 마치 살아 있는 것처럼 서 있고 그 좌우에 저승 판관들이 있었다. 이정은 나타의 신상을 향해 손가락질하며 꾸짖었다.

"못된 놈! 생전에는 부모를 해치고 죽어서는 백성을 우롱하는구나!"

그러더니 육진편六陳鞭을 휘둘러 나타의 신상을 가루로 만들어버렸다. 그래도 성이 차지 않아 저승 판관들의 상을 발로 차서 쓰러뜨리고 수하에게 사당에 불을 질러 없애버리라고 했다. 그리고 향을 사르러 온 백성들에게 이렇게 말했다.

"이것은 신이 아니니 향을 사르지 말라!"

이에 깜짝 놀란 백성들은 허둥지둥 산을 내려갔다. 이정은 다시 말에 올라서도 분이 풀리지 않았으니 이를 묘사한 시가 있다.

용맹한 군대 취병산 경계에 이르렀을 때
문득 날마다 향 사르는 백성들을 발견했지.
채찍으로 신상을 쳐서 가루로 만들고
저승 판관도 발에 차여 쓰러지는 재앙 당했지.
불길이 사당 태우며 활활 타오르니
하늘 높이 치솟은 연기 뜨거운 빛을 피워냈지.
그저 노기가 하늘 찔렀기 때문이니
부자는 몇 번이나 전장에서 적으로 만나게 될까?

雄兵才至翠屛疆　忽見黎民日進香
鞭打金身爲粉碎　脚蹬鬼判也遭殃
火燒廟宇騰騰焰　煙透長空烈烈光
只因一氣衝牛斗　父子參商幾戰場

어쨌든 이정은 진당관으로 돌아가자마자 말에서 내려 군대를 해산시키고 뒤채로 갔다. 은 부인이 맞이하자 그가 꾸짖었다.

"아주 장한 자식을 낳았습디다! 나를 해친 것도 모자라 그놈한테 사당까지 지어주어 선량한 백성을 현혹하게 했으니 내가 벼슬을 잃는 꼴을 보고 싶소? 지금 권력을 쥔 신하들이 천자의 이목을 가리고 있고 게다가 나는 비중이나 우혼 등과도 교유하지 않소. 그러니 누가 조가에 이 사실을 알리기라도 하면 간신들이 내가 사악한 신을 강림하게 했다고 참소하여 수년 동안 쌓은 공을 물거품으로 만들어 버릴 게 아니오? 이런 일을 모두 당신이 저질러놓았기에 오늘 내가 그놈의 사당을 불질러버렸소. 다시 한 번 그런 걸 지어주면 나도 당신과 끝장을 보고야 말겠소!"

한편 나타는 잠시 외출해 있었기 때문에 당시에 사당에 없었다. 밤이 되어 돌아와보니 사당은 없어지고 온 산이 벌겋게 달궈진 채 아직 불길이 스러지지 않고 있었다. 그때 두 저승 판관이 눈물을 흘리며 그를 맞이했다.

"어찌 된 일이냐?"

"무슨 영문인지 모르지만 진당관의 사령관께서 갑자기 산에 올라오셔서 신상을 부숴버리고 사당을 불태워버렸습니다."

"뭐라고! 내 이미 뼈와 살을 부모에게 돌려주어 당신과는 아무 관계도 없거늘 어째서 내 신상을 부수고 사당에 불을 질러 보금자리를 없애버렸단 말이냐!"

그는 무척 기분이 상해서 한참 동안 심사숙고하다가 아무래도 건원산에 한 번 다녀오는 것이 좋을 것 같았다. 당시 나타는 반년 동안 제사를 받았기 때문에 이미 어느 정도 형체와 소리를 나타낼 수 있었다. 잠시 후 그가 건원산 금광동에 도착하자 금하동자가 태을진인에게 안내했다.

"아니, 사당에서 제사나 받을 일이지 여긴 또 왜 왔느냐?"

나타는 무릎을 꿇고 사정을 설명했다.

"부친이 신상을 부숴버리고 사당에 불을 질러 제가 의지할 곳이 없어졌습니다. 어쩔 수 없이 사부님을 찾아왔사오니 제발 도와주십 시오.”

“그것은 이정이 잘못한 짓이로구나. 이미 부모로서 뼈와 살을 돌 려받았으니 취병산에 있는 너와는 아무 관련이 없다. 이제 네가 제 사를 받지 못하게 되었으니 어떻게 인간의 몸을 만들 수 있겠느냐? 게다가 강상이 하산할 때가 이미 가까워지지 않았더냐? 좋다, 기왕 너를 보살펴주기로 한 마당에 너에게 좋은 일을 하나 해주마!”

태을진인은 곧 금하동자를 불렀다.

“오련지五蓮池에 가서 연꽃 두 송이와 연잎 세 장을 따 오너라.”

금하동자가 황급히 연잎과 연꽃을 가져오자 태을진인이 꽃받침 을 삼재三才의 모양으로 펼쳐놓고 다시 연잎 자루를 분질러 삼백 개 의 뼈마디를 만든 후 세 개의 연잎을 상중하 즉 천지인天地人의 자리 에 맞추어놓았다. 그리고 그 가운데 단약 하나를 놓고 선천의 술법 으로 기운을 아홉 번 운행하여 이룡離龍과 감호坎虎 즉 음양을 나누 었다. 그런 다음 나타의 혼백을 잡아 연꽃 속으로 밀어 넣으며 소리 쳤다.

“나타야, 사람의 모습으로 변해라!”

순간 ‘팟!’ 하는 소리와 함께 연꽃이 있던 자리에서 사람이 하나 튀어나왔는데 분을 바른 듯 새하얀 얼굴에 주사를 바른 듯 빨간 입 술과 맑게 빛나는 눈동자 그리고 한 길 여섯 자의 몸을 가진 그는 바 로 나타가 연꽃을 통해 인간으로 변화한 것이었다. 그가 땅바닥에 엎드려 절을 올리자 태을진인이 말했다.

“이정이 신상을 부순 것은 정말 가슴 아픈 일이로구나.”

"사부님, 이 원수는 기필코 갚고야 말겠습니다!"

"따라오너라, 도화원桃花園으로 가자."

그곳에서 태을진인은 나타에게 화첨창火尖槍을 전수해주었다. 얼마 지나지 않아 그것을 능숙하게 다루게 된 나타는 당장 하산하여 복수를 하려고 했다. 그러자 진인이 말했다.

"창 솜씨가 좋아졌으니 타고 다닐 풍화륜風火輪을 주마. 그리고 신령한 부적을 쓰는 비결을 전수해주마."

태을진인은 또 표범 가죽으로 만든 자루를 주었는데 거기에는 혼천릉과 건곤권 그리고 황금 벽돌이 하나 담겨 있었다.

"자, 이제 진당관에 다녀오너라."

나타는 사부에게 감사 인사를 하고 곧 풍화륜에 올라 두 발을 단단히 디딘 채 화첨창을 손에 들고 진당관으로 갔으니 이를 묘사한 시가 있다.

두 송이 연꽃이 인간의 몸으로 변하니

영주자는 두 번째로 속세에 나가게 되었구나.

자줏빛 불꽃 이는 보배로운 사모창 들고

금빛 노을에 감싸인 풍화륜 탔구나.

표범 가죽 자루에는 천하를 안정시킬 보물 들어 있어

붉은 혼천릉에는 세상 백성에게 내릴 복 담겼구나.

역대의 성인들 가운데 제일이라

사관의 붓끝에서 영원히 그 이름 새로우리라!

雨朵蓮花現化身　靈珠二世出凡塵

手提紫焰蛇矛寶　脚踏金霞風火輪
豹皮囊內安天下　紅錦綾中福世民
歷代聖人爲第一　史官遺筆萬年新

　그러니까 진당관에 도착한 나타는 곧장 사령부로 들어가 큰 소리로 외쳤다.

"이정, 당장 나와라!"

이에 군정사의 관리가 안쪽에 보고했다.

"바깥에 셋째 도련님이 풍화륜을 타고 화첨창을 든 채 나리의 이름을 부르며 나오라고 하고 있사옵니다. 무슨 영문인지 모르겠으니 하명해주시기 바라옵니다."

"무슨 헛소리냐! 죽은 사람이 어떻게 다시 살아날 수 있다는 것이냐?"

그 말이 끝나기도 전에 또 하인들이 달려와 보고했다.

"나리, 당장 나오지 않으면 쳐들어오겠다고 하옵니다!"

"어찌 이런 일이!"

이정은 즉시 창을 들고 청총마에 올라 밖으로 달려 나갔다. 그가 보니 나타는 풍화륜을 타고 화첨창을 들고 있었는데 그 모습이 이전과는 아주 달랐다. 이정이 깜짝 놀라서 물었다.

"네 이놈! 생전에 못된 짓만 일삼더니 죽은 뒤에도 혼령이 나타나서 소란을 일으키는구나!"

"이정! 나는 이미 뼈와 살을 돌려주었으니 너와는 아무 상관도 없는 몸이다. 그런데 왜 취병산에서 내 신상을 부수고 사당에 불을 질렀느냐? 내 오늘 너를 붙잡아 채찍을 휘두른 원수를 갚고야 말 겠다!"

그러면서 그가 창을 단단히 쥐고 이정의 머리를 쪼개려고 달려들자 이정도 창을 들고 맞섰다. 풍화륜과 청총마가 빙글빙글 돌면서 두 사람의 창이 어지럽게 부딪혔다. 나타는 무한한 힘을 가지고 있어서 서너 번 부딪치자 청총마가 쓰러져버렸고 이정도 낙마하고 말았다. 온몸에 맥이 풀리고 등줄기가 땀으로 축축하게 젖은 이정이 어쩔 수 없이 동남쪽을 향해 도망치자 나타가 고함을 질렀다.

"이정, 도망치지 마라! 이번에 너를 죽이기 전에는 절대 돌아가지 않겠다!"

그러면서 나타가 쫓아오니 얼마 지나지 않아 따라잡힐 기세였다. 나타의 풍화륜은 아주 빨랐고 이정이 탄 말은 걸음이 느렸기 때문이다. 이에 다급해진 이정은 어쩔 수 없이 말에서 내려 흙의 장막을 이용해 도망쳤다. 그러자 나타가 코웃음을 쳤다.

"흥! 오행의 술법쯤이야 도가에서는 흔한 것이지. 네가 흙의 장막을 써서 도망친다고 해서 그대로 놔둘 것 같으냐?"

그러면서 나타는 발을 굴러 풍화륜의 속도를 높여서 즉시 '우르릉! 화라락!' 우렛소리와 불길이 이는 소리를 내더니 구름이 번개를 따라잡듯 쫓아가기 시작했다. 이렇게 되자 이정은 더욱 다급해졌다.

'이번에는 저놈의 창에서 벗어날 수 없을 것 같은데 이를 어쩐단 말인가!'

나타가 가까이 다가오자 이정은 진퇴양난의 상황에 빠져버렸는데 그 순간 누군가의 노랫소리가 들려왔다.

맑은 못가의 밝은 달
푸른 버들 늘어선 제방 옆의 복사꽃
보통 풍경과는 달리 청아한 풍경 속에
몇 조각 노을 허공을 날고 있구나.

清水池邊明月　綠柳堤畔桃花
別是一般淸味　凌空幾片飛霞

이정이 급히 돌아보니 머리에 두건을 쓰고 소매 넓은 도포에 삼실을 엮어 만든 신을 신은 도동道童이 하나 보였다. 그는 알고 보니 구궁산 백학동의 보현진인의 제자 목타였다.

"아버님, 제가 왔습니다."

이정은 그제야 마음을 놓았다.

한편 막 이정을 따라잡은 나타는 그가 웬 도동과 이야기를 나누는 모습을 보고 다가갔다. 그러자 목타가 나서며 호통쳤다.

"멈춰라! 이 못된 놈, 간덩이가 부었구나! 자식이 아비를 죽이는 패륜을 저지르려 하다니. 당장 돌아가라, 그러면 목숨은 살려주겠다!"

"너는 누구인데 그런 허풍을 떠느냐?"

"나조차 몰라보느냐? 내가 바로 목타이니라!"

나타는 그제야 그를 알아보고 황급히 말했다.

"둘째 형님, 형님은 사정을 잘 모르십니다."

나타가 취병산의 일을 자세히 들려주며 물었다.

"이러니 이정의 잘못입니까, 아니면 제 잘못입니까?"

"헛소리! 천하에 잘못된 부모는 없는 법이다."

나타는 다시 배를 가르고 창자를 도려내 돌려준 일을 설명했다.

"이미 뼈와 살을 돌려주었으니 저자는 저와 아무 상관도 없는 사람입니다. 그런데 또 무슨 아비의 정을 운운하시는 겁니까?"

"뭐라고? 이런 불효막심한 놈이 있나!"

목타가 들고 있던 검을 휘두르며 달려들자 나타도 창으로 막으며 말했다.

"목타! 나는 너와 원수진 일이 없으니 비켜라! 나는 이정을 잡아가서 복수를 해야겠다!"

"고얀 놈! 어찌 감히 인륜을 거스르려 하느냐?"

그가 다시 칼을 휘두르자 나타가 막으며 말했다.

"이것은 하늘이 정한 운수이니 목숨을 죽음으로 바꿔야겠다."

이렇게 다시 풍화륜을 탄 나타와 아무것도 타지 않은 목타가 격전을 벌였는데 나타는 한쪽에 서 있는 이정이 도망칠까 봐 걱정스러워서 조급한 마음에 창으로 칼을 쳐내며 다른 한 손으로 황금 벽돌을 꺼내 공중으로 던졌다. 그 바람에 미처 방비하지 못하고 있던 목타는 등짝에 벽돌을 맞고 그대로 땅바닥에 쓰러져버렸다. 이에 나타가 다시 풍화륜을 몰아 이정을 잡으려고 달려들자 그는 재빨리 도망쳤고 나타는 코웃음을 쳤다.

"흥! 바다 한가운데 있는 섬이라도 쫓아가서 네 목을 베어 내 원한을 씻고야 말겠다!"

이정은 정말 숲을 잃은 새처럼 그물을 벗어난 물고기처럼 동서남북 방향도 잡지 못한 채 나는 듯이 내달렸다. 한참을 그렇게 도망치다가 그는 도저히 가망이 보이지 않자 혼자 탄식했다.

"아아! 틀렸구나 틀렸어! 내가 전생에 무슨 죄를 지어서 신선의 도를 이루지 못하고 이런 원한을 만들었던가? 이 또한 운명이겠지. 차라리 이 창으로 자살하여 자식에게 수모를 당하지 않는 것이 낫겠구나!"

그가 막 창을 들어 자살하려고 할 때 누군가 소리쳤다.

"이 장군, 멈추십시오! 제가 왔습니다!"

그러면서 그 사람이 노래를 불렀다.

들판에는 맑은 바람 버들가지 스치고
연못 수면에는 꽃잎이 떠다니네.
어디 사는 사람이냐고?
흰 구름 깊은 곳이 내 집이라네.

野外淸風拂柳　池中水面飄花

借問安居何地　白雲深處爲家

그 노래를 부른 사람은 다름 아닌 오룡산 운소동의 문수광법천존文殊廣法天尊이었다. 그가 먼지떨이를 들고 다가오자 이정이 사정했다.

"도사님, 저 좀 살려주십시오!"

"저기 동부에 들어가 계시구려, 제가 그를 상대하겠소이다."

잠시 후 풍화륜을 탄 나타가 화첨창을 들고 기세등등하게 달려오다가 보니 앞에 웬 도사가 서 있었다.

두 개로 묶은 상투
구름처럼 자욱하게 갈라졌고
수합포°에는
명주 띠 단단히 묶었구나.
신선의 풍모로 느긋이 노니나니
가슴속에 현묘함 가득하지.
옥허궁 원시천존의 제자로
여러 신선들과 모여 반도회에도 다녀왔지.
오로지 오행의 기운 호탕하게 단련하여
천황의 시대부터 신선의 도를 닦았노라!

雙抓髻　雲分藹藹

水合袍　緊束絲縧

仙風道骨任逍遙　腹隱許多玄妙

玉虛宮元始門下　群仙會曾赴蟠桃

全憑五氣煉成豪　天皇氏修仙養道

어쨌든 나타가 보니 산비탈에 웬 도사 하나가 서 있을 뿐 이정의 모습은 보이지 않았다.
"도사님, 혹시 장수 한 명이 지나가지 않았습니까?"
"조금 전에 이정 장군이 내 운소동으로 들어갔네. 그런데 그 사람은 왜 찾는가?"

"도사님, 그자는 제 원수입니다. 도사님과는 상관없는 일이니 곱게 동부에서 내보내십시오. 만약 이정을 도망치게 도와주시면 그자 대신 당신에게 창 맛을 보여주겠소이다!"

"그대는 누구인데 이토록 흉험한가? 심지어 나에게 창을 휘두르겠다고?"

나타는 그가 누구인지 몰랐기 때문에 대뜸 소리쳤다.

"나는 바로 건원산 금광동에 계신 태을진인의 제자 나타다. 그러니 우습게보지 마라!"

"그런 이름은 들어보지 못했으니 건방을 떨려거든 다른 데서 해라. 여기는 내 거처이니 함부로 까불지 마라. 안 그러면 붙잡아다 복숭아밭에 삼 년 동안 매달아놓고 곤장 이백 대를 쳐주겠다!"

물불을 가릴 줄 모르는 나타는 즉시 창을 들어 문수광법천존을 찌르려 했다. 천존이 슬쩍 몸을 빼서 동부로 달려가자 나타도 풍화륜을 타고 쫓아갔다. 천존은 슬쩍 돌아보고 나타가 가까이 오는 것을 기다렸다가 소매에서 둔룡장遁龍椿 또는 칠보금련七寶金蓮이라고도 불리는 보물을 꺼내 공중에 던졌다. 그러자 갑자기 사방에서 바람이 일면서 허공 가득 구름과 안개가 피어나더니 흙이며 먼지가 날아올라 '후두둑!' 소리를 내며 떨어졌다. 사방이 어두워져서 나타가 방향을 분간하지 못하고 머뭇거릴 때 갑자기 그의 목에 황금 굴레가 채워지고 두 다리에도 황금 굴레가 하나씩 채워지더니 노랗게 반짝이는 황금 기둥에 선 채로 매달린 신세가 되고 말았다. 나타는 눈을 부릅뜨고 살펴보니 몸이 꼼짝하지 못할 상태가 되어 있었다.

그러자 천존이 말했다.

"못된 놈! 아주 잘 까부는구나!"

그리고 그는 곧 제자를 불러 분부했다.

"금타야, 멜대[扁拐]°를 가져오너라."

금타가 즉시 멜대를 가져와서 "여기 있습니다" 하고 보고하자 천존이 말했다.

"네가 대신 매질을 해라!"

금타가 멜대를 쥐고 나타를 후려치자 나타의 칠공七孔에서 일제히 삼매진화三昧眞火°가 뿜어져 나왔다. 천존이 말했다.

"잠시 멈춰라!"

그리고 그는 금타를 데리고 동부로 들어가버렸다.

이정을 쫓아가려다가 오히려 멜대로 곤장을 맞게 된 나타는 이를 갈며 분통해했지만 어쩔 수 없이 그대로 붙들려 있을 수밖에 없었다. 여러분, 이것은 분명 태을진인이 나타를 이곳으로 보내 살성殺性을 줄이려고 한 것이기 때문에 그도 이미 그런 상황을 알고 있었지요.

나타가 분에 겨워 씩씩거리고 있을 때 저쪽에서 소매가 넓은 도포를 입고 명주실로 엮은 허리띠에 삼실로 엮은 신을 신은 태을진인이 걸어왔다. 나타는 그를 발견하고 소리쳤다.

"사부님, 구해주셔요!"

그렇게 몇 번이나 소리쳤지만 태을진인은 모른 척하고 동부로 걸어 들어갔다. 이에 백운동자白雲童子가 천존에게 보고했다.

"태을진인께서 오셨습니다."

천존이 동부에서 나와 태을진인의 손을 잡고 웃으며 말했다.

"자네 제자를 나더러 교육시키라고 하다니!"

둘이 자리에 앉자 태을진인이 말했다.

"그 아이가 살계를 심하게 저질러서 본성을 연마하라고 보냈는데 설마 정말로 천존께 무례를 범할 줄 누가 알았겠습니까!"

그러자 천존이 금타에게 분부했다.

"나타를 풀어서 데려오너라."

이에 금타가 나타에게 가서 말했다.

"네 사부께서 데려오라고 하시더구나."

"대체 무슨 눈속임으로 나를 꼼짝도 못하게 만든 거야? 그래 놓고도 또 나를 놀리다니!"

"하하! 눈을 감아봐."

나타는 어쩔 수 없이 눈을 감았고 금타는 신령한 부적을 그려서 둔룡장을 거둬들였다. 굴레와 기둥이 모두 사라지자 나타가 고개를 끄덕이며 말했다.

"좋아, 좋다고! 오늘은 엄청 큰 수모를 당했어. 일단 들어가서 사부님을 뵙고 나서 복수할 방법을 마련해야겠어."

둘이 함께 동부로 들어가보니 자신을 잡은 도사가 왼쪽에, 그리고 사부가 오른쪽에 나란히 앉아 있었다. 그때 태을진인이 말했다.

"이리 와서 사백師伯께 인사 올리도록 해라!"

나타는 감히 분부를 어기지 못하고 절을 올릴 수밖에 없었다.

"가르침을 주셔서 감사합니다."

그리고 그는 다시 돌아서서 스승에게도 절을 올렸다. 태을진인이 말했다.

"이정, 이리 오게!"

이정은 넙죽 엎드려 절을 올렸다.

"취병산의 일은 자네가 너무 속 좁게 한 짓일세. 그러니까 부자 관계가 그리 틀어진 게지."

곁에 서 있던 나타는 화가 치밀어 얼굴이 시뻘겋게 변해 당장이라도 이정을 집어삼킬 듯이 노려보았다. 두 신선은 진즉 그런 속내를 알고 있었기에 태을진인이 나타에게 말했다.

"이제부터는 부자 사이에 얼굴을 붉히는 일이 없도록 해라!"

그리고 다시 이정을 향해 말했다.

"자네는 먼저 돌아가시게."

이정은 감사 인사를 하고 동부를 나갔고 나타는 화가 치밀었지만 감히 아무 말도 못하고 옆에 서서 그저 귀를 쥐어뜯고 볼을 긁으며 계속 한숨만 내쉬었다. 태을진인이 속으로 웃으며 말했다.

"너도 돌아가서 동부를 잘 지켜라. 나는 네 사백과 바둑이나 한 수 두고 금방 돌아가겠다."

그 말에 나타는 기분이 풀렸다.

"알겠습니다."

그는 재빨리 동부를 나와서 풍화륜을 타고 이정을 쫓아갔다. 어느 정도 쫓아가자 흙의 장막을 이용해 달아나고 있는 이정이 보였다. 이에 그가 고함을 질렀다.

"이정, 도망치지 마라! 내가 왔다!"

이정이 그를 발견하고 비명을 질렀다.

"이런! 그 도사가 거짓말을 했구나! 나를 먼저 보냈으면 저놈을 하산시키지 말았어야 하거늘 시간도 얼마 지나지 않았는데 저놈을 놓아주어 나를 쫓아오게 하다니! 이야말로 남을 도와주면서 끝까지 책임지지 않는 경우가 아닌가? 이를 어쩌지?"

하지만 그는 어쩔 수 없이 계속 도망쳐야 했다. 그렇게 그가 나타에게 쫓기며 궁지에 몰려 있을 때 산언덕에서 도사 하나가 바위 옆 소나무에 기대어 서서 이렇게 말했다.

"거기 아래에 계신 분은 혹시 이정이 아니오?"

이정은 고개를 들어 그를 발견하고 말했다.

"도사님, 맞습니다!"

"왜 그리 허둥대시는 게요?"

"나타가 쫓아오고 있으니 제발 도와주십시오!"

"얼른 여기로 올라와 내 뒤에 서시오. 내가 구해드리리다."

이정은 산언덕으로 올라가 도사의 뒤쪽에 숨어 헐떡이는 숨을 골랐다. 그때 나타의 풍화륜 소리가 들리더니 어느새 산언덕 아래에 이르렀다. 나타는 두 사람이 서 있는 것을 발견하고 코웃음을 쳤다.

"흥! 설마 이번에도 수모를 당하겠어?"

그가 풍화륜을 타고 언덕 위로 올라가자 도사가 물었다.

"그대는 혹시 나타가 아니오?"

"그렇소, 당신은 왜 이정을 비호하는 것이오?"

"그대는 왜 이 사람을 쫓아왔소?"

나타가 다시 취병산의 이야기를 들려주자 도사가 말했다.

"그것은 오룡산에서 이미 이야기가 끝나지 않았는가? 그런데 또

나타, 연꽃의 화신이 되어 이정에 복수하려 하다.

이 사람을 쫓아오는 것은 약속을 저버리는 행위가 아닌가?"

"당신은 우리 일에 상관하지 마시오. 오늘은 반드시 저 작자를 잡아서 한을 풀고야 말겠소!"

"그렇다면 하는 수 없지."

그러면서 도사가 이정에게 말했다.

"내가 보는 앞에서 둘이 한 판 붙어보시오."

이정이 말했다.

"도사님! 저놈은 힘이 무궁해서 제가 도저히 당해낼 수 없습니다."

이에 도사가 일어나서 이정에게 침을 뱉으며 손바닥으로 등짝을 후려쳤다.

"일단 붙어보시게, 내가 여기 있으니 괜찮네!"

이정이 어쩔 수 없이 창을 들고 공격하자 나타도 화첨창을 들고 맞섰다. 두 부자는 그렇게 오륙십 판을 맞붙었는데 그 바람에 이정은 온몸이 땀으로 흥건히 젖어버렸다. 나타는 점점 그 공격을 막아내기 어렵게 되자 속으로 생각했다.

'이정은 원래 내 적수가 아닌데 조금 전에 저 도사가 그에게 침을 한 모금 뱉으며 손바닥으로 등짝을 치면서 틀림없이 무슨 수작을 부렸구나. 그렇다면 나도 방법이 있지. 일단 틈을 노려 먼저 저 도사를 해치우고 나서 다시 이정을 붙잡자!'

나타는 풀쩍 뛰어 이정의 공격권 밖으로 나가 즉시 창끝을 돌려 도사를 공격했다. 그러자 도사가 깜짝 놀라 입을 쩍 벌리더니 얼른 하얀 연꽃으로 화첨창을 막았다.

"막으시오!"

이정이 황급히 달려와 화첨창을 막자 도사가 나타에게 말했다.

"이런 못된 놈! 너희 부자가 싸우는데 너와 원수진 일도 없는 나를 왜 공격하는 것이냐? 내가 연꽃으로 막지 않았더라면 암습에 당할 뻔했구나. 이것은 대체 무슨 뜻이냐?"

"저번에는 이정이 내 상대가 되지 못했는데 당신이 나와 붙어보라고 하면서 침을 뱉고 손바닥으로 등짝을 치지 않았소? 그것은 분명 당신이 농간을 부린 것이 아니오? 그 바람에 내가 이정을 이길 수 없게 되었으니 당신한테 분풀이를 할 수밖에!"

"이런 못된 놈, 감히 나를 공격해?"

나타는 버럭 화를 내며 다시 창을 찔렀고 도사는 옆으로 풀쩍 뛰어 피하더니 소매를 하늘로 치켜들었다. 그러자 상서로운 구름이 서리면서 자줏빛 안개가 맴도는 가운데 영롱탑玲瓏塔이 떨어져 나타를 가둬버렸다. 이어서 도사가 두 손으로 탑 위를 탁 치자 탑 안에 불길이 일었다. 나타는 비명을 질렀다.

"살려주시오!"

도사가 탑 바깥에서 물었다.

"이제 네 아비를 인정하겠느냐?"

나타는 어쩔 수 없이 다급하게 대답했다.

"예, 예! 도사님, 인정하겠습니다!"

"그렇다면 살려주마."

도사가 탑을 회수하자 나타가 눈을 뜨고 자기 몸을 살펴보니 어디에도 불에 덴 흔적이 없었다.

'정말 이상한 일이로구나! 이 도사는 정말 귀신을 부리는 수완이

있나 보구나!'

도사가 말했다.

"나타, 네가 이정을 아비로 인정한다면 저 사람에게 큰절을 올려라."

나타는 내키지 않았지만 도사의 탑이 무서워 화를 참고 고개를 숙여 절을 올렸다. 하지만 그의 얼굴에는 여전히 불만스러운 표정이 있었다. 그러자 도사가 말했다.

"그것만으로는 부족하니 '아버님!' 하고 불러봐라."

나타가 머뭇거리자 도사가 호통쳤다.

"이놈! '아버님' 하고 부르지 않는 것을 보니 아직 승복하지 못하는 모양이로구나. 다시 금탑에 갇혀 고생을 해봐야겠느냐?"

그러자 나타가 다급하게 이정에게 말했다.

"아버님, 제가 잘못했습니다!"

그러나 말은 그렇게 하면서도 그는 속으로 이를 갈고 있었다.

'이정! 네가 언제까지 이 도사의 비호를 받을 줄 아느냐?'

그때 도사가 이정을 향해 말했다.

"무릎을 꿇어라, 내가 비밀리에 이 탑을 전수해줄 테니 만약 나타가 복종하지 않으면 이 탑으로 저놈을 제압해라."

그 말을 들은 나타는 속으로 비명을 질렀다.

'아이고, 망했구나!'

그때 도사가 말했다.

"나타, 이제부터 부자지간에 화목하게 지내라. 한참 뒤에는 모두 같은 왕조의 신하로 현명한 군주를 보좌하여 정과를 이루게 될 테니 더 이상 이전 일에 대해서는 이야기하지 마라. 자, 너는 이제 돌아가라!"

그렇게 되자 나타는 건원산으로 돌아갈 수밖에 없었다. 이정이 무릎을 꿇고 말했다.

"도사님, 이렇게 큰 은덕을 베풀어 제 재난을 풀어주셔서 감사합니다. 도사님, 존함이 어찌 되시는지요? 어느 산 어느 동부에 계시는지요?"

"나는 영취산靈鷲山 원각동元覺洞의 연등도인燃燈道人일세. 자네는 아직 도를 이루지 못했으니 인간 세상의 부귀영화를 누려야 하네. 이제 상나라 주왕이 덕을 잃어 천하가 크게 어지러우니 잠시 벼슬을 버리고 산중에 은거해 있게. 그러다가 나중에 주나라 무왕이 군사를 일으키면 다시 나와 공을 세우도록 하게."

이정은 머리가 땅에 닿도록 절을 올리고 나서 진당관으로 돌아가 어디론가 은거해버렸다. 사실 그 도인은 태을진인의 요청으로 나타의 성정을 연마하여 이후로 부자지간의 정을 느낄 수 있게 해주려고 여기에 나타났던 것이다. 나중에 그들 부자 네 명은 육신을 지닌 채 신선이 되었으니 이정은 바로 탁탑천왕托塔天王이 된다. 후세 사람이 이에 대해 다음과 같은 시를 지었다.

황금으로 영롱탑 만드니
수만 갈래 빛 하늘에 스며들었지.
연등도인이 법력 펼쳤기 때문이 아니라
하늘이 부자지간을 다시 화목하게 해주었기 때문이지.

黃金造就玲瓏塔　萬道毫光透九重

不是燃燈施法力　天敎父子復相從

　이것이 나타가 두 번째로 진당관에서 세상에 나온 이야기이다.
나중에 강상이 하산하게 되는 것은 바로 희창이 유리에 구금된 지
칠 년이 지난 뒤이니 뒷일이 어찌 되는지는 다음 회를 보시라.

제 1 회

1)　반고盤古는 아주 오랜 옛날 암흑 속에 떠도는 커다란 알에서 살던 거인으로 1만 8,000년 동안 잠을 자고 깨어나서 자신을 둘러싼 어둠을 없애기 위해 알껍데기에 도끼질을 해서 (일설에는 손바닥으로 쳐서) 쪼개고 나왔다. 그러자 그의 머리 위쪽에 있던 껍질은 공기로 변해 위로 올라갔고 발아래의 껍질은 대지로 변해 마침내 하늘과 땅이 나타났다. 반고가 손으로 떠받친 그 하늘과 발을 디딘 그 땅은 반고의 키가 커지는 것에 따라 10만 8,000년 동안 매일 한 길[丈]씩 높아지고 두터워져서 결국 하늘과 땅 사이가 구만 리나 벌어지게 되었다. 하지만 반고는 이를 위해 기운을 다 소진하는 바람에 죽게 되었는데 그가 마지막으로 내뱉은 숨은 사계절 동안 하늘을 떠도는 구름이 되었고 목소리는 우레가, 왼쪽 눈은 태양이, 오른쪽 눈은 달이, 머리카락과 수염은 하늘의 별이 되었다. 그리고 그의 몸은 대지의 동서남북의 끝[四極]과 삼산오악三山五嶽, 피는 강이, 힘줄은 길이, 살은 밭이, 이와 뼈는 땅속 광물이, 피부와 솜털은 초목이, 땀은 비와 이슬이 되었다고 한다. 그에 대한 기록은 삼국시대 오吳나라의 서정徐整이 편찬한 『삼오역기三五歷紀』에 처음 나타나 이후 여러 문헌을 거치면서 다양한 요소들이 덧붙었다.

2) 『주역周易』「계사繫辭·상上」:"역에는 태극이 있으니 이것이 양의를 낳았고 양의가 사상을 낳고 사상이 팔괘를 낳았다[易有太極 是生兩儀 兩儀生四象 四象生八卦]". 태극에 대해서는 여러 해석이 있지만 대체적인 견해를 종합해보면 우주가 생기기 전의 음양이 나뉘지 않은 혼돈체로서 허무虛無를 본체로 하는 것을 가리킨다. 양의는 천지 또는 음양을 가리킨다. 사상은 기본적으로 청룡과 백호, 주작, 현무로 상징되는 동서남북의 방향을 가리키지만 종종 일월성신日月星辰을 나타내기도 한다.

3) 『서유기西遊記』제1회에 따르면 천지의 운수는 12만 9,600년을 하나의 '원元'으로 삼고 그것은 다시 12간지十二干支를 바탕으로 열두 개의 '회會'로 나뉜다. 혼돈의 시기인 해회亥會로부터 5,400년 뒤인 자회子會에 하늘이 열리고 일월성신이 나타나며 또 5,400년 뒤인 축회丑會에는 하늘과 땅이 단단해져서 물과 불, 산, 돌, 흙의 '오형五形'이 나타나며 다시 5,400년 뒤인 인회寅會에 이르면 사람과 온갖 들짐승 및 날짐승이 생겨나서 천, 지, 인 '삼재三才'가 자리를 잡는다고 한다.

4) 고대 중국의 전설에 따르면 삼황三皇 이후에 유소씨有巢氏와 수인씨燧人氏, 복희씨伏羲氏, 여와씨女媧氏, 신농씨神農氏라는 다섯 명의 신적인 인물[五氏]이 나타난다. 이 가운데 유소씨는 사람들이 짐승에게 해를 당하지 않고 홍수를 피할 수 있도록 나무 위에 움집을 짓고 사는 법을 가르쳐준 인물이다.

5) 헌원씨軒轅氏는 황제黃帝의 후손인 유웅씨有熊氏의 족장으로 제홍씨帝鴻氏라고도 불린다. 또 헌원軒轅이라는 언덕에 살았기 때문에

그것으로 성을 삼아서 그의 후손을 헌원씨라고 불렀다. 여기서 말하는 헌원씨는 대략 기원전 2717년부터 기원전 2599년 사이에 중국을 다스린 제왕으로 그는 처음으로 의복과 모자, 배와 수레, 나침반을 만들고 산수의 법칙과 음률을 정하고 의학을 창시했다. 또한 염제炎帝 및 치우蚩尤와 벌인 전쟁에서 승리하여 제후들에 의해 천자天子로 추대되어 중화中華 민족의 시조始祖로 간주된다.

6) 오제五帝에 대해서는 여러 가지 설이 있다. 『사기史記』에서는 황제와 전욱顓頊, 제곡帝嚳, 요堯, 순舜을 가리킨다고 하고 『전국책戰國策』에서는 포희庖犧와 신농, 황제, 요, 순을 가리킨다고 하며 『여씨춘추呂氏春秋』에서는 태호太昊와 염제, 황제, 소호少昊, 전욱을 가리킨다고 한다. 『자치통감외기資治通鑒外紀』에서는 황제와 소호, 전욱, 제곡, 요를 가리킨다고 하고 위조된 『상서尙書』 「서序」에서는 소호와 전욱, 제곡, 요·순을 가리킨다고 한다. 현대 중국 역사가들은 『사기』의 설명이 비교적 합리적이라고 여긴다.

7) 걸왕桀王은 하夏나라 제17대 군주이자 마지막 군주로 이름은 이계履癸이다. 후세 역사에서 대표적인 폭군 가운데 하나로 서술되는 그는 왕비인 말희妹喜에게 빠져 정치를 도외시하고 충성스럽고 훌륭한 신하를 살해했다. 이에 상商나라 탕湯이 반란을 일으키니 걸왕은 명조鳴條로 도주했다가 그곳에서 벌어진 최후의 전투에서 패배함으로써 하나라는 멸망한다. 이후 그는 남소(南巢, 지금의 안후이성[安徽省] 차오현[巢縣])로 내쫓겼다.

8) 말희妹喜는 말희妹嬉 또는 말희末喜, 말희末嬉라고도 쓴다. 유시씨有施氏의 공주로 당시 천하제일의 미녀로 꼽히던 그녀는 하나라 걸

왕의 왕후이자 순유淳維의 모후母后였다. 배를 띄울 만큼 크게 판 연못에 술을 채우고 사람들이 마시는 것을 구경하거나 비단 찢는 소리를 듣기를 좋아했고 남자의 모자를 쓰기 좋아하는 특이한 취향이 있었다. 결국 미색으로 걸왕을 미혹하여 타락하게 해서 하나라를 멸망시킨다.

9) 달기妲己는 성이 소蘇씨라고 하며 상나라 주왕 즉 제신帝辛이 총애하던 왕비이다. 그녀는 주왕을 유혹하여 주지육림에 빠지게 함으로써 상나라를 망친 주범으로 꼽힌다. 주周나라 무왕武王이 목야牧野의 전투에서 승리하고 상나라가 멸망하자 주왕은 녹대鹿臺로 도망쳐 스스로 불길에 몸을 던지고 달기는 참수형을 당한다.

10) 주왕이 서쪽 제후의 우두머리로 임명한 희창(姬昌 : 기원전 1152~기원전 1056) 즉 주나라 문왕文王을 가리킨다. 주왕은 그의 세력이 강대해지자 그를 유리(羑里, 지금의 허난성[河南省] 탕인현[湯陰縣])에 구금하고 그는 그곳에서『주역』의 64괘를 풀이했다고 한다. 이후 주나라의 신하 굉요閎夭 등이 주왕에게 미녀와 재물을 바쳐서 사면받자 이 사건을 계기로 상나라를 멸망시키기로 결심한 그는 여상呂尙 즉 강태공을 발탁하여 국력을 키우며 기회를 노린다.

11) 미자계微子啓 또는 미자개微子開를 가리킨다. '미微'는 국호이고 '자子'는 제후에 대한 존칭이다. 상나라 주왕의 서형庶兄인 그는 황음무도한 주왕에게 여러 차례 간언해도 듣지 않자 그를 떠난다. 훗날 주나라 무왕이 상나라를 멸망시키자 왕실의 제기祭器를 들고 무왕의 막사로 찾아가 웃통을 벗고 두 손을 뒤로 묶은 다음 왼손으로 양을 끌고 오른손에는 창을 든 채 무릎을 꿇고 기어가 자신이 주

왕을 떠나게 된 사연을 설명한다. 이에 무왕은 그의 손을 풀어주고 경사卿士로 우대한다. 나중에 주공周公 희단姬旦이 주왕의 아들 무경武庚의 반란을 평정한 후 성왕成王에게 청하여 그를 송宋나라의 제후에 봉하게 했다.

12) 맹진孟津은 지금의 허난성 중서부에 위치한 구릉으로 황하의 중류와 하류를 나누는 경계선에 해당한다. 이곳은 옛 전설에서 용마龍馬가 지도를 등에 지고 나왔다는 곳이며 복희씨가 팔괘를 그렸다는 곳이기도 하다.

13) 주나라 무왕이 문왕의 지위를 계승한 지 13년이 되는 해인 기원전 1066년 2월 5일에 무왕은 상나라를 정벌하기 위해 출정했고 결국 상나라의 도읍인 조가(朝歌, 지금의 허난성 치현[淇縣])로부터 남쪽으로 70리 떨어진 목야에서 벌어진 결전에서 대승을 거둔다.

14) 태백기太白旗의 모양은 자세히 알 수 없다. 다만『사기史記』「주본기周本紀」에 따르면 무왕武王이 상商나라 왕궁을 점령한 후 황월黃鉞로 주왕紂王의 목을 베어 태백기 위에 매달았다고 한다.

15) 상보尙甫라고도 하며 여상 즉 강태공을 가리킨다. 원래 아버지처럼 존경할 만한 인물이라는 뜻으로 후세에는 대신大臣에 대한 존칭으로 쓰인다.

16) 제곡帝嚳은 이름이 준俊이고 호가 고신씨高辛氏이다. 그는 황제의 증손으로 염황炎黃을 계승하고 요·순의 앞길을 열어줌으로써 화하華夏 민족의 기틀을 다져 상나라의 시조로 받들어진다. 백부인 전욱顓頊이 죽은 후 서른 살에 왕위를 계승하여 나라를 다스렸으며 수도는 박(毫, 지금의 허난성 상치우[商丘])에 있었다.

17) 고매高禖는 구망句芒, 교매郊禖라고도 하며 원래 혼인과 생육을 주
관하는 여신으로 굵은 허벅지와 아이를 밴 것처럼 불룩한 배를 가
진 모습이었으나 훗날 가부장제가 정착되면서 복희가 그 자리를
대신한다. 중국의 명절인 상사절上巳節은 이 신에게 제사를 지내고
수계修禊와 남녀의 자유로운 교제를 통해 재앙과 사악한 것을 물
리치고 자손의 생육을 기원하는 행사에서 비롯했다.

18) 『사기』「은본기殷本紀」에 따르면 융성娀씨의 딸 간적이 교외에서 검
은 제비의 알을 삼키고 임신하여 설을 낳았다고 한다.

19) 옛 나라 이름이며 하우夏禹의 후손으로 알려져 있으며 성姓은 사姒
이다. 기록에 따르면 상商나라를 세운 탕왕湯王이 이 나라의 공주
와 결혼했다고 하고, 주周나라 문왕文王의 아내 태사太姒 또한 이 나
라의 후손임을 알 수 있다. 그러나 그곳의 위치에 대해서는 이설이
있어서 지금의 허난성[河南省] 카이펑시[開封市] 근처라고 하기도
하고, 산둥성[山東省] 허쩌시[菏澤市] 차오현[曹縣] 북쪽이라고 하기
도 한다.

20) 이윤伊尹은 이름이 이伊이며(일설에는 지[摯]라고 한다) 윤尹은 관
직 이름이다. 성탕을 도와 상 왕조를 건립하는 데 공을 세워 후세 사
람들이 훌륭한 재상의 모범으로 존경하고 제사를 지내는 인물로
전설에 따르면 그는 원래 노예 출신으로 세발솥에 요리를 할 때 다
섯 가지 맛을 조화롭게 하는 뛰어난 요리사였는데 성탕에게 발탁
되어 천자를 보좌하게 되었다고 한다. 『맹자孟子』「공손추公孫丑·
하下」에 따르면 성탕은 그를 스승으로 삼아 배우고 나서 신하로 삼
았다고 한다.

21) 관용봉(關龍逢 : ?~?)은 걸왕이 황음무도한 짓을 저지를 때마다『황도黃圖』를 인용하며 직간했다. 그러자 걸왕은 그 책을 불태우고 요망한 말로 군주에게 죄를 지었다는 명목으로 그를 옥에 가두고 처형했다.

22) 하대夏臺는 하나라의 옥으로 균대均臺라고도 불렀다. 지금의 허난성 위현[禹縣]의 남쪽에 있었다.

23) 성탕에 관한 이 이야기는『사기』「은본기」를 토대로 각색한 것이다.

24) 상나라 마지막 천자인 제신(帝辛 : 기원전 1075~기원전 1046 재위)의 이름은 수受 또는 수덕受德이고 시호諡號는 주왕紂王이다.

25) 원문에는 제2대 외병外丙과 제3대 중임中壬, 제23대 조기祖己가 빠져 있지만 그대로 번역했다.

26) 제을帝乙의 아들은 본래 이들 외에도 학국郝國의 제후에 봉해진 자기子期를 비롯해서 여럿이 있는데 이 가운데 미자계와 미자연, 제신은 모두 모친이 같은 형제라고 알려져 있다. 다만 미자계와 미자연이 태어났을 때 그 모친은 아직 첩의 신분이었고 제신은 그녀가 왕후가 된 뒤에 태어났다고 한다. 미자연은 미중연微仲衍이라고도 쓰며 송나라 제2대 제후이기 때문에 송미중宋微仲이라고도 불린다. 송나라의 제1대 제후인 미자계는 송미자宋微子라고도 불린다.

27) 주왕紂王은 주나라 때에 붙인 악시惡諡로 '의롭고 선한 이를 해친다[殘義損善]'라는 뜻이다. 그의 정식 칭호는 제신帝辛이다.

28) 치미관雉尾冠은 고대의 왕공王公과 귀족이 쓰던 모자로 꿩의 꼬리 깃털 모양 장식이 달려 있다.

29) 예주궁蕊珠宮은 도교 경전에서 신선 세계의 궁전을 가리킨다.

30) 항아(姮娥, 또는 嫦娥)는 고대 중국의 삼황오제三皇五帝 가운데 하나
    인 제곡帝嚳의 딸로서, 뛰어난 활 솜씨로 하늘에 뜬 열 개의 태양 가
    운데 아홉 개를 쏘아 떨어뜨려 인류를 재앙에서 구한 후예后羿의
    아내이다. 그런데 이 일을 해낸 공로로 후예가 서왕모西王母에게
    받은 불사약不死藥을 그녀가 훔쳐 먹고 달나라로 도망쳐 선녀가 되
    었으며, 그곳의 광한궁廣寒宮에 살고 있다고 한다. 도교에서 그녀
    는 흔히 태음성군太陰星君으로 불리며, 월궁황화소요원정성후태
    음원군月宮黃華素曜元精聖后太陰元君 또는 월궁태음황군효도명왕月
    宮太陰皇君孝道明王이라고 존칭尊稱되기도 한다.

31) 비중費仲은 실제 인물이 아니라 소설에서 허구적으로 설정한 인물
    이다.

제2회

1) 빈어嬪御는 고대에 제왕과 제후의 시첩侍妾과 궁녀를 아우르는 말
    이다.

2) 경성景星은 덕과 상서로움을 나타내는 큰 별로 옛날에는 군주가
    도리에 맞는 정치를 하면 이 별이 나타난다고 여겼다.『진서晉書』
    「천문지天文志·중中」「서성瑞星」:"경성은 반달처럼 생겼고 그믐
    에 나타나 달빛을 도와 빛을 밝힌다. 혹자는 별이 크고 하늘 가운데
    에 떠 있다고 하고 혹자는 세 개의 별이 남쪽 하늘의 기운 속에 있
    어서 동쪽 하늘의 기운과 이어져 있는데 황성이 남쪽에 있는 것을
    가리킨다고 한다. 그것은 또한 덕성이라고도 한다[景星 如半月 生於

晦朔 助月爲明 或曰 星大而中空 或曰 有三星 在赤方氣 與靑方氣相連 黃星在
赤方氣中 亦名德星]".

3) 황문관黃門官은 황문시랑黃門侍郎 또는 급사황문시랑給事黃門侍郎
   을 가리키며 황제의 측근으로 음식과 일상생활의 시중을 들고 어
   명을 전달하는 등의 임무를 한다.

4) 오문午門은 원래 명明나라 때 남경南京의 고궁古宮과 북경北京 자금
   성紫禁城의 남쪽 정문을 가리키는 말인데, 여기서는 황궁의 남쪽
   정문을 가리키는 일반적인 뜻으로 쓰였다.

5) 『예기禮記』「치의緇衣」: "王言如絲 其出如綸".

6) 마갑馬閘은 휴대하기 편하게 접이식으로 만든 의자의 일종이다.

7) 능연각凌煙閣은 당唐나라 장안성長安城 태극궁太極宮 서남쪽의 삼
   청전三淸殿 옆에 있던 작은 누각이다. 정관貞觀 17년(643)에 태종太
   宗 이세민李世民이 통일 제국을 수립하는 데 기여한 공신을 기리기
   위해 염입본閻立本에게 능연각 안에 공신 스물네 명의 초상화를 그
   리게 했다. 이에 염입본은 누각 내부를 세 층으로 나누어 각기 공적
   의 정도와 신분에 따라 인물을 그려 넣었다. 스물네 명의 공신을 서
   열대로 나열하면 장손무기長孫無忌, 이효공李孝恭, 두여회杜如晦, 위
   징魏徵, 방현령房玄齡, 고사렴高士廉, 울지경덕尉遲敬德, 이정李靖, 소
   우蕭瑀, 단지현段志玄, 유홍기劉弘基, 굴돌통屈突通, 은교殷嶠, 시소柴
   紹, 장손순덕長孫順德, 장량張亮, 후군집侯君集, 장공근張公謹, 정지절
   程知節, 우세남虞世南, 유정회劉政會, 당검唐儉, 이적李勣, 진경秦瓊이
   다. 이후 대종代宗 광덕廣德 2년(764)에는 곽자의郭子儀의 초상화
   가 더해졌고 그 후로도 역대 황제의 지시에 따라 저수량褚遂良과

장구령張九齡 등의 초상화가 더해졌다.

8) 여기서 단봉루丹鳳樓는 황궁 안의 누각을 가리키는 일반적인 의미이다.

9) 원문에는 대장大將이라고 되어 있으나 뒤쪽에서 부장副將으로 칭하기 때문에 바꾸어 번역했다.

10) 고대 전설에 따르면 하늘에는 대문[門]이 있고 땅에는 지게문[戶]이 있는데 하늘의 대문은 서북쪽에 있고 땅의 지게문은 동남쪽에 있다고 했다. 이에 따라 땅의 동남쪽을 '땅의 문[地戶]'이라고 부르기도 한다.

11) 여기서 말하는 채찍[鞭]은 고대의 짧은 무기[短兵] 가운데 하나로 오늘날 말채찍처럼 부드러운 가죽으로 만든 것도 있지만(이 종류는 상대적으로 길이가 길다) 구리나 쇠로 만든 단단한 막대기 모양도 있다. 특히 고대 소설의 전투 장면에서 언급되는 채찍은 대부분 후자를 가리킨다.

12) 여기서 '쇠몽둥이'로 번역한 간鐧은 고대 중국의 무기 가운데 하나로 대략 넉 자 길이의 몸체가 몽둥이 모양에 끝은 뾰족하지 않고 아래쪽에 손잡이가 달려 있으며 날이 없는 사면은 안쪽으로 움푹 파여 있어 '사면금장간四面金裝鐧' 또는 '요면간凹面鐧'이라고도 불린다. 통상적으로 전투에서 방어용으로 사용한다.

제3회

1) 산예狻猊는 원래 전설 속의 동물로 용이 낳은 아홉 마리 새끼 가운데 하나이다. 금예金猊 또는 영예靈猊라고도 부르며 그 생김새가 사

자와 같아서 연기 속에 앉아 있기를 좋아하고 호랑이나 표범 같은 맹수를 잡아먹는다고 한다.

2) 절교截敎는 『봉신연의』의 작자가 지어낸 도교의 유파 가운데 하나이다. 이에 따르면 오랜 옛날 홍균도조鴻鈞道祖 문하에 세 벗이 있었는데, 첫째는 태상노군太上老君이고 둘째는 원시천존元始天尊, 셋째는 통천교주通天敎主이다. 이 가운데 태상노군은 인도교人道敎(줄여서 인교人敎 또는 도교道敎라고 함)를 창시했고 원시천존은 천교闡敎, 통천교주는 절교를 창시했다. 절교는 하늘의 도리를 완전히 꿰뚫은 다음 이를 바탕으로 하늘의 도리에 위배되는 것을 없애는 것을 목적으로 삼는다. 『봉신연의』는 바로 이 천교와 절교 사이의 분쟁을 중심으로 이야기를 전개하고 있다.

3) 운판雲版은 양쪽 끝을 구름 모양으로 장식한 쇠 또는 나무로 만든 기구로 옛날 관청이나 부귀한 집안, 사원 등에서 일을 알리거나 시간을 알릴 때 또는 사람을 모이게 할 때 울렸다.

4) 회병灰瓶은 석회를 담은 병으로 전투에서 적에게 던져 눈을 뜨지 못하게 하는 도구이다.

5) 고대 중국에서는 열 개의 천간天干 즉 갑甲, 을乙, 병丙, 정丁, 무戊, 기己, 경庚, 신辛, 임壬, 계癸를 이용하여 오행五行과 사방四方을 가리켰다. 이에 따라 중앙은 무기 토戊己土, 서방은 경신 금庚辛金, 동방은 갑을 목甲乙木, 남방은 병정 화丙丁火, 북방은 임계 수壬癸水라고 불렀다.

6) 산의생散宜生은 주나라 문왕과 무왕을 섬긴 모사謀士로 희창이 유리에 구금될 때 굉요, 태전과 함께 구금되었다. 이후 그는 유신씨有

莘氏의 딸과 여융麗戎의 얼룩말을 주왕에게 바치고 비중에게도 뇌물을 써서 희창이 석방되도록 만들었으며 훗날 여상과 함께 무왕을 보좌하여 상나라를 멸망시키는 데 공을 세웠다.

7) 『시경詩經』「소아小雅」「북산北山」:"率土之濱 莫非王臣".

8) 종鍾은 곡물을 세는 단위로 원래 열 말[斗]을 가리켰다고 한다.

제4회

1) 폐안狴犴은 헌장憲章이라고도 부르는 전설 속의 동물이다. 용의 아홉 자식 가운데 일곱째(일설에는 넷째라고도 함)로 생김새는 호랑이를 닮았는데 송사訟事를 일으키기 좋아하며 대단히 사납고 용맹하다고 한다. 지옥문 위쪽에 장식된 호랑이 머리가 바로 그의 모습을 나타낸 것이며 일반적으로 공평하고 의로운 것을 추구하며 말솜씨가 뛰어난 훌륭한 판관判官의 이미지를 대표한다. 이 때문에 옥의 문이나 관아의 대청 양쪽에 그 형상을 세워놓기도 하는데 고대 문헌에서는 종종 뇌옥牢獄을 가리키기도 했다.

2) 인용된 시는 당나라 때 가지(賈至:718~772)의 「조조대명궁정량성료우早朝大明宮呈兩省僚友」인데 제3구의 '지변池邊'이 원작에는 '천조千條'로, 제4구의 '요건장繞建章'은 '만건장滿建章'으로, 제5구의 '봉지보鳳池步'는 '옥지보玉墀步'로 되어 있다.

3) 건장궁建章宮은 한漢나라 무제武帝 태초太初 1년(기원전 104)에 세워진 궁전으로 여기서는 일반적인 왕궁을 가리킨다.

제5회

1) 교리交梨는 신선 세계의 과일이고 옥액玉液은 신선이 마시는 음료이다.

2) 이하의 내용은 송나라 인종仁宗이 지은 「존도부尊道賦」에서 일부 구절을 바꿔서 인용한 것이다. 이 부賦는 『서유기』 제78회에서도 "修仙者骨之堅秀" 이하의 구절을 일부 변형하여 인용한 바 있다.

3) 천강성天罡星은 원래 북두칠성의 자루[柄]에 해당하는 별자리를 가리키는데 도교에서는 북두칠성 근처에 모인 여러 별 가운데 서른여섯 개의 별이 위치한 자리를 말한다.

4) 여기서 도道는 만물의 궁극적인 이치를, 덕德은 그것이 구체적으로 발현된 현상과 사물을 가리킨다.

5) 원작에서는 이하 네 구절이 "저 불교는 처자와 부모를 버리고 인륜을 생각하지 않으니 삼교를 두루 살펴보면 도교만이 최고일세[彼佛教兮抛妻棄母 不念人倫 縱觀三敎 惟道至尊]"라고 되어 있다.

6) 천뢰와 지뢰, 인뢰는 『장자莊子』 「제물론齊物論」에 나오는 말로 대자연과 인간 세계의 모든 소리를 가리킨다.

제6회

1) 두원선杜元銑은 『봉신연의』에서 설정한 가상의 인물이다.

2) 조장照牆은 소장蕭墻 또는 조벽照壁이라고도 하는데 이것은 대문 바로 안쪽에 병풍처럼 세워두는 작은 벽으로 민간 전설에서는 귀신이 똑바로 걷기 때문에 대문 뒤에 이것을 세워두면 막을 수 있다고 했다. 그러나 일반적으로 대문을 열었을 때 안채의 모습이 바로

보이는 것을 막기 위한 건축학적 안배라고 설명된다.

3) 기원전 1066년 2월 5일을 가리킨다.

4) 금과金瓜는 철봉 끝에 참외 모양의 둥근 쇠를 붙인 무기의 일종이다.

5) 미자微子와 미자계微子啓는 본래 같은 인물이지만 소설의 작자가 착각하여 중복으로 나열한 듯하다.

6) 진秦·한漢 시대에는 십 리마다 하나씩 정亭을 세워서 나그네(주로 공무로 외지에 나가는 관리들)가 쉬어 갈 수 있게 해주었다. 이후 다시 오 리마다 정을 하나씩 두었는데 이 때문에 "십리장정十里長亭, 오리단정五里短亭"이라는 말이 생겨났다.

7) 한나라 때에는 상서대尙書臺와 어사대御史臺, 알자대謁者臺를 아울러 '삼대'라고 했고 당나라 때에는 상서성尙書省과 중서성中書省, 문하성門下省을 아울러 '삼대'라고 했다. 여기서는 조정의 주요 기관을 대표하는 말로 쓰였다.

第7회

1) 재동梓童은 원래 자동子童에서 변천하여 생겨난 말인데 그 기원은 춘추·전국시대에 제후의 정실부인이 자신을 '소동小童'이라고 부른 데에서 비롯되었다. 남송南宋 이래로는 성리학의 영향으로 황후의 호칭 앞에 작을 소小 자가 들어가는 것을 불경不敬이라고 여겨서 '자子'로 바뀌었고 여기서 다시 '자'와 발음이 통하는 '재梓'로 변천했다. 소설이나 희곡 같은 통속문학에서는 '자동' 또는 '재동'이 황후뿐만 아니라 선녀나 여왕을 가리키는 뜻으로도 널리 쓰였다.

제8회

1) 중화서국 판본에서는 오겸吳謙을 오염吳炎으로 표기했다.

2) 병부兵符는 고대 군대에서 명령을 전달하거나 부대를 이끌 장수를 파견하는 데 사용한 증빙의 패이다. 이것은 대개 구리나 옥, 나무를 이용해 만드는데 호랑이 모양으로 만들기 때문에 호부虎符라고도 불렀다. 이 패는 반으로 쪼개서 반쪽은 군주가 지니고 있고 나머지 반쪽은 군대를 통솔할 장수에게 주므로 군대를 소집하여 움직일 때는 반드시 양쪽을 맞춰서 틀림없다는 것을 확인해야 했다.

제9회

1) 좌주座主는 원래 과거 시험의 합격자가 시험을 주관하는 이를 일컫는 말이다. 합격자는 그를 스승으로 모시고 그 자신은 제자[門生]라고 자처했다. 여기서는 은파패를 천거하여 벼슬살이를 하게 해준 사람이라는 뜻으로 쓰였다.

2) 적정자赤精子는 영봉자甯封子라고도 하며 황제 시대 도정陶正으로서 도기를 제작하며 불을 다스린 인물로『태평환우기太平寰宇記』에 따르면 태상노군의 화신이라고도 한다.

3) 『신선전神仙傳』에 따르면 광성자廣成子는 황제 시대 공동산崆峒山의 석굴에 살던 신선으로 황제가 두 차례 그를 찾아가 도에 대해 물었다고 한다. 도교에서 그는 '12금선金仙' 가운데 우두머리를 차지하고 있으며 일설에는 태상노군의 화신이라고도 한다.

4) 살계殺戒는 살생을 금하라는 계율을 말한다.

제10 회

1) 『제왕세기帝王世紀』에 따르면 남궁괄南宮适은 태전, 굉요, 산의생과 함께 서백 희창의 '사신四臣'으로 꼽히는 인물이다. 그는 주나라가 상나라를 멸망시킨 뒤에 무왕의 지시에 따라 녹대를 철거하고 왕실 창고를 열어 빈민을 구제했다고 한다.

2) 신갑辛甲은 원래 주왕의 신하였으나 그가 일흔다섯 번의 간언을 올렸지만 들어주지 않자 상 왕실을 떠나 주나라로 가서 태사에 임명되었고 장자(長子, 지금의 산시성[山西省] 장쯔시[長子市] 서쪽)에 봉해졌다. 그는 희창에게 문무백관으로부터 잠언箴言을 바치게 하여 그것을 참조하여 덕행을 하고 과오를 바로잡게 했다고 한다. 다만『봉신연의』에서 그는 무장武將으로 설정되어 있다.

3) 백읍고伯邑考는 희창과 태사太姒 사이에서 태어난 큰아들로 주나라 무왕보다 두 살 위의 친형이다. 원래 이름은 희고姬考이며 '백伯'은 큰아들이라는 항렬을, '읍邑'은 신분을 나타내는 말이다(태자의 신분을 가리키는 뜻이라는 설도 있고 읍을 다스리는 관직에 봉해졌다는 뜻이라는 설도 있음). 전설에 따르면 그는 희창이 주왕에 의해 유리에 구금된 뒤에 인질로 붙들려 있다가 나중에 주왕이 그를 죽여 젓갈을 만들어 희창에게 먹게 함으로써 충성심을 시험하는 희생양이 되었다고 한다. 그러나 이것은 그가 태자에 책봉되기 전에 요절했기 때문에 허구적인 전설이라는 설명도 있다. 또 다른 설에 따르면 희창이 그를 두고 동생을 태자로 책봉한 것은 상나라의 예법에 따른 것이라고도 한다.

4) 이는 실제 사실과 다르다. 원래 주나라의 삼모三母 또는 삼태三太는

태왕太王 고공단보古公亶父의 정실부인 태강太姜과 왕계王季 즉 주공 계周公季의 정실부인 태임太妊 그리고 문왕 희창의 정실부인 태사를 가리킨다. 그러나 『봉신연의』에서는 무왕의 정실부인을 넣으면서 이름이 뒤섞여버렸는데 원래 무왕의 아내는 강태공 여상의 딸인 읍강邑姜이다.

5) 필공 고畢公高는 문왕의 열다섯 번째 아들이며 무왕과는 모친이 다르다. 영공榮公은 문왕의 아들인 듯한데 이름이나 다른 행적은 알 수 없다.

6) 해시형醢尸刑은 죄수의 살을 포 떠서 소금에 절여 젓갈을 담가 죽이는 형벌이다.

제12 회

1) 중화서국 판본에는 두융竇融을 두영竇榮으로 표기했다.

2) 이것은 『서유기』 제4회에서 하늘나라의 모습을 묘사한 노래를 일부 변형하고 생략한 것이다.

제13 회

1) 태아검太阿劍은 태아검泰阿劍이라고도 하며 원래 춘추시대 월越나라 구야자歐冶子와 간장干將이 만든 명검이다. 여기서는 그것에 버금가는 명검을 가리킨다.

2) 삼화취정三花聚頂은 도교의 수련법 가운데 하나로 일반적으로 '삼화'는 '삼양三陽' 즉 음陰 속의 양陽과 양 속의 양, 음양 속의 양을 가리킨다고 설명된다. 도교의 내단內丹 수련에서는 정精을 닦

아 기氣로 만들고 다시 기를 닦아 신神으로 만들고 마지막에는 신을 닦아 허虛의 상태로 만들어 그 합일체를 정수리의 백회혈百會穴로 모이게 하는 것을 '삼화취정'이라고 하는데 이 경지에 이르면 모든 겁난의 침입을 막을 수 있다. 삼화취정은 단계적으로 인화人花 즉 정精을 단련하여 기氣로 만들고 지화地花 즉 기를 단련하여 신神으로 만든 다음 천화天花 즉 신을 단련하여 다시 허虛로 돌아가게 함으로써 육신과 운명의 굴레를 벗고 공허의 경지에 드는 것을 가리킨다.

3) 오기조원五氣朝元은 도교의 수련법 가운데 하나로 내단을 단련하는 자가 보지도 듣지도 말하지도 냄새를 맡지도 움직이지도 못하지만 오장五臟 즉 심장과 간, 신장, 폐, 지라의 정기가 상생상극相生相剋하여 황정黃庭 즉 배꼽 안쪽의 빈 곳으로 모이는 것을 가리킨다. 원래 오장의 기운은 오행과 상응하여 하나로 합치되지 않은 상태이지만 내단의 수련을 통해 그 한계를 넘어설 수 있다는 것이다.

4) 자극紫極은 하늘나라 신선의 거처를 가리킨다.

5) 삼시三尸는 원래 도교에서 인체의 상중하 세 곳의 단전丹田에 살고 있다고 여기는 신으로 삼충三蟲, 삼팽三彭, 삼시신三尸神이라고도 부른다. 다만 '삼시'를 베어 신선이 된다고 할 때에는 인체 내부의 세 가지 나쁜 욕망 즉 사욕私慾과 식욕食慾, 성욕性慾을 가리킨다.

제14회

1) 수합포水合袍는 일종의 도사 복장으로 일반적으로 태극 문양을 수놓아 장식한다.

370

2)   멜대[扁拐]는 손잡이가 구부러진 지팡이처럼 생긴 것으로 도사들이 자루를 메고 다니거나 호신용 무기로 쓰는 것이다.

3)   삼매三昧는 원래 범어 samadhi를 음역한 것으로 그 뜻은 잡념을 그치게 하여 심신心神을 평정平靜한 상태로 만드는 것이다. 이것은 원래 불교의 수행법 가운데 하나인데 도교의 수련법에도 같은 명칭이 있다. 도교 경전인 『지현편指玄篇』에서는 이렇게 설명한다. "나에게는 세 개의 진정한 불이 있나니 심장은 군주의 불로서 신화神火라고도 부르니 그 이름은 상매上昧이다. 신장은 신하의 불로서 정화精火라고도 하는데 그 이름은 중매中昧이다. 방광 즉 배꼽 아래의 기해氣海는 백성의 불이며 그 이름은 하매下昧이다. 이것들은 모이면 불이 되고 흩어지면 기氣가 되는데 오르내리며 순환하여 하늘을 한 바퀴 도는 도리가 담겨 있다[吾有眞火三焉:心者君火 亦称神火也 其名曰上昧 腎者臣火 亦称精火也 其名曰中昧 膀胱 卽臍下氣海者民火也 其名曰下昧 聚焉而爲火 散焉而爲氣 升降循環而有週天之道]". 도교에서는 이것을 수련하면 하늘나라의 최고 신선들과 같아져서 육체와 정신이 모두 오묘한 경지에 이르러 도와 합치된다고 설명한다.

강상

강자아, 태공망. 원시천존의 제자로 곤륜산에서 수행한 도사이나 하산
하여 곤륜산 선인계의 지시에 따라 봉신 계획과 은주 역성혁명을 수행
한다. 주나라 문왕을 보좌하고 무왕을 도와 상나라를 멸망시킨 다음 그
간 목숨을 잃은 이들을 봉신방에 따라 신으로 봉한다.

나타

강상 부대의 선봉장으로 본래 영주라는 구슬에 담겨 있는 혼이었으나
사람과 같은 모습이 되었다가 후일 연꽃의 화신이 된다. 화첨창, 풍화
륜, 혼천릉, 건곤권 등을 지니고 있으며 스승인 태을진인의 도움으로
세 개의 머리와 여덟 개의 팔을 가진 모습으로 변신한다.

달기

기주후 소호의 딸이자 주왕의 황후로 여우 정령이 깃든 이후 주왕에게
아첨하여 황후 강씨를 살해하도록 하고 채분과 포락 같은 잔인한 형벌
로 충신의 목숨을 빼앗는다. 훗날 주나라가 역성혁명에 성공한 후 호희
미, 왕 귀인과 함께 강상에게 참수된다.

소호

올곧은 성격을 가진 충직한 제후로서 주왕의 폭정에 반기를 들었다가

간신 비중과 우혼의 계략에 넘어가 딸인 달기를 주왕에게 바친다. 이후 주나라에 귀의해서 강상의 부대에 합류하는데, 동관의 전투에서 여조 余兆에게 패해 전사한다.

운중자

곤륜산 12대선 중 한 명으로 종남산 옥주동에 동부를 열고 희창의 백 번째 아들 뇌진자를 제자로 삼아 훈련시킨다.

원시천존

도교에는 태초의 지고한 존재인 홍균도조 문하에 세 제자가 있는데 첫째는 태상노군, 둘째는 원시천존, 셋째는 통천교주이다. 이 가운데 태상노군은 인도교人道教를 창시했고 원시천존은 천교闡教, 통천교주는 절교截教를 창시했다. 원시천존은 천교를 총괄하는 장교掌教로 상나라의 천수가 다하는 시기를 이용해서 신계 창설 계획을 세워 강상에게 봉신 계획을 수행하도록 한다.

이정

연등도인의 제자이자 금타, 목타, 나타의 아버지로 곤륜산 도액진인에 게서 도술을 배웠으나 신선의 경지에 오르지 못하고 하산해서 상나라 진당관의 사령관이 된다. 나타에게 쫓기다가 연등도인의 도움을 받아 영롱탑을 지니고 강상의 군대에 합류하여 많은 공을 세우고 다시 산으로 들어가 수행한다.

주왕

상나라의 제31대 왕이자 마지막 군주로 초기에는 훌륭한 정치를 했지만 기주후 소호의 딸 달기를 후궁으로 맞아들이면서 폭군 정치를 한다. 달기에게 빠져서 정사를 돌보지 않고 간언하는 신하를 잔혹하게 살해하며 엄청난 자금을 들여서 궁궐을 화려하게 짓고 술로 호수를 만드는 등 폭정을 일삼는다.

태을진인

곤륜산 12대선 중 한 명으로 건원산 금광동에 동부를 열고 나타를 제자로 삼아 훈련시킨다.

황비호

무성왕武成王의 작위를 가진 상나라의 무장으로 주왕의 폭정에 아내 가씨와 여동생 황비가 살해당하자 일족을 데리고 주나라에 귀순하여 무왕과 강상을 도와 역성혁명과 봉신 계획을 실행한다.

희창

주나라의 문왕으로 달기의 모략에 빠져 주왕에 의해 7년간 유리羑里에 구금된다. 이후 주나라의 신하들이 주왕에게 미녀와 재물을 바쳐서 사면받고 강상을 발탁하여 국력을 키운다. 유리에 있는 동안 『주역』의 64괘를 풀이한다.

| 봉신 365위 |

청복신 (清福神)	삼계수령 8부 365위 청복정신(三界首領八部三百六十伍位清福正神) 백감(柏鑑)	
삼산오악 (三山五嶽)	삼산 정신(正神)	관령삼산정신병령공(管令三山正神炳靈公) 황천화(黃天化)
	오악 정신(5명)	동악태산천제인성대제(東嶽泰山天齊仁聖大帝) 황비호(黃飛虎) 남악형산사천소성대제(南嶽衡山司天昭聖大帝) 숭흑호(崇黑虎) 중악숭산중천숭성대제(中嶽嵩山中天崇聖大帝) 문빙(聞聘) 북악항산안천현성대제(北嶽恒山安天玄聖大帝) 최영(崔英) 서악화산금천순성대제(西嶽華山金天順聖大帝) 장웅(蔣雄)
뇌부(雷部)	뇌부 주신(主神)	구천응원뇌신보화천존(九天應元雷神普化天尊) 문중(聞仲)
	뇌부 정신(24명)	등충(鄧忠), 신환(辛環), 장절(張節), 도영(陶榮), 방홍(龐弘), 유보(劉甫), 구장(苟章), 필환(畢環), 진완(秦完), 조강(趙江), 동전(董全), 원각(袁角), 이덕(李德), 손량(孫良), 백례(柏禮), 왕변(王變), 요빈(姚賓), 장소(張紹), 황경(黃庚), 금소(金素), 길립(吉立), 여경(余慶), 섬전신(閃電神, 즉 금광성모[金光聖母]), 조풍신(助風神, 즉 함지선[菡芝仙])
화부(火部)	화부 주신	남방삼기화덕성군(南方三炁火德星君) 나선(羅宣)
	화부 정신(5명)	미화호(尾火虎) 주초(朱招), 실화저(室火豬) 고진(高震), 자화후(觜火猴) 방귀(方貴), 익화사(翼火蛇) 왕교(王蛟), 접화천군(接火天君) 유환(劉環)
온부(瘟部)	온부 주신	온황호천대제(瘟瘟昊天大帝) 여악(呂嶽)
	온부 정신(6명)	동방행온사자(東方行瘟使者) 주신(周信) 남방행온사자(南方行瘟使者) 이기(李奇) 서방행온사자(西方行瘟使者) 주천린(朱天麟) 북방행온사자(北方行瘟使者) 양문휘(楊文輝) 권선대사(勸善大士) 진경(陳庚) 화온도사(和瘟道士) 이평(李平)

두부(斗部)	두부 주신	집장금궐감궁두모(執掌金闕坎宮斗母) 금령성모(金靈聖母)
	동두성관 (東斗星官)	소호(蘇護), 김규(金奎), 희숙명(姫叔明), 조병(趙丙)
	서두성관 (西斗星官)	황천록(黃天祿), 용환(龍環), 손자우(孫子羽), 호승(胡陞), 호운붕(胡雲鵬)
	중두성관 (中斗星官)	노인걸(魯仁傑), 조뢰(晁雷), 희숙승(姫叔昇)
	중천북극자미대제 (中天北極紫微大帝)	희백읍고(姫伯邑考)
	남두성관 (南斗星官)	주기(周紀), 호뢰(胡雷), 고귀(高貴), 여성(余成), 손보(孫寶), 뇌곤(雷鵾)
	북두성관 (北斗星官)	황천상(黃天祥, 천강[天罡]), 은비간(殷比干, 문곡[文曲]), 두융(寶融, 무곡[武曲]), 한승(韓昇, 좌보[左輔]), 한변(韓變, 우필[右弼]), 소전충(蘇全忠, 파군[破軍]), 악순(鄂順, 탐랑[貪狼]), 곽신(郭宸, 거문[巨門]), 동충(董忠, 초요[招搖])
	군성(群星) (114명)	청룡성(靑龍星) 등구공(鄧九公), 백호성(白虎星) 은성수(殷成秀), 주작성(朱雀星) 마방(馬方), 현무성(玄武星) 서곤(徐坤), 구진성(勾陳星) 뇌붕(雷鵬), 등사성(螣蛇星) 장산(張山), 태양성(太陽星) 서개(徐蓋), 태음성(太陰星) 강씨(姜氏, 주왕의 황후), 옥당성(玉堂星) 상용(商容), 천귀성(天貴星) 희숙건(姫叔乾), 용덕성(龍德星) 홍금(洪錦), 홍란성(紅鸞星) 용길공주(龍吉公主), 천희성(天喜星) 천자 주왕(紂王), 천덕성(天德星) 매백(梅伯), 월덕성(月德星) 하초(夏招), 천사성(天赦星) 조계(趙啓), 모단성(貌端星) 가씨(賈氏, 황비호의 아내), 금부성(金府星) 소진(蕭臻), 목부성(木府星) 등화(鄧華), 수부성(水府星) 여원(余元), 화부성(火府星) 화령성모(火靈聖母), 토부성(土府星) 토행손(土行孫), 육합성(六合星) 등선옥(鄧嬋玉), 박사성(博士星) 두원선(杜元銑), 역사성(力士星) 오문화(鄔文化),

두부(斗部)	군성(群星) (114명)	주서성(奏書星) 교력(膠鬲), 하괴성(河魁星) 황비표(黃飛彪),
		월괴성(月魁星) 철지부인(徹地夫人), 제거성(帝車星)
		강환초(姜桓楚), 천사성(天嗣星) 황비표(黃飛豹),
		제락성(帝輅星) 정책(丁策), 천마성(天馬星) 악숭우(鄂崇禹),
		황은성(皇恩星) 이금(李錦), 천의성(天醫星) 전보(錢保),
		지후성(地后星) 황씨(黃氏, 주왕의 비), 택룡성(宅龍星)
		희숙덕(姬叔德), 복룡성(伏龍星) 황명(黃明), 역마성(驛馬星)
		뇌개(雷開), 황번성(黃幡星) 위분(魏賁), 표미성(豹尾星)
		오겸(嗚謙), 상문성(喪門星) 장계방(張桂芳), 조객성(弔客星)
		풍림(風林), 구교성(勾絞星) 비중(費仲), 권설성(卷舌星)
		우혼(尤渾), 나후성(羅睺星) 팽준(彭遵), 계도성(計都星)
		왕표(王豹), 비렴성(飛廉星) 희숙곤(姬叔坤), 대모성(大耗星)
		숭후호(崇侯虎), 소모성(小耗星) 은파패(殷破敗), 관삭성(貫索星)
		구인(邱引), 난간성(欄杆星) 용안길(龍安吉), 피두성(披頭星)
		태란(太鸞), 오귀성(五鬼星) 등수(鄧秀), 양인성(羊刃星)
		조승(趙昇), 혈광성(血光星) 손염홍(孫焰紅), 관부성(官符星)
		방의진(方義眞), 고신성(孤辰星) 여화(余化), 천구성(天狗星)
		계강(季康), 병부성(病符星) 왕좌(王佐), 찬골성(鑽骨星)
		장봉(張鳳), 사부성(死符星) 변금룡(卞金龍), 천패성(天敗星)
		백현충(柏顯忠), 부침성(浮沉星) 정춘(鄭椿), 천살성(天殺星)
		변길(卞吉), 세살성(歲殺星) 진경(陳庚), 세형성(歲刑星)
		서방(徐芳), 세파성(歲破星) 조전(晁田), 독화성(獨火星)
		희숙의(姬叔義), 혈광성(血光星) 마충(馬忠), 망신성(忘神星)
		구양순(歐陽淳), 월파성(月破星) 왕호(王虎), 월유성(月游星)
		석기낭랑(石磯娘娘), 사기성(死炁星) 진계정(陳季貞),
		함지성(咸池星) 서충(徐忠), 월염성(月厭星) 요충(姚忠),
		월형성(月刑星) 진오(陳梧), 흑살성(黑殺星) 고계능(高繼能),
		칠살성(七煞星) 장규(張奎), 오곡성(伍谷星) 은홍(殷洪),
		제살성(除殺星) 여충(余忠), 천형성(天刑星) 구양천록(歐陽天祿),
		천라성(天羅星) 진동(陳桐), 지망성(地網星) 희숙길(姬叔吉),
		천공성(天空星) 매무(梅武), 화개성(華蓋星) 오병(敖丙),

두부(斗部)	군성(群星) (114명)	십악성(十惡星) 주신(周信), 잠축성(蠶畜星) 황원제(黃元濟), 도화성(桃花星) 고난영(高蘭英), 소추성(掃帚星) 마씨(馬氏, 강상의 아내), 대화성(大禍星) 이간(李艮), 낭적성(狼籍星) 한영(韓榮), 피마성(披麻星) 임선(林善), 구추성(九醜星) 용수호(龍飆虎), 삼시성(三尸星) 살견(撒堅), 삼시성(三尸星) 살강(撒强), 삼시성(三尸星) 살용(撒勇), 음착성(陰錯星) 김성(金成), 양차성(陽差星) 마성룡(馬成龍), 인살성(忍殺星) 공손탁(公孫鐸), 사폐성(四廢星) 원홍(袁洪), 오궁성(五窮星) 손합(孫合), 지공성(地空星) 매덕(梅德), 홍염성(紅艶星) 양씨(楊氏, 주왕의 비), 유하성(流霞星) 무영(武榮), 과숙성(寡宿星) 주승(朱昇), 천온성(天瘟星) 김대승(金大升), 황무성(荒蕪星) 대례(戴禮), 태신성(胎神星) 희숙례(姬叔禮), 복단성(伏斷星) 주자진(朱子眞), 반음성(反吟星) 양현(楊顯), 복음성(伏吟星) 요서량(姚庶良), 도침성(刀砧星) 상호(常昊), 멸몰성(滅沒星) 방경원(房景元), 세염성(歲厭星) 팽조수(彭祖壽), 파쇄성(破碎星) 오룡(嗚龍)
	28수(宿)	각목교(角木蛟) 백림(柏林), 두목치(斗木豸) 양위(楊偉), 규목랑(奎木狼) 이웅(李雄), 정목안(井木犴) 심경(沈庚), 우금우(牛金牛) 이홍(李弘), 귀금양(鬼金羊) 조백고(趙白高), 누금구(婁金狗) 장웅(張雄), 항금룡(亢金龍) 이도통(李道通), 여토복(女土蝠) 정원(鄭元), 위토치(胃土雉) 송경(宋庚), 유토장(柳土獐) 오곤(吳坤), 저토학(氐土貉) 고병(高丙), 성일마(星日馬) 여능(呂能), 묘일계(昴日雞) 황창(黃倉), 허일서(虛日鼠) 주보(周寶), 방일토(房日兎) 요공백(姚公伯), 필월오(畢月烏) 김승양(金繩陽), 위월연(危月燕) 후태을(侯太乙), 심월호(心月狐) 소원(蘇元), 장월록(張月鹿) 설정(薛定) • 화부(火部): 미화호(尾火虎) 주초(朱招), 실화저(室火豬) 고진(高震), 자화후(觜火猴) 방귀(方貴), 익화사(翼火蛇) 왕교(王蛟) • 수부(水部): 기수표(箕水豹) 양진(楊眞), 벽수유(壁水貐) 방길청(方吉淸), 삼수원(參水猿) 손보(孫寶), 진수인(軫水蚓) 호도원(胡道元)
	천강성(天罡星) (36명)	천괴성(天魁星) 고연(高衍), 천강성(天罡星) 황진(黃眞),

378

두부(斗部)	천강성(天罡星) (36명)	천기성(天機星) 노창(盧昌), 천한성(天閑星) 기병(紀丙),
		천용성(天勇星) 요공효(姚公孝), 천웅성(天雄星) 시회(施檜),
		천맹성(天猛星) 손을(孫乙), 천위성(天威星) 이표(李豹),
		천영성(天英星) 주의(朱義), 천귀성(天貴星) 진감(陳坎),
		천부성(天富星) 여선(黎仙), 천만성(天滿星) 방보(方保),
		천고성(天孤星) 첨수(詹秀), 천상성(天傷星) 이홍인(李洪仁),
		천청성(天晴星) 왕용무(王龍茂), 천건성(天健星) 등옥(鄧玉),
		천암성(天暗星) 이신(李新), 천우성(天祐星) 서정도(徐正道),
		천공성(天空星) 전통(典通), 천속성(天速星) 오욱(嗚旭),
		천이성(天異星) 여자성(呂自成), 천살성(天煞星) 임내빙(任來聘),
		천미성(天微星) 공청(龔淸), 천구성(天宄星) 선백초(單百招),
		천퇴성(天退星) 고가(高可), 천수성(天壽星) 척성(戚成),
		천검성(天劍星) 왕호(王虎), 천평성(天平星) 복동(卜同),
		천죄성(天罪星) 요공(姚公), 천손성(天損星) 당천정(唐天正),
		천패성(天敗星) 신례(申禮), 천뇌성(天牢星) 문걸(聞傑),
		천혜성(天慧星) 장지웅(張智雄), 천폭성(天暴星) 필덕(畢德),
		천곡성(天哭星) 유달(劉達), 천교성(天巧星) 정삼익(程三益)
	지살성(地煞星) (72명)	지괴성(地魁星) 진계진(陳繼眞), 지살성(地煞星) 황원제(黃元濟),
		지용성(地勇星) 가성(賈成), 지걸성(地傑星) 호백안(呼百顔),
		지웅성(地雄星) 노수덕(魯修德), 지위성(地威星) 수성(須成),
		지영성(地英星) 손상(孫祥), 지기성(地奇星) 왕평(王平),
		지맹성(地猛星) 백유환(柏有患), 지문성(地文星) 혁고(革高),
		지정성(地正星) 고력(考幅), 지벽성(地闢星) 이수(李燧),
		지합성(地闔星) 유형(劉衡), 지강성(地强星) 하상(夏祥),
		지암성(地暗星) 여혜(余惠), 지보성(地輔星) 포룡(鮑龍),
		지회성(地會星) 노지(魯芝), 지좌성(地佐星) 황병경(黃丙慶),
		지우성(地祐星) 장기(張奇), 지령성(地靈星) 곽사(郭巳),
		지수성(地獸星) 김보도(金甫道), 지미성(地微星) 진원(陳元),
		지혜성(地慧星) 차곤(車坤), 지폭성(地暴星) 상성도(桑成道),
		지묵성(地默星) 주경(周庚), 지창성(地猖星) 제공(齊公),
		지광성(地狂星) 곽지원(霍之元), 지비성(地飛星) 섭중(葉中),

두부(斗部)	지살성(地煞星) (72명)	지주성(地走星) 고종(顧宗), 지교성(地巧星) 이창(李昌), 지명성(地明星) 방길(方吉), 지진성(地進星) 서길(徐吉), 지퇴성(地退星) 번환(樊煥), 지만성(地滿星) 탁공(卓公), 지수성(地遂星) 공성(孔成), 지주성(地周星) 요금수(姚金秀), 지은성(地隱星) 영삼익(甯三益), 지이성(地異星) 여지(余知), 지리성(地理星) 동정(童貞), 지준성(地俊星) 원정상(袁鼎相), 지락성(地樂星) 왕상(汪祥), 지첩성(地捷星) 경안(耿顔), 지속성(地速星) 형삼란(邢三鸞), 지진성(地鎭星) 강충(姜忠), 지기성(地羈星) 공천조(孔天兆), 지마성(地魔星) 이약(李躍), 지요성(地妖星) 공천(龔倩), 지유성(地幽星) 단청(段淸), 지복성(地伏星) 문도정(門道正), 지벽성(地僻星) 조림(祖林), 지공성(地空星) 소전(蕭電), 지고성(地孤星) 오사옥(嗚四玉), 지전성(地全星) 광옥(匡玉), 지단성(地短星) 채공(蔡公), 지각성(地角星) 남호(藍虎), 지수성(地囚星) 송록(宋祿), 지장성(地藏星) 관빈(關斌), 지평성(地平星) 용성(龍成), 지손성(地損星) 황오(黃烏), 지노성(地奴星) 공도령(孔道靈), 지찰성(地察星) 장환(張煥), 지악성(地惡星) 이신(李信), 지혼성(地魂星) 서산(徐山), 지수성(地數星) 갈방(葛方), 지음성(地陰星) 초룡(焦龍), 지형성(地刑星) 진상(秦祥), 지장성(地壯星) 무연공(武衍公), 지열성(地劣星) 범빈(范斌), 지건성(地健星) 섭경창(葉景昌), 지모성(地耗星) 요엽(姚燁), 지적성(地賊星) 손길(孫吉), 지구성(地狗星) 진몽경(陳夢庚)
	구요성관(九曜星官)	숭응표(崇應彪), 고문평(高系平), 한붕(韓鵬), 이제(李濟), 왕봉(王封), 유금(劉禁), 왕저(王儲), 팽구원(彭九元), 이삼익(李三益)
	북두오기수덕성군 (北斗五炁水德星君)	수덕성(水德星) 노웅(魯雄, 수부의 정신 4명을 통솔) 기수표(箕水豹) 양진(楊眞), 벽수유(壁水貐) 방길청(方吉淸), 삼수원(參水猿) 손보(孫寶), 진수인(軫水蚓) 호도원(胡道元)
태세부(太歲部)	태세부 주신	집년세군태세신(執年歲君太歲神) 은교(殷郊) 갑자태세신(甲子太歲神) 양임(楊任)

태세부(太歲部)	일치정신(日直正神)	일유신(日游神) 온량(溫良), 야유신(夜游神) 교곤(喬坤), 증복신(增福神) 한독룡(韓毒龍), 손복신(損福神) 설악호(薛惡虎), 현도신(顯道神) 방필(方弼), 개로신(開路神) 방상(方相), 치년신(直年神) 이병(李丙), 치월신(直月神) 황승을(黃承乙), 치일신(直日神) 주등(周登), 치시신(直時神) 유홍(劉洪)
사성대원수(四聖大元帥)		왕마(王魔), 양삼(楊森), 고우건(高友乾), 이흥패(李興霸)
현단부(玄壇部)	현단부 주신	금룡여의정일룡호현단진군(金龍如意正一龍虎玄壇眞君) 조공명(趙公明)
	현단부 정신 (4명)	초보천존(招寶天尊) 소승(蕭升) 납진천존(納珍天尊) 조보(曹寶) 초재사자(招財使者) 진구공(陳九公) 이시선관(利市仙官) 요소사(姚少司)
온부(瘟部)	온부 주신	주두벽하원군(主痘碧霞元君) 여화룡(余化龍) 위방성모원군(衛房聖母元君) 김씨(金氏, 여화룡의 아내)
	온부 정신	동방주두정신(東方主痘正神) 여달(余達) 서방주두정신(西方主痘正神) 여조(余兆) 남방주두정신(南方主痘正神) 여광(余光) 북방주두정신(北方主痘正神) 여선(余先) 중앙주두정신(中央主痘正神) 여덕(余德)
사대천왕(四大天王)		증장천왕(增長天王) 마예청(魔禮青) 광목천왕(廣目天王) 마예홍(魔禮紅) 다문천왕(多文天王) 마예해(魔禮海) 지국천왕(持國天王) 마예수(魔禮壽)
형합이장(哼哈二將)		정륜(鄭倫), 진기(陳奇)
감응수세선고(感應隨世仙姑)		운소낭랑(雲霄娘娘), 경소낭랑(瓊霄娘娘), 벽소낭랑(碧霄娘娘)
분수장군(分水將軍)		신공표(申公豹)
빙소와해신(冰消瓦解神)		비렴(飛廉), 악래(惡來)

야만과 문명의 대결

1

『봉신연의』는 루쉰[魯迅]이 『중국소설사략中國小說史略』에서 『서유기西遊記』, 『삼보태감서양기三寶太監西洋記』와 함께 명나라 때의 대표적인 '신마소설神魔小說'로 꼽은 작품으로 『봉신방封神榜』 또는 『봉신전封神傳』으로 불리기도 하며 명나라 중엽부터 청나라 말엽까지 다양한 형태로 여러 차례 간행되면서 많은 인기를 누렸다. 현대에 들어서는 작품의 내용 그대로 영화와 드라마로 제작되거나 다른 작품의 소재로 활용되기도 하고 또 이 작품을 토대로 한 컴퓨터 게임까지 개발되어 중국에서 큰 인기를 누리고 있다. 다만 작품의 작자에 대해서는 확실히 알려진 바가 없어서 연구자들 사이에 논쟁이 있다. 역대로 작가가 명나라 중엽의 허중림(許仲琳:?~?)이라는 설과 명나라 초기의 도사 육서성(陸西星, 자는 장경[長庚])이라는 설이 팽팽히 맞서고 있는데 최근에는 전자에 동의하는 이들이 약간 우세한 듯하다.

이 작품은 기본적으로 '주나라 무왕이 상나라 주왕을 정벌한[武王伐紂]' 이야기—중국인들이 오랫동안 '사실史實'로 여겨온—를 토대로 신괴神怪의 이야기를 덧씌워 각색한 것이다. 이야기가 시작되는 제1회에서는 수신受辛 즉 상나라 주왕이 여와궁女媧宮을 참배하면서 음란한 시로 신을 모독하자 신이 세 요물로 하여금 주왕을 유혹하여 나라를 망치라고 명령한다. 이어서 제2회부터 제30회까지는 달기妲己의 미혹에 빠진 주왕의 포학함과 강상姜尙의 은거 및 출세, 서백西伯 희창姬昌—훗날 주나라 문왕文王으로 추존됨—의 재난과 탈출, 무왕의 기의起義 과정 등이 서술되고 그 뒤부터 제98회까지는 다양한 신선과 부처가 등장하여 각기 주나라와 상나라의 편을 들어 싸워 결국 주왕이 죽고 무왕이 즉위하기까지의 이야기이다. 여기서는 주나라를 돕는 천교闡敎와 불교, 상나라를 돕는 절교截敎의 싸움이 중심을 이룬다. 이어서 제99회와 제100회에서는 강상이 원시천존의 분부에 따라 신들에게 벼슬을 봉하고 무왕에게 간언하여 주나라의 제후들을 봉해주는 등의 뒷이야기가 서술된다.

물론 관점에 따라서는 이 이야기에서 신괴의 상상이 주가 되고 무왕 등의 이야기는 작자의 상상을 펼치기 위한 단서에 지나지 않는다고 해석할 수도 있다. 다시 말해서 이 작품은 '신괴의 이야기를 빌려 역사를 서술한' 작품일 수도 있고 거꾸로 '역사를 빌려 신괴의 환상을 서술한' 작품일 수도 있다는 것이다. 다만 어느 쪽이든 간에 작품이 보여주는 초현실적인 전투 장면은 『서유기』의 그것과도 다른 독특한 면이 있으며 세부의 전투 장면은 오히려 이 작품이 『서유기』보다 더 풍부한 상상력과 높은 긴장감을 구현하고 있다. 특히 제82회부터 제84회까지 서술된 싸움 즉 절교의 통천교주通天敎主가 펼친 만선진萬仙陣을 천교의 신선들이 협력하여 격파하는 내용은 거의 절정이라고 할 만하며 거기에 동원된 각종 술법들은 오늘날까지 동아시아에서 큰 인기를 누리고 있는 '무협 판타지'의 원조가 될 만한 소재를 제공한다.

그러나 경험적 사실을 중시하는 중국의 전통적인 가치관으로 인해 이 작품 역시 다른 신마소설과 마찬가지로 현대 초기까지도 그다지 높은 평가를 받지 못했다. 현대의 연구자들에게 많은 영향을 준 루쉰은 이렇게 썼다.

…… 작자의 의도는 사실史實의 부연에 있었던 듯하다. 그러나 신과 요괴에 대한 것이 많아 열에 아홉은 허구이며, 실제로는 상商과 주周의 싸움을 빌려 스스로 환상을 서술한 것에 지나지 않는다. 『수호전』에 비교하면 진실로 가공架空의 결점이 눈에 띄고, 『서유기』와 나란히 해보면 그 웅혼함과 분방함이 부족하다. 그러므로 오늘에 이르기까지 아직까지도 이것을 이상의 두 책과 정립鼎立할 수 있는 것으로 간주하는 사람은 없다.

그러나 사실 『봉신연의』가 『수호전』보다 더 허황된 허구[架空]라는 점이 과연 '결점'인지, 그리고 실제로 『서유기』보다 '그 웅혼함과 분방함이 부족'한지는 관점에 따라 평가가 달라질 수밖에 없다. 또한 이 평가에는 『봉신연의』가 그 이전까지 중국의 민간에 널리

퍼진 잡다한 신들의 계보를 나름의 방식에 따라 문학적으로 정리함으로써 이룩해낸 성과가 고려되지 않았다. 무엇보다도 이런 평가는 작품에 표면적으로 드러난 줄거리 이면에 담긴 다양한 은유와 상징이 깊이 있게 검토되지 않은 채로 내려진 것이다.

2

무왕이 주왕을 정벌하는 이야기는 원래 각자의 역사에 따라 확장 발전하던 두 부족 사이에 일어난 평등한 대결에 의한 결과이다. 물론 주나라가 흥성하기 이전에 강력한 세력을 지니고 있던 상나라가 주변의 부족국가들에게 상대적으로 우월한 지위를 갖고 영향력을 행사해온 것은 사실이지만 그들의 관계가 결코 봉건적인 군신주종 君臣主從 관계는 아니었다. 유가의 충효忠孝 윤리도 춘추·전국시대에 이르러서야 확립되었기 때문에 상나라와 주나라가 패권을 다툰 시점과는 상당한 거리가 있다. 그런데 훗날 이들의 관계는 군신관계로 규정되고 무왕이 무도無道한 주왕을 정벌한 것이 "천하라는 것은 한 사람의 것이 아니고 오직 왕도를 갖춘 이만이 다스릴 수 있는 것(『육도六韜』 2권 : 天下者非一人之天下 唯有道者處之)"이라는 백성(=하늘)의 뜻을 구현한 정당한 역성혁명易姓革命으로 윤색되어 아주 오랫동안 실제 사실史實인 것처럼 역사서에 기재되고 유가 사대부들의 논의에 인용되었다.

구제강(顧頡剛 : 1893~1980)에 따르면 이러한 윤색은 전국시대의 특수한 상황과 관련이 있다고 한다. 즉 전국시대에 이르러 제후의 신하로서 채읍采邑을 다스리던 경卿들 사이의 겸병 전쟁을 통해 세

력을 확대한 이들이 나타나면서 그들 가운데 크고 작은 나라[國]의
군주[君]를 몰아내고 그 자리를 차지한 이들이 등장했다. 그들은 자
신의 옛 군주를 몰아냈다는 사실 때문에 명분상의 '부끄러움'을 느
낄 수밖에 없었고 결국 그것을 해소하기 위한 새로운 논리를 개발
하는 과정에서 은殷나라 탕湯 임금과 주나라 무왕의 혁명을 내세우
게 된 것이다. 즉 군주로서 자격을 갖추지 못한 이를 내쫓고 그 자리
를 대신한 것은 아주 오랜 옛날부터 있어온 역사적 관행임을 내세
움으로써 자신의 행위를 정당화한 것이다. 이로 인해 자공子貢조차
그 과장됨을 인정한 '나쁜 주왕' 만들기의 결과 맹자孟子는 그를 군
주의 자격이 없어서 백성이 반발하고 친척도 떠난 '폭군[一夫]'으
로 규정하게 된다.

　『봉신연의』는 곳곳에서 주왕의 포학함과 어리석음을 보여주는
사례들—대부분 승리자인 주나라의 입장을 대변한, 그리고 후세
의 위조 혐의에서 자유롭지 못한 『상서尙書』에 기록된 '사실'들과
한漢나라 이후 유가 사대부의 관점이 반영되어 만들어진 많은 '일
화逸話'들—을 더욱 과장되게 서술하여 그가 군주의 자격이 없음
을 강조한다. 달기의 계략과 유혹에 넘어가서 만들어낸 '주지육림
酒池肉林'과 '포락형炮烙刑', 현명한 재상 비간比干의 배를 갈라 심장
을 꺼낸 이야기 등은 그런 부정적인 서술의 대표적인 예이다. 당연
히 그에 대비되는 서백 희창이나 희발姬發—훗날 주나라 무왕武王
이 됨—의 어진 덕과 충정, 예의바른 행실 등도 반복적으로 부각된
다. 신괴의 환상적인 싸움 사이사이를 촘촘하게 채우는 이와 같은
서술은 역성혁명의 정당성에 대한 작자의 강한 신념을 증명하는 듯

하다. 그렇기 때문에 이 작품은 민중에게 친숙한 신괴의 이야기를 들려준다는 명목하에 부패가 만연한 당시의 왕조 즉 명나라의 필연적인 미래를 경고하는 대단히 정치적인 주제를 담은 것으로 풀이될 수도 있다.

3

일반적으로 고대 중국에서 신의 계보는 두 단계를 거쳐서 네 부류로 정리된 것으로 보인다. 그 첫째 단계는 한나라 이전으로 '상제上帝'를 정점으로 하는 중국 대륙에서 자연적으로 발생한 제계帝系 신들의 계보이다. 이들은 태초에 존재한 신격부터 인간 세상의 성인聖人으로서 신격화된 이들까지 포함되며 그 가운데는 『사기史記』「오제본기五帝本紀」 등에 출신과 행적이 서술된 경우도 있다. 그 외에 일부 정리된 별신[星神]의 경우는 『사기』「천관서天官書」 등에 수록되어 있다. 둘째 단계는 한나라 이후 명나라 때까지 불교의 영향으로 도교와 불교 그리고 민간 속신俗神들이 단계적으로 정리된 계보이다. 다만 그토록 오랜 기간을 거쳤음에도 신선들의 품위品位나 계보가 체계적으로 정리되지는 못했다. 그것은 도교와 불교, 민간신앙 그리고 상대적으로 적은 부분이기는 하지만 유교의 신선 계보들이 복잡하게 뒤얽힌 채 공존하면서 다양한 방식으로 뒤섞이고 계속 '만들어'졌기 때문이다. 특히 민간신앙에서 신들은 청나라가 끝날 때까지도 계속 만들어졌고 심지어 현대에 들어와서도 마오쩌둥의 경우처럼 사후에 신격화되는 사례가 사라지지 않았다.

어쨌든 『봉신연의』는 명나라 초기부터 정리된 신들의 계보를 계승하면서 나아가 제계와 도교, 불교, 민간신앙의 '4대 계보'를 작자 나름의 독특한 상상력으로 융합하여 거의 완전하게 새로운 계보로 정리해냈다. 이것은 종래의 신화와 전설, 종교, 역사를 종합하면서 나아가 자신의 창작까지 덧붙인 것이다. 작자는 신선 세계와 인간 세계의 장벽이 없이 (조금 특별한 능력을 가지면) 자유롭게 왕래할 수 있는 무대를 상상하고 그 위에 오욕칠정五慾七情 같은 인성人性을 간직한 신적 존재와 선인仙人의 가르침이나 도움을 통해 기이한 술법, 변신술 같은 신통력을 지니게 된 인간들을 보통의 인간들과 함께 등장시켜서 현실과 환상이 뒤섞인 기묘한 이야기를 만들어냈다. 경이롭고 신기한 신괴들의 싸움은 '봉신封神'이라는 상징적인 결말로 귀결되도록 교묘하게 안배되는데 특히 지고한 신들의 합의로 만들어진 '봉신방封神榜'에 이름이 오른 이들은 대부분 인간과 신괴가 뒤얽힌 전장에서 전사하는 방식을 통해 평범한 인간 세계에서 벗어나 신의 직책에 임명된다는 설정 또한 특이하기 그지없다. 물론 당나라 이래로 역대 왕조에서 여러 가지 이유로 신에게 벼슬을 봉하는 일이 이어져왔으나 그것은 대개 개별적인 몇몇 신에게 이따금씩 행해진 특별한 행사 이상의 의미가 없었다. 어쨌든 이 작품에서는 이런 과정을 통해 하늘의 지고한 신들에 의해 공인되어 반신반인半神半人에 가까운 뛰어난 능력을 가진 강상을 통해 여러 분야의 신들을 공인된 직위에 임명함으로써 이른바 삼계팔부三界八部의 정신正神 365명이 정해지고 그렇게 함으로써 정신들의 유래와 계보를 좀 더 체계적이고 종합적으로 정리하여 제시한다.

또한 이와 같은 서술을 통해 작자는 이전 시기에 여러 경로로 복잡하게 난립된 신들의 유래와 경력을 한층 말끔하게 정리하는 성과를 이루기도 한다. 탁탑천왕托塔天王 이정李靖과 그의 아들 나타哪吒의 이야기는 이런 성과를 보여주는 전형적인 예라고 할 수 있다.

당唐나라 초기의 명장名將 이정과 불교 설화에서 비사문천왕(毗沙門天王, Vaiśravaṇa) 즉 다문천왕多聞天王의 아들인 나타는 본래 아무 관계도 없는 별개의 존재였다. 이 가운데 이정은 이미 당나라 때부터 소설 등에서 신격화되었고 오대五代 시기에는 영현왕靈顯王에 봉해져서 계속 숭배받았지만 그가 언제부터 어떻게 탁탑천왕의 모습으로 묘사되었는지는 정확히 알 길이 없다. 하지만 『서유기』가 완성된 명나라 중엽 무렵에는 비사문하이천왕毗沙門下李天王이라는 표현이 생겨날 정도로 양자가 결합되면서 이정과 나타의 관계에 대한 이야기가 만들어지기 시작한 것으로 보인다.

『서유기』(제83회)에 따르면 나타는 군타君吒와 목차木叉에 이은 탁탑천왕 이정의 셋째 아들로, 태어날 때 왼손 손바닥에 '나哪', 오른손 손바닥에 '타吒'라는 글자가 적혀 있어서 그대로 이름이 되었다. 또 그 아래로 정영貞英이라는 여동생이 있다고 한다. 나타는 태어난 후 사흘째 되는 날 바다에서 목욕을 하다가 용궁에 들어가 교룡蛟龍을 잡아 힘줄을 뽑아 허리띠를 만든다. 그 사실을 알게 된 탁탑천왕이 후환을 두려워하며 죽이려 하자 화가 난 나타는 칼로 자신의 살을 저며 어머니에게 돌려주고 뼈를 발라 아버지에게 돌려준다. 이렇게 부모에게 정혈精血을 돌려준 그가 서방 극락세계로 가서 부처님께 하소연하니 부처님이 푸른 연뿌리로 뼈를 삼고 연잎으로 옷을 만들어 기사회생起死回生의 주문으로 살려낸다. 그리고 나타의 보복을 두려워하는 탁탑천왕에게 영롱척투사리자여의황금보탑玲瓏剔透舍利子如意黃金寶塔을 주고 나타에게 부처님을 아버지로 모시게 하여 원한을 풀어준다. 또 같은 소설의 제4회에 따르면 그는 머리 셋에 팔이 여섯 개 달린 모습으로 변신하여 참요검斬妖劍과 감요도砍妖刀, 박요삭縛妖索, 항요저降妖杵, 수구아繡毬兒, 화륜아火輪兒라는 여섯 가지 무기를 쓰는 것으로 묘사되어 있다.

이에 비해 『봉신연의』(제12~14회)에 서술된 내용은 약간 차이가 있다. 우선 그의 아버지 이정은 어려서부터 서곤륜西崑崙의 도액진인度厄眞人의 제자로 도를 닦아 오행둔술五行遁術을 배웠지만 신선의 도를 깨치기가 너무 어려워서 결국 속세로 내려가 주왕을 보좌하면서 진당관陳塘關의 사령관으로서 인간 세상의 부귀영화를 누렸다. 그의 정실부인 은씨殷氏는 아들 둘을 낳았는데 큰아들은 이름이 금타金吒, 둘째는 목타木吒였다. 그리고 셋째 아들 나타는 삼 년 육 개월이 넘도록 어머니의 배 속에 있다가 고깃덩어리에 둘러싸인 채 태어났다. 본래 천교에 속한 선인仙人인 건원산乾元山 금광동金光洞의 태을진인太乙眞人의 제자 영주자靈珠子였던 그는 강상의 선봉장이 되기 위해 속세로 보내지는데 태어날 때부터 분을 바른 듯이 새하얀 얼굴에, 오른손에 건곤권乾坤圈이라는 금팔찌를 차고 배에는 혼천릉混天綾이라는 붉은 비단을 두르고 있었다. 일곱 살 때 키가 여섯 자[尺]나 되는 거한으로 자란 그는 어느 여름에 구만하九灣河에서 물놀이를 하다가 실수와 오해가 겹쳐지는 바람에 용궁의 야차夜叉 이간李艮과 용왕의 셋째 왕자 오병敖丙을 죽이고 그 힘줄을 뽑아버린다. 이에 분노한 용왕 오광敖光이 하늘나라에 고소하려는 것을 스승인 태을진인의 도움으로 간신히 무마하고 나서 그는 또 이정의 보물인 건곤궁乾坤弓과 진천전震天箭을 가지고 활쏘기 연습을 하다가 실수로 절교에 속한 선인인 고루산骷髏山 백골동白骨洞 석기낭랑石磯娘娘의 제자 벽운동자碧雲童子를 맞혀 죽이게 된다. 이 사건은 태을진인과 석기낭랑 사이의 싸움으로 번졌고 결국 석기낭랑은 태을진인의 보물인 구룡신화조九龍神火罩에 갇혀 삼매신화三昧神火에 불타는 바람에 본래 모습인 바윗덩어리로 돌아가 죽고 만다. 그러나 다시 사해의 용왕들이 모두 진당관으로 몰려와 항의하자 나타는 부모에게 죄가 미치지 않도록 배를 갈라 창자를 자르고 뼈와 살을 발라 부모에게 돌려주고 칠백삼혼七魄三魂이 저승으로 떠난다. 그리고 스승의 분부에 따라 어머니에게 부탁해서 진당관에서 사십 리 떨어진 취병산翠屛山에 사당을 지어달라고 하고 그곳에서 제사를 받으며 삼 년 후에 다시 사람의 몸으로 태어나기를 기다린다. 하지만 반년 남짓 지난 후 그 사실을 알게 된 이정이 나타행궁哪吒行官에 찾아가 신상을 부수고 사당에 불을 질러버리는데 마침 외출 중이어서 화를 피한 나타는 다시 태을진인의 도움으로 신장이 한 길 여섯 자인 몸을 갖게 된다. 그 몸은 두 송이 연꽃과 세 장의 연잎으로 만든 것이었다. 스승에게서 화첨창火尖槍을 전수받고 풍화륜風火輪이라는 탈것과 혼천릉, 건곤권 그리고 황금 벽돌 등의 보물을 받고 준비를 마친 그는 이정을 찾아가 복수를 하려고 하는데 결국 문수광법천존文殊廣法天尊과 연등도인燃燈道人의 개입으로 무마된다. 이후 이정은 벼슬을 버리고 은거하여 수련하면서 강상이 무왕의 대장군으로서 주왕을 정벌할 때를 기다리게 되고 훗날 탁탑천왕에 봉해진다. 한편 스승 밑에서 수련을 계속하던 나타는 황비호黃飛虎를 위기에서 구해주고(제34회), 강상을 도와 장계방張桂芳을 물리치는 공을 세운다(제36~37회). 이어서 제76회에서는 태을진인이 술안주로 하사한 세 알의 대추를 먹고 나서 세 개의 머리와 여덟 개의 팔이 달린 모습으로 변신할 수 있는 능력을 갖추게 되고 또 구룡신화조 및 한 쌍의 음양검陰陽劍을 받아 여덟 가지 무기를 쓸 수 있게 된다.

이상과 같이 『봉신연의』에 정리된 나타의 이야기는 형제의 이름에 일관성을 갖도록 만든 것은 물론이고 이미 알려진 일화를 더욱 조리 있게 가공했다. 또한 그 일화를 무왕의 주왕 정벌 이야기에 덧붙인 '천교·불교 ↔ 절교'의 대립 관계라는, 작자 자신이 만들어낸 이야기의 틀 속에 적절하게 안배했다. 이 과정에 등장하는 문수광법천존과 연등도인은 서방에서 비롯되었지만 중국화된 불교의 모습을 또렷하게 보여준다. 『봉신연의』에 등장하는 모든 신괴는 바로 이와 같은 방식으로 각기 합리적이고 체계적인 세상의 경력을 갖추게 되고 또 정해진 운명에 따라 인간 세상을 떠나서도 그 경력과 어울리는 직위에 봉해진 신이 될 수 있었던 것이다.

4

『봉신연의』에서 신괴의 싸움은 주로 천교와 절교의 대립으로 귀결된다. 물론 작품에서는 서방 종교 즉 불교의 신인神人들도 등장하여 천교를 돕지만 이들은 대부분 보조적 역할 내지 소극적인 중재 역할만 수행할 뿐이다.

작자가 설정한 독특한 형태의 중국 도교는 홍균도인鴻鈞道人이라는 태초의 지고한 존재로부터 출발한다. 그의 문하에는 원시천존元始天尊과 노자老子, 통천교주라는 세 제자가 있는데 그 가운데 앞의 두 명은 천교를 이끌고 통천교주는 절교를 이끈다. 천교 문하에는 다시 곤륜12선崑崙十二仙――광성자廣成子, 적정자赤精子, 황룡진인黃龍眞人, 구류손懼留孫, 태을진인, 영보대법사靈寶大法師, 문수광법천존, 보현진인普賢眞人, 자항도인慈航道人, 옥정진인玉鼎眞人, 도행천존道行天尊, 청허도덕진군淸虛道德眞君――과 특별한 직책이 없는 네 명의 산선散仙――운중자雲中子, 도액진인, 남극선옹南極仙翁, 연등도인燃燈道人――이 있다(명칭만 보더라도 이들 가운데 상당수는 훗날 중국의 불교에서 부처나 보살로 추존되는 존재임을 알 수 있다. 다만 불교의 중국화와 관련된 이 문제를 여기서는 논외로 넘어가도록 하겠다). 이에 비해 절교의 통천교주는 오운선烏雲仙, 규수선虯首仙, 금광선金光仙, 비로선毗盧仙, 귀령성모龜靈聖母, 영아대선靈牙大仙, 금령성모金靈聖母, 무당성모無當聖母, 장이정광선長耳定光仙까지 아홉 명의 제자를 두고 있다. 이 가운데 천교의 곤륜12선과 네 명의 산선들은 대부분 봉신방에 이름이 올라서 훗날 신의 직위에 봉해지며 통천교주와 아홉 명의 제자들도 대부분 봉신방에 이름이 올라 있어서 운명적으로 천명天命을 거스르고 죄를 짓게 되고 이들 가운데 통천교주와 장이정광선처럼 수행이 조금 깊은 극소수의 제자를 제외한 나머지는 모두 신의 직위에 봉해진다.

한 가지 주목할 만한 점은 통천교주의 제자들을 비롯한 절교의 선인仙人들은 대부분 인간이 아닌 존재가 오랜 세월 동안 수행하여 영성靈性을 갖추고 인간 또는 그와 비슷한 형상을 지니게 되었다는 것이다. 앞서 예로 든 석기낭랑의 정체가 바윗덩어리였듯이 귀령성모는 거북이, 금광선은 금빛 털의 산개[狻], 영아선은 하얀 코끼리, 규수선은 푸른 털의 사자가 그 진실한 정체였다(이 가운데 산개와 코끼리, 사자는 각기 자항도인, 보현진인, 문수광법천존에게 거둬들여져서 탈 것으로 봉사하게 된다). 이처럼 터럭[毛]과 깃털[羽], 비늘[鱗]이 달린 짐승부터 나무와 바위의 정령까지 잡다하게 포함된 절교의 선인들은 그들 안에 담긴 야만성을 완전히 떨쳐내지 못하고 자신의 능력을 자랑하며 승부에 집착하거나 포학하고 잔인한 심성을 드러낸다. 그러나 이들은 모두 정해진 운명에 따라 전투에서 희생되고 결국 인간 세상을 떠나 신의 직위에 봉해진다.

이런 측면에서 보면 천교와 절교의 싸움은 인간 대 비인간, 문명 대 야만의 싸움을 상징한다고 할 수 있다. 즉 태초로부터 천지가 형성되고 사물과 생명이 나타난 이래 자연적인 변천과 진화를 거치며 한데 뒤섞여 지내던 존재들이 이제 인류의 정신과 문명이 발전함에 따라 구별과 배제가 필요한 상황에 이르렀고 결국 그것을 위한 치열한 싸움이 일어날 수밖에 없었던 것이다. 어진 주나라와 그들을 도운 천교 및 불교가 포학하고 잔인한 야만성을 지닌 상나라와 그들을 돕는 절교에 승리한 것은 바꿔 말하자면 자연계 안의 비인간적인 존재들에 대한 인류 문명의 승리를 의미하는 것이다. 나아가 그 승리는 '삼계팔부'로 암시된 우주의 360도 전全 방위를 포괄하는 안정적인 질서와 그것을 유지하는 체계의 완성으로 귀결되었으니 그것이 바로 강상이 대리인으로 나서서 수행한 '신의 직위 임명[封神]'이라는 상징적인 행위인 것이다.

　거의 모든 고전 명작들이 그러하듯이『봉신연의』또한 관점에 따라 다양한 측면에서 뛰어난 성취와 의미 있는 가치를 발견할 수 있다. 특히 이 해제의 첫머리에서 잠깐 밝혔듯이 수행을 통해 도력道力을 쌓은 선인들이 초인적인 능력을 발휘하여 하늘을 날고, 호풍환우呼風喚雨의 기이한 술법을 부리고, 기발한 생김새와 효능을 가진 다양한 무기를 날리고, 신비한 물질과 기운의 원리를 이용한 진식陣式을 설치하여 현란한 변화를 주재하는 등 이 작품이 보여주는 경이로운 상상력과 신기한 싸움의 방식은 훗날 중국의 무협소설에 큰 영향을 주었고 현대의 판타지 소설과 영화에도 널리 응용되는 초현실적 상상의 단서를 제공해준다. 물론 수련을 통해 육신을 지닌 채 불로장생하며 보통 인간의 능력을 극적으로 뛰어넘는다는 발상의 출발은 멀리 육조시대의 신선술神仙術까지 거슬러 올라가지만 그들의 능력을 이와 같은 싸움에 성공적으로 적용시킨 발상의 전환은 어쩌면 소설이라는 문학 양식이 있었기에 가능했을 수도 있다.

　필자가 이번에 번역한『봉신연의』는 국내 최초로 원전을 완역하며 상세한 주석을 붙인 것이다. 필자의 번역 이전에 김장환은 이 작품에서 일부 시사詩詞를 빼고 또 본문의 몇몇 부분을 나름대로 간추리거나 다듬어서『선불영웅전仙佛英雄傳』(여강출판사, 1992)이라는 제목으로 내놓은 바 있고 안능무의 평역(솔, 2003)이 나오기도 했다. 그러나 둘 모두 원작의 완역이 아니기 때문에 작품의 줄거리만 전해줄 수 있을 뿐 대표적인 중국 고전소설 가운데 하나로서 이 작품이 품은 다양한 맛과 형식적 특성 등을 온전히 나타내기 어렵다.

그에 비해 이번 필자의 완역은 본문의 여러 부분에 대한 최대한 상세한 주석을 포함했고 원작의 한 글자도 빠뜨리지 않으려고 노력한 것이다. 물론 필자의 번역도 부족한 역량으로 인해 미흡한 면이 없을 수는 없겠지만 이런 부분은 역자의 더 깊은 공부와 수준 높은 독자들의 질정을 통해 지속적으로 보완해나갈 예정이다.